सुभाषचंद्र बोस
की
अधूरी आत्मकथा

नेताजी सुभाष चंद्र बोस भारत के स्वतंत्रता संग्राम के अग्रणी सेनानी थे। द्वितीय विश्वयुद्ध के दौरान अंग्रेजों के खिलाफ लड़ने के लिए उन्होंने जापान के सहयोग से गठित 'आजाद हिंद फौज' का नेतृत्व किया था। उनके द्वारा दिया गया 'जय हिंद' का नारा भारत का राष्ट्रीय नारा बन गया है। 'तुम मुझे खून दो मैं तुम्हें आजादी दूँगा' का जोशीला नारा भी उन्हीं ने दिया था, जो उस समय युवाओं को आंदोलित कर देता था।

नेताजी ने 5 जुलाई, 1943 को सिंगापुर के टाउन हॉल के सामने 'सुप्रीम कमांडर' के रूप में सेना को संबोधित करते हुए 'दिल्ली चलो!' का नारा दिया और जापानी सेना के साथ मिलकर ब्रिटिश व कॉमनवेल्थ सेना से बर्मा सहित इंफाल और कोहिमा में एक साथ जमकर मोर्चा लिया।

अपने ओजस्वी आह्वान ओर चामत्कारिक वाक्कला से उस समय के जनमानस को झकझोर दिया। अपने तरीके से भारत को आजाद कराने के लिए उन्होंने अपना सर्वस्व मातृभूमि पर निछावर कर दिया। नेताजी सुभाष का नाम जुवां पर आते ही सीना शौर्य और साहस गर्वित हो जाता है।

स्वर्गीय शिशिर कुमार बोस नेताजी रिसर्च ब्यूरो, कोलकाता के निदेशक और इंस्टीट्यूट ऑफ चाइल्ड हेल्थ, कोलकाता के अध्यक्ष थे।

सुगत बोस हार्वर्ड यूनिवर्सिटी के इतिहास विभाग में महासागरीय इतिहास मामलों के प्रोफेसर हैं।

सुभाषचंद्र बोस की अधूरी आत्मकथा

संपादक

शिशिर कुमार बोस

सुगत बोस

प्र
प्रभात प्रकाशन

प्रकाशक
प्रभात प्रकाशन प्रा. लि.
4/19 आसफ अली रोड, नई दिल्ली–110002
फोन : 23289777 • हेल्पलाइन नं. : 7827007777
इ-मेल : prabhatbooks@gmail.com ❖ वेब ठिकाना : www.prabhatbooks.com

संस्करण
2025

अनुवाद
आनंद अभय

पेपरबैक मूल्य
छह सौ रुपए

मुद्रक
नरुला प्रिंटर्स, दिल्ली

★

SUBHAS CHANDRA BOSE KI ADHOORI ATMAKATHA
Ed. Sisir Kumar Bose/Sugata Bose
(Hindi translation of 'AN INDIAN PILGRIM : AN UNFINISHED AUTOBIOGRAPHY')

Published by **PRABHAT PRAKASHAN PVT. LTD.**
4/19 Asaf Ali Road, New Delhi-110002
by arrangement with Oxford University Press India

ISBN 978-93-5322-436-3
₹ 600.00 (PB)

परिचय

प्रो. कृष्णा बोस और प्रो. लेनार्ड ए. गार्डन के संपादकीय परामर्श तथा श्री कार्तिक चक्रवर्ती के सचिवालयी एवं श्री नाग सुंदरम के पुरालेख संबंधी सहयोग के लिए शुक्रगुजार होने के साथ-साथ हम श्री मनोहर मंडल एवं श्री मुंशी के भी ऋणी हैं, जिन्होंने इस पुस्तक के ब्यूरो प्रकाशकीय विभाग में व्यावहारिक सहायता प्रदान की है। इस पुस्तक के प्रकाशन के लिए प्रकाशक को धन्यवाद देना चाहेंगे, जिन्होंने कुशलता एवं शीघ्रता से इस कार्य को पूर्ण किया है।

हम पुनः हृदय से नेताजी की पत्नी श्रीमती एमिली शेंकल और पुत्री अनीता पाफ को भी धन्यवाद देते हैं, जिन्होंने नेताजी रिसर्च ब्यूरो को नेताजी के इस कार्य की अधिकृत स्वीकृति प्रदान की है।

—शिशिर कुमार बोस
—सुगत बोस

संपादकीय

सुभाष ने सन् 1912 में अपनी पंद्रह साल की उम्र में ही अपनी माँ से पूछा था, "आज के इस स्वार्थी युग में कितने निस्स्वार्थी बेटे अपनी माँ के लिए अपने निजी हितों का बलिदान करने और संघर्ष करने के लिए तैयार हैं? माँ, क्या तुम्हारा बेटा अभी इसके लिए तैयार है?" सुभाष जब भारतीय सिविल सेवा को त्यागपत्र देने जा रहे थे, तब उन्होंने अपने बड़े भाई शरत को 6 अप्रैल, 1921 को पत्र लिखा, "मैं इस बलिदान का अर्थ जानता हूँ। इसका अर्थ गरीबी, पीड़ा, कठोर श्रम और संभवत: कुछ ऐसी कठिनाइयाँ हैं, जिन्हें व्यक्त करना मैं आवश्यक नहीं समझता, पर आप इन्हें भलीभाँति समझ सकते हैं। किंतु यह बलिदान विवेकपूर्ण ढंग से जान-बूझकर करना आवश्यक है। बाबा कहते हैं कि अधिकतर तथाकथित नेता वास्तव में निस्स्वार्थी नहीं होते हैं, पर क्या वाकई कोई वजह है कि वे मुझे निस्स्वार्थी बनने से रोकना चाहते हैं?" स्वयं को निस्स्वार्थ सेवा के रूप में प्रस्तुत करनेवाली यह भावना ही थी, जिसने सुभाषचंद्र बोस को शुरुआत में ही नेतृत्व का उदाहरण प्रस्तुत करने के लिए प्रेरित किया था।

सन् 1921 में जिन दिनों भारत में असहयोग आंदोलन अपने चरम पर था, सुभाषचंद्र बोस देशबंधु चितरंजन दास के नेतृत्व में स्वतंत्रता आंदोलन में शामिल हुए थे। सोलह वर्ष के अथक परिश्रम, कई जेलों की कैद और लंबे समय के देश निकाले के बाद महात्मा गांधी के द्वारा उनका चयन सन् 1938 में भारतीय राष्ट्रीय कांग्रेस के अध्यक्ष के रूप में किया गया था। गांधीजी के इस चयन का पता सन् 1937 में अक्तूबर माह की अखिल भारतीय कांग्रेस कमेटी की कलकत्ता सभा में लगा था। महात्मा गांधी के आशीर्वाद के उपरांत सुभाष ने कांग्रेस अध्यक्ष के पद की जिम्मेदारी सँभालने से पहले योरप की यात्रा करने का तय किया। सुभाष ने नवंबर 1937 के आखिर में जनवरी 1938 तक एमिली शेंकल के साथ अपने

पसंदीदा स्वास्थ्य रिसार्ट वेगास्टीन, आस्ट्रिया में समय बिताया और वहीं दिसंबर 1937 में दस दिनों में ही अपनी अधूरी आत्मकथा के दस अध्याय भी लिखे थे।

सुभाष के द्वारा उनकी हस्तलिपि में लिखी पांडुलिपि नेताजी रिसर्च ब्यूरो के अभिलेखागार में अभी भी सुरक्षित है। बोस के जीवन के शुरुआती बीस वर्षों की इस विवेचना का अंत अप्रैल 1921 में उनके भारतीय सिविल सेवा के त्यागपत्र के साथ खत्म होता है। अकसर ऐसा नहीं देखा गया है कि उनके जीवन के बारे में लिखे उनके पत्रों को उनकी प्राथमिक स्रोत सामग्रियों के साथ पढ़ा गया हो, जिसमें उनके पत्र और टिप्पणियाँ भी शामिल हैं। यह पुस्तक पाठकों को उसी प्रथम व्यक्ति के बोध से परिचित कराने के उद्देश्य से लिखी गई है। इस अधूरी आत्मकथा के प्रथम भाग की पूर्णता दूसरे भाग में मौजूद उनके बचपन, किशोरावस्था एवं युवावस्था के रोचक सत्तर पत्रों से होती है। इस प्रकार इस खंड में प्रस्तुत सामग्री सुभाष के उस सामाजिक-सांस्कृतिक परिवेश का अध्ययन कराती है, जिसमें उनका मानसिक और बौद्धिक विकास हुआ था। इस पुस्तक के पाठक उन धार्मिक, सांस्कृतिक, नैतिक, बौद्धिक और राजनीतिक प्रभावों की वास्तविकता से भी परिचित होंगे, जिन्होंने भारत के श्रेष्ठतम सुधारवादी, राष्ट्रवादी व्यक्तित्व और चरित्र को गढ़ा था। प्रस्तुत आत्मकथा और पत्र की सरल एवं सीधी भाषा लेखक की रूढ़िहीनता तथा विद्रोही जीवन के प्रवाह को समझना आसान कर देती है। यहाँ तक कि इन पत्रों में वर्णित समकालीन तथ्यों से इनकी भावना और विचारों की गहराई का भी पता चलता है, जिनका संबंध आत्मकथा से भी प्रतीत होता है।

बोस दिसंबर 1937 में अपनी आत्मकथा के सिर्फ नौ अध्याय ही लिख सके थे और इसके तुरंत बाद ही वे कांग्रेस के अध्यक्ष चुन लिए गए, जिसकी व्यस्तता और भागमभाग वाले सार्वजनिक जीवन के कारण वे इसे पूरा न कर सके। हालाँकि उनकी मूल पांडुलिपि के शुरुआती नोट्स की टिप्पणियों से स्पष्ट हो जाता है कि वे इसे पूरा करने के इच्छुक थे। टिप्पणियों का विवरण :

1. जन्म-माता-पिता-पारिवारिक इतिहास
2. स्कूली शिक्षा
   (अ) पी.डी. स्कूल
   (ब) आर.सी. स्कूल
3. कॉलेज सन् 1913-16, 1916-17,

सन् 1917-19 स्काटिश सी. कॉलेज

सन् 1919-प्रयोगात्मक मनोविज्ञान

4. सन् 1919-21 कैंब्रिज
5. सन् 1921-23
6. सन् 1924-27
7. सन् 1927-29
8. सन् 1929-31
9. सन् 1929-31
10. सन् 1932-1933 फरवरी
11. सन् 1933-36 मार्च भारत में व्यतीत समय
12. सन् 1936-37 मार्च
13. सन् 1937 मार्च-दिसंबर

उपरोक्त विवरण 'नेताजी कलेक्टेड वर्क्स' के प्रकाशित बारह खंडों में भी उपलब्ध है। सुभाषचंद्र बोस ने सन् 1920 से 1942 तक के स्वतंत्रता आंदोलन के बारे में सन् 1934 और 1942 में 'द इंडियन स्ट्रगल' नामक शीर्षक अपनी पुस्तक में विवेचनात्मक रूप से लिखा है। हालाँकि यह उनकी आत्मकथा नहीं थी, बल्कि इसमें उन्होंने इस संघर्ष में अपने स्वयं के शामिल होने के बारे में लिखा है। वैसे एक सजग पाठक इस राष्ट्रवादी आंदोलन के इतिहास में उनकी भूमिका का अंदाज लगा सकता है।

नेताजी जब आस्ट्रिया में 'एन इंडियन पिलिग्रिम' के शुरुआती हिस्सों को लिख रहे थे, तब उन्होंने इसके तीन अध्यायों में अपने मौलिक विश्वास को 'मेरा दार्शनिक विश्वास, मेरा राजनीतिक विश्वास और मेरा आर्थिक विश्वास' के शीर्षक से व्यक्त किया है। इनकी आत्मकथा को भी पूर्णता प्रदान करनेवाले भी यही तीन अध्याय थे, जबकि इनमें से वे केवल एक ही पूरा कर सके, जो कि इस पुस्तक के प्रथम भाग का दसवाँ अध्याय है। उन्होंने अपने दार्शनिक विचारों को तकरीबन तीन साल बाद नवंबर 1940 में प्रेसीडेंसी जेल, कलकत्ता में 'माई पर्सनल टेस्टामेंट' नामक शीर्षक से एक लघुलेख में व्यक्त किया था। इसे हमने 'कलेक्टेड वर्क्स' के दसवें खंड में शामिल किया है।

इस पुस्तक के दूसरे भाग में मौजूद पत्रों का रुझान और ध्वनि वाकई टिप्पणी योग्य है। वैसे यह पहले भी कहा जा चुका है कि ये पत्र उनकी आत्मकथा

के एक आवश्यक हिस्सा हैं। उनकी माता प्रभावती और बड़े भाई शरत को लिखे पत्रों से उनकी आदर्श भावना और संकल्प-शक्ति का पता चलता है। 'भारत' के बारे में सुभाषचंद्र बोस ने उस समय इसे ईश्वर की प्रिय भूमि संबोधित करते हुए अपनी माँ को पत्र लिखा। इस समय उनकी आयु मात्र सोलह वर्ष की ही थी। वे लिखते हैं कि उनका जन्म लोगों के कल्याण एवं इस धरती को पापों से मुक्ति दिलाने और प्रत्येक भारतीय के हृदय में नेकी तथा सच्चाई की भावना जगाने के लिए हर युग में होता रहा है। वे मानव के रूप में बहुत से देशों में जन्म ले चुके हैं, पर किसी अन्य देश में उतनी बार नहीं, जितना इस देश में और इसीलिए वे भारत को अपनी मातृभूमि तथा ईश्वर की सबसे प्रिय भूमि कहते हैं।

सुभाष की 'भारत की खोज' जवाहरलाल नेहरू की तरह न होकर उनके शुरुआती जीवन में ही आ चुकी थी, यानी उन दिनों वे किशोर ही थे। 23 जनवरी, 1897 को पैदा हुए सुभाष बंगाल के बौद्धिक और सांस्कृतिक वातावरण से बहुत प्रभावित होने के साथ-साथ सदी के आखिर में भारत में चल रहे साम्राज्यवाद विरोधी आंदोलन के चढ़ाव के साथ समन्वय बनाए हुए थे। अपने स्कूल और कॉलेज के दिनों में ही वे पूर्ण मानवतावादी दृष्टिकोण रखते हुए स्वामी विवेकानंद की भावनाओं के अनुरूप सामाजिक सुधारवादी रूप में परिवर्तित होकर राजनीतिक सक्रियतावादी बन चुके थे। सन् 1912-13 में अपनी माता को लिखे पत्रों से उनके देशप्रेम, धार्मिक समझदारी और उनके प्रति लगाव का भी पता चलता है। हालाँकि उन्हें देश की वर्तमान और धार्मिक स्थिति को देखकर बेचैनी होती थी, क्योंकि ज्यादातर धार्मिक स्थलों में धर्मांधता और अनाचार व्याप्त था। उन्होंने अपनी माता से भी पूछा, "क्या हमारे देश की स्थिति बद से बदतर होती जाएगी—क्या भारत माँ का कोई भी सपूत अपनी स्वार्थी भावना को त्यागकर इस भारत माँ को समर्पित नहीं होगा?"

विद्यार्थी काल के अपने मित्रों को लिखे पत्र से उनकी संवेदना और किशोरावस्था में उनकी आदर्शवादी भावना का भी पता चलता है। उन्हें उनकी शुरुआती युवावस्था के अतिवादी तप के संदर्भ में पढ़ना चाहिए और इसे उनके बाद के जीवन में आए मूल्यों के साथ भ्रमित नहीं होने देना चाहिए। बोस ने अपने जीवन के इस उथल-पुथल वाले काल के बारे में अपनी आत्मकथा में बहुत ही विनोदप्रियता और तटस्थ परिहास के साथ लिखा है। अपने विद्यार्थी जीवन के दिनों में उन्हें विश्वास था कि आध्यात्मिक विकास के लिए 'काम पर विजय

आवश्यक है।' उन्होंने एक स्थान पर लिखा है, "चूँकि मैं पूर्ण आध्यात्मिक आदर्श से समाज सेवा के क्षेत्र में आ चुका हूँ, इसलिए काम पर मेरे दृष्टिकोण में परिवर्तन हुआ है।"

सन् 1919 में जब सुभाष कलकत्ता विश्वविद्यालय से स्नातक हो चुके थे, तब उन्होंने कैंब्रिज से दर्शनशास्त्र में अध्ययन का निर्णय लिया और भारतीय सिविल सेवा की परीक्षा में भी उत्तीर्ण हुए। वैसे उनके लक्ष्य को लेकर उनके मन में किसी तरह का संदेह नहीं था तथा अपने लक्ष्य के साथ उन्होंने किसी तरह का समझौता भी नहीं किया। सन् 1921 के दौरान अपने बड़े भाई शरत चंद्र बोस को लिखे पत्रों में स्पष्ट रूप से भारतीय सिविल सेवा को त्यागपत्र देने के बारे में लिखा है और इसका जिक्र उन्होंने अपनी इस अधूरी आत्मकथा में भी विस्तार से किया है। उनके यह सात महत्त्वपूर्ण पत्र सन् 1936-37 में एमिली शेंकल को लिखे पत्रों के साथ ही सन् 1980 में एक सिगार के डिब्बे में मिले थे। सुभाष इन पत्रों को अपने साथ लेकर नवंबर 1937 में बगास्टेन चले गए थे और फिर जनवरी 1938 में अपने साथ ही वापस भी ले आए। उन्होंने अपने भाई को इस 'सड़ी गली सेवा को छोड़ने' के निर्णय तथा 'दासता के प्रतीक' को न अपनाने के बारे में अवगत करा दिया था, क्योंकि राष्ट्र और आध्यात्मिक अभिलाषा का सिविल सेवा की स्थितियों तथा इनके अनुपालन के साथ कोई संबंध नहीं था। वे उन दिनों अरविंद घोष के त्याग के आदर्श से प्रेरित थे। उन्हें यकीन था कि केवल बलिदान और कष्टों से ही हम अपने राष्ट्र की इमारत का निर्माण कर सकते हैं।

इस पुस्तक के परिशिष्ट में हमने ऐसे बहुत से दस्तावेज शामिल किए हैं, जो कि इस आत्मकथा और इनके पत्रों को एक सुदृढ़ता प्रदान करते हैं। सुभाष के वंशवृक्ष के अतिरिक्त यहाँ उनके पिता जानकीनाथ बोस का संक्षिप्त जीवन परिचय भी उपलब्ध है, जिसे स्वयं सुभाष ने ही लिखा है, साथ-ही-साथ इसमें पुरंदरखान तथा महीनगर के बोस परिवार के बारे में नगेंद्रनाथ बोस का लिखा एक पुराना लेख भी है। सुभाष ने अपने पारिवारिक इतिहास के लिए इस लेख को बाद में निकाला था। सुभाष की आत्मकथा में प्रेसीडेंसी कॉलेज में हुए ओएटन के साथ उनके विवाद और आधिकारिक जाँच समिति की रिपोर्ट का प्रस्तुतीकरण भी पठनीय है। स्कॉटिश चर्च कॉलेज के दार्शनिक समाज पर लिखे उनके विवरण भी महत्त्वपूर्ण हैं, क्योंकि इससे उनके उन दार्शनिक विचारों का पता चलता है, जिन्होंने उनके वहाँ के अध्ययन के दिनों में उनमें परिवर्तन किया था। प्रो. ओएटन

की अपने पुराने विद्यार्थी के बारे में लिखी कविता की प्रस्तुति उनकी असामान्य मानवीय रुचि को दरशाती है।

यह पुस्तक न केवल सुभाष के जीवन-लक्ष्य को दरशाती है, जो कि सन् 1921 तक अपना पूर्ण आकार ले चुका था, बल्कि उनकी उस रणनीतिक समझ को भी बताती है, जो कि भारत की स्वतंत्रता को पाने के लिए जरूरी था। यहाँ तक कि उन्होंने अब अपने राजनीतिक जीवन की भी शुरुआत कर दी थी। 6 अप्रैल, 1921 को उन्होंने अपने भाई शरत चंद्र बोस को लिखा, "यदि सिविल सेवाओं के सदस्य अपनी राजनिष्ठा का त्याग कर दें तभी और केवल तभी यह नौकरशाही का तंत्र गिर जाएगा।" सन् 1921 में सिविल सेवा के प्रति अपनी निष्ठा को त्याग करते हुए उन्होंने सन् 1941 में एक बड़े धर्मयुद्ध को प्रारंभ किया, जो कि भारतीयों की निष्ठा को सैन्य सेवाओं की तरफ मोड़ने और भारत की स्वतंत्रता के प्रति निष्ठावान बनाने का प्रयास था। सन् 1947 में ओएटन ने लिखा था—

"मुझे याद करने दो कि
जिस राज को तुमने अपनी भूमि पर चुनौती दी थी,
वह बहुत ही शक्तिशाली था—
इकारस की भाँति तुम्हारा साहस योजनाबद्ध था,
आकाश का आरोहण और युद्ध में तूफान, स्वर्ग की ऊँची प्राचीरें,
स्वतंत्रता की सहज माँग और तीखी माँग का दावा
ऊँचा स्वर्ग झुका पर अपनी गरिमा के साथ,
इकारस की भाँति तुम समुद्र की तरफ बढ़े थे।"

—शिशिर कुमार बोस

—सुगत बोस

अनुक्रम

भाग–3

परिशिष्ट

भाग-1

एक भारतीय तीर्थयात्री

अध्याय-1

जन्म, पालन-पोषण और शुरुआती माहौल

मेरे पिता जानकीनाथ बोस पिछली शताब्दी के आठवें दशक में उड़ीसा आकर बस गए और कटक में उन्होंने वकालत शुरू कर दी थी। मेरा जन्म 23 जनवरी, 1897 को यहीं शनिवार के दिन हुआ था। मेरे पिता के वंशज महीनगर के बोस थे और मेरी माता प्रभावती हथखोला के दत्त परिवार से थीं। मैं अपने माता-पिता की नौ संतानों में से छठी संतान था।

आजकल की तेज संचार व्यवस्था के अनुसार कलकत्ता से पूर्वी समुद्र-तट से कटक तक की ट्रेन की यात्रा में पूरी एक रात लग जाती थी तथा इस यात्रा में न तो रोमांच और न ही किसी तरह का आनंद ही था। किंतु आज से साठ साल पहले स्थितियाँ ऐसी नहीं थीं। लोग बैलगाड़ियों से यात्रा करते थे और रास्ते में चोर-लुटेरों से सामना भी होता था या फिर समुद्र के रास्ते आनेवाली तेज हवाओं और लहरों का भी भय बना रहता था। चूँकि आदमी पर भरोसा करने के बजाय ईश्वर पर भरोसा करना अधिक सुरक्षित था, इसलिए ज्यादातर यात्राएँ नाव के द्वारा ही की जाती थीं। समुद्र में चलनेवाले जहाज चंदनबाली तक यात्रियों को ढोते थे और वहाँ से स्टीमर के द्वारा नदियों और नहरों से होते हुए कटक तक पहुँचा जाता था। इस समुद्री यात्रा में होनेवाली असुविधा और परेशानी के बारे में मैं अपनी माँ से बचपन से ही सुनता आ रहा था तथा मुझे इस तरह के अनुभव प्राप्त करने की कोई इच्छा न थी। जिन दिनों दूरियाँ बहुत अधिक थीं और यात्राएँ सुरक्षित नहीं थीं, तब मेरे पिता ने अपना गाँव या घर छोड़कर काम की तलाश में दूर जाने का साहस किया था। यहाँ तक

कि सामान्य जीवन में भी भाग्य हमेशा बहादुरों का साथ देता है और जिस समय मैं पैदा हुआ था, उस समय तक मेरे पिता इस नई जगह अपने कानूनी पेशे में काफी ऊँचा मुकाम हासिल कर चुके थे।

हालाँकि कटक बीस हजार की आबादी वाला छोटा शहर होने के बावजूद अपना एक विशेष महत्त्व रखता था। कलिंग के हिंदू राजाओं के समय से चली आ रही विरासत इसके महत्त्व की प्रमुख वजह रही है। वैसे यह उड़ीसा की अघोषित राजधानी भी रहा है, जो कि अपने प्रमुख तीर्थ पुरी और भव्य स्मृति-चिह्नों, जैसे कोणार्क, भुवनेश्वर और उदयगिरि के महत्त्व से जाना जाता है। कटक केवल उड़ीसा में ब्रिटिश प्रशासन का मुख्यालय ही नहीं था, बल्कि यहाँ प्रांत के बहुत से शासन प्रमुख भी रह चुके हैं। इसके साथ ही विकसित होते बच्चों के लिए कटक का वातावरण भी बहुत स्वास्थ्यप्रद था, क्योंकि यहाँ ग्रामीण और शहरी दोनों ही जीवन का मिश्रण था।

हमारा परिवार बहुत धनी तो नहीं था, पर इसे संपन्न मध्यवर्ग का दर्जा अवश्य ही प्राप्त था। वास्तव में मुझे गरीबी या अभावों का कोई निजी अनुभव नहीं था और स्वार्थ, लोभ या इसी तरह की अनचाही चीजों के पनपने का कोई अवसर भी नहीं मिला, जो कि अकसर किसी के शुरुआती जीवन में परिस्थितियों के कारण जन्म लेती हैं। वैसे हमारे घर में ऐसी विलासिता के साधन भी नहीं थे, जिनमें आमतौर पर बहुत से प्रतिभाशाली युवा नष्ट हो जाते हैं या फिर उनमें दंभ या घमंड की भावना पैदा हो जाती है। भौतिक साधनों के मामले में मेरे माता-पिता बहुत रुचि नहीं रखते थे और मैं यह कह सकता हूँ कि वे सही थे तथा सादगी के दृष्टिकोण से उनके पालन-पोषण का प्रभाव हम बच्चों पर भी पड़ा।

शुरुआती स्मृतियों के अनुसार मैं हमेशा स्वयं को पूरी तरह से महत्त्वहीन ही समझता था तथा मेरे माता-पिता को यह अजीब सा लगता था। मेरे पिता सामान्यतया एक गंभीरता का आवरण ओढ़े रहते थे और इसी वजह से उनके बच्चे उनसे दूरी बनाए रहते थे। वैसे अपने पेशेवर कामों और सामाजिक कर्तव्यों के कारण उन्हें परिवार के लिए समय ही नहीं मिलता था और जो समय वे परिवार के लिए निकालते थे, वह भी उनके कई बेटे-बेटियों में बँट जाता था। किंतु यह भी सच है कि छोटे बच्चे को थोड़ा अधिक प्यार मिलता है, पर बड़ा परिवार होने पर उनके हिस्से का यह अतिरिक्त प्यार भी छिन जाता था। घर के वयस्कों में जरूर यह भावना रहती थी कि बाबा किसे अधिक स्नेह करते हैं, पर उनका निष्पक्ष व्यवहार

यह स्पष्ट नहीं होने देता था। वैसे उनके मन की भावना चाहे जो भी हो। जहाँ तक मेरी माँ का सवाल है, वे बहुत ही स्नेही थीं और उनकी भावना को समझना असंभव नहीं था तथा उनके अधिकतर बच्चे उन्हें चकित भी कर देते थे। इसमें संदेह नहीं है कि वे हमारे परिवार की एक महत्त्वपूर्ण सदस्य थीं और जब पारिवारिक मसला आता तो अंतिम शब्द सामान्यतया उन्हीं के होते थे। वे दृढ़ इच्छाशक्ति वाली महिला थीं और जब इसे वास्तविकता के बोध के साथ समझा जाता है, तब व्यक्ति इसे समझ सकता है कि घरेलू मामलों में वे किस प्रकार अपना प्रभुत्व रखती थीं। अपने बचपन के दिनों में अपने माता-पिता के प्रति पूर्ण आदर का भाव रखने के बावजूद मैं उनसे और अधिक स्नेह पाने के लिए लालायित रहता था तथा स्वयं को उन बच्चों के प्रति ईर्ष्या भाव रखने से रोक पाने में असहाय पाता था, जो अपने माता-पिता के साथ अधिक मित्रवत् संबंध रखते थे। संभवत: मेरी यह इच्छा मेरी संवेदनशील और भावनात्मक प्रकृति की वजह से रही हो।

अपने माता-पिता को इस अति विस्मयकारी स्थिति में पाना ही मेरा एकमात्र संकट नहीं था, बल्कि अपने कई बड़े भाइयों और बहनों की मौजूदगी भी मुझे अति महत्त्वहीन स्थिति में ढकेलती थी। वैसे शायद यह सबकुछ मेरे भले के लिए ही था। मैंने अपने जीवन की शुरुआत आत्मसंशय की स्थिति में ही की थी, मुझे लगता था कि मुझे अपने से पहले वाले उन लोगों के स्तर को हासिल करने के लिए जीना चाहिए, जो कि उसे पहले से ही प्राप्त कर चुके थे। वैसे अच्छा या बुरा जो भी हो, पर मैं अति आत्मविश्वास या किसी तरह की सुनिश्चितता की भावना से मुक्त था। मैं बहुत प्रतिभाशाली तो नहीं था, पर मैं कठिन परिश्रम से भागता भी नहीं था। मेरे मन के किसी कोने में यह विश्वास था कि औसत मानवीय श्रम और नेक व्यवहार ही सफलता का मार्ग है।

यदि देखा जाए तो एक बड़े परिवार का सदस्य होने में कई तरह से बड़ी परेशानियाँ होती हैं, जैसे एक व्यक्ति पर पूरा ध्यान नहीं दिया जा सकता है, जो कि अकसर बचपन के दिनों में जरूरी होता है। अकसर व्यक्ति भीड़ में गुम हो जाता है और इसका परिणाम उसके व्यक्तित्व के विकास पर पड़ता है। दूसरी तरफ व्यक्ति में सामाजिक मेल-मिलाप की भावना बढ़ती है और वह आत्मकेंद्रित हो जाने पर काबू पाता है। अपने बचपन से ही मैं केवल अपने बहुत से भाई-बहनों के बीच ही नहीं रहा, बल्कि अपने चाचाओं और चचेरे भाइयों के साथ भी रहता था। 'परिवार' शब्द वाकई एक बृहत् रूप में अर्थ रखता था। सबसे महत्त्वपूर्ण तो यह भी था कि

हमारे घर के दरवाजे दूर-दराज के रिश्तेदारों और गाँव के लोगों के लिए भी खुले रहते थे तथा भारतीय परंपरा के अनुसार प्राप्त सम्मान के मुताबिक जो भी आगंतुक कटक शहर में आता था, वह बिना परिचय के ही हमारे यहाँ पहुँचा दिया जाता था। चूँकि उन दिनों होटल का बहुत प्रचलन नहीं था और बेहतर होटलों का अभाव होने के कारण समाज को ही इस सामाजिक आवश्यकता को पूरा करना पड़ता था।

हमारे परिवार का यह विस्तृत रूप सिर्फ हमारे परिवार की ही वजह से नहीं था, बल्कि इसमें नौकरों के साथ बहुत से आश्रित लोग तथा पशुओं की भी दुनिया शामिल थी, जैसे गाएँ, घोड़े, बकरियाँ, भेड़ें, हिरन, मोर, चिड़िया और नेवले आदि। नौकरों ने भी हमारे परिवार में एक आंतरिक स्थिति बना रखी थी और इनमें से बहुत से तो मेरे जन्म से पहले के भी थे, जैसे कि एक पुरानी दाई। इनमें से कुछ सेवानिवृत्त हो चुके थे और पेंशन का आनंद ले रहे थे, चूँकि अभी व्यावसायिकता ने मानवीय संबंधों को विकृत नहीं किया था, इसलिए नौकरों के साथ हमारी हार्दिकता बनी हुई थी। अपने जीवन के इस शुरुआती अनुभव ने नौकरों के प्रति एक वर्ग के रूप में मेरा एक खास तरह का दृष्टिकोण विकसित कर दिया था।

हालाँकि मेरे पारिवारिक वातावरण ने मेरी सोच को बढ़ा दिया था, अन्यथा मेरे शरमीले व्यवहार से छुटकारा पाना आसान न था, जो कि मुझे बाद के सालों तक परेशान करता रहा। वैसे मैं हमेशा से अंतर्मुखी ही था।

□

अध्याय-2

पारिवारिक इतिहास

हमारे परिवार की पिछली सत्ताईस पीढ़ियों की जानकारी तलाशी जा सकती है। बोस लोग जाति के दृष्टिकोण से कायस्थों में आते हैं। बोसकुल के शुरुआती संस्थापक दशरथ बोस थे तथा इनके दो पुत्र कृष्ण और परम थे। परम पूर्वी बंगाल चले गए और वहीं के निवासी हो गए तथा कृष्ण पश्चिमी बंगाल में बस गए। दशरथ के परपौत्रों में एक नाम मुक्ति बोस का था, जो कि महीनगर में बसे। महीनगर 14 मील दूर कलकत्ता के दक्षिण का एक गाँव है, जहाँ के परिवार महीनगर के बोस कहे जाते हैं। दशरथ के बाद की ग्यारहवीं पीढ़ी के व्यक्ति महीपति थे, जिनकी असाधारण योग्यता और बुद्धिमानी मशहूर थी। महीपति की योग्यता के कारण बंगाल के नवाब ने उन्हें वित्त और युद्ध विभाग का मंत्री बनाया था। इनकी सेवाओं से इस मुसलमान नवाब ने उन्हें 'सुबुधि खान' की उपाधि दी थी। उन दिनों के रिवाज के अनुसार महीपति को उपहारस्वरूप एक जागीर और सुबुधिपुर गाँव प्रदान किया गया था, जो कि महीनगर से दूर नहीं था। महीपति के दस पुत्रों में से चौथी संतान ईशान बोस थे, जिन्होंने अपनी योग्यता के बल पर शाही दरबार में अपने पिता का स्थान प्राप्त किया था। ईशान बोस के भी तीन पुत्र हुए, जिन्हें भी नवाब की तरफ से उपाधि मिली थी। ईशान बोस के दूसरे पुत्र गोपीनाथ बोस की असाधारण योग्यता के कारण उन्हें नवाब हुसैन शाह (1493-1519) ने अपना वित्त मंत्री और नौसेना का प्रमुख बनाया। इन्हें भी अपनी विशेषताओं के कारण 'पुरंदर खान' की उपाधि और जागीर प्रदान की गई, जो कि उनके गाँव महीनगर से बहुत दूर नहीं थी। पुरंदरपुर में 'खान पोखर' नामक एक तालाब है, जिसके एक मील लंबे अवशेष आज भी मौजूद हैं और इसे पुरंदर खान

ने ही खुदवाया था। महीनगर के पास ही मलान्या गाँव में एक पुरंदर बाग भी है।

उन दिनों हुगली नदी महीनगर से होकर ही गुजरती थी और यह भी कहा जाता है कि पुरंदर नाव से ही बंगाल की राजधारी गौड़ तक की यात्रा करते थे। उन्होंने ही बाहरी आक्रमणों से राज्य की सुरक्षा के लिए एक शक्तिशाली नौसेना का गठन किया था और वे ही इसके प्रमुख भी थे।

पुरंदर की पहचान एक समाज-सुधारक के रूप में भी थी। उनके समय से पहले बल्लाई परंपरा के अनुसार कायस्थों की दो शाखाएँ थीं—कुलीन जिसमें बोस, घोष और मित्रा आते हैं तथा मौलिक, जिसमें दत्त, डे और राय आदि हैं। पुराने नियमों के अनुसार उनमें आपस में विवाह-संबंध नहीं होते थे। इस मामले में पुरंदर ने एक नई परंपरा की शुरुआत की थी, जिसमें कुलीन की वरिष्ठ संतान को ही कुलीन में विवाह की अनिवार्यता थी, जबकि अन्य सभी मौलिकों में विवाह कर सकते थे। इनके द्वारा जारी यह परंपरा अभी तक चल रही है, जिसकी वजह से कायस्थों की अति पैदावार से बचाव भी हुआ है।

पुरंदर एक विद्वान् व्यक्ति थे। इनका नाम वैष्णव भक्ति संगीत की पदावली के रचयिता के रूप में भी लिया जाता है।

उपरोक्त विषय का प्रमाण बहुत सी बँगला कविताओं में भी मिलता है, जैसे कविराम की 'रायमंगल' तथा तकरीबन 200 वर्ष पूर्व हुगली, जिसे बँगला में गंगा भी कहते हैं, महीनगर और इसके आसपास से होकर ही बहती थी। यहाँ तक कि आज भी गंगा के मार्ग में आनेवाले सभी तालाब भी सम्मानपूर्वक गंगा ही पुकारे जाते हैं, उदाहरणस्वरूप बोस की गंगा से आशय था बोस का तालाब। हुगली के मार्ग में परिवर्तन के कारण ही इन गाँवों में संपदा और स्वास्थ्य का संकट आया था। इस क्षेत्र में जल-निकासी की आई समस्या ने भयानक महामारी को जन्म दिया, जिसकी वजह से यहाँ से भारी संख्या में लोगों का पलायन हुआ। बोस परिवार यानी 'पुरंदरखान' के वंशजों में से एक तो पास ही के गाँव कोडालिया जाकर बस गए।

कुछ समय तक शांत रहने के बाद इस क्षेत्र के पास-पड़ोस के गाँव जैसे—कोडालिया, चिंग्रीपोटा, हरिनवी, मलांचा में फिर से हलचल शुरू हुई थी। उन्नीसवीं सदी के शुरुआती दशक में इस क्षेत्र में जो सांस्कृतिक उथल-पुथल शुरू हुई, वह शताब्दी के अंत तक जारी रही और देहात का यह इलाका फिर से मलेरिया जैसी महामारी की चपेट में आ गया था। आज कोई भी इन वीरान गाँवों से गुजरते हुए उन विशालकाय भवनों के खँडहरों को देख सकता है और उसे समय की इस क्षेत्र

की समृद्धि का अंदाज भी लगा सकता है। तकरीबन एक शताब्दी पहले पैदा हुए इस क्षेत्र के विद्वानों में अधिकतर लोगों का संबंध भारत के प्राचीन ग्रंथों से तो था, परंतु वे किसी भी स्थिति में दकियानूसी नहीं थे। इनमें कुछ विद्वान् ब्रह्म समाज की विचारधारावाले शिक्षक थे, जो कि सामाजिक दृष्टिकोण से क्रांतिकारी परिवर्तन के जनक थे, जबकि अन्य बँगला भाषा में प्रकाशित धर्मनिरपेक्ष पत्रिकाओं के संपादक थे, जिन्होंने एक नवीन बँगला साहित्य की रचना की, जिसका प्रभाव तत्कालीन समाज पर भी पड़ा।

पंडित आनंद चंद्र वेदांत वागीश 'तत्त्वबोधिनी' पत्रिका के संपादक थे। उन दिनों यह एक प्रभावशाली पत्रिका थी तथा पंडितजी ब्रह्म समाज के शिक्षक भी थे। पंडित द्वारिकानाथ विद्याभूषण 'सोमप्रकाश' नामक साप्ताहिक पत्रिका के संपादक थे तथा यह पत्रिका संभवत: बँगला भाषा में प्रकाशित होनेवाली पहली पत्रिका थी। इनके भतीजों में से एक पंडित शिवनाथ शास्त्री थे, जो कि ब्रह्म समाज के अद्‌भुत व्यक्तित्वों में से एक थे। भारत चंद्र शिरोमणि हिंदू नियमावली, जिसे 'दया भाग' भी कहते थे, इसके महत्त्वपूर्ण व्यक्तियों में से एक थे। कला के क्षेत्र में काली कुमार चक्रवर्ती का नाम प्रमुख चित्रकारों में आता है तथा अघोर चक्रवर्ती एवं काली प्रसन्ना बोस प्रमुख संगीतज्ञ थे। सदी के अंतिम कुछ दशकों में इस क्षेत्र ने राष्ट्रवादी आंदोलन में अपनी महत्त्वपूर्ण भूमिका निभाई थी। प्रमुख कांग्रेसी हरिकुमार चक्रवर्ती और सत्कार बनर्जी, जिनकी मृत्यु सन् 1936 के देवली नजरबंदी के दौरान हुई थी, वे भी इसी क्षेत्र के थे तथा कामरेड एम.एन. राय जैसे अंतरराष्ट्रीय ख्याति के व्यक्ति का भी जन्म यहीं हुआ था।

अब पुन: अपनी कहानी पर आता हूँ, यानी कोडलिया आनेवाले बोस यहाँ पिछली दस पीढ़ियों से रहते आ रहे हैं तथा इनकी वंशावली भी उपलब्ध है। मेरे पिता 'पुरंदर खान' की दसवीं पीढ़ी थे तथा दशरथ बोस से छब्बीस पीढ़ी बाद आते हैं। मेरे दादाजी हरनाथ बोस के चार बेटे थे, जदुनाथ, केदारनाथ, देवेंद्र नाथ और मेरे पिता जानकी नाथ। हालाँकि हिंदू परंपरा के अनुसार हमारा परिवार शाक्त था, पर हरनाथ धार्मिक और वैष्णव भक्त थे। वैष्णव धर्म को माननेवाले ज्यादातर लोग अहिंसक होते हैं तथा मेरे दादाजी हरनाथ ने दुर्गापूजा पर बकरे की बलि प्रथा को रोक दिया था, जबकि दुर्गापूजा बंगाल के हिंदुओं का एक प्रमुख त्योहार है। वे इसे प्रत्येक वर्ष बहुत ही भव्य समारोह के साथ मनाते हैं। वैसे इस नए रिवाज को लोगों ने आजतक सम्मान से जारी रखा, पर उसी गाँव में रहनेवाले अन्य बोस परिवार

आज भी वार्षिक पूजा पर बकरे की बलि चढ़ाते हैं।

हरनाथ बोस के चारों बेटे अपने-अपने पेशे की वजह से अलग-अलग स्थानों में बस गए। इनमें से सबसे बड़े बेटे जदुनाथ ने इंपीरियल सेक्रेट्रिएट में काम किया और काफी समय शिमला में बिताया था। दूसरे बेटे केदारनाथ कलकत्ते में रहने लगे तथा तीसरे बेटे देवेंद्र नाथ ने सरकार के शिक्षा विभाग में काम किया और प्रिंसिपल के पद तक पहुँचे तथा इस सिलसिले में वे कई जगह घूमते रहने के बाद आखिर में कलकत्ते में ही बस गए।

मेरे पिता का जन्म 28 मई,1860 को तथा माताजी सन् 18691 में पैदा हुई थीं। पिताजी ने अल्बर्ट स्कूल, कलकत्ता से मैट्रिकुलेशन, जो कि उन दिनों इन्ट्रेंस कहा जाता था, पास करने के बाद सेंट जेवियर कॉलेज और जनरल एसेंबली एजुकेशन (जिसे अब स्कॉटिश चर्च कॉलेज कहते हैं) में भी अध्ययन किया। इसके बाद वे राबेन शा कॉलेज, कटक आ गए और यहीं से स्नातक की डिग्री हासिल करने के बाद कलकत्ता वापस लौटकर कानून की पढ़ाई पूरी की। इन्हीं दिनों उनका संपर्क ब्रह्म समाज की मशहूर हस्तियों ब्रह्मानंद केशव चंद्र सेन और इनके भाई कृष्ण बिहारी सेन तथा सिटी कॉलेज के प्रिंसिपल उमेश चंद्र दत्त से हुआ। मेरे पिता ने कुछ समय तक अल्बर्ट कॉलेज में लैक्चरर के पद पर भी काम किया, जहाँ के रेक्टर कृष्ण बिहारी सेन थे। सन् 1885 में वे कटक आ गए और यहीं वकालत शुरू कर दी। सन् 1905 में उनका चयन सरकारी वकील के पद पर हो गया। सन् 1912 में वे बंगाल विधान परिषद् के सदस्य बने और उन्हें 'राय बहादुर' की उपाधि भी प्राप्त हुई। सन् 1917 में जिलाधिकारी से किसी मतभेद के कारण उन्होने सरकारी वकील के पद से त्यागपत्र दे दिया और तेरह साल के बाद, यानी सन् 1930 में सरकार की दमनकारी नीतियों के खिलाफ अपनी रायबहादुर की उपाधि भी लौटा दी।

निगम और जिला परिषद् के महत्त्वपूर्ण पदों पर होने के बावजूद वे सामाजिक संस्थाओं और शिक्षा के क्षेत्र, जैसे विक्टोरिया स्कूल और कटक यूनियन क्लब में सक्रिय रूप से भाग लेते थे। इस क्षेत्र में वे बहुत दान भी देते थे तथा गरीब विद्यार्थी उसने सहायता प्राप्त करने अकसर उनके पास आते थे। वैसे उनके दान का एक बड़ा हिस्सा उड़ीसा जाता था, क्योंकि वे अपने पैतृक गाँव को कभी नहीं भूले, जहाँ उन्होंने अपने माता और पिता के नाम पर धर्मार्थ चिकित्सालय और पुस्तकालय की स्थापना की थी। वे प्रत्येक साल होनेवाली भारतीय राष्ट्रीय कांग्रेस की बैठकों में भी जाते थे, पर उन्होंने कभी भी सक्रिय राजनीति में भाग नहीं लिया। हालाँकि

वे स्वदेशी के पूर्ण समर्थक थे। सन् 1921 के असहयोग आंदोलन में वे कांग्रेस के खादी और राष्ट्रीय शिक्षा के कार्यक्रम में बहुत सक्रिय थे। धर्म के प्रति भी उनमें बहुत अनुराग था तथा उनके प्रथम गुरु शाक्त तथा दूसरे वैष्णव थे। वर्षों तक वे स्थानीय थियोसाफिकल शाखा भवन के अध्यक्ष भी थे तथा गरीबों के प्रति इनके मन में बहुत ही उदारता का भाव था। यहाँ तक कि अपनी मृत्यु के पूर्व ही इन्होंने अपने पुराने नौकरों और अन्य आश्रितों की व्यवस्था कर दी थी।

जैसा कि प्रथम अध्याय में व्यक्त किया जा चुका है कि मेरी माता उत्तरी कलकत्ता के हठखोला के दत्त परिवार से थीं। ब्रिटिश शासन के शुरुआती दिनों में कलकत्ता के दत्त लोग समृद्धि और योग्यता के मामले में विशेष स्थान रखते थे तथा राजनीतिक दृष्टि से भी इनकी अच्छी पकड़ थी। इसीलिए नव अभिजात वर्ग में इनकी महत्त्वपूर्ण भूमिका भी थी। मेरी माता के दादाजी काशीनाथ दत्त अपने परिवार से थोड़ी दूर उत्तरी कलकत्ता के छोटे से शहर वारानगर में बस गए और यहीं उन्होंने एक भव्य भवन का निर्माण भी कराया। वे एक बहु पठित व्यक्ति होने के साथ-साथ विद्यार्थियों के भी प्रिय थे। उन्होंने कलकत्ता में व्यापार करनेवाली ब्रिटिश फर्म मेसर्स जारडिन, सिकनेर ऐंड कंपनी के उच्च प्रशासकीय पद पर काम किया था। मेरी माता के पिता गंगानारायन दत्त और दादा की अपने दामाद के चयन की वजह से एक बुद्धिमान व्यक्ति की छवि भी थी। इस प्रकार उनका संबंध अपने समय के कलकत्ता के अभिजात वर्ग के साथ जुड़ गया था। काशीनाथ दत्त के एक दामाद सर रोमेश चंद्र मित्रा भी थे, जो कि कलकत्ता हाईकोर्ट के प्रथम मुख्य न्यायाधीश थे और दूसरे दामाद राय बहादुर हरि वल्लभ बोस मेरे पिता के कटक आने से पहले ही यहाँ आकर वकालत करने लगे तथा इनकी पूरे उड़ीसा में एक वकील के रूप में प्रसिद्धि थी।

मेरे नाना गंगा नारायण दत्त के बारे में ऐसा भी कहा गया है कि मेरे पिता से मेरी माता के विवाह के लिए राजी होने से पहले उन्होंने मेरे पिता की बौद्धिक क्षमता का इम्तिहान भी लिया था। मेरी माँ उनकी सबसे बड़ी बेटी थीं और उनकी छोटी बहनों की शदियाँ क्रमशः स्वर्गीय वरदाचंद मित्रा, आई.सी.एस., जिला एवं सत्र न्यायाधीश, श्री उपेंद्र नाथ बोस (वाराणसी), स्वर्गीय चंद्र नाथ घोष अधीनस्थ न्यायाधीश, स्वर्गीय जे.एन. बोस, स्वर्गीय राय बहादुर चुन्नी लाल बोस, कलकत्ता से हुई थीं।

वैसे मेरे पिता के परिवार में बड़ा परिवार अपवादस्वरूप ही था और करीब-

करीब यही स्थिति मेरे ननिहाल में भी थी। वहाँ भी मेरे नाना के आठ बेटे तथा छह बेटियाँ थीं। इनके बच्चों के भी बड़े परिवार थे। मेरे माता-पिता के भी आठ बेटे और छह बेटियाँ थीं, जिनमें से सात बेटे और दो बेटियाँ अभी भी जीवित हैं। मेरे भाइयों और बहनों में से सभी तो नहीं, पर कुछ के आठ या नौ बच्चे हैं। किंतु इनमें से बहनों या भाइयों को बहुजनक होने की सुनिश्चितता तय नहीं होती है, पर अकसर देखा गया है कि किसी-किसी परिवार में यह किसी एक लिंग पर अधिक निर्भर होता है। शायद सुजनन विज्ञानी ही इसका बेहतर जवाब दे सकते हैं।

□

अध्याय-3

मेरे समय से पहले

अठारहवीं शताब्दी के आखिर में भारतीय समाज की राजनीतिक शक्ति का अंग्रेजों के हाथों में जाने के बारे में विचार करना एक अति गंभीर विषय है। फिर भी आज के भारत में हो रहे परिवर्तन के उचित दृष्टिकोण की समझ रखना बहुत जरूरी है। चूँकि बंगाल ही वह पहला प्रांत था, जो कि अंग्रेजों के शासन में आया था और इसमें होनेवाले परिवर्तन अन्य जगहों से पहले ही यहाँ नजर आए थे। स्थानीय सरकारें बलपूर्वक हटा दी गई थीं और सामंतवादी अभिजात वर्ग का स्वाभाविक रूप से महत्त्व समाप्त हो गया था तथा इसके स्थान पर दूसरे समूह ने कब्जा कर लिया था। अंग्रेज यहाँ इस देश में व्यापार करने आए थे और बाद में शासन पर काबिज हो गए। किंतु उन मुट्ठी भर लोगों के लिए यहाँ व्यापार और प्रशासन यहाँ के कुछ वर्गों की सहायता के बिना सँभालना संभव नहीं था। इसलिए जो लोग इन नई राजनीतिक व्यवस्था में अपनी काबिलीयत और प्रयास से आए, वे इस नए युग में अभिजात वर्ग के महत्त्वपूर्ण वर्ग बन गए।

ऐसा भी विचार किया गया है कि अंग्रेजों के शासन में एक लंबे समय तक मुसलमानों की महत्त्वपूर्ण भूमिका नहीं थी और उपरोक्त विचार के समर्थन में बहुत से तर्क भी दिए गए हैं। उदाहरण के लिए, बंगाल में अंग्रेजों के शासन के दौरान जिन मुसलमानों को उनके शासन से बेदखल किया गया, परिणामतः मुसलमान समुदाय ने एक लंबे समय तक उनके प्रति विद्वेष की भावना रखी और नए शासकों, उनकी संस्कृति और उनके प्रशासन के प्रति असहयोग का रवैया अपनाया। दूसरी तरफ यह भी कहा गया कि भारत में अंगेजों के शासन से पहले ही मुगल अभिजात वर्ग का काफी हद तक पतन हो चुका था और इसलाम ने आधुनिक सभ्यता और

विज्ञान को अपनाने में पहल नहीं की थी। परिणामतः यह स्वाभाविक ही था कि अंग्रेजों के शासनकाल में मुसलमानों को इस गंभीर समस्या का समाधान करना पड़ा। मैं यह सोचने पर विवश हूँ कि संपूर्ण भारत के परिप्रेक्ष्य में अपनी संख्या की तुलना में मुसलमानों ने देश के जनजीवन के क्षेत्र में अपनी कम भूमिका निभाई थी, चाहे वह अंग्रेजों का शासन हो या उससे पहले का शासन। हिंदुओं और मुसलमानों के बीच के अंतर की बात हम जो आजकल सुनते हैं, वह केवल वैसी ही बनावटी रचना है, जैसे आयरलैंड में कैथोलिक और प्रोटेस्टेंट का विवाद तथा इसमें हमारे आज के शासकों का भी हाथ है। अंग्रेजों के आगमन से पूर्व भारत में राजनीतिक व्यवस्था की विवेचना करते समय मुगल शासन के प्रस्तुत तथ्य के लिए इतिहास मुझे सही ठहराएगा। चाहे हम दिल्ली के मुगल बादशाहों की बात करें या फिर बंगाल के मुगल नवाबों की, चाहे शासन हिंदुओं और मुसलमानों ने मिलकर किया, इनके शासन के प्रमुख पदों पर हिंदू थे। भारत में मुगल शासन का विस्तार हिंदू सेनापतियों की सहायता से हुआ था। सन् 1757 में अंग्रेजों की सेना से प्लासी के युद्ध में लड़नेवाली नवाब सिराजुद्दौला की सेना का सेनापति हिंदू था और सन् 1857 के सैनिक संग्राम, जिसमें हिंदू और मुसलमान साथ मिलकर मुगल बादशाह बहादुर शाह के नेतृत्व में लड़े थे।

वजह चाहे जो भी हो, पर यह भी एक वास्तविकता है कि अंग्रेजों की विजय के बाद बहुत से महत्त्वपूर्ण व्यक्ति जो उभरकर सामने आए, उनमें से अधिकतर हिंदू ही थे। इनमें से एक अतिमहत्त्वपूर्ण व्यक्ति राजा राममोहन राय (1772-1833) थे, जिन्होंने सन् 1882 में 'ब्रह्म समाज' की स्थापना की थी। उन्नीसवीं शताब्दी की शुरुआत में भारत में एक नई जागृति आई। यह जागृति सांस्कृतिक और धार्मिक थी तथा ब्रह्म समाज इसमें अग्रणी था। यह एक तरह से पुनर्जागरण और सुधारवाद का मिश्रण था। इसका एक पहलू राष्ट्रवादी और परंपरावादी था, जिसका संबंध भारत के सांस्कृतिक और धार्मिक सुधार से था। इसका दूसरा पहलू विश्वरूपी और विभिन्न दर्शनग्राही था, जो कि अन्य संस्कृतियों और धार्मिकताओं को अपने में समा लेने की इच्छा रखता था। राम मोहन राय इस नव जागृति और भारतीय इतिहास के इस नवयुग के अग्रदूत थे। इनकी बौद्धिकता का प्रभाव बाद में 'महर्षि' देवेंद्रनाथ टैगोर (सन् 1818-1905), जो कि कवि रवींद्रनाथ टैगोर कि पिता थे और ब्रह्मानंद केशव चंद्र सेन (1838-1884) पर भी पड़ा तथा ब्रह्म समाज का विस्तार दिनोदिन बढ़ता रहा।

इसमें संदेह नहीं है कि एक समय ब्रह्म समाज देश की सभी प्रगतिशील गतिविधियों के केंद्र में था। शुरुआत से ही ब्रह्म समाज पश्चिमी विज्ञान और विचारों से प्रभावित था और जब नई स्थापित अंग्रेज सरकार यहाँ की शिक्षा नीति को लेकर असमंजस में थी कि यहाँ स्वदेशी सांस्कृतिक शिक्षा को ही रखा जाए या फिर पश्चिमी संस्कृति को प्रोत्साहित किया जाए, तब राजा राममोहन राय ने स्पष्ट रूप से पश्चिमी संस्कृति की वकालत की थी। उनके विचारों ने थामस बेविंगटन मैकाले को भी प्रभावित किया और आखिरकार यही सरकार की शिक्षा नीति भी बनी। अपने दार्शनिक दृष्टिकोण से राम मोहन राय ने अन्य किसी देशवासी से काफी पहले ही महसूस कर लिया था कि भारत को अपने पैरों पर खड़े होकर आगे बढ़ना है तो उसे पश्चिमी विज्ञान और विचारों को अपने में समाहित करना ही होगा।

हालाँकि सांस्कृतिक जागृति ब्रह्मसमाज तक ही सीमित नहीं थी। यहाँ तक कि जो लोग ब्रह्मसमाज को बहुत अप्रामाणिक, क्रांतिकारी या मूर्तिभंजक मानते थे, वे भी भारत की स्थानीय संस्कृति के पुनर्जीवन के इच्छुक थे, जबकि ब्रह्मसमाजी और समाज के अन्य प्रगतिशील लोगों ने पश्चिमी संस्कृति की बेहतर चीजों को अपनाते हुए उन्हें चुनौती दी तथा अति रूढ़िवादी वर्गों ने पश्चिमी संस्कृति की सभी खोजों के बारे में भी हिंदू ऋषियों की जानकारी का हवाला देते हुए इन्हें न्यायोचित सिद्ध करने का प्रयास किया। इस प्रकार रूढ़िवादी वर्गों में भी उनकी आत्मसंतुष्टि के माध्यम से पश्चिम के प्रभाव ने असर डाला तथा इनमें भी अति बौद्धिक सक्रियता बढ़ी और शशधर तारकचूड़ामणि जैसे व्यक्तियों का उदय हुआ, परंतु इनकी अधिकतर ऊर्जा ईसाई मिशनरियों के तरफ से हो रहे हिंदू धर्म पर भयावह आक्रमण का सामना करने में ही खर्च होती रही। किंतु ब्रह्मसमाजियों और रूढ़िवादी पंडितों के बीच एक आम सहमति का भी स्थान था। हालाँकि उनके बीच किसी तरह के प्रेम का अभाव नहीं था। पुराने और नए, रूढ़िवादी एवं सुधारवादी, ब्रह्मसमाजी और पंडितों के बीच हुए बौद्धिक द्वंद्व ने एक नए तरह के आदर्शवादी पंडित ईश्वरचंद्र विद्यासागर को जन्म दिया। इस प्रकार के नव भारतीयों ने विकास और पश्चिमी एवं पूर्वी संस्कृति के योग को स्वीकार करने के साथ ही हिंदू समाज से दूर होने को अस्वीकार किया तथा पश्चिम के अनुसरण में बहुत दूर तक बढ़ने से भी रोका, जिसकी तरफ शुरुआत में ब्रह्मसमाज का रुझान था। ईश्वरचंद्र विद्यासागर का पालन-पोषण एक परंपरावादी पंडित के रूप में हुआ था तथा वे आधुनिक बँगला गद्य के पिता भी कहे जाते हैं। वे एक महान् समाजसुधारक होने के साथ-साथ मानव-प्रेमी भी थे।

उन्होंने अंतिम समय तक साधारण और परंपरावादी पंडित के तपस्वी जीवन को जिया था। उन्होंने साहसपूर्वक हिंदू विधवाओं के पुनर्विवाह की वकालत की और रूढ़िवादियों के आक्रोश का भी सामना किया, परंतु उनके तर्क भारतीय प्राचीन ग्रंथों में प्रस्तुत उपरोक्त परंपरा पर आधारित थे। ईश्वरचंद्र विद्यासागर ने जिस तरह के दृष्टिकोण की तरफदारी की थी, उसी तरह का दर्शन रामकृष्ण परमहंस (1834-1886) और उनके योग्य शिष्य स्वामी विवेकानंद (1863-1902) ने भी दिया। स्वामी विवेकानंद की मृत्यु सन् 1902 में हुई और धार्मिक दार्शनिक आंदोलन अरविंद घोष तक जारी रहा। अरविंद घोष राजनीति से दूर नहीं थे, बल्कि वे इसमें गहराई तक उतरे और सन् 1908 तक वे अग्रणी राजनीतिक नेताओं में से एक थे। उनमें राजनीति के साथ-साथ धार्मिकता भी थी। सन् 1909 में अरविंद पूरी तरह से राजनीति से अलग होकर धार्मिकता की तरफ मुड़ गए, परंतु आध्यात्मिकता और राजनीति लोकमान्य बाल गंगाधर तिलक (1856-1920) और महात्मा गांधी (1869) में भी जारी रही।

उपर्युक्त विवेचना से इस पुस्तक की विषयवस्तु और उस सामाजिक वातावरण का भी अंदाज लगता है, जब मेरे पिता अल्बर्ट स्कूल कलकत्ता में पढ़ रहे थे। इन दिनों समाज एक नए तरह के अभिजात वर्ग के प्रभाव में था, जो कि अंग्रेजों के शासन के समानांतर चल रहा था, जिसे बोलचाल की भाषा में हम 'ब्रिटिश साम्राज्यवाद' भी कहते हैं। इस अभिजात वर्ग में तीन तरह के वर्ग या पेशे के लोग थे, जैसे—जमींदार, वकील या नौकरशाह, व्यापारी एवं राजकुमार आदि। इन सभी के जनक अंग्रेज ही थे, जो कि उनके प्रशासन और शोषण के लिए आवश्यक भी थे।

अंग्रेजों के शासनकाल के ये जमींदार सामंतवादी युग के स्वतंत्र शासकों की तरह नहीं थे, बल्कि वे सिर्फ अंग्रेजों के लिए उस जमीन का कर (लगान) एकत्र करते थे, जो कि उन्हें सन् 1857 के विद्रोह के बाद अंग्रेजों के प्रति वफादारी के लिए दी गई थी और इससे ब्रिटिश शासन के तार जुड़े थे।

हालाँकि इस नव अभिजात वर्ग का समकालीन समाज पर प्रभाव था। महाराज जतींद्र मोहन टैगोर और राजा विनय कृष्ण देव बहादुर जैसे लोगों का सम्मान सरकार के द्वारा समाज के नेताओं के रूप में होता था, पर वे बौद्धिक या नैतिक रूप से बहुत प्रभावित न कर सके। मेरे पिता की युवावस्था में वे केशव चंद्र सेन और काफी हद तक ईश्वरचंद्र विद्यासागर जैसे व्यक्तियों से प्रभावित थे। जब कभी

ये कहीं जाते तो लोगों की भीड़ इनके पीछे होती थी। वे वाकई इस समय के महान् लोग थे। इनके ओजस्वी भाषणों ने समाज में नैतिकता की लहर पैदा की, जिसका असर आनेवाली पीढ़ी पर भी पड़ा। दूसरे अन्य विद्यार्थियों की ही तरह मेरे पिता भी इनके चामत्कारिक प्रभाव में आए और ऐसा भी समय आया, जब वे केवल ब्रह्मसमाजी होने के बारे में सोचते थे। वैसे केशवचंद्र सेन का निर्विवाद रूप से मेरे पिता के जीवन और चरित्र पर बहुत प्रभाव पड़ा। वर्षों बाद दूर कटक में इन महान् व्यक्तित्व का चित्र मेरे पिता के घर की दीवार पर अभी तक मौजूद है और स्थानीय ब्रह्मसमाज के साथ उनके सौहार्दपूर्ण संबंध हमेशा बने रहे।

हालाँकि मेरे पिता के जीवन के शुरुआती काल में लोगों पर उदार नैतिक जागृति का बहुत असर रहा, पर मुझे लगता है कि राजनीतिक दृष्टि से देश निष्क्रिय था। यह स्पष्ट है कि उनके नायक केशवचंद्र और ईश्वरचंद्र जैसे लोग नैतिक रूप से बहुत ऊँचे थे, पर वे सरकार या अंग्रेजी हुकूमत के खिलाफ नहीं थे। इन लोगों ने खुलेआम कहा था कि वे अंग्रेजों के आगमन को दैवीय कृपा का सा सम्मान देते हैं और बाद में भी अंग्रेजों से असहयोग के रूप में भी संबंध समाप्त नहीं किया था। हालाँकि उनके चरित्र के मूल में स्वतंत्रता और आत्मसम्मान ही था। मेरे पिता के नैतिक मानदंड बहुत ही ऊँचे थे और इसका प्रभाव परिवार पर भी था, पर वे सरकार के खिलाफ नहीं थे। इसी वजह से उन्होंने लोक अभियोजक या सरकारी उपाधि जैसे पद स्वीकार किए थे। मेरे पिता के बड़े भाई प्रिंसिपल देवेंद्र नाथ बोस का भी यही दर्जा था। वे एक महान् चरित्र होने के साथ-साथ विद्यार्थियों में भी बहुत आदर और सम्मान का भाव रखते थे तथा बौद्धिक और नैतिक दृष्टि से श्रेष्ठ होने के बावजूद उन्होंने शिक्षा विभाग में सरकारी नौकरी की थी। इसी प्रकार मेरे पिता के समय से पहले 'वंदे मातरम्' गीत के रचयिता बंकिम चंद्र चटर्जी (1838-1894) भी सरकारी नौकरी में थे तथा डी.एल. राय भी सरकारी मजिस्ट्रेट के पद पर थे और इनके भी राष्ट्रीय गीतों ने लोगों को प्रेरणा प्रदान की थी। ये सभी कार्य कुछ दशक पहले ही हुए थे, क्योंकि यह समय परिवर्तन का था और शायद राजनीतिक अपरिपक्वता का भी। सन् 1905 में जब बंगाल का बँटवारा हुआ, तब वहाँ राजनीतिक चेतना जागी और इसने सरकार और लोगों के बीच एक आवश्यक संघर्ष की प्रेरणा पैदा की। आजकल लोग सरकार के कार्यों से अधिक नाराज हैं और सरकारें भी लोगों के बोलने तथा लिखने के प्रति अधिक सशंकित हैं। पुरानी व्यवस्था बदल चुकी है और इसके स्थान पर नई आ चुकी है। आज राजनीति से

नैतिकता को अलग करना संभव नहीं है, यानी नैतिकता के आदेश को मानना और राजनीतिक समस्या में न पड़ना। व्यक्ति को अपने संक्षिप्त जीवनकाल में ही अपनी प्रजाति के अनुभव से गुजरना ही पड़ता है और मुझे भी स्पष्ट रूप से याद है कि जब मैंने सोचा कि राजनीति में नैतिक विकास संभव है, तब मैं भी इस स्थिति से गुजरा, जिसे हम अराजनैतिक नैतिकता कहते हैं। किंतु अब मुझे विश्वास है कि जीवन की अपने आप में एक पूर्णता है और जब हम किसी एक विचार को स्वीकार कर लेते हैं, तब हमें इसके प्रति पूर्ण समर्पण करना होगा और इसे अपने पूरे जीवन को परिवर्तित करने की अनुमति देनी होगी।

□

अध्याय-4

स्कूल (1)

जनवरी 1902 को जब मेरा पाँचवाँ जन्मदिन आनेवाला था, तब मुझे बताया गया कि मैं स्कूल जानेवाला हूँ। मुझे यह तो नहीं पता कि दूसरे बच्चे इस तरह की परिस्थितियों में कैसा महसूस करते होंगे, पर मैं बहुत खुश था। अपने बड़े भाई-बहनों को तैयार होकर रोजाना स्कूल जाते देखना और घर पर तुम्हें सिर्फ इसलिए छोड़ दिया जाना कि अभी तुम बड़े नहीं हुए हो, जबकि तुम अब छोटे भी नहीं हो, यह एक पीड़ादायी अनुभव होता है। कम-से-कम मैंने ऐसा ही सोचा था, इसलिए स्कूल जाने की बात पर मैं बहुत ही खुश था।

आखिरकार वह महत्त्वपूर्ण दिन आ ही गया। अब मैं उन सम्मानित बड़े लोगों में शामिल हो गया था, जो कि सिवाय छुट्टी के दिन के घर पर नहीं ठहरते थे। हमें सुबह दस बजे स्कूल पहुँचना था, क्योंकि हमारी कक्षाएँ ठीक दस बजे शुरू हो जाती थीं। मेरी ही उम्र के मेरे दो चाचाओं का भी दाखिला मेरे ही स्कूल में हुआ था। अब हम जैसे ही तैयार होकर उस गाड़ी की तरफ भागे, जो हमें स्कूल तक पहुँचाने के लिए खड़ी थी कि तभी दुर्भाग्यवश मेरा पाँव फिसला और मैं गिर पड़ा। मेरे सिर पर चोट लगी और पट्टियाँ बाँधकर मुझे बिस्तर पर आराम करने के लिए कहा गया। स्कूल की तरफ जाती हुई गाड़ी के पहियों की आवाज मुझसे दूर होती जा रही थी। भाग्यशाली स्कूल जा चुके थे और मैं अँधेरे में लेटा अपने चेहरे को देख रहा था। मेरी आशाएँ धूमिल हो चुकी थीं। तकरीबन चौबीस घंटे बाद मुझे शांति महसूस हुई।

हमारा स्कूल मिशनरी स्कूल था, जिसमें मुख्यत: अंग्रेजों और अंग्रेज भारतीयों के बच्चे ही पढ़ते थे तथा इसमें भारतीयों के लिए सीमित जगहें ही थीं, यानी तकरीबन पंद्रह प्रतिशत। हमारे सभी भाई-बहन इसी स्कूल में पढ़े थे और मैंने भी

यहीं पढ़ाई की थी। मैं नहीं जानता कि मेरे माता-पिता ने इसी स्कूल का चयन क्यों किया था? पर मुझे लगता है कि इसकी वजह अंग्रेजी भाषा में किसी अन्य जगह से शीघ्र निपुणता प्राप्त करना था और उन दिनों अंग्रेजी भाषा का ज्ञान बहुत मायने रखता था। मुझे आज भी याद है कि जब मैं स्कूल गया था, तब मुझे सिर्फ अंग्रेजी की वर्णमाला ही आती थी, पता नहीं मैंने अंग्रेजी का एक शब्द बोले बिना ही कैसे वह सब किया होगा। मैं अंग्रेजी बोलने के अपने पहले प्रयास को आज भी नहीं भूला हूँ। हमें स्लेट और पेंसिलें दी गई थीं और लिखने से पहले उन्हें नुकीला बनाने के लिए कहा गया था। मैंने उन्हें अपने चाचाओं से बेहतर बनाया और अपने शिक्षक की तरफ पेंसिल दिखाते हुए पूछा, मोटा या और महीन! मैंने सोचा कि मैंने अंग्रेजी में ही बोला था।

हमारे शिक्षक अंग्रेज भारतीय ही थे और इनमें ज्यादातर महिलाएँ ही थीं तथा हेडमास्टर और हेडमिस्ट्रेस श्रीमान और श्रीमती यंग थे, जो कि इंग्लैंड से ही आए थे। अपने अधिकतर शिक्षकों से हमारा लगाव नहीं था। मि. यंग से हम डरते थे, पर उनका सम्मान भी करते थे, क्योंकि छड़ी के मामले में वे काफी उदार थे। मिस काडोगन को हम बर्दाश्त करते थे औरा मिस एस. से हम चिढ़ते थे तथा उनके अनुपस्थित रहने पर हम खुश हो जाते। मिसेज यंग को तो हम पसंद करते थे, पर अपनी पहली टीचर मिस सारा लॉरेंस को तो हम प्यार करते थे। बच्चों की मन:स्थिति को दयालुतापूर्वक समझने की वजह से हम उनकी तरफ खिंचे चले जाते थे, पर मुझे लगता है कि जब मैं अंग्रेजी में स्वयं को व्यक्त कर पाने में अक्षम था, तब क्या मैं उनसे आसानी से बात कर पाता था!

वैसे हमारे स्कूल में शिक्षकों और विद्यार्थियों की अधिकतर संख्या अंग्रेज भारतीयों की ही थी और जहाँ तक भारतीय स्थितियाँ अनुमति प्रदान करतीं, वे अंग्रेजी मानकों के अनुसार ही चलते थे। वहाँ हमने ऐसी बहुत सी चीजें सीखीं, जो कि हमें भारतीय स्कूलों में सीखने को नहीं मिलतीं। वहाँ भारतीय स्कूलों की तरह पढ़ाई पर अस्वाभाविक जोर नहीं दिया जाता था। वहाँ अध्ययन के अतिरिक्त हमें व्यवहार, स्वच्छता एवं समयबद्धता सिखाई जाती थी, जिनका भारतीय स्कूलों में अभाव था। पढ़ाई के मामले में टीचर अपने विद्यार्थियों पर व्यक्तिगत रूप से ध्यान देते थे तथा रोजाना का काम व्यवस्थित और नियमित रूप से होता था, परिणामत: इम्तिहान के समय किसी तरह की तैयारी की जरूरत नहीं पड़ती थी, साथ ही अंग्रेजी स्कूलों के शिक्षा का स्तर भी भारतीय स्कूलों से बेहतर था। इतना सबकुछ

होने पर भी मैं भारतीय बच्चों को ऐसे स्कूलों में भेजने के पक्ष में नहीं हूँ। हालाँकि इनमें शिक्षा बहुत ही व्यवस्थित ढंग से दी जाती थी, पर यह भारतीय विद्यार्थियों की अनुकूलता के बहुत अनुरूप नहीं थी। यहाँ बाइबिल की शिक्षा पर बहुत बल दिया जाता था और इसने शिक्षा का माध्यम बहुत ही अवैज्ञानिक तथा नीरस बना दिया था। हमें अपना बाइबिल का पाठ याद करना पड़ता था, चाहे हम इसे समझें या न समझें, जैसे कि हम पादरी हों और हमें उन पवित्र ग्रंथों को याद रखना हो। हालाँकि हमने सात सालों तक रात-दिन बाइबिल पढ़ी, और वर्षों बाद जब मैं कॉलेज गया, तब मुझे पहली बार इसे पढ़ना अच्छा भी लगा।

इसमें संदेह नहीं है कि इनकी पाठ्यचर्या इस तरह से बनी थी कि जहाँ तक हो सके, अंग्रेजी हमारी मानसिकता में समा जाए। हमने ग्रेट ब्रिटेन के इतिहास और भूगोल के बारे तो खूब पढ़ा, पर भारत के बारे में इतना कम जाना कि जब हमारा भारतीय नामों से सामना हुआ, तब हमें लगा कि हम विदेशी हैं। हमने लैटिन के शब्दरूप तो सीखने शुरू कर दिए, पर जब तक हमने पी.ई. स्कूल नहीं छोड़ दिया, हमें संस्कृत के शब्द रूपों के बारे में पता ही नहीं था। इसी तरह संगीत में भी हमारे कानों को 'सा रे गा मा' के बजाय 'ड् रे मी फा' की आदत पड़ गई थी। पाठकों को वे ही अंग्रेजी की कहानियाँ और लघु कथाएँ पढ़ने को मिलती थीं, जिनका संबंध योरप से था, जबकि इन कहानियों में एक भी शब्द भारतीय मूल का नहीं होता था। वैसे यह कहने की आवश्यकता नहीं है कि इनमें कोई भी भारतीय भाषा नहीं सिखाई जाती थी और इसीलिए जबतक हम भारतीय स्कूल नहीं गए, हमने अपनी मातृभाषा को नकार दिया था।

वैसे यह कथन सही नहीं होगा कि हम स्कूल में खुश नहीं थे, जबकि शुरुआत के कुछ सालों तक तो हमें पता ही नहीं चला कि हमें दी जानेवाली शिक्षा भारतीय स्थितियों के अनुकूल नहीं थी। हमने जल्दी ही जान लिया कि चाहे जो भी हो, हमें अन्य विद्यार्थियों की तरह ही स्कूली व्यवस्था के अनुकूल व्यवहार करना है। इस स्कूल की भी अपने अच्छे व्यवहार वाले विद्यार्थियों की तरह ही स्कूली व्यवस्था के अनुकूल व्यवहार करना है। इस स्कूल की भी अपने अच्छे व्यवहार वाले विद्यार्थियों की वजह से एक गरिमा थी और हमने भी इसी के अनुरूप व्यवहार करने का प्रयास किया था। मेरे विचार से हमारे माता-पिता हमारी प्रगति से पूर्ण संतुष्ट थे। स्कूल में भी हमारी स्थिति अच्छी थी, क्योंकि हमारे परिवार के सदस्य चाहे जिस भी कक्षा में हों, वे उच्च स्थान पर ही थे।

खेलकूद के मामले में वैसे तो काफी ध्यान दिया जाता है, पर इस तरह के अंग्रेजी स्कूलों में इनसे बहुत उम्मीद नहीं की जाती है। शायद इसका कारण हमारे हेडमास्टर की स्वयं ही खेलकूद में रुचि का न होना ही था। उनका व्यक्तित्व बहुआयामी था और उनकी दृढ़ इच्छाशक्ति का प्रभाव चारों तरफ स्कूल में नजर भी आता था। वे कठोर अनुशासन प्रेमी और अच्छे व्यवहार के हिमायती भी थे। हमारी वार्षिक प्रगति रिपोर्ट में सिर्फ विभिन्न विषयों के नंबर ही नहीं बताए जाते थे, बल्कि इसमें 1. व्यवहार, 2. आचरण, 3. स्वच्छता, 4. समय की पाबंदी के बारे में भी लिखा होता था। अब इसमें आश्चर्य नहीं है कि इस स्कूल से निकलनेवाले लड़के और लड़कियाँ भले व्यवहार करनेवाले होते थे। किसी तरह के दुर्व्यवहार या अनुशासनहीनता पर लड़कों की छड़ी से पिटाई होती थी, पर इसके लिए सिर्फ दो शिक्षक, हेडमास्टर और उनकी पत्नी ही अधिकृत थीं।

मि. यंग में बहुत सी स्वभावगत विशेषताएँ थीं और इस पर उनके प्रति हमारे बीच बहुत से मजाक भी होते थे। उनके एक बड़े भाई भी थे, जिनकी दाढ़ी थी और उन्हें बच्चों से बहुत प्यार था तथा बच्चे भी उनके साथ खेलते थे। अपने हेडमास्टर की अपने बड़े भाई से अलग पहचान के लिए हमने उनका नामकरण 'यंग यंग' किया था, जो कि आगे चल कर 'ओल्ड यंग' हो गया था। मि. यंग ठंड के मामले में बहुत ही संवेदनशील थे, यहाँ तक कि गरम दिनों में भी वे अपनी खिड़कियाँ बंद रखते थे, ताकि कहीं से हवा अंदर प्रवेश न कर जाए। वे बार-बार हमें भी ठंड से बचने की चेतावनी देते रहते थे, क्योंकि इससे बाद में हैजा होने का भय भी बना रहता था। यदि कभी उन्हें इसकी संभावना भी होती, तब वे कुनैन की दवा की खुराक ले लेते थे, जिसके सेवन के बाद उन्हें तकरीबन सुनाई देना बंद हो जाता था। भारत में करीब बीस साल तक रहने के बावजूद उन्होंने एक भी स्थानीय शब्द का इस्तेमाल नहीं किया और कहीं आस-पास घूमने भी नहीं गए। यदि उनका काम करनेवाला उनकी मेज पर किसी चीज को रखना भूल जाता, तब वे घंटी बजाकर उससे उस चीज की माँग करते, पर स्थानीय भाषा में डाँटने में वे असमर्थ थे। वे सिर्फ उसे घूरते और बुदबुदाते हुए अंग्रेजी में कहते कि 'इस काम को पहले ही किया जाना था।' यदि कोई संदेशवाहक उनके लिए पत्र लेकर आता और वे उसे थोड़ी देर इंतजार करने के लिए कहना चाहते, तब वे भागकर अपनी पत्नी के पास जाते और उससे इसके लिए उचित शब्द पूछकर आते तथा इसे तब तक दुहराते रहते, जब तक कि वह चला नहीं जाता।

इतना सबकुछ होने पर भी हमारे हेडमास्टर की अपनी एक गरिमा थी और वे सभी उनका सम्मान करते थे। हालाँकि इसमें थोड़ा भय का भी अंश रहता था। हमारी हेडमिस्ट्रेस एक ममतामयी माँ की छवि वाली महिला थीं और उन्हें सभी पसंद करते थे, साथ ही मैं यह भी कहना चाहूँगा कि उनके द्वारा हमारे किसी भी सामाजिक या धार्मिक विचारों को प्रभावित करने का प्रयास नहीं किया गया था। कुछ सालों तक सबकुछ ऐसा ही चलता रहा और हम अपने वातावरण के साथ तालमेल बनाए हुए थे, पर धीरे-धीरे इसमें एक संघर्ष नजर आने लगा था। हमें अपने वातावरण से भिन्नता महसूस कराई जाने लगी थी, जो कि शायद बड़ी सामाजिक-राजनीतिक उथल-पुथल की प्रतिध्वनि थी। वैसे इसका उत्तर मैं अभी नहीं दूँगा, क्योंकि यह एक आडंबर था।

यह अंतर कुछ हद तक तो अपरिहार्य था, पर जो अपरिहार्य नहीं था, वह तो वह द्वंद्व था, जो कि इससे ही उपजा था। हम दो भिन्न जगत् में थे, जैसे-जैसे हमारी चेतना विकसित हुई, हमें महसूस होने लगा कि इन दोनों जगत् का आपस में कोई मेल नहीं है। एक तरफ तो हमारे परिवार और समाज का प्रभाव था, जो कि भारत था और दूसरी तरफ दूसरी दुनिया, दूसरा वातावरण था, जहाँ हमने अपने ज्यादातर काम के दिन गुजारे थे, जो कि इंग्लैंड तो नहीं था, पर इसके काफी करीब था। हमें बताया गया था, चूँकि हम भारतीय हैं, इसलिए हम छात्रवृत्ति के इम्तिहान में नहीं बैठ सकते थे। यह बिल्कुल प्राइमरी या मिडिल स्कूल की परीक्षाओं की तरह ही होते थे, जब इनमें हममें से बहुत से छात्र प्रथम भी आते थे। स्वैच्छिक सैन्य सेवाओं में केवल अंग्रेज भारतीय लड़के ही जा सकते थे और उन्हीं के कंधों पर राइफल होती थी। हमें इसकी अनुमति नहीं थी। इस तरह की छोटी-छोटी घटनाओं ने हमारी आँखें खोल दी थीं कि हम भारतीयों के साथ अलग तरह का बर्ताव होता था, जबकि हमारा संबंध एक ही संस्थान से होता था। कभी-कभी भारतीय लड़कों और अंग्रेज भारतीयों के बीच झगड़े भी होते थे और जिसका अंत मुक्केबाजी की बल परीक्षा में ही होता था, जिसमें नस्लीय दृष्टिकोण से सहानुभूतियाँ भी प्राप्त होती थीं। इस मामले में एक बहुत बड़े भारतीय अधिकारी का बेटा जो कि वहाँ का विद्यार्थी भी था और वही भारतीय एवं अंगेज छात्रों के बीच मुक्केबाजी की प्रतियोगिता का आयोजन करता था और जो इसमें अच्छा खेलते थे, वे अलग-अलग रहते थे। मुझे अभी भी याद है कि हम भारतीय लड़के अकसर ही बातें करते थे कि वे बाइबिल से ऊब चुके हैं और दुनिया की कोई भी ताकत हमारे धर्म को नहीं बदल सकती।

इन्हीं दिनों कलकत्ता विश्वविद्यालय से एक नया नियम जारी हुआ, जिसके अनुसार मैट्रिकुलेशन, इंटरमीडिएट और स्नातक इम्तिहान के लिए बँगला भाषा एक विषय के रूप में आवश्यक कर दी गई थी तथा इसके साथ ही मैट्रिकुलेशन की विषयवस्तु में भी परिवर्तन किए गए थे। हमें शीघ्र ही महसूस हुआ कि पी.ई. स्कूल का पाठ्यक्रम हमारे अनुकूल नहीं था और ज्यादातर विद्यार्थी तो नहीं, पर हमने बँगला और संस्कृत भाषा के अध्ययन के साथ मैट्रिक के इम्तिहान की तैयारी शुरू कर दी थी। इस मामले में मेरे बड़े भाइयों का भी कम प्रभाव नहीं पड़ा था, जो कि पहले ही हमारे स्कूल से जा चुके थे और मैट्रिकुलेशन, इंटरमीडिएट तथा स्नातक की तैयारी कर रहे थे। वे अकसर घर पर अपनी नई दुनिया के बारे में बातें किया करते थे।

उपर्युक्त कथन से यह अर्थ निकालना उचित नहीं होगा कि अपने स्कूल में कुछ वर्ष बिताने के बाद मैं वहाँ विद्रोही हो गया था। मैं वहाँ सन् 1902 से 1908 तक रहा और अपने वातावरण के उद्देश्य तथा आशय से संतुष्ट था। यहाँ तक कि वहाँ की बेचैन कर देनेवाली चीजें भी मेरे जीवन के प्रवाह को प्रभावित न कर सकीं। केवल आखिर में मुझे थोड़ी अप्रसन्नता थी और वह भी वहाँ के वातावरण से अनुकूलता न बना पाने के कारण। आगे मैं किसी भारतीय स्कूल में पढ़ना चाहता था, ताकि मैं वहाँ सहजता महसूस कर सकूँ और सबसे आश्चर्यजनक तो यह था कि जब जनवरी 1909 में मैंने अपने स्कूल को विदा करते हुए अपने साथियों और शिक्षकों को अलविदा कहा, तब मेरे मन में किसी तरह का पछतावा या दुःख नहीं था। उस समय मेरे लिए यह समझना मुश्किल था कि मेरे साथ क्या हुआ था। समय के बीतने और वयस्क मस्तिष्क की सहायता से मैं यह महसूस कर सकता हूँ कि इसमें कुछ ऐसे कारक थे, जो कि अपना काम कर रहे थे।

जहाँ तक पढ़ाई का सवाल है, यह समय संतोषजनक था, क्योंकि मैं सामान्यतया उच्च स्थिति में ही था। किंतु खेलों में मैं बहुत अच्छा नहीं था और बॉक्सिंग प्रतियोगिता में मैंने भाग नहीं लिया। भारतीय स्कूलों में पढ़ाई पर अधिक जोर होता था, पर यहाँ यह उतना महत्त्व नहीं रखती थी। इसलिए मेरे अपने बारे में थोड़ी प्रतिकूल धारणा भी पनप गई थी। अपने बारे में महत्त्वहीनता की भावना, जिसके बारे में मैं पहले ही बता चुका हूँ, भी मुझे परेशान करती रही। यहाँ सबसे निचले दर्जे में होने के कारण शायद मुझमें दूसरों को देखने या स्वयं को नीचा देखने की आदत पड़ चुकी थी।

इन सभी चीजों पर ध्यान देने के बाद अब मैं किसी भी भारतीय लड़के या

लड़की को इस तरह के स्कूलों में नहीं भेजने की सलाह देना चाहूँगा, क्योंकि यदि बच्चा संवेदनशील स्वभाव का होगा, तब वह इस वातावरण की प्रतिकूलता अनुभव करेगा और नाखुश भी रहेगा। तकरीबन यही बात मैं भारतीय बच्चों को इंग्लैंड के पब्लिक स्कूलों में भेजने के बारे में कहना चाहूँगा, जो कि यहाँ भारत के कुछ खास अभिजात वर्गों में भी चल रहे हैं। ठीक यही बात मैं कुछ भारतीयों के बारे में कहते हुए उनका कड़ा विरोध करता हूँ, जो कि उन्हीं अंग्रेजी स्कूलों की तर्ज पर अंग्रेज शिक्षकों के माध्यम से यहाँ भी वैसे ही स्कूल चला रहे हैं। वैसे यह भी संभव है कि कुछ बहिर्मुखी लड़कों का इस तरह की प्रतिकूलता से परेशानी न होती हो और वे ऐसे वातावरण में खुश भी रहते हों। किंतु अंतर्मुखी बच्चे इसकी तकलीफ सहने के लिए बाध्य होंगे और परिणामत: उनमें विद्वेष की भावना उत्पन्न होने लगेगी। वैसे इस मनोवैज्ञानिक तथ्य में अलग हटकर भी जो शिक्षा प्रणाली भारतीय स्थितियों, भारतीय आवश्यकताओं, भारतीय इतिहास और भारतीय समाज की अनदेखी करती हो, उसका किसी तार्किक सहयोग का दावा उचित नहीं है। पूरब और पश्चिम के सांस्कृतिक पुनर्मेल के लिए उचित मनोवैज्ञानिक दृष्टिकोण भारतीय युवा बालकों पर 'अंग्रेजी शिक्षा' को थोपना नहीं हो सकता है, बल्कि जब वे बड़े हो जाएँ, तब पश्चिम को उनके व्यक्तिगत संपर्क में लाना उचित होगा, ताकि वे स्वयं ही तय कर सकें कि पश्चिम और पूरब में अच्छा या बुरा क्या है।

□

अध्याय-5

स्कूल (2)

आपके बारे में दूसरे जो कुछ भी सोचते हैं, इसका आपके अपने बारे में सोच पर कितना प्रभाव हो सकता है, वैसे यह बहुत ही विचित्र है। जनवरी 1909 में जब मैंने रावेनशा कॉलेजिएट स्कूल, कटक में दाखिला लिया था, तब अचानक मुझे स्वयं में एक परिवर्तन का एहसास हुआ। योरोपीय और अंग्रेज भारतीय छात्रों के बीच मेरी वंश-परंपरा कोई मायने नहीं रखती थी, पर अपने लोगों के बीच यह अलग थी। वैसे अंग्रेजी भाषा के मामले में मेरा स्तर सामान्य से बेहतर था और इसका मेरे सहपाठियों की आँखों में असर भी दिखता था। यहाँ तक कि शिक्षक भी मुझ पर ध्यान देते थे, क्योंकि उन्हें मेरे प्रथम आने की उम्मीद थी। वैसे भारतीय स्कूलों में खेलों का कोई विशेष महत्त्व नहीं था। अपनी कक्षा के प्रथम तिमाही इम्तिहान में मैंने उनकी आशाओं के अनुरूप ही परिणाम दिए थे। इस नए वातावरण ने मुझे अपने बारे में बेहतर सोचने पर विवश भी किया कि मेरा भी महत्त्व है और मैं भी कुछ हूँ। मेरा यह घमंड नहीं बल्कि आत्मविश्वास था, जिसका मैं एक लंबे समय से अभाव महसूस कर रहा था, जबकि जीवन में प्रत्येक सफलता के लिए इसकी आवश्यकता होती है।

इस समय मैं अबोध बालक नहीं था, बल्कि मेरा दाखिला चौथे दर्जे में हुआ था। चौथे दर्जे के विद्यार्थी बड़ी कक्षा के विद्यार्थी माने जाते थे, उनमें स्वयं को महत्त्वपूर्ण समझने की भावना भी रहती थी और यही भावना मुझमें भी थी। किंतु सारे लाभ होने के बावजूद मैं एक मामले में बहुत ही कमजोर था और वह थी मेरी मातृभाषा बँगला। इस स्कूल में दाखिले से पहले मैंने बँगला भाषा बिल्कुल ही नहीं पढ़ी थी, जबकि मेरे साथ के अन्य बच्चे इसमें पहले ही एक बेहतर दर्जा हासिल

कर चुके थे। मुझे याद है कि पहले ही दिन मुझे गाय या घोड़े पर निबंध लिखने के लिए कहा गया था और मेरा लेखन मेरे सहपाठियों के लिए एक हँसी का मसाला था, क्योंकि व्याकरण की दृष्टि से मुझे कुछ भी नहीं आता था और जब मेरे शिक्षक ने इसे कक्षा में पढ़कर सुनाया, तब सारी कक्षा इसे सुनकर हँस रही थी। अपनी पढ़ाई की कमी को लेकर मैंने अपने जीवन में ऐसा अनुभव कभी नहीं किया था, जबकि हाल ही में आत्मानुभूति की भावना मुझे अति संवेदनशील बना चुकी थी। कुछ हफ्तों और महीनों तक तो बंगला भाषा मेरे लिए मुसीबत बन चुकी थी, पर अपनी इस अपमानजनक स्थिति पर मैंने काबू पा लिया और धीमे-धीमे बेहतर स्थिति की तरफ बढ़ता हुआ अपने वार्षिक इम्तिहान में इस विषय में सबसे अच्छे नंबर पाने में सफल भी रहा।

अब मुझे यहाँ का वातावरण भी अच्छा लगने लगा और मैं वैसे भी बदलाव चाहता था। दूसरे स्कूल में मैंने सात साल बिताए थे, पर मेरा वहाँ कोई भी मित्र नहीं था। यहाँ मुझे महसूस हो रहा था कि अपने कुछ सहपाठियों के साथ मेरी गहरी मित्रता होगी। मेरे मित्रों की भी रुचि मेरी ही तरह खेलों में नहीं थी, पर मुझे ड्रिल की कक्षाएँ अच्छी लगती थीं। मेरे अपने निरुत्साह के अलावा खेलों में मेरा उत्साह न होने की एक और बाधा थी। लड़कों के लिए स्कूल से घर लौटकर हलका नाश्ता करना और खेलने के लिए जाना एक रिवाज हुआ करता था, पर मेरे माता-पिता को यह पसंद नहीं था, या तो उन्हें लगता था कि खेलकूद हमारी पढ़ाई कि लिए नुकसानदेह होगा या फिर खेल का मैदान हमारे मानसिक स्वास्थ्य के अनुकूल नहीं था। संभवत: बाद वाली विचारधारा ही उनके लिए अधिक महत्त्वपूर्ण थी। बहरहाल हमारे घरेलू हालात ऐसी ही थे और हमें जब खेलने जाने का मन होता, तब हमें इसे गोपनीय तरीके से ही करना पड़ता था। मेरे कुछ भाई और चाचा अकसर ऐसा करते और जब वे पकड़े जाते, तब उन्हें इसके लिए डाँट भी सुननी पड़ती थी। अपने माता-पिता की आदत को समझते हुए उन्हें तब चकमा देना आसान होता, जब वे कहीं बाहर या टहलने जाते थे। यदि मेरा मन दूसरे के साथ खेलने को करता, तब मैं भी उन्हीं में शामिल हो सकता था, पर मैंने ऐसा किया नहीं। वैसे मैं एक अच्छे स्वभाव वाला लड़का था और संस्कृत के नैतिक श्लोकों को याद करने में लगा रहता था। ये श्लोक उच्च मानवीय सद्गुणों के बारे में बताते थे, जैसे पिता की आज्ञा माननी चाहिए और जब पिता संतुष्ट होते हैं, तब सभी देवता संतुष्ट होते हैं और माता का स्तर पिता से भी ऊपर होता है आदि-आदि। मैंने शायद यही सोचा था

कि मैं अपने पिता को नाराज नहीं करूँगा। इसलिए मैं उन लोगों के साथ बागवानी करता था, जो खेलने बाहर नहीं जाते थे। हमारे घर में एक बड़ा किचन गार्डेन और फूलोंवाला बागीचा था, जिसमें माली की सहायता से हम पौधों को पानी देते और उनकी देखभाल भी करते थे। बागवानी मुझे पसंद भी थी। इसने मुझे प्रकृति की सुंदरता देखनेवाली आँखें प्रदान कीं तथा इसका विवरण मैंने आगे भी दिया है। बागवानी के अतिरिक्त हम व्यायाम भी करते थे तथा इसके बहुत से उपकरण हमारे घर पर भी थे।

अपने बीते दिनों की तरफ देखने पर मुझे लगता है कि मुझे खेलों को नकारना नहीं चाहिए था। शायद इसलिए मुझमें पूर्वपरिपक्वता और अंतर्मुखी व्यक्तित्व विकसित हो गया था। बहुत जल्दी परिपक्व होना अच्छी बात नहीं है, चाहे वह पेड़ हो या मानव, दोनों को ही लंबे समय में इसकी कीमत चुकानी पड़ती है। प्रकृति के क्रमिक विकास को कोई भी चीज पराजित नहीं कर सकती है, चाहे वह कितनी भी विलक्षण क्यों न हो और अकसर ऐसी चीजें अपनी शुरुआती देन को पूरा करने में असफल होती हैं।

तकरीबन दो वर्ष तक जीवन इसी तरह में चलता रहा। शिक्षकों और विद्यार्थियों में उड़िया व बंगाली दोनों ही थे, और दोनों में काफी सौहार्दपूर्ण रिश्ते भी थे। हमने उन दिनों इन दोनों ही प्रांतों में किसी तरह के वैमनस्य की बात नहीं सुनी थी। जहाँ तक हमारे परिवार के सदस्यों की बात है, हमने कभी भी किसी तरह की संकीर्ण प्रांतीयता की भावना भी नहीं महसूस की थी और इसके लिए हम अपने माता-पिता के आभारी हैं। मेरे पिता के संबंध उड़ीसा के बहुत से लोगों से थे और उनका दृष्टिकोण भी इस मामले में सहानुभूतिपूर्ण था तथा इसका असर हमारे परिवार पर भी पड़ा। मैंने उनसे कभी उड़ीसा के लोगों या फिर किसी अन्य प्रांत के बारे में बुरी बात नहीं सुनी। हालाँकि वे भावनाओं में बहनेवाले व्यक्ति थे और स्वभाव से भी गंभीर थे। इस तरह के पालन-पोषण का प्रभाव बच्चों के बाद के जीवन में तब नजर आता है, जब वे अपनी किसी दिशा का निर्धारण करते हैं तथा इससे उनके चरित्र-निर्माण में भी सहायता मिलती है।

हमारे शिक्षकों में से एक का प्रभाव मेरे युवा मन पर स्थायी रूप से पड़ा था। वे हमारे हेडमास्टर बाबू बेनी माधव दास थे। जब मैंने पहली बार उन्हें स्कूल में घूमते देखा और उस समय मेरी आयु 12 के आस-पास ही थी। मैं उनके अभूतपूर्व शालीन व्यक्तित्व से अभिभूत हो गया था। उस समय तक मुझे एक व्यक्ति के आदर

का इस तरह का अनुभव नहीं हुआ था, मगर बेनी माधव दास को देखकर ही यह भाव जगा। मैं उस समय इतना बड़ा नहीं था कि यह समझ सकता कि मेरा यह श्रद्धाभाव क्या था। मैं सिर्फ यह महसूस कर रहा था कि वे कोई सामान्य शिक्षक नहीं है, वे इन सबसे अलग हैं। मैंने मन-ही-मन तय किया कि यदि मेरे जीवन के लिए कोई आदर्श होगा तो इन्हीं का मैं अनुसरण करूँगा।

आदर्श की चर्चा करते समय मुझे अपने पी.ई. स्कूल के दिनों की एक घटना याद आती है। मैं उस समय दस साल का रहा हूँगा। हमारे शिक्षक ने मुझे एक निबंध लिखने के लिए कहा, जिसका विषय था कि मैं बड़ा होकर क्या बनना चाहता था। मेरे बड़े भाई को जज, मजिस्ट्रेट, कमिश्नर, बैरिस्टर, डॉक्टर, इंजीनियर आदि के बारे में बात करने की आदत थी और मैंने इन्हीं में से एक चुन लिया था कि मैं मजिस्ट्रेट बनना चाहता हूँ। मेरे शिक्षक ने कमिश्नर के बाद मजिस्ट्रेट होने की बात कही, पर उस समय मेरी आयु इतनी कम थी कि मैं विभिन्न पेशों और पदों के अंतर को समझ पाने में असमर्थ हूँ। इसके बाद मेरे जीवन में इस तरह की परेशानी कभी नहीं आई। मुझे याद है कि अपने परिवार के बीच होनेवाली चर्चा में सबसे ऊँचे पद की बात सिर्फ इंडियन सिविल सर्विस के लिए ही होती थी।

हमारे हेडमास्टर सामान्यतया बच्चों को नियमित पाठ तब तक नहीं देते थे, जब तक कि वे दूसरे दर्जे में न पहुँच जाते। इसलिए मैं उस समय का इंतजार करता था कि कब मैं दूसरे दर्जे में पहुँचूँ और उनके लैक्चर को सुन सकूँ। आखिरकार वह दिन आ ही गया, पर मेरा भाग्य बहुत दिनों तक मेरा साथ न दे सका। कुछ ही महीनों बाद हेडमास्टर साहब के स्थानांतरण का आदेश आ गया था। हालाँकि स्कूल से जाने से पहले उन्होंने नैतिकता के बारे में हमारी मन:स्थिति में एक धुंधला सा ही सही, पर सकारात्मक अंतर ला दिया था कि मानव जीवन में किसी भी अन्य चीज की तुलना में नैतिक मूल्यों की अधिक कीमत होती है। दूसरे शब्दों में हमने अपनी कविता की पुस्तक की उस वास्तविकता को समझ लिया था, जिसमें उन्होंने पढ़कर सुनाया था—

श्रेणी तो केवल गिन्नी है,
जबकि आदमी तो उसका सोना है।

मेरी इस समय की मन:स्थिति या सामान्य मानसिक परिवर्तन, जिसे वैज्ञानिक भाषा में काम-बोध के रूप में भी विवेचित किया जा सकता है। मेरी किशोर वय की अवस्था मुझपर हावी हो चुकी थी।

मुझे आज भी वह दृश्य याद है, जब मेरे हेडमास्टर बेनी माधव अपने प्यारे शिष्यों से विदा ले रहे थे। उन्होंने हमारी कक्षा में प्रवेश किया और भावुक शब्दों में कहा, "मैं और कुछ तो नहीं, पर ईश्वर की तुम पर कृपा की प्रार्थना करता हूँ।" मैं अब और कुछ नहीं सुन सका था। मेरी आँखों से आँसू बह रहे थे और मैं मन-ही-मन रो रहा था। मगर चूँकि हजारों आँखें सजग थीं और मैं भी स्वयं पर नियंत्रण पाने में सफल रहा। हमारी कक्षाएँ समाप्त कर दी गई थीं और बच्चे जाने लगे थे। उनके कमरे के पास से गुजरते हुए मैंने अचानक उनकी तरफ देखा। वे बरामदे में खड़े होकर बच्चों को जाते हुए देख रहे थे। हमारी आँखें मिलीं और जिन आँसुओं को मैं अपनी कक्षा में रोकने में सफल हो गया था, वे फिर से बहने लगे। उन्होंने मुझे देखा और आगे बढ़े। मैं एक पल के लिए ठिठक गया। वे आगे बढ़े और बोले, "हम फिर मिलेंगे।" मुझे लगता है कि मेरे जीवन में यह पहली बार हुआ था कि मैं विदाई के वक्त रोया था और पहली बार ही मैंने महसूस किया था कि जब हम बलपूर्वक विदा होते हैं, तब हमें पता लगता है कि हममें कितना प्रेम है।

अगले दिन स्कूल के स्टाफ और विद्यार्थियों ने मिलकर उनकी विदाई के लिए एक सभा का आयोजन किया था। मेरा चयन भी उन लोगों में से था, जिन्हें कुछ बोलना था। मैंने कैसे अपना काम किया होगा, मैं नहीं जानता, पर मेरा मन रो रहा था। वैसे सबसे अधिक पीड़ादायक आश्चर्य तो मुझे तब हुआ, जब मैंने देखा कि वहाँ मौजूद बहुत से स्टाफ और विद्यार्थियों को इस दुःखद घटना का जरा सा भी एहसास नहीं था। जब हेडमास्टर साहब बोले, तब उनके शब्दों ने मेरे हृदय को बींध दिया था। मैं केवल उनके शुरुआती शब्द ही सुन सका, जिसमें उन्होंने कहा कि जब वे कटक आए तो उन्हें उम्मीद ही नहीं थी कि उन्हें यहाँ से इतना अधिक लगाव हो जाएगा। इसके बाद मैं कुछ भी सुन न सका और अपलक उन्हें निहारता रहा। जब कभी मैंने केशव चंद्र सेन के चित्र को देखा, तब मुझे उस चित्र में उनके वही भाव और आभा नजर आई। इसमें कोई आश्चर्य नहीं है, क्योंकि वे स्वयं केशव चंद्र के शिष्य और भक्त थे।

अब यह स्कूल पूरी तरह से अलग हो चुका था, यानी नीरस और प्रेरणाहीन। इसका प्रकाश लुप्त हो चुका था, मगर इसमें कोई फर्क नहीं पड़ता, क्योंकि कक्षाएँ तो चालू थीं और पाठ पढ़ने ही थे तथा इम्तिहान देना ही था। जीवन का चक्र हमारी खुशी या दुःखों की परवाह किए बिना चलता ही रहता है।

वैसे यह कितना अजीब है कि आप कभी किसी व्यक्ति के कितना नजदीक

उस समय आ जाते हैं, जब आप उससे दूर होते हैं। आज के हालात में कुछ ऐसा ही हुआ। मैंने हेडमास्टर साहब के साथ पत्र-व्यवहार शुरू कर दिया था, जो कि कुछ सालों तक चला भी। एक चीज मैंने उनसे अवश्य सीखी थी कि प्रकृति को प्यार कैसे करें, केवल सौंदर्य के लिहाज से नहीं, बल्कि नैतिक रूप से। उनके निर्देशों का पालन करते हुए मैंने जाना कि किसी चीज के बेहतर अभाव की विवेचना प्रकृति आराधना की तरह की ही चीज हो सकती है। मैं नदी के तट या पहाड़ी या खाली मैदान या सूर्यास्त की चमक में भी सुंदरता का बिंदु तलाशकर ध्यान का अभ्यास कर लूँगा। उन्होंने लिखा, "स्वयं को पूरी तरह से प्रकृति को समर्पित कर दो और फिर प्रकृति को अपने परिवर्तनशील मुखौटे से स्वयं को बात करने दो।" इस तरह के ध्यान ने उन्हें मन की शांति, प्रसन्नता और दृढ़ इच्छाशक्ति प्रदान की थी।

इस प्रयास से मुझे नैतिक रूप से कितना लाभ हुआ, यह मैं नहीं कह सकता, पर इसने वाकई प्रकृति की छिपी और अनदेखी सुंदरता को देखने में मेरी आँखों और ध्यान करने में मेरी सहायता की थी। अब मैं बगीचों, खिलते फूलों, पत्तियों, बढ़ते पौधों में आनंद का अनुभव और मित्रों तथा प्रकृति की सुंदरता के बीच प्रेम महसूस करने लगा हूँ। मैं कवि की प्रस्तुत भावना को भी महसूस कर सकता हूँ—

नदी के किनारे खिले पीले बनफूल,
ये जंगली फूल उसी के लिए हैं,
साथ ही ये और भी बहुत कुछ हैं।

वड्र्सवर्थ की उपरोक्त पंक्तियाँ अब मेरे लिए खास मायने रखती हैं और अब मैं कालिदास की कविताओं तथा महाभारत का भी आनंद ले सकता हूँ, जिसके लिए मैं पंडितजी का ऋणी हूँ, जिनकी कृपा से मैं इन्हें मूल संस्कृत में पढ़ने के योग्य बन सका।

इन दिनों मैं अपने भौतिक जीवन के बहुत ही उथल-पुथलवाले समय से गुजर रहा था, जो कि तकरीबन पाँच या छह साल तक चला। यह ऐसी मानसिक यंत्रणा वाला समय था, जिसे मैं अपने मित्रों के साथ न तो बाँट सकता था और न ही ये बाहर से किसी को नजर ही आते थे। मुझे लगता है कि शायद ही कोई विकसित होता बच्चा इस अनुभव से गुजरता होगा, परंतु मुझे अपनी मानसिक स्थिति में कुछ अजीब सा अनुभव होता था। ऐसा नहीं है कि मैं बहुत अधिक अंतर्मुखी था, बल्कि मैं समय से पहले ही वयस्कता का अनुभव करने लगा था और इसका परिणाम यह हुआ कि जिन दिनों मुझे फुटबाल के मैदान में होना चाहिए था, मैं जीवन की

उन समस्याओं में डूबा रहता था, जो कि संभवत: परिपक्व उम्र के लिए ही होती हैं। आज इस जगह से देखने पर मुझे महसूस होता है कि मेरा वह मानसिक द्वंद्व द्विआयामी था। पहला तो सांसारिक जीवन की तरफ मेरा स्वाभाविक रुझान और इसकी तरफ सांसारिक प्रयास भी था और इसके खिलाफ मेरी आंतरिक भावना ने विद्रोह शुरू कर दिया था। दूसरे में काम-भावना की जागृति थी, जो कि इस उम्र में स्वाभाविक ही थी, पर मुझे लगता था कि यह अस्वाभाविक और अनैतिक है तथा मैं इसके दमन के लिए संघर्ष कर रहा था।

प्रकृति आराधना के बारे में जैसा कि मैं पहले ही बता चुका हूँ, अब बढ़ती ही जा रही थी। वैसे यह कई मामलों में तो बहुत ही सहायक थी, पर यह काफी नहीं था। मैं जिस अवचेतन मन से एक ऐसे केंद्रीय सिद्धांत की तलाश कर रहा था, जिसके अनुसार मैं अपने संपूर्ण जीवन को चला सकूँ और जीवन में आनेवाले अवरोधों का सामना दृढ़तापूर्वक कर सकूँ। वैसे इस तरह के सिद्धांत या विचार को तलाशना और अपने जीवन को उस पर अर्पित करना आसान नहीं है। मेरी यह पीड़ा या तो खत्म हो जाती या फिर कम तो हो ही जाती, यदि मैं हार मान जाता, जैसा कि अधिकतर लोग कर चुके हैं या फिर किसी एक इरादे पर टिके रहते हुए अपने अन्य लोभ को दरकिनार कर देता। किंतु मैंने हार नहीं मानी, क्योंकि मेरे भीतर कुछ ऐसा था, जो कि मुझे वह करने नहीं देता। इसलिए मुझे संघर्ष करना ही था और यह संघर्ष भी कठिन था, क्योंकि मैं कमजोर था। मेरी समस्या जीवन के लक्ष्य के प्रति दृढ़ता की नहीं थी, बल्कि उस एकमात्र लक्ष्य पर अपनी संपूर्ण इच्छाशक्ति को केंद्रित करना था। यहाँ तक कि अपने जीवन के लक्ष्य को तय करने के बाद भी मुझे अपने भीतर शांति और अनुकूलता बनाने में काफी समय लगा, जिसमें मुझे अपनी विद्रोही प्रकृति को भी नियंत्रित करना पड़ा, क्योंकि इसे मेरी आत्मा तो चाहती थी, पर मेरा शरीर कमजोर था। इसमें संदेह नहीं है कि मुझसे अधिक दृढ़ इच्छाशक्ति वाले लोग इसे आसानी से कर लेंगे।

एक दिन अचानक ही मेरे जीवन में इस संकट से बचने की उम्मीद मुझे दिखी। मेरे एक रिश्तेदार, जो कि शहर में नए-नए ही आए थे और मेरे घर के बगल में ही रहते थे। मैं उनसे मिलने चला गया और मैंने वहाँ उनकी किताबों में स्वामी विवेकानंद की एक पुस्तक देखी। मैंने इस पुस्तक के कुछ ही पृष्ठ पलटे होंगे कि मुझे लगा कि यही तो वह कुछ है, जिसे मैं तलाश रहा था। मैंने वह पुस्तक पढ़ने के लिए माँगी और घर आकर उसे पूरा पढ़ गया। इस पुस्तक ने मेरे भीतर एक रोमांच

भर दिया था। मेरे हेडमास्टर ने मुझमें सौंदर्य और नैतिक भावना तो जगा दी थी पर वे मुझे ऐसा आदर्श न दे सके, जिस पर मैं अपना सर्वस्व न्योछावर कर देता। किंतु विवेकानंद यह काम करने में सफल रहे।

मैं दिन, सप्ताह और महीनों तक उनके लेखन में डूबा रहा, जिसमें उनके पत्र, कोलंबो से अल्मोड़ा के बीच के भाषण थे तथा यह सब अपने देशवासियों के लिए व्यावहारिक परामर्श थे तथा मुझे भी इनसे प्रेरणा मिली। मेरे इस अध्ययन ने मुझे उनकी शिक्षाओं के सार, यानी 'आत्मनो मोक्षर्थम् जगधित्य' से परिचित कराया, जिसका आशय है तुम्हारा मोक्ष और मानवता की सेवा ही जीवन का लक्ष्य हो। इसमें मध्ययुग का स्वार्थी मठवाद और बेंथम व मिल का आधुनिक उपयोगितावाद दोनों ही उचित आदर्श नहीं हो सकता है। मानवता की सेवा अपने देश की सेवा है, जैसा कि उनकी जीवनी की लेखिका और प्रमुख शिष्या बहन निवेदिता ने भी लिखा है कि उनकी आराधना की रानी उनकी मातृभूमि ही थी। उसके समुद्रतटों का ऐसा कोई रुदन नहीं था, जिसकी प्रतिध्वनि उनमें न सुनाई देती हो। स्वामीजी ने स्वयं अपने एक भाषण में कहा था, "अपने हृदय से पुकारो—नंगे, अशिक्षित, ब्राह्मण और अछूत भारतीय मेरे बंधु हैं।" भविष्य की चर्चा करते हुए उन्होंने टिप्पणी की थी, ब्राह्मण, क्षत्रिय और वैश्यों के दिन थे, पर आनेवाला समय शूद्रों यानी समाज के दलित वर्ग का ही है। प्राचीन धर्मग्रंथों के माध्यम से उन्होंने आधुनिक विवेचना प्रस्तुत की थी। उपनिषदों के अनुसार, शक्ति के लिए स्वयं में विश्वास रखा, जैसा कि नचिकेता में थी। स्वामीजी ने कहा था कि "मोक्ष फुटबाल खेलने से आएगा, मात्र गीता पढ़ने से नहीं।"

जिस समय विवेकानंद का मेरे जीवन में प्रवेश हुआ, उस समय मेरी आयु सिर्फ पंद्रह वर्ष की थी। इस समय मेरे संपूर्ण जीवन में क्रांति आ गई और सभी चीजें उलट-पुलट हो गई थीं। स्वामीजी की शिक्षाएँ और उनकी महानता का बोध होने में वाकई एक लंबा समय लगा, पर इसका असर शुरू से ही मेरे मस्तिष्क पर अपनी छाप छोड़ चुका था। उनका चित्र और उनकी शिक्षाएँ दोनों ही मेरे सामने आ चुकी थीं। ऐसे बहुत से सवाल, जो कि मेरे मस्तिष्क में घुमड़ते रहते थे, इनका संतोषजनक समाधान मुझे उनसे मिल चुका था। मेरे हेडमास्टर का भी मेरे आदर्श की स्थापना में बहुत योगदान है। शुरुआत में मैं दर्शनशास्त्र पढ़ना चाहता था और चूँकि उन्होंने भी यही पढ़ा था, इसीलिए मैं उन्हीं का अनुसरण करना चाहता था। अब मैं विवेकानंद के दिखाए मार्ग पर ही चलना चाहता था।

धीमे-धीमे मैं स्वामी विवेकानंद से उनके गुरु रामकृष्ण परमहंस की तरफ भी आकर्षित हुआ। विवेकानंद के भाषण, पत्र और पुस्तकें तो सामान्यजन के लिए उपलब्ध नहीं थीं, पर रामकृष्ण जो कि तकरीबन बिना पढ़े-लिखे व्यक्ति थे और उन्होंने इस तरह का कोई काम भी नहीं किया था, उन्होंने अपना जीवन जिया और दूसरों को इसकी विवेचना करने के लिए छोड़ दिया। उनके शिष्यों द्वारा प्रस्तुत किताबों और डायरियों में भी उनकी शिक्षाओं का सार उनके आपसी संवाद से ही पता चलता है। इन पुस्तकों को सबसे महत्त्वपूर्ण अंश उनके व्यावहारिक निर्देशों के बारे में है, जिसमें वे चरित्र-निर्माण और आध्यात्मिक उन्नति के बारे में बल देते हैं। उन्होंने बार-बार कहा कि सिर्फ आत्मत्याग से ही अनुभूति संभव है। बिना आत्मत्याग के आध्यात्मिक विकास प्राप्त करना असंभव है। उनकी शिक्षाओं में ऐसा कुछ नया नहीं था, जो कि प्राचीन भारतीय सभ्यता में नहीं था। हजारों साल पहले उपनिषदों ने भी सिखाया है कि सांसारिक इच्छाओं के त्याग से ही व्यक्ति अमरत्व को प्राप्त करता है। रामकृष्ण की शिक्षाओं का प्रभाव इसलिए वास्तविक लगता है कि वे जो कहते थे, वही करते भी थे और उनके शिष्यों के अनुसार वे आध्यात्मिकता के चरम पर पहुँच भी चुके थे। रामकृष्ण की शिक्षाओं में वे वासना और धन के त्याग की बात कहते हैं। उनके लिए इस द्विआयामी त्याग में व्यक्ति के आध्यात्मिक जीवन की स्थिति की पहचान होती है। वासना पर पूर्ण विजय से आशय काम-भावना का परिष्कार है, जहाँ प्रत्येक मनुष्य के लिए प्रत्येक स्त्री माता के रूप में उसके सामने होती है।

शीघ्र ही मेरी मुलाकात मेरे रिश्तेदार एम.सी.एस. के अलावा कुछ ऐसे मित्रों से हुई, जो कि स्वयं भी रामकृष्ण और विवेकानंद में रुचि रखते थे। अपने स्कूल या बाहर जहाँ कहीं भी हमें समय मिलता था, हम इसी विषय पर चर्चा करते थे। धीमे-धीमे हम लंबी दूरी की चहलकदमियों और आनंद यात्राओं पर जाने लगे, जहाँ हमें इसके अवसर और भी अधिक मिलते थे। अब हमारे समूह के सदस्यों की संख्या भी बढ़ने लगी थी, जिसमें आध्यात्मिक भाववाले कुछ युवा भक्ति संगीत भी गाते थे।

अब हम घर और बाहर लोगों को आकर्षित करने लगे थे। हमारी स्थिति में यह होना स्वाभाविक ही था। स्कूल के विद्यार्थी हमारा मजाक बनाने का साहस नहीं करतें थे, क्योंकि हमारी प्रतिष्ठा बहुत अच्छी थी और हममें से बहुत से छात्रों की स्कूल की श्रेणियाँ भी अच्छी थीं। किंतु हमारी यह स्थिति घर पर नहीं थी। कुछ समय के बाद हमारे माता-पिता को पता चल गया कि मैं अन्य लड़कों के साथ

अधिक मिलता-जुलता हूँ। मुझसे पूछताछ हुई, मित्रवत् चेतावनी भी दी गई और फिर झिड़का भी गया, मगर इससे कोई लाभ नहीं हुआ। मुझमें लगातार परिवर्तन हो रहे थे और अब मैं उस तरह का अच्छा बच्चा नहीं था, जो कि अपने माता-पिता को नाखुश करने से डरता हो। मेरे सामने एक नया आदर्श था, जिसने मेरी आत्मा को प्रज्वलित कर रखा था। मेरे अपने मोक्ष और मानवता की सेवा के लिए मैं सांसारिक इच्छाओं और अनावश्यक अवरोधों को छोड़ना चाहता था। मैं अब संस्कृत के उन श्लोकों को नहीं गाता था, जिनमें व्यक्ति के माता-पिता की आज्ञाकारिता शामिल थी, बल्कि मैं उन श्लोकों को पढ़ता था, जिनमें विरोध का भाव था, जैसे (हे देवी माँ तुम्हीं मेरा आश्रय हो न कि माता-पिता और बंधु)।

मुझे लगता था कि ऐसी स्थिति मेरे जीवन में अधिक आ रही थी। आत्मत्याग का रामकृष्ण का उदाहरण और पवित्रतता का मेरे भीतर संघर्ष चल रहा था। विवेकानंद के आदर्श मेरे परिवार और सामाजिक व्यवस्था में एक द्वंद्व उत्पन्न कर रहे थे। मैं कमजोर था और यह संघर्ष लंबा था, जिसमें सफलता आसानी से नहीं मिलनेवाली थी, इसलिए मुझमें तनाव और हताशा के लक्षण नजर आने लगे थे।

वैसे यह बताना मुश्किल था कि आंतरिक और बाह्य द्वंद्व में से कौन सा अधिक पीड़ादायी था। मेरे मन के कम संवेदनशील और मजबूत मन वाले लोग इस तरह की समस्या से जल्दी ही बाहर आ जाएँगे या फिर मेरी तुलना में वे कम पीड़ा का अनुभव करेंगे। किंतु मैं असहाय था और मुझे इस स्थिति से गुजरना ही था। मेरे माता-पिता जितना मुझे रोकने की कोशिश करते, मैं उतना ही विद्रोही होता गया। जब सभी प्रयास असफल हो गए तब मेरी माता रोने लगी, पर इसका भी मुझपर असर नहीं हुआ। मैं कठोर और शायद सनकी होता जा रहा था तथा अपने ही मार्ग पर चलने के लिए दृढ़ भी था, मगर भीतर-ही-भीतर मैं अप्रसन्न भी था। अपने माता-पिता की इस रूप में अवज्ञा मेरे स्वभाव के विपरीत थी तथा इससे मिलनेवाली पीड़ा से दुःखी भी था, पर प्रतिरोध का यह प्रवाह मुझे बहा ले गया। इस समय घर पर मेरी सोच या समझ की बहुत ही कम सहमति थी और इसने मेरे दुःख को बढ़ा दिया था। मुझे शांति केवल अपनी मित्र मंडली के बीच ही मिलती थी और मैं जब भी उनके बीच होता, मैं काफी सहज महसूस करता था।

अध्ययन अब मेरे लिए अपना महत्त्व खो चुका था, पर यह भी वास्तविकता है कि मैंने सालों तक गहन अध्ययन किया था। किंतु इस समय मेरे लिए सिर्फ मानसिक और आध्यात्मिक अभ्यास ही मायने रखता था। इस समय मेरे पास

कोई मार्गदर्शक भी नहीं था और इसके लिए सिर्फ किताबें ही मेरा सहारा बनीं। कुछ समय बाद मुझे लगा कि इनमें से बहुत सी पुस्तकें विश्वसनीय और अनुभवी व्यक्तियों द्वारा नहीं लिखी गई हैं। ये पुस्तकें ब्रह्मचर्य या काम नियंत्रण पर थीं, जो कि इसके लाभ के लिए ही उपलब्ध थीं। ध्यान पर भी बहुत सी पुस्तकें थीं, जिन्हें मैं पढ़ भी गया। योग और विशेष तौर पर हठयोग पर पुस्तकें भी मैंने तलाशीं और इनका प्रयोग भी किया। सबसे बड़ी बात तो यह है कि मैंने सभी तरह के प्रयोग आजमाए। यदि स्पष्ट कहा जाए तो यह पहले दर्जे का मनोरंजन ही था। और तो और, कुछ लोगों को लगता था कि मैं पागलपन के कगार पर आ गया हूँ।

सबसे पहले मैंने यौगिक मुद्रा में बैठने का निश्चय किया, पर इसमें समस्या यह थी कि कोई मुझे ऐसा करते देख न सके और अपने साथ होनेवाले परिहास का सामना कैसे करूँगा। इसका सबसे बेहतर उपाय था रात के समय अभ्यास और यही मैंने किया भी, मगर एक दिन जब मैं एकांत में ध्यान कर रहा था कि तभी नौकरानी कमरे में बिस्तर ठीक करने आई और अँधेरे में मुझसे टकरा गई। तब उसके आश्चर्य का ठिकाना न रहा, जब उसे लगा कि वह जिस चीज से टकराई, वह मानव शरीर है।

ध्यान का यह अभ्यास कई तरह से जारी था। सफेद रंग के परदे पर एक काला वृत्त बनाया और उसपर तबतक आँखें केंद्रित कीं, जबतक कि मस्तिष्क पूरी तरह से शांत नहीं हो गया। नीले आकाश पर भी कभी-कभी ध्यान लगाया गया और सबसे कठिन तो दोपहर में जलते हुए सूर्य की तरफ आँखें खोलकर एकटक देखना था। कई तरह के उत्साह दमन भी किए गए, जैसे साधारण शाकाहारी भोजन, सुबह जल्दी उठना, सर्दी और गरमी से शरीर को कठोर बनाना।

इनमें से अधिकतर कार्य जहाँ तक संभव हो, अकेले ही किए जाते थे। रामकृष्ण का सबसे प्रिय सिद्धांत था कि ध्यान का अभ्यास चाहे जंगल में हो या फिर घर के कोने में या आपके अपने मन में, इसे सबकी नजर बचाकर करना चाहिए। इसे केवल आपके भक्त या फिर अनुसरण करनेवाले योगी ही जानने के अधिकारी हैं। कुछ समय तक इस योग का अभ्यास करने के बाद हमें कुछ तुलनात्मक अनुभव हुए। रामकृष्ण अकसर आंतरिक अतींद्रिय अनुभूतियों की चर्चा करते हैं, जिसमें जब व्यक्ति आध्यात्मिक मार्ग पर चलता है, तब उसे ऐसी अनुभूतियाँ होती हैं, पर उन्होंने अपने शिष्यों से इन अनुभूतियों के आत्मप्रचार या किसी तरह के आनंद में लिप्त होने से सावधान किया है। जब व्यक्ति आध्यात्मिक चेतना के उच्चतम स्तर

पर पहुँचता है, तब इस तरह की अतींद्रिय अनुभूतियाँ अधिक होती हैं। यहाँ तक कि कुछ महीनों की कोशिश के बावजूद मैं इस तरह की अनुभूति का दावा नहीं कर सकता था। किंतु मुझमें आत्मविश्वास बढ़ा था और मन भी शांत था तथा पहले की अपेक्षा आत्मनियंत्रण में भी वृद्धि हुई। शायद यह सब गुरु की चाहत के कारण ही हुआ हो, पर जैसा कि लोग कहते हैं, योगाभ्यास बिना गुरु के नहीं करना चाहिए। इसलिए अब मेरी गुरु की तलाश शुरू हो चुकी थी।

भारत में जो लोग संसार छोड़कर अपना संपूर्ण जीवन आध्यात्मिक उन्नति पर केंद्रित कर देते हैं, वे अकसर तीर्थ यात्राओं पर निकल जाते हैं। इसलिए ऐसे लोगों को हरिद्वार, बनारस, पुरी या रामेश्वरम् में ढूँढ़ना मुश्किल नहीं है। चूँकि पुरी के पास ही कटक होने के कारण यह स्थान भी लोगों को आकर्षित करता रहा है। यहाँ दो तरह के साधु होते हैं, एक तो वे, जो किसी संप्रदाय, आश्रम या मठ से संबंधित होते हैं और दूसरे वे, जो इन सभी से मुक्त रहते हैं और किसी भी तरह की संलिप्तता से चिढ़ते हैं। हमारा समूह शहर में आनेवाले सभी साधुओं में रुचि रखता था और हमारे समूह के किसी भी सदस्य को इस तरह की सूचना मिलती, तब वह इसे दूसरे लोगों तक भी पहुँचा देता। हमारी मुलाकात कई तरह के साधुओं से हुई, पर मुझे संन्यासी अधिक आकर्षित करते थे। ऐसे साधु अपने शिष्यों की चिंता नहीं करते थे तथा ये किसी भी तरह के धन को ठुकरा देते थे। यदि वे किसी को योग में कुछ सिखाना चाहते, तब वे उन लोगों को ही पसंद करते, जिन्हें सांसारिक चीजों से लगाव नहीं होता था। जो साधु किसी संगठन से संबंधित होते या फिर स्वयं विवाहित होते, वे मुझे कम ही आकर्षित करते थे। ऐसे साधु सामान्यतया धनी या उच्च पदों आसीन शिष्यों की ही तलाश में रहते और ऐसे लोगों का अपना भी संगठन बन जाता था।

एक बार वहाँ एक वृद्ध संन्यासी आया था, जिसकी उम्र नब्बे वर्ष से अधिक होगी तथा यह भारत ख्याति के जाने-माने आश्रम के प्रमुख भी थे, जिनके एक शिष्य हमारे ही शहर के मशहूर चिकित्सक थे। इन संन्यासी से मिलने के लिए लोगों की भीड़ उमड़ पड़ी और हम भी इस भीड़ में शामिल हो गए। उन्हें प्रणाम करने के बाद हम अपने स्थान पर बैठ गए। उनका हमारे प्रति बहुत ही सद्व्यवहार था और हम उनकी तरफ खिंचे चले गए। उनके शिष्यों ने कुछ भजन भी गाए, जिन्हें हमने बहुत ही सम्मान के साथ सुना। सभा के अंत में हमें एक छपा हुआ कागज मिला, जिसमें उनकी शिक्षाएँ लिखी थीं और हमें इनका पालन भी करना था। हमने मन-ही-मन वैसा ही करने का निश्चय किया और कम-से-कम मैंने तो किया ही था।

इसमें पहली शर्त मांस, मछली और अंडा न खाने की थी, जबकि हमारा पारिवारिक भोजन मांसाहारी ही था और बिना किसी आलोचना या विरोध का सामना किए शाकाहारी भोजन पर आश्रित होना संभव नहीं था। हालाँकि मैंने सभी अवरोधों के बावजूद इसका पालन किया था। दूसरी शर्त निश्चित रूप से कुछ खास भजन गाने की भी थी। यह तो आसान था, पर इसके बाद वाली शर्त बहुत ही भयावह थी, जिसमें व्यक्ति का अपने माता-पिता की आज्ञाकारिता का अभ्यास था। हमें अपने दिन की शुरुआत अपने माता-पिता को प्रणाम करने से ही करनी थी। इस कार्य में दो तरह की परेशानियाँ थीं, पहली कि हमें इस तरह का रोजाना का अभ्यास पहले से नहीं था और दूसरा, जिसमें मैं वह स्तर पार कर चुका था, जहाँ यह विश्वास होता था कि व्यक्ति के माता-पिता की आज्ञाकारिता अपने आप में सद्गुण होता है। वैसे मैं अपने लक्ष्य के प्रत्येक अवरोध का सामना करने के लिए तैयार था और यह चाहे जैसा भी हो, मेरे लिए मायने नहीं रखता था। हालाँकि अपनी दृढ़ इच्छाशक्ति के साथ मैं सुबह अपने पिता के सामने गया और अपने गुरु के बताए निर्देशों के अनुसार उन्हें प्रणाम किया। मुझे आज भी वह दृश्य याद है कि मेरे पिता इस पर किस तरह अचंभित हुए थे। उन्होंने मुझसे पूछा कि क्या बात है ? पर मैं बिना जवाब दिए अपना कर्तव्य करके वापस चल दिया था। तब से लेकर आज तक मेरी वह धारणा धूमिल नहीं हुई है कि उस दिन मेरे माता-पिता ने क्या सोचा होगा। वैसे मेरे लिए प्रतिदिन सुबह अपने माता-पिता के सामने जाकर उनके प्रणाम करना किसी कठिन प्रयास से कम नहीं था। परिवार के सदस्य तथा यहाँ तक कि नौकरों को भी आश्चर्य हो रहा था कि इस विद्रोही लड़के के साथ अचानक क्या हो गया कि यह इतना आज्ञाकारी हो गया। उन्हें शायद इसका थोड़ा ही भान होगा कि इस चमत्कार के पीछे एक साधु का हाथ था।

कुछ हफ्तों या शायद महीनों के बाद मैंने अपने आप से पूछा कि उपरोक्त अभ्यास से मुझे क्या लाभ हुआ और मैं अपने जवाब से संतुष्ट नहीं हुआ था, इसलिए मैंने इसे छोड़ दिया। अब मैं वापस रामकृष्ण और विवेकानंद की शिक्षाओं की तरफ मुड़ गया और मैने स्वयं से कहा कि बिना त्याग के अनुभूति संभव नहीं है।

वैसे मेरी यह सोच त्रुटिपूर्ण थी कि धार्मिक जीवन का मेरा बोध व्यक्ति के यौगिक अभ्यास तक ही सीमित है। हालाँकि कुछ समय तक मुझ पर योगाभ्यास का जुनून था, पर धीमे-धीमे मुझे समझ में आ गया कि आध्यात्मिक विकास के लिए समाज-सेवा जरूरी है। मेरे मन में यह विचार संभवतः विवेकानंद की वजह से ही

आया था, क्योंकि उनके भाषण में मानवता की सेवा के बारे में स्पष्ट रूप से कहा गया है तथा इसमें व्यक्ति के देश की भी सेवा शामिल है। साथ ही उन्होंने सभी से निर्धनों की सहायता करने के लिए भी कहा है, क्योंकि उनके अनुसार ईश्वर अकसर निर्धनों के रूप में प्रकट होता है और निर्धनों की सेवा ही ईश्वर की आराधना है। मुझे याद है कि मैं भिखारियों, फकीरों और साधुओं के प्रति बहुत उदार हो गया था और जब भी वे मेरे पास आते, मैं उनकी सहायता करता था और मुझे उन्हें कुछ देने में एक खास तरह का संतोष मिलता था।

सोलह साल की ही उम्र में मुझे ग्राम सुधार के क्षेत्र में पहला अनुभव हुआ था। हम शहर के बाहरी इलाके के एक गाँव में कुछ सेवा के उद्देश्य से गए थे। हम गाँव के प्राथमिक विद्यालय में पहुँचे और वहाँ कुछ पढ़ाने का काम किया। वहाँ के शिक्षकों और गाँववालों ने हमारे इस कार्य को प्रोत्साहित किया और हमारा स्वागत भी किया। इसके बाद हम जब दूसरे गाँव में पहुँचे, तब हमें वहाँ एक दुखद अनुभव हुआ। जैसे ही हम उस गाँव में पहुँचे और वहाँ के लोगों ने जब हमें दूर से आते देखा, तब वे इकट्ठा हो गए और हमारा विरोध करने लगे। उन गाँववालों से बात करना भी मुश्किल हो गया और वे हमें अपना मित्र समझने के लिए तैयार न थे। हम यह देखकर आश्चर्यचकित थे कि वे केवल हमें अजनबी ही नहीं समझ रहे थे, बल्कि हमें अपना दुश्मन और संदेहास्पद चरित्रवाला भी समझ रहे थे। वैसे हमें यह समझते देर न लगी कि जब भी गाँव में अच्छे कपड़े पहनकर कोई आता, तब वह या तो लगान वसूलने वाला या फिर इसी स्तर का व्यक्ति होता था और उनके व्यवहार से हमारे-उनके बीच बढ़ी हुई खाई का अंदाज लग रहा था। कुछ सालों बाद मेरे साथ इसी तरह का अनुभव उड़ीसा के एक गाँव में भी हुआ था।

वैसे यह कहना सही होगा कि जब तक मैं स्कूल में था, मैं राजनीतिक दृष्टि से परिपक्व नहीं हुआ था। हालाँकि अन्य मामलों में मैं काफी सजग था। इसकी एक वजह मेरी सहज प्रकृति थी, जो कि मुझे कई दिशाओं में निर्देशित करती थी और दूसरी वजह उड़ीसा का राजनीतिक पिछड़ापन तथा मेरे परिवार में प्रेरणा की कमी भी थी। अकसर ही मैं अपने बड़े भाइयों से कांग्रेस के बारे में सुनता रहता था, पर इसका मुझपर कोई खास असर नहीं पड़ता था। सन् 1908 में पहली बार बम फेंका गया था और इसने हर जगह हलचल मचा दी थी तथा हम कुछ समय के लिए इसमें रुचि लेने लगे थे। पी.ई. स्कूल, जहाँ मैं पढ़ता था, यहाँ की प्रधानाध्यापिका ने बम फेंके जाने को सही नहीं ठहराया था। शीघ्र ही हम इस विषय को भूल भी गए। उन्हीं

दिनों बंगाल के विभाजन के विरोध में हमारे शहर में जुलूस भी निकले और इनमें स्वदेशी को बढ़ावा देने की चर्चा थी। इन घटनाओं का हमपर बहुत थोड़ा ही प्रभाव पड़ा था, क्योंकि राजनीति को हमारे घर में वर्जित दर्जा दिया गया था, इसलिए हम इसमें सक्रिय नहीं थे। हमारी रुचि एक खास तरह से नजर आती थी, जिसमें हम अखबारों से क्रांतिकारियों की तसवीरें काटकर अपने अध्ययन कक्ष में लगाते थे। एक दिन हमारे घर एक आगंतुक आए, जो कि हमारे रिश्तेदार होने के साथ-साथ पुलिस अधिकारी भी थे। जब उन्होंने हमारे कमरे में इन तसवीरों को देखा, तब मेरे पिता से इस बारे में शिकायत की और इन्हें वहाँ से हटा दिया गया, जिसका मुझे दुःख भी हुआ था।

दिसंबर 1911 तक मैं राजनीतिक दृष्टि से इतना अपरिपक्व था कि जार्ज पंचम के राज्यारोहण पर हुई एक निबंध प्रतियोगिता में भी मैंने भाग लिया था। हालाँकि आमतौर पर मैं अंग्रेजी के लेखन में प्रथम ही आता था, पर इस बार मुझे पुरस्कार नहीं मिला। एक बार क्रिसमस की छुट्टियों में मैं अपने परिवार के साथ कलकत्ता गया था, जहाँ जार्ज पंचम शहर में आए थे और मैं उत्साह में वापस लौट आया था।

सन् 1912 में मुझे पहली राजनीतिक प्रेरणा मेरी आयु के ही एक विद्यार्थी से मिली थी। वह एक बार कटक तथा पुरी की यात्रा पर आया था और हमारे हेडमास्टर बेनी माधव दास ने ही उससे हमारा परिचय कराया था। यहाँ आने से पहले ही वह कलकत्ता की संस्था से जुड़ा था, जो कि आध्यात्मिक उत्थान के साथ-साथ राष्ट्रसेवा का भी काम करती थी। उसके कटक आने के समय मेरा भी रुझान सामाजिक और राष्ट्रीय समस्याओं की तरफ हो रहा था। हमारे समूह में भी हमारा मित्र योग के बजाय राष्ट्रीय सेवा में अधिक रुचि रखता था। दूसरा मित्र सुरेश विश्वास नामक बंगाली सैनिक के सपने देखता था, जो कि दक्षिण अमेरिका संभवतः ब्राजील चला गया था और वहीं उन्होंने काफी नाम कमाया था। उन्हीं की तरह बनने के लिए मेरा वह मित्र कुश्ती का अभ्यास करता था, जबकि हम सब योग के अभ्यास में लगे रहते थे। मनोवैज्ञानिक रूप से इस उचित अवसर पर इस आगंतुक ने देश के प्रति और कलकत्ता में स्थित उसके समूह के प्रति हमारे कर्तव्य के बारे में चर्चा की थी, जिसे सुनकर हम बहुत प्रभावित हुए। महानगर में इस तरह के संगठन से जुड़ना वाकई अच्छा था और हमने इसका स्वागत भी किया। कलकत्ता लौटकर उसने हमारे बारे में एक रिपोर्ट तैयार की और शीघ्र ही उस समूह के प्रमुख का हमारे पास पत्र भी आया। इस प्रकार हमारा उससे संबंध कई वर्षों तक बना रहा।

जब मैं अपनी स्कूली शिक्षा के आखिर में पहुँच रहा था, तब मुझमें धार्मिक भावना अपने चरम पर थी। पढ़ाई मेरे लिए प्राथमिक महत्त्व की चीज नहीं थी। हमारे समूह के सदस्य जब भी संभव होता, मिलते और हम घूमने निकल पड़ते थे। इस प्रकार हम घर से दूर रहते और आपस में एक-दूसरे के साथ का आनंद लेते थे। वैसे एक या दो शिक्षकों को छोड़कर जो कि रामकृष्ण और विवेकानंद के समर्थक थे, अधिकतर शिक्षक हमें प्रेरित कर पाने में असफल ही थे। मेरे माता-पिता के गुरु एक बार इन्हीं दिनों कटक आए थे और उन्होंने भी मेरी धार्मिक रुचि को बढ़ा दिया था। चूँकि वे संन्यासी नहीं थे, इसलिए उनकी प्रेरणा का मुझपर बहुत देर तक असर नहीं रहा। हमारे शिक्षकों में से केवल एक ही शिक्षक ऐसे थे, जिनकी रुचि राजनीति में थी और जब हम स्कूल छोड़नेवाले थे, तब उन्होंने हमें कलकत्ता जाकर उन लोगों से मिलने के लिए बधाई दी, जो कि मुझे राजनीति के लिए प्रोत्साहित कर सकते थे।

मेरा विश्वास है कि शुरुआती जीवन की अच्छी या बुरी छाप लंबे समय तक बनी रहती है और इसका बढ़ते बच्चों के जीवन पर विशेष प्रभाव पड़ता है। मुझे याद है कि बचपन में मैं अकसर ही भूतों की कहानियाँ घर के नौकरों या परिवार के बुजुर्ग सदस्यों से सुना करता था। इस मामले में एक खास पेड़ को दिखाकर इसपर भूतों का डेरा होने की बात कही जाती थी। इस तरह की कहानियाँ जब सुनाई जाती थीं, तब केवल इसका बहुत ही डरावना असर होता था। चाँदनी रात में ऐसी कहानियाँ सुनाने के बाद पेड़ की रोशनी और छाया में भूत का आह्वान आसान होता था। हमारे नौकरों में खाना बनानेवाला एक मुसलमान था और वह दावा करता था कि उसमें आत्मा आती है। इसके लिए एक ओझा बुलाया गया और झाड़-फूँक भी की गई। इस तरह के अनुभव और भी देखने को मिलते थे जैसे हमारा एक मुसलमान कोचवान अकसर हमें आत्माओं की झाड़-फूँक की अपनी कला के बारे में बताता था कि किस तरह उसने अपनी कलाई के पास चीरा लगाकर आत्मा को खून पीने के लिए पेश किया था। उसकी सच्चाई पर कोई भी सवाल कर सकता था, पर यह भी वास्तविकता थी कि हमने उसकी कलाई के पास पुराने के साथ नए कटे निशान देखे थे। वैसे वह थोड़ा-बहुत हकीम का काम भी जानता था और अपच एवं दस्त आदि बीमारियों की घरेलू दवाइयाँ भी देता था। हालाँकि बचपन के ऐसे अनुभवों का मुझपर कोई विशेष प्रभाव नहीं पड़ा, पर जब मैं बड़ा हुआ, तब ऐसे प्रभावों को अपने से दूर हटाने में थोड़ा प्रयास करना पड़ा था।

अपने दिमाग से अंधविश्वासों को दूर करने के प्रयास में विवेकानंद मेरे लिए सहायक सिद्ध हुए। उनकी धर्म की व्याख्या, जिसमें योग भी शामिल है, वेदांत के तार्किक दर्शन पर आधारित थी तथा उनकी वेदांत की समझ विरोधात्मक न होकर वैज्ञानिक सिद्धांतों पर आधारित थी। उनके जीवन का एक उद्देश्य विज्ञान और धर्म के बीच सामंजस्य स्थापित करना था और यह वेदांत के माध्यम से संभव था।

जो लोग भारत में बच्चों की शिक्षा की समस्याओं के निराकरण का प्रयास करते हैं, उन्हें उन प्रतिकूल प्रभावों के बारे में भी सोचना होगा, जो कि बच्चों के मन को परिवर्तित करते हैं। इसी तरह माताओं, चाचियों और सेविकाओं के द्वारा गाई जानेवाली उन लोरियों पर भी सवाल उठता है, जो कि बच्चों को सुलाने या जबरदस्ती उन्हें खिलाने के लिए गाई जाती हैं। इनमें अकसर बच्चा डर जाता है। बंगाल की इसी तरह की एक लोकप्रिय लोरी 'वारगीज' है, जिसमें रात के वक्त पिंडारी लुटेरों के आक्रमण का वर्णन है। वाकई इस तरह के गीत सोने वाले बच्चों के लिए अनुकूल नहीं होते हैं।

इसी तरह व्यक्ति के उन सपनों पर भी ध्यान देना चाहिए, जिनसे बच्चे परेशान हो जाते हैं और इसका उनके जाग्रत् जीवन पर भी असर पड़ता है। सपनों के मनोविज्ञान की समझ अभिवावकों या शिक्षकों को बच्चों के दिमाग को समझने में आसान बनती है और यह उनके मस्तिष्क पर होनेवाले दुष्प्रभाव को भी समाप्त करती है। मैं ऐसा इसलिए कह रहा हूँ, क्योंकि मैं स्वयं ही बचपन में साँप, शेर, बंदर आदि के सपनों से डरता था। जब मैंने योगाभ्यास शुरू किया और तब होनेवाले मानसिक अभ्यास से मैं इन दुःखद सपनों से हमेशा-हमेशा के लिए मुक्त हो गया।

भारत जैसे देश में, खासतौर से रूढ़िवादी, धर्मांध, जातिप्रभावयुक्त परिवारों में इनके प्रभाव से मुक्त हुए बिना परिपक्व हो पाना या उच्च विश्वविद्यालयी डिग्री हासिल करना क्या संभव है? ऐसा अकसर होता है कि व्यक्ति को सामाजिक या पारिवारिक परंपराओं के खिलाफ विद्रोह करना पड़ता है। वैसे मैं इस मामले में भाग्यवान था कि मैं जिस वातावरण में पला-बढ़ा, वह मेरे मानसिक स्तर को विकसित करने में सहायक था। अपने बचपन में मैं अंग्रेजों, अंग्रेजी शिक्षा और अंग्रेजी संस्कृति के संपर्क में था, और इसके बाद मैं अपनी गौरवमयी तथा आधुनिक संस्कृति में वापस लौटा तथा जब मैं स्कूल में था, तब भी मेरे अंतरप्रांतीय संबंध और मित्रता थी। यदि मैं बंगाल में रह रहा होता, तब मैं इनसे वंचित होता। और तो और, मुसलमानों के प्रति भी मेरा दृष्टिकोण मेरे शुरुआती संपर्कों से प्रभावित था।

শ্রীশ্রীঈশ্বর সহায়

কটক

শনিবার।

পরমপূজনীয়া শ্রীমতী মাতাঠাকুরাণী

শ্রীচরণকমলেষু—

মা,

আজ নবমী। সুতরাং আপনি এখন দেশে — দেবীর আরাধনায় নিমগ্ন আছেন।

এ বৎসর শুনিতেছি পূজা বেশী জাঁকজমকে সম্পন্ন হইবে। কিন্তু মা, জাঁকজমকে প্রয়োজন কি? যাঁহাকে আমরা ডাকি — তাঁহাকে যদি প্রাণ খুলিয়া গদ্গদ্ শব্দে ডাকিতে পারি — তাহা হইলে যথেষ্ট হইল; আর কি প্রয়োজন? যে পূজায় আমরা ভক্তি-চন্দন ও প্রেম-পুষ্প ব্যবহার করিতে পারি তাহাই এজগতের মধ্যে সর্ব্বশ্রেষ্ঠ পূজা। জাঁকজমকের সম্মুখে ভক্তি পলায়ন করে।

मैं जिस स्थान में रहता था, वह मुसलिम बहुलता वाला था और हमारे अधिकतर पड़ोसी भी मुसलमान ही थे। वे सभी हमारे पिता को उसी रूप में देखते थे, जैसे कि एक आम ग्रामीण ग्राम कुलपति को देखता है। हम उनके मुहर्रम आदि में शामिल होते थे और उनके अखाड़े का मजा भी लेते थे। हमारे नौकरों में से कुछ मुसलमान भी थे, जो कि दूसरों की ही तरह हमारे प्रति सेवाभाव रखते थे। स्कूल में भी मेरे मुसलिम सहपाठी और शिक्षक थे, जिसके साथ हमारे संबंध बेहतर थे। वाकई मुझे याद नहीं है कि हमने उन्हें कभी अपने से अलग रूप में देखा। उनमें फर्क सिर्फ यही था कि वे नमाज पढ़ने मसजिद में जाते थे। मेरे शुरुआती दिनों में हिंदुओं और मुसलमानों में विरोध की बात नहीं थी।

मैं जिस माहौल में पला-बढ़ा था, वह काफी मुक्त था और शायद ही मैं कभी किसी सामाजिक या पारिवारिक परंपरावादी विवाद में पड़ा था। मैं चौदह या पंद्रह साल का था कि तब की एक घटना मुझे याद है। मेरी कक्षा का एक मित्र, जो कि मेरा पड़ोसी भी था, उसने हममें से कुछ लोगों को घर पर खाने के लिए बुलाया था। मेरी माताजी को जब यह पता चला, तब उन्होंने हम में से किसी को भी वहाँ जाने से मना कर दिया था। इसका कारण शायद उनका सामाजिक स्तर हमसे कम होगा या फिर वह निचली जाति का होगा या शायद स्वास्थ्य के कारण हमें बाहर खाने से मना किया होगा। किंतु यह भी सत्य है कि हम मुश्किल से ही बाहर खाना खाते थे। हालाँकि मुझे अपनी माँ का आदेश न्यायोचित नहीं लगा था और इसका विरोध करने में मुझे एक खास तरह के आनंद की अनुभूति हुई थी। जब से मैंने धर्म और योग को गंभीरतापूर्वक लिया और जहाँ कहीं भी मैं जाना चाहता या जिससे भी मिलने की स्वतंत्रता चाहता था, मैं अपने माता-पिता के निर्देशों के खिलाफ हो जाता था। अपने माता-पिता की अवज्ञा करने में उन दिनों मुझे विवेकानंद की प्रेरणा का असर लगता था, जिसके अनुसार, आत्मपूर्ति के लिए विद्रोह आवश्यक है, क्योंकि जब एक बच्चा पैदा होता है, तब इसका प्रत्येक रुदन उस बंधन के खिलाफ विद्रोह है, जिसमें वह स्वयं को पाता है।

अपने स्कूल के दिनों की याद करते समय मुझे लगता है कि मैं जब भी किसी के सामने जाता था, तब मैं एक अड़ियल, मौजी और जिद्दी बच्चे के रूप में ही होता था। मुझसे यह उम्मीद की जाती थी कि मैं मैट्रिकुलेशन के इम्तिहान में अच्छा करूँगा और अपने स्कूल का नाम रौशन करूँगा, पर मेरे शिक्षकों को तब बहुत हताशा हुई, जब उन्होंने मुझे अपनी पढ़ाई की अनदेखी करते और भभूत

लपेटे साधुओं के पीछे भागते देखा था। मेरे माता-पिता को भी लगता था कि उनके मेधावी लड़के का दिमाग खराब हो गया है, परंतु मुझपर इसका कोई फर्क नहीं पड़ता था, मेरे लिए तो मेरे आंतरिक स्वप्न ही मायने रखते थे। मेरा जितना भी विरोध होता, मैं उतना ही जिद्दी होता जाता था। इस स्थिति में मेरे मात-पिता ने सोचा कि वातावरण का परिवर्तन शायद मुझमें कुछ बेहतर कर सके, इसलिए कलकत्ता के वातावरण में मैं अपनी सनक छोड़कर अपने बाकी लोगों की तरह ही सामान्य जीवन बिता सकूँगा।

सन् 1913 में मैं अपने मैट्रिकुलेशन के इम्तिहान में बैठा और विश्वविद्यालय में मेरा दूसरा स्थान था। मेरे माता-पिता बहुत खुश थे और फिर मैं कलकत्ता के लिए रवाना कर दिया गया।

□

अध्याय-6

प्रेसीडेंसी कॉलेज (1)

कलकत्ता ने मेरे लिए जो कुछ सँजोकर रखा था, इसकी जानकारी मेरे लोगों को बहुत ही कम थी। मैं अपने स्कूल के उन मौजी बच्चों से अलग किया जा चुका था, जिनसे कटक में मैं घिरा रहता था, पर कलकत्ते में भी मुझे वैसी ही भीड़ मिली और इसमें कोई ताज्जुब नहीं था कि मैं शीघ्र ही अपने माता-पिता की निराशा की वजह भी बन चुका था।

कलकत्ता भी मैं पहली बार नहीं आया था। बचपन से मैं यहाँ कई बार आ चुका हूँ, पर हर बार इस बड़े शहर ने मुझमें एक जिज्ञासा उत्पन्न की और थोड़ी घबराहट भी पैदा की थी। मुझे यहाँ की चौड़ी सड़कों, बागों और म्यूजियम में घूमना अच्छा लगता था। वैसे आकार में मुझे यह इतना बड़ा लगता था कि इसे कोई सिर्फ बाहर से ही देखकर लगातार इसकी प्रशंसा कर सकता था, पर इस बार मैं यहाँ रहने और इसके जीवन में घुलने-मिलने आया था। मैं वाकई यह नहीं जानता था कि यह तो मेरे संबंधों की शुरुआत है और जो शायद जीवन भर मेरे साथ ही रहेगी।

कलकत्ता का जीवन किसी अन्य महानगरीय जीवन की ही भाँति है और यह सभी के लिए अच्छा भी नहीं है। इसने बहुत से प्रतिभावान लोगों को बरबाद भी किया है। यदि मैं यहाँ अपने निश्चित निर्णयों या सिद्धांतों के साथ नहीं आया होता, तब मेरे लिए भी यहाँ आना भयावह ही सिद्ध होता। हालाँकि जब मैंने स्कूल छोड़ा, तब तक मेरे झंझावाती परिवर्तन का समय गुजर चुका था और मैंने अपने खास लक्ष्य तय कर लिए थे। चाहे जो कुछ भी हो, अब मैं घिसे-पिटे रास्तों पर नहीं चलनेवाला था; मैं अब उन्हीं रास्तों पर चलता, जो कि मेरी आध्यात्मिक उन्नति और मानवता के कल्याण के लिए थे। मैं अब दर्शनशास्त्र का गंभीर अध्ययन करने

जा रहा था, ताकि मैं जीवन की मूलभूत समस्याओं का समाधान कर सकूँ। दूसरे शब्दों में जहाँ तक संभव हो, मैं रामकृष्ण और विवेकानंद का अनुसरण ही करने जा रहा था। मैं किसी भी हाल में सांसारिक पेशे को अपनाने नहीं जा रहा था। अब मेरे जीवन के नए अध्ययन की यही रूपरेखा थी।

मेरे ये निर्णय किसी के एक रात के विचार की उपज या किसी के निर्देश मात्र नहीं थे। मुझे इन तक पहुँचने में महीनों और सालों लगे थे। मुझे अपने जीवन को कौन सा रूप देना है या अपने जीवन के उच्चतम आदर्शों की तलाश के लिए मैंने बहुत सी किताबें देखीं और बहुत से लोगों के चरणों में भी बैठा। मेरी यह तलाश थोड़ी आसान हो गई होती या इसे कार्य रूप देना भी सहज हो गया होता, यदि मेरी अंतरात्मा मुझे एक दिशा में और परिवार का प्रभाव दूसरी दिशा में न खींच रहा होता। इस दोहरे तनाव में मेरा बाद वाला स्कूली जीवन बहुत ही मानसिक द्वंद्ववाला था, जिसमें निरंतर अप्रसन्नता बनी हुई थी। मेरा यह द्वंद्व कोई नया नहीं था। हर व्यक्ति जो अपने सामने आदर्श रखता है और इन पर चलता है, उसे इस नए मार्ग से गुजरना ही पड़ता है। किंतु मेरी पीड़ा की दो वजहें थीं। पहला, मेरे शुरुआती जीवन में भी संघर्ष शुरू हो चुके थे। दूसरा, दोनों द्वंद्व मुझपर साथ-साथ ही आ गए थे। यदि मैं इन दोनों का सामना लगातार करता, तब यह पीड़ा और भी बढ़ जाती, मगर मनुष्य हमेशा अपने भाग्य का निर्माता नहीं होता है, बल्कि कभी-कभी वह अपनी परिस्थितियों का जनक भी होता है।

इस दोतरफा द्वंद्व का तनाव इतना अधिक था कि मेरे जैसे अतिसंवेदनशील लड़के का तो मानसिक संतुलन ही बिगड़ गया होता, मगर सौभाग्य से ऐसा हुआ नहीं, शायद भाग्य को कुछ और ही मंजूर था। अब मैं इस स्थिति से बाहर आ चुका था और मैं जिन हालात से गुजरा था, उसका मुझे अफसोस भी नहीं है। मुझे इस बात का संतोष है कि मेरे उस संघर्ष ने मुझमें सकारात्मक परिवर्तन ला दिया था। मुझमें आत्मविश्वास पैदा हो गया, जिसका मुझमें पहले अभाव था और मुझे अपने जीवन के मौलिक सिद्धांतों को तय करने में सफलता मिली। अपने अनुभव से मैं उन माता-पिताओं और अभिवावकों से सावधान होकर व्यवहार करने के लिए कहूँगा, जो कि अपने भावुक और संवेदनशील प्रकृति के बच्चों के साथ व्यवहार करते हैं। बच्चों को किसी विशेष तरफ ले जाने के लिए बलपूर्वक की जा रही कोशिश उन्हें और भी अधिक विद्रोही बनाएगी और उनमें एक तरह की अक्खड़ता पनपेगी। दूसरी तरफ उनके प्रति सहानुभूतिपूर्वक समझदारी भरा व्यवहार, जिसमें थोड़ी ढील भी हो,

उन्हें उनकी स्वभावगत त्रुटियों से मुक्त भी कराएगी और जब वे किन्हीं ऐसे विचारों की तरफ जा रहे हों, जो कि सांसारिकता का विरोध करती हों, तब माता-पिता का अभिवावकों को उन्हें विफल करना या उनका उपहास नहीं करना चाहिए, बल्कि समझदारी से उन्हें प्रभावित करना चाहिए।

ईश्वर, आत्मा और धर्म के अंतिम सत्य के बारे में मेरी धारणा बहुत ही व्यावहारिक है और मैं कह सकता हूँ कि धर्म और योग में मेरी शुरुआती रुचि से लाभ मिला है। मैंने जीवन को गंभीरतापूर्वक लेना सीख लिया है। कॉलेज में शिक्षा की दहलीज पर खड़े होकर मुझे लगने लगा कि जीवन का एक अर्थ और उद्देश्य है। उस उद्देश्य की पूर्ति के लिए शरीर और मन दोनों की ही निरंतर शिक्षा जरूरी है। परंतु अपने स्कूली जीवन के दौरान अपनाई हुई इस शिक्षा में मुझे यह संदेह था कि क्या मैं अपने बाद के वर्षों में भी इस प्रयास और तकलीफों को जारी रख सकूँगा। मेरा यह दृष्टिकोण मेरी शारीरिक संरचना को लेकर था।

मैं पहले ही स्पष्ट कर चुका हूँ कि अपने जीवन के एक खास स्तर तक मैं अपने वातावरण के अनुकूल था और मुझ पर जो भी सामाजिक या नैतिक जिम्मेदारियाँ थोपी गई थीं, मैंने उन्हें स्वीकार भी किया था। वैसे यह सभी के जीवन में होता है। इसके बाद संदेह का स्तर आता है—केवल बौद्धिक संदेह ही नहीं, बल्कि इस संदेह में पूरा जीवन शामिल होता है। व्यक्ति अपने पूरे अस्तित्व का लेकर प्रश्न करता है कि वह क्यों पैदा हुआ, उसके जीने का उद्देश्य क्या है और उसका अंतिम लक्ष्य क्या है। और जब वह किसी निश्चित निष्कर्ष पर पहुँचता है, चाहे वह स्थायी हो या अस्थायी, तब जीवन के प्रति उसका दृष्टिकोण ही बदल जाता है और वह वर्तमान सामाजिक एवं नैतिक महत्त्व की चीजों का पुनः आकलन करना शुरू कर देता है। वह विचारों और नैतिकता की एक नई दुनिया बना लेता है और फिर इन्हीं हथियारों से बाहरी दुनिया का सामना करता है। इसके बाद वह या तो अपने वातावरण को अपने आदर्शों की दिशा में परिवर्तित करने में सफल हो जाता है या फिर अपने संघर्ष में असफल होता हुआ अपनी वास्तविकता में समा जाता है।

यह सबकुछ व्यक्ति की मानसिक संरचना पर निर्भर होता है कि उसका संदेह किस सीमा तक उसके आंतरिक जीवन का पुनर्निर्माण करेगा और वास्तविकता के पुनर्निर्माण की तरफ उसका प्रथम चरण होगा। इस दृष्टिकोण से प्रत्येक व्यक्ति अपने स्वयं के लिए एक कानून है, पर एक मामले में हम सभी समान धरातल पर

होते हैं, जिसमें किसी भी तरह की बाह्य और आंतरिक बड़ी उपलब्धि व्यक्ति के जीवन में क्रांति के बिना संभव नहीं है और इस क्रांति के दो स्तर हैं—संदेह का स्तर एवं पुनर्निर्माण का स्तर। वैसे हमारे व्यावहारिक जीवन में क्रांति हो यह आवश्यक नहीं है—चाहे वह व्यक्तिगत हो या सामूहिक, हमें उन मौलिक समस्याओं पर ध्यान देना चाहिए, जिनका संबंध हमारे अनीश्वरवादी दृष्टिकोण से भी हो सकता है। प्राचीन काल से ही पूरब और पश्चिम दोनों में ही नैतिकता और दर्शन, भौतिकता या अनीश्वरवादिता पर निर्भर रही है। मेरे मामले में धार्मिकता का प्रयास एक व्यावहारिक आवश्यकता थी। मेरे बौद्धिक संदेह ने मुझे एक संतुष्टि प्रदान की और मैं जैसा था वैसा मुझे बनाया, क्योंकि बिना किसी विवेकयुक्त दर्शन के संतुष्टि संभव नहीं है। विवेकानंद और रामकृष्ण से मिला दार्शनिक ज्ञान मेरी जरूरतों के काफी नजदीक था और इसने मेरे नैतिक एवं व्यावहारिक जीवन के पुनर्निर्माण को आकार भी दिया। इसने मुझे वे सिद्धांत दिए, जिनकी सहायता से मैंने अपना व्यवहार और संकट के समय निर्णय लेने में सहायता प्राप्त की थी।

इसका यह अर्थ नहीं है कि मेरे सभी संदेह समाप्त हो गए थे। दुर्भाग्यवश मैं उतना अविवेकी नहीं था। हालाँकि जीवन में प्रगति का अर्थ संदेहों की श्रृंखला से होता है, जिनके समाधान के लिए प्रयासों की श्रृंखला होती है।

संभवत: मेरे सामने सबसे कठिन संघर्ष मेरी काम-भावना को लेकर था। मैं यह तय नहीं कर पा रहा था कि मुझे आत्मउन्नति के पेशे को अपनाना चाहिए या फिर अपने जीवन को किसी महान् कार्य के लिए समर्पित कर देना चाहिए। इसके लिए मुझे स्वयं को मानसिक और शारीरिक रूप से शिक्षित करने की आवश्यकता थी, जिसमें सेवा और अपरिहार्य कठिनाइयाँ भी शामिल थीं। किंतु इसके लिए अनवरत प्रयास की आवश्यकता थी, जिसमें काम-भावना का दमन या परिष्कार आज भी जारी है।

मेरे अनुसार काम में लिप्त न होना या काम-भावना पर नियंत्रण आसान है, किंतु जहाँ तक मैंने भारतीय योगियों और संतों से जाना है, आध्यात्मिक उन्नति के लिए इतना ही काफी नहीं है। मानसिक पृष्ठभूमि और जीवन की मूलप्रवृत्ति तथा अंतर्प्रेरणा, जिससे काम-भावना उत्पन्न होती है, उस भावना में परिवर्तन आवश्यक है और जब यह स्थिति आ जाती है, तब स्त्री हो या पुरुष, उसकी सभी काम-भावना छूट जाती है और वह दूसरों के काम-आकर्षण से अप्रभावित हो जाता है, पर क्या यह संभव है या फिर दिमागी फितूर है ? रामकृष्ण के अनुसार, यह स्थिति संभव है

और जब तक व्यक्ति ब्रह्मचर्य के इस स्तर पर नहीं पहुँच जाता, उससे आध्यात्मिक चेतना की दूरी बनी रहती है। हमें बताया गया है कि जिन लोगों को रामकृष्ण की आध्यात्मिक और मानसिक शुद्धता पर संदेह रहता था, उन्होंने उनका अकसर इम्तिहान लिया और आकर्षक महिलाओं के बीच रहने पर भी उनमें काम-भावना की प्रतिक्रिया नहीं होती थी। महिलाओं के बीच वे वैसा ही महसूस करते थे, जैसे एक अबोध बालक अपनी माता के पास महसूस करता है। रामकृष्ण अकसर कहते थे कि स्वर्ण और काम आध्यात्मिक उन्नति के मार्ग के सबसे बड़े अवरोध हैं और मैंने उनके इन शब्दों को ईश्वरीय वास्तविकता का दर्जा दिया है।

वास्तव में सबसे अधिक परेशानी तो यह थी कि मैं जितना ही अपनी इस काम-भावना को दबाता या इसके दमन पर केंद्रित करता, यह उतनी ही तीव्र होती जाती थी, कम-से-कम शुरुआती स्तर पर तो ऐसा ही था। वैसे कुछ खास तरह के आसन, जिनमें ध्यान भी शामिल है, मेरे काम-नियंत्रण में बहुत सहायक सिद्ध हुए। हालाँकि धीमे-धीमे मैं रामकृष्ण की बताई शुद्धता के स्तर की प्रगति पर तो था, पर इस तक पहुँचना असंभव था। अपनी अस्थायी हताशा और पीड़ा के बावजूद मैंने अपना प्रयास जारी रखा, पर मैं यह नहीं जानता था कि उस समय मानव-मस्तिष्क पर काम-भावना का होना कितना स्वाभाविक था। पूर्ण पवित्रता की तरफ जाने के संघर्ष ने भी मुझे भविष्य के ब्रह्मचर्य जीवन की तरफ देखने के लिए प्रेरित किया था।

अब यह बहस का सवाल था कि क्या मुझे अपनी इस काम-भावना के दमन में अपना समय और ऊर्जा लगाए रखनी चाहिए, जो कि पशु जीवन की भाँति मानव स्वभाव में बनी रहती है। पवित्रता और ब्रह्मचर्य वाकई किशोरावस्था में आवश्यक हैं, पर रामकृष्ण और विवेकानंद जिस चीज की माँग करते हैं, वह इससे एकदम अलग है। यह काम-चेतना से पूरी तरह से आगे जाने से कम नहीं है। आखिरकार हमारी शारीरिक और मानसिक ऊर्जा बहुत ही सीमित होती है। क्या इसे काम पर विजय प्राप्त करने के प्रयास में बहुत अधिक स्तर तक बढ़ाना उचित है? सर्वप्रथम क्या यही काम-भावना पर पूर्ण विजय है, यानी इस भावना का पूर्ण परिष्कार, जो कि आध्यात्मिक उन्नति के लिए अपरिहार्य है? दूसरा, यदि ऐसा है तो जीवन में काम-नियंत्रण का सापेक्षिक महत्त्व क्या है, जिसमें समाज-सेवा के रूप में आध्यात्मिक उन्नति नहीं है? जिसकी स्वयं में एक महानता है। इन दोनों सवालों के जवाब चाहे जो भी हों, पर सन् 1913 में जब मैं कॉलेज में आया, तब मेरी यह प्रबल धारणा थी कि आध्यात्मिक उन्नति के लिए काम पर विजय आवश्यक है

और बिना आध्यात्मिक उन्नति के मानव जीवन का कोई महत्त्व नहीं है। किंतु मैं तो काम-भावना की जकड़न में था और इस पर नियंत्रण से अभी तक दूर था।

यदि मुझे अपना जीवन शुरू करना हो तो मैं काम को उतना महत्त्व नहीं दूँगा, जितना मैंने इसे अपनी किशोरावस्था या युवावस्था में दिया था। इसका यह मतलब नहीं है कि मैंने जो कुछ भी किया, उसका मुझे पछतावा है। यदि मैंने काम-नियंत्रण पर जोर देने की गलती भी की तो यह संभवत: उचित दिशा में ही थी और इससे मुझे कुछ लाभ भी हुए थे; जैसे इसने मुझे उस जीवन के लिए तैयार किया, जो कि चले चलाए रास्ते का नहीं था और इसमें आराम एवं आत्मप्रशंसा का कोई स्थान नहीं था।

अब फिर से अपनी कहानी पर आता हूँ, मैंने अब प्रेसीडेंसी कॉलेज में दाखिला ले लिया था, जिसे कलकत्ता विश्वविद्यालय का सबसे महत्त्वपूर्ण कॉलेज का दर्जा हासिल था। कॉलेज खुलने के पहले गरमियों की तीन महीने की छुट्टियाँ थीं। मैंने कटक के अपने पुराने साथियों से मिलने में जरा भी देर नहीं की, जिनमें से एक लड़के से तो मैं कटक में पिछले साल ही मिला था। वैसे सोलह साल का कोई लड़का कलकत्ता ऐसे बड़े शहर में सामान्यतया गुम ही हो जाएगा, पर मेरे साथ ऐसा नहीं हुआ। कॉलेज खुलने से पहले ही मैंने कलकत्ता में अपने कई मित्र बना लिए थे।

कॉलेज जीवन के शुरुआती कुछ दिन तो वाकई मजेदार थे। ब्रिटिश विश्वविद्यालयों की तुलना में भारतीय मैट्रिकुलेशन का स्तर थोड़ा नीचे होने के कारण भारतीय विद्यार्थी उनकी तुलना में कॉलेज में जल्दी ही प्रवेश पा जाते हैं। जब मैं प्रेसीडेंसी कॉलेज के हाते में पहुँचा, तब मैं सिर्फ सोलह साल का ही था। हालाँकि कई अन्य विद्यार्थियों की तरह ही मुझे लगा कि मैं अचानक ही बड़ी उम्र के लोगों के बीच आ गया हूँ। यह वाकई एक सुखद अनुभूति थी। अब हम बच्चे नहीं बल्कि वयस्क हो गए थे। शुरुआती कुछ दिन तो अपने सहपाठियों के साथ मिलने-जुलने और उन्हें आँकने में ही लग गए। यहाँ हर व्यक्ति हर आगंतुक को जिज्ञासा भरी निगाहों से ही देख रहा था। जिले से यहाँ आने के कारण शुरुआत में मुझमें थोड़ी झिझक और संकोच था। यहाँ कुछ विद्यार्थी कलकत्ते के स्कूलों, जैसे हिंदू ऐंड हेयर स्कूलों से भी आए थे और इनमें थोड़ा दंभ व दिखावे की भी प्रवृत्ति नजर आती थी। किंतु उनका यह व्यवहार अधिक समय तक नहीं चला, क्योंकि मैट्रिकुलेशन में दाखिला लेनेवाले ज्यादातर लड़के अन्य स्कूलों से ही आए थे और शीघ्र ही हम

महानगरीय लोगों के खिलाफ अपना एक समूह बनाने में कामयाब हो गए थे।

जल्दी ही मैंने अपने सहपाठियों में अपनी विचारधारा के लोगों को तलाशना शुरू कर दिया था। चूँकि एक ही तरह के लोग एक साथ रहते हैं, इसलिए मेरा यह काम आसानी से हो गया। अपने विशुद्ध भारतीय पहनावे के कारण हम लोगों का थोड़ा ध्यान भी आकर्षित करते थे, पर हमें इसकी परवाह नहीं थी। उन दिनों कॉलेज के विद्यार्थियों में अलग-अलग समूहों को पहचानना आसान था, क्योंकि सभी की अपनी-अपनी विशेषताएँ थीं। सबसे पहले तो राजाओं और धनी लोगों तथा इनसे मेलजोल बनानेवालों के समूह थे। इनके परिधान बहुत शानदार होते थे और इनकी पढ़ने में रुचि कम ही होती थी। इसके बाद किताबी कीड़ोंवाले लोगों का समूह था, जो कि आँखों में चश्मा चढ़ाए सूजे-सूजे चेहरे वाले अच्छे लड़के थे। तीसरा समूह, जिसमें हमारी तरह के लोग थे, जो कि स्वयं को रामकृष्ण और विवेकानंद का वारिस समझते थे और अंतिम में वहाँ कुछ छिपे हुए क्रांतिकारियों का भी समूह था, जिनके बारे में अधिकतर विद्यार्थी अनजान थे। यहाँ तक कि प्रेसीडेंसी कॉलेज भी आज की तुलना में अलग ही था। यद्यपि यह एक सरकारी संस्था थी और यहाँ के विद्यार्थी निष्ठावान थे। इसकी एक वजह यह भी थी कि कॉलेज में बेहतर विद्यार्थियों को दाखिला बिना किसी सिफारिश के मिलता था, जिसमें उनके माता-पिता का भी असर नहीं था। वैसे सीआईडी की परिषद् में प्रेसीडेंसी कॉलेज कुख्यात था और यही अफवाह भी थी। इस कॉलेज के मुख्य हॉस्टल इडेन हिंदू हास्टल को राजद्रोही और क्रांतिकारियों का गढ़ माना जाता था तथा यहाँ पुलिस के छापे भी अकसर पड़ते रहते थे।

अपने कॉलेज जीवन के शुरुआती दो सालों तक मैं उपरोक्त विवेचित समूह के प्रभाव में था और इसी समय मेरा बौद्धिक विकास भी हुआ। इस समूह में मुख्यत: विद्यार्थी ही थे और इसके मुखिया मेडिकल कॉलेज के विद्यार्थी थे। यह समूह रामकृष्ण और विवेकानंद की शिक्षाओं का अनुकरण करता था, पर आध्यात्मिक उन्नति के लिए इसका जोर सेवा पर ही था। इस समूह ने समाज-सेवा को अस्पताल और दातव्य औषधालय के निर्माण जैसा कि विवेकानंद के अनुयायियों की रुझान था, के अलावा राष्ट्रीय पुनर्निर्माण पर बल दिया, जिसमें मुख्यत: शिक्षा का ही क्षेत्र था। विवेकानंद की शिक्षाओं को उन्हीं के अनुयायियों द्वारा नकार दिया गया था, जबकि रामकृष्ण मिशन की स्थापना उन्हीं के द्वारा हुई थी। दूसरी तरफ हम उनकी शिक्षाओं को प्रभावशाली बनाने का प्रयास कर रहे थे। इसलिए हमें 'नव विवेकानंद

समूह' कहा जा सकता था, जिसमें हमारा मुख्य उद्‌देश्य धर्म और राष्ट्रवाद को मात्र सैद्धांतिक रूप से जोड़ना ही नहीं था, बल्कि इसे व्यवहार में भी लाना था। उन दिनों कलकत्ता के राजनीतिक माहौल में राष्ट्रवाद पर बल देना अपरिहार्य हो गया था।

सन् 1913 में जब मैंने कटक छोड़ा था, तब मेरे विचार बहुत ही अस्पष्ट थे। मेरे मन में आध्यात्मिक इच्छा के साथ सामाजिक सेवा के विचार भी धुँधले से थे। कलकत्ते में मैंने समझा कि समाज सेवा योग का आंतरिक हिस्सा है और इसका अर्थ सिर्फ लड़खड़ाते, अपंग और अंधों को सहारा देना ही नहीं, बल्कि आधुनिकता के साथ राष्ट्रीय पुनर्गठन है। इस स्थिति से दूर हटकर यह समूह अधिक समय तक नहीं चल सका था, क्योंकि मेरी ही तरह यह अपने व्यावहारिक आदर्शों की स्पष्टता के लिए अधिक रोशनी तलाश रहा था। इस समूह का एक मामले में विशेष महत्त्व था, इसके सभी सदस्य बहुत ही सक्रिय थे तथा इनमें से कुछ तो अति मेधावी भी थे। इस समूह की क्रियाशीलता तीन दिशाओं में थी। चूँकि नए विचारों का बहुत ही आग्रह था, इसलिए दर्शन, इतिहास और राष्ट्रवाद पर उपलब्ध बहुत सी पुस्तकें और सूचनाएँ पढ़ीं और एकत्र की गईं तथा इन्हें दूसरों को भी दिया गया। इस समूह के सदस्य अलग-अलग शहरों के विभिन्न संस्थानों से नए सदस्यों को सदस्य बनाने का काम भी करते थे, परिणामतः शीघ्र ही समूह के संपर्क क्षेत्र काफी विस्तृत हो गए। तीसरा इनके सदस्य उन दिनों के महत्त्वपूर्ण लोगों से संपर्क बनाने में सक्रिय रहते थे। छुट्टियों के समय का उपयोग तीर्थस्थलों जैसे बनारस या हरिद्वार आदि शहरों में जाकर वहाँ उन लोगों से मिलने में किया जाता था, जिनसे आध्यात्मिक प्रयास और प्रेरणा मिले, साथ ही ऐसे लोग, जिनकी रुचि राष्ट्रीय इतिहास में थी, वे एतिहासिक महत्त्व के शहरों में जाकर उन स्थानों के इतिहास का अध्ययन करते थे। एक बार मैंने भी सात दिनों की यात्रा ऐसे ही यात्री समूह के साथ हाथ में पुस्तक लेकर की थी। मेरी यह यात्रा ब्रिटिश काल से पहले बंगाल की राजधानी मुर्शिदाबाद और इसके आस-पास की थी। यहाँ मुझे बंगाल के पूर्व इतिहास की स्कूल और घर में पढ़ी जानकारी से अधिक जानकारी प्राप्त हुई।

कुछ महत्त्वपूर्ण सवालों पर हमारे समूह के विचार प्रवहमान थे, जिसमें हमारे परिवारों के साथ हमारे संबंधों के सवाल थे। अभी तक समूह का नाम, गठन, कार्य योजना आदि तय नहीं हुई थी। किंतु हमारे विचार धीमे-धीमे प्रथम श्रेणी के शैक्षिक संस्थान की तरफ बढ़ रहे थे, जिसमें वास्तविक मानव के रूप में परिवर्तन होगा और इसकी शाखाएँ अलग-अलग स्थानों पर होंगी। कुछ सदस्यों

की स्वयं भी चाहत थी कि वे ऐसे ही संस्थान, जैसे टैगोर के शांतिनिकेतन और गुरुकुल विश्वविद्यालय में अध्ययन करें। नए सदस्यों के चयन में विभिन्न विषयों का अध्ययन करनेवाले छात्रों की सूची बनाई जाती थी, ताकि जब हमारी योजना को आकार देने का समय आए, तब हम सभी विषयों के प्रोफेसरों को प्रशिक्षित कर सकेंगे। इस समूह ने ब्रह्मचर्य पर बल दिया, ताकि इसके नेता समय आने पर अविवाहित रहने को तैयार रहें। हालाँकि इसके सदस्यों को अपने परिवार त्यागने के स्पष्ट निर्देश नहीं दिए गए थे, पर वे जिस मार्ग पर थे, उसमें उनके परिवार से उनका विमुख होना अपरिहार्य था। अधिकतर छुट्टियों में समूह को बिना अनुमति घर से दूर रहना पड़ता था और कभी-कभी रामकृष्ण मिशन के बेलूर मठ में भी जाना पड़ता था और कभी-कभी महत्त्वपूर्ण व्यक्तियों, धार्मिक लोगों के साक्षात्कार भी लेने पड़ते थे तथा अलग-अलग स्थानों में रहनेवाले हमारे अपने सदस्यों के बुलाने पर एक या दो दिनों के लिए उनके पास भी जाना पड़ता था। कॉलेज की छुट्टियों के समय मेरा अधिकतर समय समूह के दूसरे सदस्यों के साथ बीतता था। घर का मेरे लिए कोई आकर्षण नहीं रह गया था, क्योंकि इसकी दुनिया मेरे सपनों से काफी अलग थी। वैसे मेरे जीवन में दोहरा द्वंद्व जारी था और यह मेरी अप्रसन्नता का कारण भी था। जब कभी मेरे विचारों या सक्रियताओं को लेकर अप्रिय टिप्पणी होती थी, तब यह पीड़ा और भी बढ़ जाती थी।

राजनीतिक दृष्टि से यह समूह आतंकवादी गतिविधियों और किसी तरह के षड्यंत्र के खिलाफ था। इसलिए विद्यार्थियों में यह बहुत लोकप्रिय नहीं था, जबकि उन दिनों आतंकी-क्रांतिकारी आंदोलन का बंगाल के छात्रों में एक विशेष आकर्षण था। यहाँ तक कि जो लोग ऐसे संगठनों से दूरी बनाकर रखते थे, वे भी जब तक स्वयं न परेशानी में पड़ जाएँ, उनके प्रति सहानुभूति और प्रशंसा का भाव रखते थे। अकसर हमारे समूह के सदस्यों और कुछ आतंकी-क्रांतिकारियों के संगठन, जो कि नए सदस्य बनाते रहते थे, के बीच मतभेद होते रहते थे। एक बार एक रोचक घटना भी घटी थी। चूँकि हमारा समूह बहुत ही सक्रिय था, इसलिए सी.आई.डी. हमारे कार्यक्रमों के प्रति बहुत ही सशंकित थी कि धार्मिक क्रिया-कलापों के पीछे कहीं कुछ छिपा तो नहीं है। समूह के नेताओं को गिरफ्तार करने के कदम उठाए जाते थे। इसी समय हमारे समूह और क्रांतिकारी संगठन के सदस्यों के बीच हुए पत्र-व्यवहार पुलिस के हाथ लग गए, जिनमें हमारे समूह के उन नेताओं को हटाने की बात थी, जो कि इसके सदस्यों को अहिंसा के मार्ग पर चलने के लिए प्रेरित

करते थे। इन पत्रों ने हमारे समूह के वास्तविक चरित्र को पुलिस के सामने उजागर कर दिया था। इसके बाद से पुलिस ने न केवल हमें गिरफ्तार करना छोड़ दिया था, बल्कि आवश्यकतानुसार हमें सुरक्षा भी प्रदान करती थी। सन् 1913 में जाड़े में हमने कलकत्ता से 50 मील दूर हुगली नदी के तट पर एक शिविर लगाया था, जहाँ हम गेरुए रंग के वस्त्रों में साधुओं के वेश में थे। पुलिस ने वहाँ छापा मारा और हमारा नाम व पता साथ लेकर चली गई, परंतु इससे हमें किसी गंभीर समस्या का सामना नहीं करना पड़ा था।

जिस समय मैं अपनी स्नातक से निचले दर्जे की पढ़ाई कर रहा था, उस समय अरविंद घोष बंगाल के लोकप्रिय नेता थे, जबकि वे सन् 1909 से ही वहाँ मौजूद नहीं थे। वैसे उनके नाम का जादू वहाँ चल रहा था। उन्होंने राजनीति के लिए अपने आकर्षक कॅरियर का त्याग कर दिया था। वे कांग्रेस के मंच पर वामपंथी विचारों के साथ खड़े थे और उस समय स्वतंत्रता की निडरतापूर्वक वकालत की थी, जिन दिनों अधिकतर नेताओं की जुबान बंद रहती थी और वे केवल साम्राज्यवादी आत्मशासन की ही बात करते थे। उन्होंने धैर्य के साथ कैदी जीवन बिताया। उनके निकटतम सहयोगी लोकमान्य बाल गंगाधर तिलक ने उन्हें सारे भारत में लोकप्रिय बना दिया था, जबकि उनपर लगे आधिकारिक आरोप और अफवाह ने उनकी प्रतिष्ठा बढ़ा दी थी, जिसमें उन्हें उनके छोटे भाई वीरेंद्र कुमार घोष के साथ संलग्न दिखाया गया था, जो कि क्रांतिकारी आंदोलन की शुरुआत करनेवालों में से थे। आध्यात्मिकता और राजनीति के मेल ने अरविंद घोष को ऐसा रहस्यवादी प्रभामंडल प्रदान किया था, जिसने उनके व्यक्तित्व का उन लोगों की तुलना में और भी अधिक आकर्षक बना दिया था, जो कि धार्मिक रुझान से प्रेरित थे। सन् 1913 में मैं जब कलकत्ता आया था, तब तक अरविंद एक ऐतिहासिक व्यक्ति बन चुके थे। मैंने लोगों को उनके बारे में उत्साह से भरकर बातें करते सुना था। यहाँ तक कि इन महान् व्यक्ति के बारे में बहुत सी लघु कथाएँ भी थीं, जिसमें कुछ संभवतः सच्चाई भी होगी। उनके बारे में जानकारियाँ लोगों की अपनी बातों के माध्यम से भी फैलती थीं। उदाहरणस्वरूप, मैंने सुना था कि अरविंद घोष को बिना किसी प्रयास के ही लिखने की आदत थी तथा अर्ध-समाधि की स्थिति में भी उनके हाथ में पेंसिल होती थी और वे स्वयं से होनेवाले वार्त्तालाप का लिखते जाते थे, जिनमें उन्होंने अपना नाम 'मानिक' बताया है। उन पर चल रहे मुकदमे के दौरान पुलिस के सामने कुछ ऐसे कागज भी आए, जिनमें 'मानिक' के साथ हुए वार्त्तालाप भी लिखे थे और एक दिन पुलिस

का वकील अपनी तलाश पर अतिउत्साहित था कि उसने 'मानिक' नामक एक साजिशकर्ता के खिलाफ वारंट की माँग कर दी, जो कि उपहास का विषय भी बना।

उन्हीं दिनों यह भी अफवाह थी कि अरविंद बारह वर्षों के लिए ध्यान हेतु पांडिचेरी में रहेंगे और अवधि समाप्त होने पर गौतम बुद्ध की भाँति एक ज्ञानी व्यक्ति के रूप में देश को राजनीतिक मोक्ष का प्रभाव प्रदान करेंगे। बहुत से लोगों को यकीन था कि बिना किसी ईश्वरीय शक्ति की सहायता के अंग्रेजों के साथ भौतिक धरातल पर संघर्ष तकरीबन असंभव था। वैसे यह भी कम रोचक नहीं है कि जब मानव का संघर्ष किसी दुर्जेय स्थिति से होता है, तब मानव मस्तिष्क आध्यात्मिक रामबाण की शरण में जाता है। सन् 1905 में जब बंगाल विभाजन के समय बड़ा आंदोलन शुरू हुआ, तब बहुत से रहस्यमयी दृष्टांत भी सामने आए थे। उदाहरण के लिए यह भी कहा जा सकता था कि अंग्रेजों के साथ अंतिम हिसाब-किताब वाले दिन कलकत्ता के फोर्ट विलियम में अपने कंधों पर कंबल डाले फकीरों और संन्यासियों का समूह गया था। इस समय अंग्रेज फौजें लड़ने की स्थिति में न होकर चुपचाप खड़ी थीं और शासन लोगों के हाथों में सौंप दिया गया था। इच्छाएँ विचारों के पिता के समान होती हैं और हमें अपने बचपन में ऐसी कहानियाँ सुनना अच्छा लगता था।

कॉलेज के विद्यार्थी जीवन में मैं अरविंद के रहस्यवाद से उनकी तरफ आकर्षित नहीं हुआ था, बल्कि मेरी रुचि उनके लेखन और पत्रों में थी। उन दिनों अरविंद 'आर्य' नामक मासिक पत्रिका का संपादन करते थे और इसमें उनके दर्शन भी छपते रहते थे, साथ ही वे बंगाल के चुनिंदा लोगों को पत्र भी लिखते थे। उनके ये पत्र खासतौर से उन लोगों के बीच घूमते रहते थे, जिनकी रुचि आध्यात्मिकता वाली राजनीति में थी। हमारे समूह में भी इन पत्रों को एक सदस्य जोर से पढ़ता था और हम सभी इससे उत्साहित होते रहते थे। इसी तरह के एक पत्र में अरविंद ने लिखा है, "हमें ईश्वरीय विद्युत् का डायनमो बनना होगा, ताकि हम जब खड़े हों, तब हमारे चारों तरफ आशीर्वाद और आनंद का प्रकाश फैले।" हमें भी पूरा विश्वास था कि आध्यात्मिक जागृति राष्ट्र सेवा के लिए आवश्यक है।

मैं उनके गंभीर दर्शन से अवश्य ही प्रभावित हुआ था। शंकराचार्य का माया का सिद्धांत एक काँटे की तरह मुझे महसूस होता था। मैं न तो इसे पूरी तरह से अपना पा रहा था और न ही इससे आसानी से छुटकारा ही पा रहा था। मुझे इसके स्थान पर एक अन्य दर्शन की आवश्यकता महसूस हो रही थी। एक और अनेक

के बीच सामंजस्य, यानी ईश्वर और रचयिता जिसकी विवेचना रामकृष्ण और विवेकानंद ने भी की है, इसने मुझे प्रभावित तो अवश्य किया, पर तबतक मैं माया के जाल से मुक्त होने में सफल नहीं हो पाया था। मुक्ति के इस कार्य में अरविंद का आगमन एक अतिरिक्त सहायता के रूप में हुआ। उन्होंने आत्मा और पदार्थ, ईश्वर और रचयिता के बीच सामंजस्य पर बल दिया, जिसमें आध्यात्मिक रूप से सत्य की तलाश की प्रक्रिया शामिल थी और जिसे उन्होंने योग कहा था। हजारों साल पहले भगवतगीता ने कई तरह के योग के बारे में बताया है, जैसे ज्ञानयोग यानी ज्ञान के द्वारा सत्य की प्राप्ति, भक्तियोग यानी भक्ति व प्रेम के द्वारा सत्य की प्राप्ति, कर्मयोग यानी निस्स्वार्थ कर्म के द्वारा सत्य की प्राप्ति। इसी क्रम में आगे और भी कई तरह के योग आए हैं, जैसे हठयोग, जिसमें शरीर का नियंत्रण है तथा राजयोग, जिसमें श्वसन के माध्यम से मस्तिष्क का नियंत्रण होता है। विवेकानंद ने ज्ञान, भक्ति और कर्म योग को चरित्र-निर्माण के लिए आवश्यक बताया है, परंतु अरविंद के विचार विलक्षणता के साथ योग के युग्मन पर बल देते हैं। उन्होंने यह दरशाने का प्रयास किया है कि विभिन्न योगों के उचित प्रयोग के माध्यम से क्रमश: सत्य की उच्चतम स्थिति तक उठा जा सकता है। उनका यह सिद्धांत इतना प्रेरणाप्रद था तथा उनका लेखन बंगाल के वैष्णवों के द्वारा किए गए ज्ञान-भर्त्सना का विरोध करता था। मेरी दृष्टि में अरविंद मानवता के एक आदर्श शिक्षक थे और इसमें उनका सक्रिय जीवन की तरफ लौटना भी शामिल था।

सुरेंद्र नाथ बनर्जी जो कि भारतीय राष्ट्रीय कांग्रेस के निर्माताओं में से एक थे, परंतु वे अरविंद से काफी अलग थे। मैंने उन्हें पहली बार कलकत्ता के टाउन हॉल में महात्मा गांधी के दक्षिण अफ्रीका में किए गए सत्याग्रह आंदोलन के संबंध में हुई सभा में देखा था। सुरेंद्रनाथ इन दिनों अपनी बेहतरीन स्थिति में थे तथा उनमें सभा में एक बड़ी संख्या में लोगों को एकत्र करने की क्षमता थी, परंतु अपने शानदार भाषण के बावजूद इनमें उस गहराई भरे जुनून का अभाव था, जो कि अरविंद की सरल भाषा में था, "मैं आप में से कुछ लोगों को महान् बनते देखना चाहता हूँ; अपने लिए महान् नहीं बल्कि भारत को महान् बनाने के लिए, ताकि यह दुनिया के स्वतंत्र राष्ट्रों के बीच सिर उठाकर खड़ा हो सके। आप में से जो लोग निर्धन और अंधकारमय स्थिति में हैं, मैं उनकी निर्धनता और अंधकारमयता को मातृभूमि की सेवा में समर्पित होते देखना चाहता हूँ। ऐसा काम करो कि वह प्रगति कर सके और इसकी प्रसन्नता के लिए कष्ट भी सहो।"

जहाँ तक राजनीति का प्रश्न है, इसमें मेरी रुचि नहीं थी, पर मेरा ध्यान दो चीजों की तरफ आकर्षित होता था, जिसमें एक तो जहाँ तक संभव हो, धार्मिक गुरुओं से मुलाकात और दूसरा समाज-सेवा के लायक बनना। मुझे लगता है कि कलकत्ता के पास शायद ही ऐसा कोई धार्मिक समूह या संप्रदाय होगा, जिससे मैंने मुलाकात न की हो। समाज-सेवा के संदर्भ में भी मुझे कुछ नए और रोचक अनुभव हुए हैं। जब मैं समाज-सेवा के लिए बहुत उत्सुक हुआ, तब मुझे एक ऐसी संस्था के बारे में पता चला, जो कि गरीबों की सेवा दान देकर करती थी। यह संस्था प्रत्येक इतवार को घर-घर से खाने का सामान और पैसा इकट्ठा करती थी और भिक्षा का यह कार्य प्रत्येक विद्यार्थी स्वयंसेवक के द्वारा किया जाता था, जिसमें से एक मैं भी था। इस एकत्र सामग्री में मुख्यत: चावल ही होते थे और जिसकी एक निश्चित मात्रा हममें से प्रत्येक स्वयंसेवक को एकत्र करनी पड़ती थी। पहले दिन जब हाथों में थैला लिये हुए जब मैं चावल इकट्ठा करने निकला, तब मुझे बहुत शर्म महसूस हुई, क्योंकि मैंने इस तरह का काम पहले कभी नहीं किया था। अभी तक मुझे यह भी नहीं मालूम था कि मेरे परिवार के सदस्यों को मेरे इस काम की जानकारी थी भी या नहीं। मेरी शर्म तब और भी बढ़ जाती थी, जब मुझे लगता था कि मेरा कोई परिचित चेहरा कहीं मुझसे टकरा न जाए। ऐसी स्थिति में वह थैला अपने कंधे पर रखकर गगगगतेजी से मैं आगे बढ़ जाता था।

कॉलेज में अब मेरी पढ़ाई की भी अनदेखी शुरू हो गई थी। यहाँ के अधिकतर लैक्चरर और प्रोफेसर दोनों ही रोचकताविहीन थे। मैं अकसर दार्शनिक भाव से सोचता रहता था किगगत के प्रोफेसर थे, जिनके सूत्रों की वजह से मुझमें हताशा भर गई थी। अपने जीवन को और भी अधिक रोचक और उद्देश्यपरक बनाने के लिए मैं अब विद्यार्थी समूह की कई तरह की सक्रियताओं से जुड़ गया था, जिनमें खेल शामिल नहीं थे। इन्हीं दिनों मैं प्रोफेसर सर पी.सी. रे के संपर्क में आया, जो कि रसायन विज्ञान और मानविकी के प्रोफेसर थे, जिसका संबंध मेरे विभाग से नहीं था, परंतु वे विद्यार्थियों में बहुत ही लोकप्रिय थे। वाद-विवाद प्रतियोगिता कराना, अकाल या बाढ़ पीड़ितों के लिए राहत धन जुटाना, अधिकारियों के सम्मुख विद्यार्थियों के प्रतिनिधि के रूप में प्रस्तुत होना और सहपाठियों के साथ आनंद यात्राओं पर जाना मुझे अच्छा लगता था। धीरे-धीरे मेरी अंतर्मुखी प्रकृति छँटने लगी और वैयक्तिक योग को समाज-सेवा का धरातल मिलने लगा था।

कभी-कभी मुझे लगता है कि एक खास तरह की मनोवैज्ञानिक घटना हमारे

जीवन पर कितना अधिक प्रभाव डाल सकती है। कलकत्ता में मेरे घर के सामने एक बूढ़ी दयनीय भिखारी औरत रोजाना बैठकर भीख माँगती थी। हर बार जब मैं अपने घर से बाहर निकलता या घर में जाता, तब मैं सिवाय उसे देखने के उसकी कोई भी सहायता नहीं करता था। जब कभी मैं उसके दु:खी चेहरे और फटे कपड़ों की तरफ देखता या उसके बारे में सोचता भी था, तब मुझे बहुत दु:ख होता था। दूसरी तरफ अपनी अति संपन्न वेशभूषा और आरामदेह जीवन को देखकर मुझे अपराध-बोध होता था। मैं सोचा करता था कि मुझे ऐसा जीवन जीने का क्या अधिकार है—मैं सौभाग्यशाली था कि मैं तीन मंजिले घर में रहता था, जबकि उस दु:खी भिखारिन के सिर पर मुश्किल से ही कोई छत थी और उसके पास रहने और पहनने तक का भी इंतजाम नहीं था। इस स्थिति में योग का क्या अर्थ है, जबकि इस संसार में इतना अधिक दु:ख है। इस तरह के विचारों ने मुझे वर्तमान सामाजिक व्यवस्था के विरुद्ध एक विद्रोही बना दिया था।

किंतु मैं कर क्या सकता था? यह सामाजिक व्यवस्था न तो एक दिन में समाप्त हो सकती थी और न ही परिवर्तित। पर तब तक इस भिखारी महिला के लिए अवश्य ही कुछ किया जा सकता था। मुझे घर से कॉलेज जाने और आने के लिए ट्राम का किराया मिलता था। मैंने इस पैसे को बचाना शुरू कर दिया और दान में खर्च करने लगा। मैं अकसर ही कॉलेज से घर तक की तीन मील की दूरी पैदल ही तय करता और जब कभी अधिक समय रहता तो मैं वहाँ तक पैदल जाता भी था। मेरे इस कार्य ने कुछ हद तक मेरे अपराध-बोध को कम कर दिया था।

कॉलेज के अपने प्रथम वर्ष में मैं छुट्टियों में अपने माता-पिता के पास कटक गया था। कटक की तुलना में कलकत्ते में साथियों के मामले में मेरी स्थिति कोई अच्छी नहीं थी, इसलिए यहाँ लौटकर मुझे अपने पुराने साथियों के बीच जाने में किसी तरह की परेशानी नहीं हुई। कटक में मैं अपने साथियों के साथ मटरगश्ती करता रहता था, पर रात में अपने घर से कभी भी अनुपस्थित नहीं रहा। किंतु कलकत्ते में मैं बिना अनुमति के ही कई दिनों तक घर से बाहर रहता था। कटक लौटकर मैं अपने मित्रों के समूह में फिर शामिल हो गया था। एक बार जब मेरे माता-पिता शहर से बाहर थे, तब मुझे मेरे मित्रों ने एक दल में शामिल होने का आमंत्रण दिया। यह दल हैजा पीड़ित क्षेत्र में सेवा के उद्देश्य से जाने वाला था। हमारे इस दल में कोई भी व्यक्ति चिकित्सा से संबंधित नहीं था, बल्कि होमियोपैथी की किताबोंवाला अर्धचिकित्सक ही था तथा हमारे पास होमियोपैथी की दवाइयों

वाला एक डिब्बा भी था। हमें इस दल के सेवा सदस्यों का काम करना था। मैं इस काम के लिए तुरंत तैयार हो गया और मैंने अपने एक चाचा से कुछ दिनों तक बाहर जाने की अनुमति भी ले ली, जो कि मेरे पिता के बाहर जाने पर उन्हीं की भूमिका निभाने का कार्य करते थे। मेरे चाचा ने किसी तरह का विरोध नहीं किया, क्योंकि उन्हें मेरे उद्देश्य के बारे में नहीं पता था कि मैं हैजे से पीड़ित व्यक्तियों की सेवा के लिए जा रहा हूँ। मैं सिर्फ एक ही सप्ताह के लिए बाहर था और मेरे चाचा को मेरी योजना के बारे में मेरे जाने के बाद पता चला तो उन्होंने मेरे एक अन्य चाचा को मुझे वापस लाने के लिए मेरे पास भेजा। हमें तलाश करनेवाले चाचा को इसके लिए दूर देहात इलाकों में घूमना पड़ा था।

उन दिनों हैजा एक भयानक बीमारी के रूप में जाना जाता था और इसके मरीजों की देखभाल करना आसान नहीं था, मगर हमारा दल बहुत ही निर्भीक था। हालाँकि हमारे पास इस संक्रामक रोग से बचने के साधन नहीं थे और हम सभी साथ-साथ खाना भी खाते थे। मुझे नहीं लगता कि वास्तविक चिकित्सकीय सहायता में हम कुछ अधिक कर सकते थे। हमारे वहाँ पहुँचने से पहले बहुत से लोग मर चुके थे। हमने बहुत से मरीजों की देखभाल तो की थी, पर अधिकतर लोगों को हम बचा न सके। हालाँकि इस एक सप्ताह के अनुभव ने हमारे सामने एक नई दुनिया का दृश्य तथा वास्तविक भारत के ग्रामीण इलाकों की दुनिया दिखा दी थी, जहाँ लोग गरीबी के कारण कीड़े-मकोड़ों की तरह मरते हैं और चारों तरफ अशिक्षा का वातावरण व्याप्त है। चूँकि हमें पैदल ही लंबी दूरी तय करनी पड़ती थी, इसलिए हमारे पास कपड़े और बिछौने बहुत ही सीमित मात्रा में थे। जब लोगों को हमारे इस मानवीय प्रयास के बारे में पता चला, तब उनका आकर्षित होना हमारे लिए भी अचंभे की बात थी। गाँववालों को हमारे आने का उद्देश्य भी अजीब सा लगता था। क्या हम सरकारी लोग थे? क्योंकि सरकारी आदमी उनकी देखभाल करने पहले कभी नहीं आए थे और न ही संपन्न लोगों ने शहर से यहाँ आने का कष्ट ही उठाया था। इसलिए वे इस निष्कर्ष पर पहुँचे थे कि हम शायद यहाँ प्रतिष्ठा प्राप्त करने आए होंगे। ग्रामीणों के मन से उनके इस तरह के विचारों को बाहर कर पाना असंभव था।

जब मैं कलकत्ता लौटकर वापस आया तब भी साधुओं को तलाशने की मेरी दीवानगी कायम थी। शहर के तकरीबन साठ मील दूर नदी के तट पर बसे एक शहर में पंजाब का एक साधु रहता था। जब कभी मैं कलकत्ते से बाहर होता, मैं

अपने एक मित्र के साथ उसी साधु के पास चला जाता था। उस साधु की एक खास बात थी कि वह किसी छत या छाजन के नीचे नहीं रहता था, उसके अनुसार, "आसमान ही उसकी छत और घास का मैदान ही बिस्तर है तथा भाग्य से जो कुछ मिल जाए, वही उसका खाना है।" मैं इस व्यक्ति से बहुत ही प्रभावित था, जिसमें उसका सांसारिक इच्छाओं का त्याग, ठंड और गरमी से उसका अप्रभावित होना तथा उसकी मन की पवित्रता व प्रेम भरा व्यवहार भी शामिल था। वह साधु किसी से कुछ भी नहीं माँगता था, पर जैसा कि भारत में अकसर होता है, लोगों की भीड़ उसके पास पहुँचने लगी और उसके कपड़े, खाने का सामान अर्पित करने लगी, पर वह अपनी कम-से-कम जरूरतों के सामान के अलावा कुछ भी नहीं लेता था। यदि वह बौद्धिक रूप से और अधिक विकसित होता, तब वह मुझे मेरे सांसारिक बंधनों से मुक्त होने के लिए आकर्षित कर लेता।

मैं जब से उस साधु के संपर्क में आया था, गुरु तलाशने की मेरी इच्छा और भी बलवती होती जा रही थी और सन् 1914 की गरमी की छुट्टियों में मैं अपने एक मित्र के साथ चुपचाप तीर्थयात्रा के लिए निकल पड़ा। मैंने अपने सहपाठी से कुछ पैसा उधार लिया, जो कि उसने मुझे अपनी छात्रवृत्ति में से दिया था तथा बाद में मैंने वह धन उसे अपनी छात्रवृत्ति से वापस भी कर दिया था। मैंने इस बारे में घर में किसी को भी नहीं बताया था तथा जब मैं घर से दूर चला गया, तब सिर्फ एक पोस्टकार्ड डाल दिया था। अब हम उत्तर भारत के कुछ प्रमुख तीर्थस्थलों, जैसे ऋषिकेश, हरिद्वार, मथुरा, वृंदावन, बनारस और गया पहुँचे। हरिद्वार में हमसे हमारे एक और मित्र आकर मिल गए थे। इसी बीच हम दिल्ली और आगरा जैसे ऐतिहासिक स्थलों को भी देखने गए। इन सभी स्थानों में हम कई आश्रमों में भी गए और बहुत से साधुओं से भी मिले तथा गुरुकुल और ऋषिकुल जैसे शिक्षण संस्थानों को भी देखा। हरिद्वार के एक आश्रम में हमारे जाने से वहाँ लोगों को थोड़ी परेशानी भी हुई थी, वे हमें आध्यात्मिक विचारों से प्रेरित युवक न मानकर साधु वेशधारी क्रांतिकारी समझ रहे थे। हमारी यह यात्रा तकरीबन दो महीने तक चली और इसमें हमारी मुलाकात न केवल पवित्र व्यक्तियों से हुई, बल्कि हिंदू समाज की बहुत सी कमियों को भी हमने महसूस किया। जब मैं वापस लौटकर आया, तब तक मैं काफी समझदार हो चुका था तथा साधुओं और एकांतवासियों के प्रति मेरा प्रेम भी काफी हद तक कम हो चुका था। वैसे मेरा यह अनुभव मुझे स्वयं ही हुआ था, क्योंकि जीवन में बहुत सी चीजों का अनुभव स्वयं ही प्राप्त करना पड़ता है।

सबसे पहला सदमा मुझे हरिद्वार के एक भोजनालय में तब लगा था, जब उसने हमें खाना देने से मना कर दिया था। उसने कहा था कि हम बंगाली हैं और ईसाइयों की तरह ही गंदे हैं, क्योंकि हम मांसाहारी हैं और मछली खाते हैं। हम यहाँ अपनी थाली लेकर जा सकते थे और उसमें खाना लेने के बाद हमें अपने ठहरने की जगह लौटकर उसे खाना पड़ता था। हालाँकि हमारे साथ हमारा एक मित्र ब्राह्मण था, पर उसे भी वही खिचड़ी खानी पड़ी। तकरीबन यही हालत बोधगया में भी थी। हम यहाँ जिस मठ के अतिथि थे, उसके पुजारी से बनारस के रामकृष्ण मिशन के प्रमुख ने हमारा परिचय कराया था। वहाँ जब हम खाना खाने बैठे, तब हमसे पूछा गया कि क्या हम अलग-अलग बैठना चाहते थे, क्योंकि हमारी जातियाँ भिन्न थीं। मुझे उनके इस प्रश्न पर आश्चर्य हुआ था, क्योंकि वे लोग शंकराचार्य के अनुयायी थे। इस पर मैंने उन्हें उनका एक श्लोक सुनाया, जिसमें परामर्श था कि हमें सभी तरह के अंतर के बोध को छोड़ देना चाहिए। वे मेरे तर्क के सामने निरुत्तर थे। अगले दिन जब हम कुएँ पर नहाने का पानी लेने गए, तब भी हमें कुछ लोगों ने इसके लिए मना किया, क्योंकि हमारी जाति ब्राह्मण नहीं थी। सौभाग्य से मेरे ब्राह्मण मित्र को जनेऊ पहनने की आदत थी। उसने तुरंत ही इसे अपनी चादर के नीचे से बाहर निकाला और फिर कुएँ से पानी निकालकर हम सभी को दिया।

मथुरा में हम एक पंडे के घर पर ठहरे थे तथा एक साधु से मिलने भी गए, जो कि नदी के तट पर जमीन के नीचे बनी एक कोठरी में रहता था। उस साधु ने हमें बहुत जोर देकर वापस लौट जाने और संसार का त्याग करने का विचार छोड़ देने के लिए कहा। मुझे याद है कि मैं उस साधु पर बहुत ही नाराज हुआ था और मैंने उसी रूप में उसे कुछ कहा भी था। जिन दिनों हम मथुरा में थे, हमारे बगल वाले कमरे में एक आर्य समाजी रहते थे, मेरी उनसे अच्छी मित्रता हो गई थी। हमारी मित्रता को देखकर वहाँ के पंडे ने हमें चेतावनी देते हुए कहा कि ये आर्य समाजी बहुत ही खतरनाक होते हैं, क्योंकि ये लोग मूर्तिपूजा के विरोधी हैं।

मथुरा में बंदरों का बहुत आतंक था। यदि गलती से भी किसी का दरवाजा कुछ देर के लिए खुला रह जाता तो वे कमरे में घुस जाते, जो कुछ भी मिलता, उसे लेकर भाग जाते और फिर उसे नष्ट कर देते थे। हमें मथुरा छोड़ने का कोई दुःख नहीं हुआ और वहाँ से हम वृंदावन पहुँचे, जहाँ पर हमें बहुत से पंडों ने घेर लिया और हमारे भोजन और ठहरने के लिए इंतजाम का प्रस्ताव देने लगे। उनसे पीछा छुड़ाने के लिए हमने उन्हें बताया कि हम गुरुकुल संस्थान जाना चाहते हैं। इस पर

उन्होंने अपने कानों को हाथ लगाते हुए कहा कि वहाँ किसी भी हिंदू को नहीं जाना चाहिए। वैसे उन्होंने हमें छोड़कर अच्छा ही किया।

वृंदावन से कई मील दूर एक जगह का नाम कुसुम सरोवर है, जहाँ बहुत से वैष्णव संत एक कमरेवाली झोंपड़ियों में रहते हैं तथा यहाँ के उपवन में बहुत से हिरण और मोर भी घूमते रहते हैं। यह वाकई एक सुंदर स्थान है, जहाँ धार्मिक मानसिकता वाले लोग रहते थे। हमारे यहाँ पहुँचने पर हमारा गर्मजोशी से स्वागत हुआ और हम यहाँ कई दिनों तक उन लोगों के साथ रुके भी थे। यहीं एक मौनी बाबा भी थे, जिन्होंने पिछले दस सालों से एक भी शब्द नहीं बोला था। इस स्थान के गुरु रामकृष्ण दास बाबाजी थे, जिन्हें हिंदू दर्शन की अच्छी जानकारी थी। अपनी वार्त्ताओं में उन्होंने एक ऐसी स्थिति पर बल दिया था, जिसमें शंकराचार्य के द्वैत सिद्धांत से आगे जाकर वैष्णव द्वैत के सिद्धांत को प्रस्तुत किया था। उस समय तक शंकराचार्य के सिद्धांत मुझे हिंदू दर्शन का सारतत्त्व लगता था। हालाँकि मैंने इसे अपने जीवन में नहीं अपनाया था बल्कि रामकृष्ण और विवेकानंद की शिक्षाएँ मुझे अधिक व्यावहारिक लगती थीं, साथ ही किसी के भी द्वारा आक्रामक रूप से पेश किए गए शंकराचार्य के सिद्धांतों के साथ मैं सहज नहीं हो पाता था।

बनारस में रामकृष्ण मिशन मठ में हमारा स्वागत हुआ तथा यहाँ के स्वामी स्वर्गीय ब्रह्मानंद मेरे पिता और परिवार से भलीभाँति परिचित थे। जिन दिनों मैं यहाँ पर था, मेरे घर काफी हो हल्ला मचा हुआ था। मेरे माता-पिता जो काफी दिनों से मेरे वापस लौटने का इंतजार कर रहे थे, अब बहुत बेचैन थे। मेरे भाइयों और चाचाओं को भी इस मामले में कुछ करना पड़ा था, पर वे कर भी क्या सकते थे? इस बारे में पुलिस को सूचित करना उन्हें उचित नहीं लग रहा था, क्योंकि उन्हें भय हूँ कि पुलिस सहायता करने के बजाय और भी परेशान कर सकती थी। इसलिए उन्होंने एक ज्योतिषी का सहारा लिया, जिसकी एक अच्छे भविष्यवक्ता के रूप में ख्याति थी। उस ज्योतिषी ने आत्माओं के संपर्क से यह घोषणा कर दी कि मैं जहाँ कहीं भी हूँ अच्छी तरह से हूँ और मैं कलकत्ता के उत्तर पश्चिम में किसी शहर में ही था, जिसके नाम की शुरुआत 'ब' से होती थी। अत: यह तुरंत ही मान लिया गया कि मैं बैद्यनाथ में था, क्योंकि वहाँ के एक आश्रम के प्रमुख एक प्रसिद्ध योगी थे। शीघ्र ही मेरे एक चाचा को मेरी तलाश में वहाँ भेजा गया, पर यह सब व्यर्थ गया, क्योंकि मैं बनारस में था।

अपने इन्हीं अनुभवों के साथ एक दिन सुबह मैं अचानक ही घर वापस लौट

आया। मुझे अपनी इस बिना बताई छुट्टियों का अफ़सोस नहीं था, पर गुरु के न मिलने की पीड़ा मुझे अवश्य थी, क्योंकि मैं उन्हीं की तलाश में निकला था। कुछ ही दिनों बाद मैं बीमार पड़ा गया। अपनी इस तीर्थयात्रा एवं गुरु की तलाश का पुरस्कार मुझे टायफायड के रूप में मिल गया था। यहाँ तक कि आत्मा भी शरीर को स्वास्थ्य के नियमों से मुक्त नहीं कर सकती। जिस समय मैं बिस्तर पर था, एक बड़ा युद्ध शुरू हो चुका था।

□

अध्याय-7

प्रेसीडेंसी कॉलेज (2)

कलकत्ता का राजनीतिक वातावरण और विद्यार्थियों में क्रांतिकारियों द्वारा फैलाए गए प्रचार के बावजूद मैं राजनीतिक दृष्टि से किस प्रकार सजग हो गया, इसका मुझे आश्चर्य है। किंतु यह वाकई बहुत ही आकस्मिक परिस्थितियाँ थीं। कॉलेज या हॉस्टल में मेरी अकसर ही ऐसे लोगों से मुलाकातें भी हुईं, जिनके बारे में बाद में मुझे पता चला कि वे क्रांतिकारी आंदोलनों को चलानेवाले प्रमुख लोगों में से थे। परंतु मैं उनकी तरफ कभी भी आकर्षित नहीं हुआ और इसकी वजह यह नहीं थी कि मैं महात्मा गांधी की तरह अहिंसा में विश्वास रखता था, बल्कि मैं अपनी ही दुनिया में रहता था और मेरा यह मानना था कि हमारे लोगों की अंतिम मुक्ति सिर्फ राष्ट्रीय पुनर्गठन की प्रक्रिया के द्वारा ही होगी। मैं यह स्वीकार करता हूँ कि हम किस तरह से स्वतंत्रता प्राप्त करेंगे, इस बारे में हमारे समूह के विचार स्पष्ट नहीं थे। इस बारे में कभी-कभी गंभीर चर्चाएँ भी होती थीं कि क्या यह एक उचित योजना नहीं होगी, जिसमें अंग्रेजों को भारत की सेना का प्रबंध करने दें और नागरिक प्रबंध हमारे पास सुरक्षित रहे। मगर दो चीजों ने मुझे राजनीतिक दृष्टि से सजग किया, जिसमें मेरे लिए अपना एक स्वतंत्र रास्ता होगा। वे चीजें थीं— कलकत्ता में अंग्रेजों का व्यवहार और विश्वयुद्ध।

जनवरी 1909, यानी जब से मैंने पी.ई. स्कूल छोड़ा, मेरा अंग्रेजों से बहुत कम ही लेना-देना था। सन् 1909 से लेकर 1913 के बीच मेरी अंग्रेजों से कभी-कभी ही मुलाकात होती थी और वह भी तब, जब मैं किसी कार्यालयी काम से स्कूल जाता था। यहाँ तक कि कटक शहर में भी मैंने उन्हें बहुत ही कम देखा था, क्योंकि इनकी संख्या यहाँ बहुत ही कम थी और वे दूरदराज के इलाकों में ही रहते थे।

मगर कलकत्ते में यह स्थिति नहीं थी। हर दिन कॉलेज जाते और लौटते समय मैं उनके रहनेवाले क्वार्टरों से होकर गुजरता था और ट्राम में होनेवाली घटनाएँ बहुत ही आम थीं। ट्राम में भारतीयों के साथ अंग्रेजों का व्यवहार बहुत ही रूखा होता था; वे अकसर आक्रामक हो जाते थे। कभी-कभी तो वे सामने बैठे भारतीयों की जगह पर अपने पाँव रख देते थे और यह उनके शरीर को छूता भी रहता था। बहुत से भारतीय बेचारे क्लर्क, जिन्हें रोजाना ऑफिस जाना पड़ता था, वे इस अपमान को बरदाश्त करते थे, पर दूसरों के लिए यह मुश्किल होता था। मैं व्यवहार के मामले में बहुत संवेदनशील ही नहीं था, बल्कि बचपन से ही एक अलग तरह के माहौल का अभ्यस्त भी था। अकसर अंग्रेजों और मेरे बीच ट्राम में विवाद होते रहते थे। कभी-कभी तो कुछ भारतीय यात्रियों के साथ उनके झगड़े भी हो जाते थे। सड़कों पर तो यह आम बात थी, अंगेज उम्मीद करते थे कि भारतीय उनके लिए रास्ता छोड़ दें और जब वे ऐसा नहीं करते थे, तब वे एक तरफ ढकेल दिए जाते या उनकी कनपटी पर घूँसा मार दिया जाता था। इस मामले में अंग्रेज सैनिकों का व्यवहार नागरिकों की तुलना में अधिक खराब था और इसमें भी गार्डन हाईलैंडर की पहचान और भी बुरी थी। रेल में भी कभी-कभी भारतीयों के लिए आत्मसम्मान के साथ यात्राएँ करना तब तक मुश्किल हो जाता था, जब तक कि वे युद्ध के लिए तैयार न रहें। रेलवे अधिकारी या पुलिस भी भारतीय यात्रियों को कानूनी सुरक्षा नहीं दे पाते थे, क्योंकि उनके विरोधी अंग्रेज या अंग्रेज भारतीय होते थे। इसके अलावा उन्हें अपने खिलाफ बड़े अधिकारियों से शिकायत का भी भय बना रहता था। जिस समय मैं किशोर था, तभी की कटक की एक घटना मुझे याद है। मेरे एक चाचा को रेलवे स्टेशन से वापस लौटना पड़ा था, क्योंकि कुछ अंग्रेजों ने उच्च श्रेणी की बोगियों पर कब्जा कर लिया था और वे भारतीयों को इसमें घुसने से रोक रहे थे। अकसर ही हमने आला भारतीय अधिकारियों के साथ इस तरह की अपमानजनक कहानियाँ सुन रखी थीं, जिनमें हाई कोर्ट के न्यायाधीश भी शामिल थे, जिनका ट्रेन में अंग्रेजों के साथ विवाद हुआ था। रेल की दूर-दराज की यात्राओं में ऐसी कहानियाँ आम बात थीं।

मेरे सामने जब कभी इस तरह की घटना घटती, मेरे सपनों को सदमा लगता और शंकराचार्य का माया के सिद्धांत का आधार हिलता महसूस होता था। मेरे लिए किसी विदेशी से अपमानित होने की स्थिति के लिए तैयार होना असंभव था। यह स्थिति तब और भी बिगड़ जाती थी, जब कॉलेज का कोई अंग्रेज कर्मचारी हमारे साथ दुर्व्यवहार करता या आक्रामक होता था। दुर्भाग्य से इस तरह की घटनाएँ बहुत

असाधारण नहीं थीं। कॉलेज के प्रथम वर्ष में मुझे भी कुछ इसी तरह के अनुभव हुए थे, वे बहुत गंभीर नहीं थे, पर वे कड़ुवाहट घोलने के लिए काफी थे।

अंतरनस्लीय विशेषताओं पर हुए द्वंद्व हेतु बने कानून भारतीयों के लिए असरदायक नहीं थे, परिणामतः कुछ समय बाद जब भारतीयों के सामने कोई उपाय नहीं रह गया, तब उन्होंने मुकाबला (प्रतिरोध) करना शुरू कर दिया था। अब सड़कों पर, ट्राम में और ट्रेनों में भारतीयों ने उनकी ज्यादतियाँ बरदाश्त करना बंद कर दिया था और इसका प्रभाव भी तुरंत पड़ा। हर जगह भारतीयों के साथ हो रहे व्यवहार पर ध्यान दिया जाने लगा। यह भी संदेश गया कि अंग्रेज सिर्फ शारीरिक बल को ही सम्मान देते हैं। कम-से-कम बंगाल में इस तरह के कार्य ही क्रांतिकारी आंदोलन के मनोवैज्ञानिक आधार थे।

जहाँ तक उपरोक्त अनुभवों का प्रश्न है, इन्होंने मेरी राजनीतिक चेतना पर स्वाभाविक रूप से असर डाला था, पर यह मेरे मानसिक दृष्टिकोण के लिए पर्याप्त नहीं था। इसके लिए एक बड़े युद्ध के धक्के की जरूरत थी। जुलाई 1914 में, जिन दिनों मैं बिस्तर पर पड़ा था और अखबारों पर नजर डालता रहता तथा योगियों और साधुओं से मुझे कुछ मोह भंग-सा महसूस हो रहा था। मैंने अपने सभी विचारों का फिर से आकलन भी आरंभ कर दिया था। क्या राष्ट्र के जीवन को दो हिस्सों में बाँट देना उचित है, जिसमें एक हिस्सा विदेशियों के पास और दूसरा हमारे पास हो? या फिर क्या हमारे लिए इसके जीवन को पूरी तरह से स्वीकार करने या न करने को आवश्यक बना दिया जाता? मैंने स्वयं को जो जवाब दिया था, वह पूरी तरह से स्पष्ट था। यदि भारत को एक आधुनिक सभ्य राष्ट्र बनना है तो इसे इसकी कीमत चुकानी होगी तथा इसे अपनी सैन्य समस्या से जी नहीं चुराना होगा। जिन लोगों ने देश के उद्धार के लिए काम किया है, उन्हें इसके नगरीय और सैन्य दोनों ही प्रबंधनों की जिम्मेदारी उठाने के लिए तैयार रहना चाहिए। अविभाज्य राजनीतिक स्वतंत्रता का आशय विदेशी नियंत्रण और निर्देशों से पूर्ण मुक्ति था। यह युद्ध दिखा चुका था कि एक राष्ट्र, जिसके पास अपनी सैन्यशक्ति नहीं है, वह अपनी स्वतंत्रता बनाए रखने की उम्मीद नहीं रख सकता है।

स्वस्थ होने के बाद मैं अपनी पूर्ववत् गतिविधियों में लिप्त हो गया था तथा मेरा अधिकतर समय अपने मित्रों के बीच ही बीतता था, परंतु आंतरिक रूप से मैं बहुत ही बदल चुका था। हमारे समूह की संख्या और गुणवत्ता भी तेजी से बढ़ रही थी। हमारे सदस्यों में से एक, जो अच्छे चिकित्सक थे, उन्हें आगे के अध्ययन के

लिए विदेश भेजा गया, ताकि वापस लौटकर वे हमारे समूह की अच्छी सहायता कर सकें तथा देश के लिए अपनी सेवाएँ प्रदान करें। इस कार्य में आनेवाले उनके खर्च में प्रत्येक सामर्थ्यवान व्यक्ति ने सहायता की तथा मैंने भी अपनी छात्रवृत्ति के एक हिस्से का योगदान दिया। यह देखकर एक अन्य चिकित्सक सदस्य ने भारतीय चिकित्सा सेवा के आयोग के आमंत्रण को स्वीकार किया और यह आशा की गई कि इससे वे बहुमूल्य अनुभव हासिल करेंगे और भविष्य के कार्यों के लिए कुछ धन की सहायता भी कर सकेंगे।

दो साल के अपने इस व्यस्ततम जीवन के उपरांत मेरे अध्ययन की स्थिति काफी निराशाजनक हो चुकी थी। सन् 1915 में अपने इंटरमीडियट के इम्तिहान में वैसे तो मैं प्रथम श्रेणी में ही उत्तीर्ण हुआ था (जो कि मेरे लिए बहुत कठिन नहीं था), फिर भी सूची में मेरा स्थान नीचे ही था। कुछ पल के लिए तो मुझे दुःख हुआ और फिर मैंने डिग्री के इम्तिहान में बेहतर करने का संकल्प किया।

स्नातक की पढ़ाई में मैंने दर्शनशास्त्र में ऑनर्स करना तय किया, जिसकी मेरे मन में बहुत दिनों से इच्छा थी। मैंने इसमें अपना जी-जान लगा दिया और पहली बार अपने कॉलेज कॅरियर में मुझे इसके अध्ययन में मजा भी आया। किंतु अपनी किशोरावस्था में मैंने जो उम्मीद की थी, परिणाम उससे काफी अलग थे। स्कूल के दिनों में मैंने उम्मीद की थी कि दर्शनशास्त्र का अध्ययन मुझे समझदार बनाएगा और इससे मेरे जीवन और संसार के बुनियादी सवालों को समझने में आसानी होगी। शायद मैंने दर्शनशास्त्र के अध्ययन को योगाभ्यास के रूप में देखा था और इसमें मेरे हाथ हताशा ही लगी। वाकई मैं बुद्धिमान तो नहीं बना, पर इसने मुझे बौद्धिक अनुशासन और आलोचनात्मक समझ जरूर दे दी थी। पश्चिम का दर्शन संदेह से शुरू होता है (और कुछ लोग कहते हैं कि यह संदेह पर ही खत्म भी होता है।) इसका संबंध आलोचनात्मक दृष्टि से है, यह विश्वास पर निर्भर नहीं है और यह हमें तार्किक रूप से बहस करना तथा त्रुटियों को तलाशना सिखाता है। दूसरे शब्दों में यह मस्तिष्क को पूर्वग्रहों से मुक्त करता है। मेरी सबसे पहली प्रतिक्रिया वेदांत के सत्य को लेकर थी, जिसपर मैं एक लंबे समय से टिका था। मैंने भौतिकता के पक्ष में निबंध लिखने शुरू कर दिए, जो कि सिर्फ एक बौद्धिक अभ्यास था। शीघ्र ही अपने समूह से मेरा विरोध भी हो गया और मुझे पहली बार लगा कि उसके दृष्टिकोण धार्मिक परंपरावादी हैं और वे बहुत सी चीजों को निश्चित मान लेते हैं, जबकि वाकई एक मुक्त व्यक्ति को बिना किसी प्रमाण या

तर्क के कुछ भी स्वीकार नहीं करना चाहिए।

मैं प्रसन्नतापूर्वक अपने अध्ययन में लगा हुआ था कि तभी अचानक मेरे जीवन में एक घटना घटी। जनवरी 1916 की सुबह जब मैं अपने कॉलेज की लाइब्रेरी में था कि तभी मैंने सुना कि अंग्रेजी के एक प्रोफेसर ने हमारे सत्र के कुछ विद्यार्थियों पर हाथ उठाया था। जानकारी हासिल करने पर पता चला कि हमारी कक्षा के कुछ लड़के गलियारे से गुजर रहे थे, जहाँ मि. ओ की कक्षा चल रही थी। मि. ओ को इससे व्यवधान महसूस हुआ और उन्होंने कक्षा से बाहर निकलकर आगे की पंक्ति में चल रहे कुछ लड़कों को धक्का देकर पीछे की तरफ ढकेल दिया था। हमारे यहाँ कक्षा का एक प्रतिनिधि होता था, जिससे आम मामलों में प्रिंसिपल संपर्क करते थे और मैं अपनी कक्षा का प्रतिनिधि था। मैं तुरंत ही इस मसले को वी लेकर प्रिंसिपल के पास पहुँचा और उन्हें स्थिति से अवगत कराते हुए परामर्श दिया कि मि. ओ को उन विद्यार्थियों से माफी माँगनी चाहिए, जिनकी उन्होंने बेइज्जती की थी। प्रिंसिपल का जवाब था कि चूँकि मि. ओ भारतीय शिक्षा सेवा के सदस्य हैं, इसलिए वह उन्हें इसके लिए बाध्य नहीं कर सकते हैं। साथ ही उन्होंने यह भी कहा कि मि. ओ ने किसी भी विद्यार्थी पर न तो हाथ उठाया और न ही उनके साथ बल प्रयोग किया था, बल्कि वे उन्हें उनकी बाँह पकड़कर ले गए थे, जो कि किसी भी तरह से बेइज्जजी नहीं कहा जा सकता था। हम उनके इन तर्कों से संतुष्ट नहीं थे, परिणामतः अगले दिन सभी विद्यार्थियों ने हड़ताल का आह्वान कर दिया। प्रिसिंपल ने सभी तरह से धमकाने और चतुराईपूर्ण तरीके अपनाए, परंतु इसका कोई लाभ नहीं हुआ और वे हड़ताल तोड़ पाने में सफल न हुए, यहाँ तक कि मौलवी साहब का भी मुसलमान विद्यार्थियों को इससे अलग कर पाने का प्रयास असफल रहा। इसी प्रकार सर पी.सी. रे और डॉ. डी.एन. मलिक जैसे लोकप्रिय प्रोफेसरों का अनुरोध भी विफल रहा। प्रिंसिपल ने अनुपस्थित रहनेवाले विद्यार्थियों पर अन्य अनुशासनात्मक काररवाई के साथ जुरमाना भी लगाया था।

प्रेसीडेंसी कॉलेज की इस सफल हड़ताल ने शहर में एक बड़ी हलचल पैदा कर दी थी। इस हड़ताल का संक्रमण काफी फैल चुका था और अधिकारी हताश होने लगे थे। मेरे एक प्रोफेसर, जो कि मुझे बहुत पसंद भी करते थे, उन्हें इस बात का भय था कि इस हड़ताल के नेताओं में से एक होने के कारण मैं कहीं किसी समस्या में न पड़ जाऊँ। वे मुझे एक तरफ ले गए और मुझसे पूछा कि मैं जो कुछ कर रहा हूँ, क्या मुझे उसका एहसास है? मेरे हाँ कहने पर उन्होंने कहा कि अब

मुझे कुछ नहीं कहना है। हालाँकि हड़ताल के दूसरे दिन का दबाव मि. ओ पर पड़ा। उन्होंने विद्यार्थियों के प्रतिनिधियों को बुलाया और उनके साथ शांतिपूर्ण ढंग से समस्या समाप्त कर दी, जिससे दोनों ही पक्षों के लिए बीच का रास्ता निकाला गया।

अगले दिन के लैक्चर में जब विद्यार्थी एकत्र हुए, तब वहाँ 'भूल जाओ और माफ करो' वाला वातावरण था। अब यह उम्मीद की जा रही थी कि प्रिंसिपल के द्वारा लगाए गए द्वंद्व के प्रावधान स्वाभाविक रूप से समाप्त हो जाएँगे, पर ऐसा हुआ नहीं। वे इंच मात्र भी पीछे हटने के लिए तैयार नहीं थे, जिसमें विद्यार्थी के निर्धन होने की स्थिति में ही उस पर लगाए गए आर्थिक दंड से छूट थी। विद्यार्थियों के साथ-साथ प्रोफेसरों के द्वारा किए गए अनुरोध भी व्यर्थ हो गए। इस आर्थिक दंड ने विद्यार्थियों के मन पर असर डाला, पर इसमें कुछ भी न किया जा सका था।

तकरीबन एक महीने बाद इसी तरह की घटना अचानक फिर से घटी। सूचना आई कि मि. ओ ने फिर से एक विद्यार्थी पर हाथ उठाया था और इस बार यह प्रथम वर्ष का विद्यार्थी था। अब विद्यार्थी क्या करते ? हड़ताल जैसा वैधानिक प्रतिरोध उनके खिलाफ अनुशासनात्मक काररवाई के लिए प्रेरित करेगा और इस संदर्भ में प्रिंसिपल से अनुरोध भी व्यर्थ था। इसीलिए कुछ विद्यार्थियों ने कानून अपने हाथों में लेने का निर्णय लिया, परिणामत: मि. ओ के साथ उनकी झड़प में धक्का-मुक्की भी हुई। अखबारों के कार्यालय से लेकर सरकारी कार्यालय तक यह खबर फैल गई।

ऐसा कहा गया कि मि. ओ पर विद्यार्थियों ने पीछे से हमला किया और उन्हें सीढ़ियों के पास गिरा दिया था। वैसे यह आरोप बिल्कुल ही झूठा था। मि. ओ को पीछे से धक्का लगा था, पर यह मायने नहीं रखता था। उन पर गिरनेवाले विद्यार्थी उनके सामने थे। मैं इस घटना का चश्मदीद गवाह था और बिना किसी भय के यह कह भी सकता था। इस विषय पर विद्यार्थियों की स्थिति स्पष्ट करना भी आवश्यक था।

इस घटना के तुरंत बाद ही बंगाल सरकार ने कॉलेज को बंद करने के आदेश दिए और यहाँ लगातार होनेवाली घटनाओं के लिए एक जाँच आयोग भी गठित कर दिया। सरकार के तेवर स्वाभाविक रूप से बहुत गरम थे और यह भी खबर थी कि सरकार कॉलेज को बंद करने में भी नहीं हिचकिचाएगी। इसमें संदेह नहीं था कि सरकार का विद्यार्थियों के खिलाफ कॉलेज के कर्मचारियों के प्रति पूर्ण सहयोग का रवैया था। किंतु दुर्भाग्यवश प्रिंसिपल की सरकार से सरकारी विज्ञप्ति को लेकर

बहस हो गई। चूँकि सरकारी आदेश ऊपर से जारी किए गए थे और उन्हें लगा कि इससे उनकी प्रतिष्ठा को धक्का लगा था। उन्होंने शिक्षा विभाग के सम्मानित सदस्य को बुलाया और अपने यहाँ गरमागरम बहस की। अगले ही दिन एक अन्य सरकारी आदेश जारी हुआ, जिसके अनुसार प्रिंसिपल का निलंबन सरकारी सदस्य की बेइज्जती करने के कारण किया गया था।

किंतु इससे पहले कि उनके हाथों से अधिकार छिनते उन्होंने काररवाई कर दी। उन्होंने उन सभी विद्यार्थियों का बुलाया जिनके नाम उनकी काली सूची में थे, जिसमें मैं भी था। उन्होंने मुझसे कहा या यों कहें कि गुर्राते हुए कहा, "बोस, तुम कॉलेज के सबसे उपद्रवी व्यक्ति हो। मैं तुम्हें निलंबित करता हूँ।"

मैंने जवाब दिया, 'धन्यवाद' और फिर घर चला आया। शंकराचार्य का माया का सिद्धांत अब मृतप्राय ही था।

शीघ्र ही प्रिंसिपल के आदेश का पालन हुआ और मुझे प्रेसीडेंसी कॉलेज से बाहर कर दिया गया। मैंने विश्वविद्यालय से किसी अन्य कॉलेज में पढ़ने की अनुमति माँगी पर इसे भी अस्वीकार कर दिया गया। अब मैं पूरी तरह से विश्वविद्यालय से निकाला जा चुका था।

अब क्या किया जा सकता था? कुछ राजनीतिज्ञों ने भी मुझसे संपर्क किया और बताया कि चूँकि जाँच आयोग ने प्रिंसिपल के सभी अधिकार ले लिये हैं, इसलिए उनके आदेश का कोई अर्थ नहीं है। अब सभी की आँखें आयोग की ओर टिकी थीं।

इस आयोग की अध्यक्षता सर आशुतोष मुखर्जी कर रहे थे, जो कि पूर्व उपकुलपति और उच्च न्यायालय के न्यायाधीश भी थे। मेरा नाम उन लोगों में से था, जो कि विद्यार्थियों के मामले का प्रतिनिधित्व कर रहे थे। मुझे सीधे सवाल पूछा गया—क्या मि. ओ पर हुए हमले को न्यायोचित ठहराना चाहिए? मेरा जवाब था, यद्यपि हमला न्यायोचित नहीं था, पर विद्यार्थियों द्वारा यह व्यवहार उन्हें भड़काए जाने की वजह से हुआ था। और इसके बाद मैंने प्रेसीडेंसी कॉलेज में हो रहे दुर्व्यवहार की बातें बताईं। वैसे तो यह गंभीर आरोप था, पर मि. ओ पर सीधे दोषारोपण न करने से मैंने अपना पक्ष कमजोर कर लिया था। मैंने सोचा कि इसका प्रभाव मुझ पर चाहे जो भी हो, पर मैंने सही काम किया है।

मैं कलकत्ता में इस बात की उम्मीद्र करता था कि स्थितियाँ शायद मेरे अनुकूल हों। आयोग ने अपनी रिपोर्ट सौंप द्री, पर इसमें एक भी शब्द विद्यार्थियों के पक्ष में नहीं था, सिर्फ अकेला मेरा ही नाम च्रर्चा के लिए छाँट लिया गया था और

अब मेरा भाग्य लिफाफे में बंद था।

इन्हीं दिनों कलकत्ते का राजनीतिक वातावरण भी बद से बदतर हो गया था। बड़ी तादाद में लोग गिरफ्तार किए गए और इसके सबसे ताजा शिकार प्रेसीडेंसी कॉलेज के निकाले गए विद्यार्थी ही थे। मेरे बड़े भाइयों को इस स्थिति की चेतावनी मिल चुकी थी और उन्होंने इसके लिए परामर्श भी ले लिया। इस बारे में सबकी राय थी कि बिना किसी कार्य के कलकत्ता में ठहरना जोखिम भरा है, इसलिए मुझे कटक भेज दिया गया, जो कि तुलनात्मक दृष्टि से सुरक्षित स्थान था।

रात में ट्रेन में वापस लौटते समय मैंने पिछले कुछ महीनों के घटनाक्रमों पर विचार किया। मेरा शैक्षणिक कॅरियर समाप्त हो चुका था और भविष्य भी अंधकारमय एवं अनिश्चित था, पर इसका न तो मुझे दुःख था और न ही अपने किए पर पछतावा ही। जबकि मेरे भीतर पूर्ण संतुष्टि और प्रसन्नता का भाव था कि मैंने सही काम किया और मैं आत्मसम्मान के लिए खड़ा हुआ था तथा मैंने अपना त्याग एक बड़े काम के लिए किया था। आखिरकार बिना त्याग के जीवन का अर्थ ही क्या है, मैंने स्वयं से कहा और फिर सो गया।

सन् 1916 की घटना मेरे लिए आंतरिक महत्त्व रखती थी। मेरे प्रिंसिपल ने मुझे निष्कासित तो कर दिया था, पर उन्होंने मेरा भविष्य बना दिया। मैंने अपने स्वयं के लिए एक ऐसी नजीर प्रस्तुत कर दी थी, जिससे मैं भविष्य में अलग नहीं हो सका। मैं संकट में साहस के साथ खड़ा रहा और अपने कर्तव्य का पालन किया। मुझमें आत्मविश्वास के साथ एक प्रेरणा का भी जन्म हुआ, जो कि भविष्य में भी मेरे साथ बनी रही। मुझमें नेतृत्व की दृष्टि उत्पन्न हुई, हालाँकि इसका क्षेत्र बहुत ही सीमित था तथा इसमें आत्मबलिदान भी शामिल था। संक्षेप में कहा जाए तो मुझमें एक ऐसा चरित्र निर्मित हुआ, जिससे मैंने भविष्य का सामना धैर्य के साथ किया। □

अध्याय-8

मेरे अध्ययन की पुनः शुरुआत

सन् 1916 मार्च के महीने में एक निष्कासित छात्र के रूप में कटक वापस लौट आया। सौभाग्य से मुझ पर किसी तरह का लांछन नहीं लगाया गया था। सभी जगह विद्यार्थियों के बीच मुझे सहानुभूति के साथ सम्मान की नजरों से देखा गया, क्योंकि मैं उनके लिए ही खड़ा हुआ था। मेरे माता-पिता के भी व्यवहार में किसी तरह का परिवर्तन नहीं हुआ और मुझे आश्चर्य है कि मेरे पिता ने कॉलेज में मेरे साथ घटी घटना के बारे में मुझसे एक भी सवाल नहीं किया। कलकत्ता में मेरे बड़े भाइयों की भी मेरे साथ सहानुभूति थी और उन्हें लगता था कि उस परिस्थिति में मैंने जो भी किया, वह उचित था। जहाँ तक मैंने अपने माता-पिता के व्यवहार से अंदाज लगाया, उन्हें महसूस होता था कि विद्यार्थियों का प्रवक्ता होने के कारण ही मुझे इस परेशानी का सामना करना पड़ा। वैसे मुझे इस बात का संतोष था कि मैंने जिन लोगों के साथ अपने दिन-रात बिताए थे, वे मेरे बारे में बुरा नहीं सोच रहे थे कि मैं वापस भेज दिया गया था।

इस प्रकार मेरे परिवार के साथ मेरे संबंधों में किसी तरह की कटुता नहीं आई बल्कि इसमें सुधार ही हुआ था। वैसे यह मेरे उस समय के समूह के लिए नहीं कहा जा सकता था। जनवरी और फरवरी में घटी उत्तेजक घटनाओं के दौरान मैंने उनसे परामर्श भी नहीं लिया था, बल्कि अपनें सारे निर्णय मैंने स्वयं ही लिए थे। बाद में मुझे पता चला कि उन्हें मेरा यह तरीका पसंद नहीं आया था। वे शायद मुझे शासन से सीधे विरोध करते देखने के पक्ष में नहीं थे। जब मैंने कलकत्ता छोड़ने का निश्चय किया, तब मैंने उन्हें इसकी सूचना भी दी थी, हालाँकि पहले मैं उनके साथ काफी समय बिताता था और उनके साथ अपनी भविष्य की योजनाएँ भी

बनाता था। वैसे इस समय तक वह समूह एक बड़ा संगठन बन चुका था और विभिन्न महत्त्वपूर्ण संस्थानों में काम करनेवाले इसके सदस्य एक ही छात्रावास में रहते थे, जहाँ प्रतिदिन दोपहर को वे किसी कमरे में मिलते और अपने विचारों का आदान-प्रदान करते थे। इस समूह ने अपनी एक पत्रिका भी निकालनी शुरू कर दी थी। इसमें विभिन्न विषयों पर इसके सदस्यों को शिक्षित करने के लिए नियमित पाठ दिए जाते थे और चूँकि इसमें नैतिक एवं धार्मिक प्रशिक्षण पर बल दिया जाता था, इसलिए दोपहर की सभा में 'गीता' का नियमित पाठ भी होता था।

वैसे इसका अंदाज आसानी से लगाया जा सकता था कि हाल की इन घटनाओं के बाद मैं वही व्यक्ति नहीं था, जो कि दो साल पहले गुरु की तलाश में निकला था। मुझमें यह परिवर्तन अचानक ही आया और इसने एक तूफान की तरह सबकुछ उलट-पलट दिया था, मगर इस तूफान से काफी पहले से ही मुझमें यह परिवर्तन आना शुरू हो चुका था, जबकि मुझे इसका अंदाज भी नहीं था। सबसे पहले मैं समाज-सेवा की तरफ खिंचा चला गया और फिर अपनी तमाम सनकों के बावजूद मुझमें नैतिक शक्ति का उदय हो चुका था, परिणामतः जब मेरे सामने अचानक यह संकट आया और इसने मेरे सामाजिक कर्तव्य का इम्तिहान लिया, जिसकी मुझे चाहत नहीं थी, परंतु बिना किसी हिचकिचाहट के मैंने उन परिणामों का सामना किया तथा मेरी झिझक और आत्मसंशय भी दूर हो चुका था।

मेरे सामने अब करने के लिए क्या था? मैं अपनी पढ़ाई भी जारी नहीं कर सका, क्योंकि मुझे नहीं पता था कि मैं दुबारा अब कहाँ से शुरू करूँ। चूँकि मेरा निष्कासन अनिश्चितकाल के लिए था और विश्वविद्यालय के पदाधिकारियों के नरम पड़कर मुझे दुबारा अध्ययन की अनुमति देने की सुनिश्चितता भी नहीं थी। मैंने अंदाज लगाया कि मेरे माता-पिता मुझे अध्ययन के लिए विदेश भेजनेवाले थे, पर मेरे पिता इस विचार के खिलाफ थे। उनका इरादा था कि मुझे बाहर जाकर अध्ययन करने से पहले अपने ऊपर लगे धब्बे को हटाना चाहिए। इसका अर्थ यह था कि मुझे पहले कलकत्ता विश्वविद्यालय से स्नातक करना होगा।

अतः अब मुझे विश्वविद्यालय के अधिकारियों द्वारा अपने आदेशों पर पुनर्विचार के लिए धैर्यपूर्वक इंतजार करना होगा और तब तक मुझे अपना समय किसी तरह से बिताना होगा। मैं अपनी किताबें एक ओर रखकर तन-मन से समाज-सेवा में जुट गया। उन दिनों उड़ीसा में हैजा और चेचक जैसी संक्रामक बीमारियाँ बार-बार हो रही थीं। यहाँ के अधिकतर लोग इतने गरीब थे कि वे

डॉक्टरी सहायता भी नहीं ले सकते थे। यहाँ तक कि यदि वे सहायता ले भी लेते तो उनके लिए आगे की शुश्रूषा करना कठिन था। कभी-कभी जब छात्रावासों में हैजा फैलता, तब वहाँ के रहनेवाले अपना बोरिया बिस्तर समेटकर इसके मरीजों को अपने हाल पर छोड़कर निकल जाते थे और इसमें कोई आश्चर्य की बात नहीं थी, क्योंकि सैलीन के इंजेक्शन के उपचार से पहले जो कि लियोनार्ड रोजर्स की खोजों के बाद ही आया था, हैजे को बहुत ही भयानक रोग माना जाता था तथा यह बहुत ही संक्रामक भी था। सौभाग्य से विद्यार्थियों का एक समूह, जिसमें मेरे कुछ पुराने मित्र भी थे, शहर के विभिन्न हिस्सों में जाकर इसके मरीजों की स्वैच्छिक सेवा करते थे। मैं भी उनके साथ शामिल हो गया। वैसे तो हमारा पूरा ध्यान हैजा और चेचक के मरीजों पर ही था, पर इसके साथ ही हम अन्य रोगियों की भी सेवाएँ करते थे। हमने नगर अस्पताल के हैजा विभाग में भी अपनी सेवाएँ प्रदान की थीं, जहाँ एक भी प्रशिक्षित नर्स नहीं थी। यह काम जानकारी न रखनेवाले एवं गंदे मेहतरों से ही कराया जाता था। पर्याप्त उपचार की कमी के बावजूद अस्पतालों में हैजे से मरनेवालों की संख्या उन गाँवों की तुलना में कम थी, जहाँ हम दो साल पहले अर्ध चिकित्सक के साथ होमियोपैथी का बक्सा लेकर रोगियों के उपचार के लिए गए थे। वाकई सैलीन के इंजेक्शनों ने चमत्कार कर दिया और जब रोग की पहचान शुरुआत से ही कर ली जाती थी, तब रोगियों की हालत सुधरने की संभावना अस्सी प्रतिशत तक रहती थी।

हैजे के मरीजों की सेवा में हमें तब बहुत आनंद आता था, जब बहुत से मरीजों को मौत के मुँह से बचा लिया जाता था, मगर जहाँ तक सुरक्षा का सवाल था, मैं इसकी बहुत अनदेखी करता था। मैं मरीजों के पास से घर लौटकर अपने कपड़ों को रोगाणु मुक्त नहीं करता था और किसी को इसकी सूचना भी नहीं देता था कि मैं कहाँ गया था। मुझे इस बात का भी आश्चर्य है कि महीनों तक मरीजों के उपचार कार्य में लगे रहने के बावजूद मुझसे कोई भी संक्रमित नहीं हुआ और न ही मैं इस रोग का मरीज ही हुआ था।

हैजे के मरीजों के गंदे कपड़ों की सफाई तक करने के बावजूद मुझे इसके मरीजों से घृणा नहीं होती थी, जब कि चेचक के पके हुए दानों से मवाद निकलनेवाले स्तर के बारे में मैं ऐसा नहीं कह सकता हूँ। मुझे इस तरह के मरीजों की देखभाल करने के लिए मानसिक रूप से काफी तैयार करना पड़ता था; हालाँकि इस तरह के कामों के लिए होनेवाली स्वयं शिक्षा से मैं नहीं भागता था।

रोगियों के उपचार में और भी बहुत सी समस्याएँ आती थीं। डॉक्टरों और देखभाल के बाद भी मर जानेवाले मरीजों का क्रियाकर्म भी एक समस्या थी। ऐसे मृतकों के उचित क्रियाकर्म के लिए किसी तरह के संगठन की भी व्यवस्था नहीं थी। लावारिस लाशों के लिए नगर निगम के मेहतर ही अपनी इच्छा से इनका अंतिम संस्कार करते थे, मगर मृत्यु के बाद किसकी चाहत होती है कि उसके शरीर को लावारिस घोषित किया जाए? अकसर ही ऐसे कामों के लिए सेवा करनेवालों को ही बुलाया जाता था। भारतीय रीति- रिवाजों के अनुसार हमें मृतक शरीर को स्वयं ही श्मशान तक ले जाना पड़ता था और अंतिम क्रिया करनी पड़ती थी। यह समस्या तब बहुत ही छोटी होती, जब मृतक अच्छे भले परिवार का होता और इसके लिए सिर्फ स्वयंसेवकों की ही आवश्यकता पड़ती थी, मगर कभी-कभी जब इसके लिए पैसों की उपलब्धता नहीं होती थी, तब हमें चंदा इकट्ठा करना पड़ता था। इस तरह के अंतिम क्रियाकर्म में स्वयंसेवकों के अलावा बाहरी व्यक्तियों की भी सहायता लेनी पड़ती थी।

वैसे तो मरीजों की सेवा बहुत ही रोचक और उपयोगी थी, पर यह मेरा पूरा समय नहीं लेती थी। हालाँकि यह सेवा व्यावहारिक तो थी पर यह हमारे राष्ट्र की किसी भी समस्या का स्थायी इलाज नहीं थी। हमारा समूह हमेशा रामकृष्ण मिशन की अस्पतालों, बाढ़ और अकाल राहत तक ही केंद्रित रहने की स्थिति की आलोचना करता था, क्योंकि यह राष्ट्र-निर्माण की स्थायी व्यवस्था को नकारने जैसा था, और मैं इस त्रुटि की पुनरावृत्ति नहीं करना चाहता था। परिणामतः मैंने युवा संगठन के साथ जुड़ने का प्रयास आरंभ कर दिया था। मेरे साथ अब बड़ी संख्या में युवा जुड़ चुके थे और हमने उनकी शारीरिक, बौद्धिक तथा नैतिक स्थिति को देखते हुए विभिन्न विभागों के लिए एक संगठन शुरू कर दिया था। जब मैं उनके साथ था, तब यह अपना काम भली प्रकार कर रहा था। इन्हीं दिनों मेरा सामना अछूत समस्या से भी हुआ। विद्यार्थियों का एक छात्रावास, जहाँ मैं अकसर जाया करता था, वहाँ एक संथाल विद्यार्थी भी रहता था, जिसका नाम माझी था। सामान्यतया संथालों को निचली जाति के रूप में देखा जाता था, पर खुले दिमाग के विद्यार्थियें की सोच ऐसी नहीं थी। वे उसे आवासी ही मानते थे। कुछ समय तक सबकुछ ठीक चला, पर एक दिन छात्रावास के किसी विद्यार्थी के निजी नौकर को पता चल गया कि माझी संथाल है और इस पर उसने समस्या उत्पन्न कर दी कि जब तक माझी छात्रावास छोड़कर नहीं जाता, वह वहाँ काम नहीं करेगा। सौभाग्य

से उस नौकर की बातों पर किसी ने ध्यान नहीं दिया और वह समस्या समय से पहले की खत्म हो गई। उस समय मुझे इस बात का एहसास हुआ कि वाकई जो लोग ऊँची जाति के थे और जो उस संथाल विद्यार्थी के वहाँ होने पर विरोध कर सकते थे, पर उन्होंने ऐसा नहीं किया। जो नौकर स्वयं ही छोटी जाति और दयनीय स्थिति में थे, उन्होंने ही विरोध किया था। इस घटना के कुछ ही समय बाद माझी को टायफाइड हो गया और हमने उसका विशेष ध्यान रखा तथा सेवा भी की थी। इस घटना में मुझे सबसे अधिक आश्चर्य और खुशी हुई कि मेरे इस काम में मेरी माँ भी शामिल थीं।

इन दिनों के अपने खाली समय के उपयोग के लिए मैं अपने कुछ मित्रों के साथ अपनी रुचि के कुछ धार्मिक और ऐतिहासिक स्थानों की यात्रा पर निकल गया था। इस यात्रा में खुले में घूमना स्वास्थ्य की दृष्टि से अच्छा था और इसमें बहुत से लोगों के वार्त्तालाप का भी अवसर मिला, जो कि कमरे के भीतर संभव नहीं था। और तो और, इसने मुझे कुछ समय के लिए घर से दूर रहने का अवसर भी दिया, क्योंकि मेरे लिए वहाँ कुछ करने के लिए नहीं था और वैयक्तिक योगाभ्यास तथा अध्ययन की पुस्तकों में मेरी रुचि भी नहीं थी। मैंने अब अपने धार्मिक उत्सवों का इस्तेमाल अपने समूह को बढ़ाने के लिए किया। पुराने समय से ही महत्त्वपूर्ण धार्मिक समारोहों में समाज के सभी लोग हिस्सेदारी निभाते थे। इसी तरह का धार्मिक उत्सव बंगाल के गाँवों में दुर्गापूजा भी है। हालाँकि पूजा का धार्मिक पक्ष तो सिर्फ पाँच दिनों का ही है, पर इसका संबंध पिछले कई सप्ताहों से रहता है। इन दिनों सभी जातियों और पेशों के लोगों का पूजा के संबंध में गाँव में काम होता है। इस प्रकार पूजा तो एक घर में हो सकती है, पर सारा गाँव इस उत्सव में हिस्सेदारी निभाता है। मेरे बचपन में इस अवसर पर हमारे गाँव में एक नाटक खेला जाता था, जिसका आनंद सारा गाँव उठाता था। पिछले पचास सालों से देश में बढ़ती गरीबी और गाँवों से पलायन के कारण इन धार्मिक उत्सवों में काफी कमी आई है और कहीं-कहीं तो यह बिल्कुल ही खत्म ही हो गए हैं। इसी वजह से धन का वितरण सिर्फ गाँवों तक ही सीमित रह गया है और इसने सामाजिक जीवन को नीरस तथा रंगहीन बना दिया है।

इसी तरह का एक और धार्मिक उत्सव होता है, जिसमें समाज सामूहिक रूप से भाग लेता है। इस समारोह में पूजा का आयोजन घर में न होकर बाहर किसी भवन या खुले में किया जाता है तथा इसका व्यय भी किसी एक परिवार से

न लेकर पूरे समुदाय से लिया जाता है। इन उत्सवों को 'बेरोआरी पूजा' कहते हैं, मगर अब यह भी प्रचलन से बाहर हो रही है। इसीलिए सन् 1917 में हमने इस तरह की पूजा का आयोजन करने का निश्चय किया था। सामाजिक रूप से इसमें बड़ी सफलता भी मिली तथा फिर आनेवाले सालों में इसका आयोजन बार-बार होता रहा।

इन दिनों मानसिक रूप से मैंने आत्मावलोकन करना सीख लिया था और इसका अभ्यास मैंने आगे भी जारी रखा, जिसका मुझे बहुत लाभ भी हुआ। इसमें अपने स्वयं के मस्तिष्क पर एक तीव्र प्रकाश डालना पड़ता है, ताकि आप स्वयं को बेहतर ढंग से समझ सकें। सामान्यतया सोने से पहले या प्रातः मैं इसका अभ्यास करता था। इस आकलन के दो हिस्से हैं, जिसमें एक के अनुसार तो मैं उस समय का अपना तत्कालीन आकलन करता था और दूसरे में मेरे संपूर्ण जीवन का आकलन था। पहले के अनुसार मैं अपनी छिपी हुई इच्छाएँ, संवेगों, आदर्शों और आकांक्षाओं के समझ पाता था और दूसरी में मैं अपने जीवन को बेहतर ढंग से समझ पाता था, जिसमें अपनी विकास की स्थिति, अपने संघर्षों और अतीत की अपनी त्रुटियों का आकलन करते हुए भविष्य के निर्णयों की तरफ ध्यान आकर्षित करता था।

मैंने अपने इस आत्मावलोकन के अभ्यास को तब तक जारी रखा, जब तक कि मैंने दो खोज नहीं कर लीं और ये दोनों ही मेरे लिए महत्त्वपूर्ण थीं। पहली में, मैं अपने मन के बारे में बहुत ही कम जानता था कि मेरे मन के भीतर ही अधम संवेग छिपे हैं और वे एक प्रदर्शनीय बाह्य आवरण के भीतर छद्म रूप से रहते हैं। दूसरा, जैसे ही मैंने उन अधम और निकृष्ट विचारों पर अपनी उँगली रखी, मेरी उन पर आधी विजय हो चुकी थी। मन की कमजोरी शरीर के रोगों की तरह नहीं होती है, बल्कि जब तक कि इन्हें ढूँढ़ा न जाए, यह बढ़ती रहती है। जब एक बार इन्हें ढूँढ़ लिया जाता है, इनकी प्रकृति भागने की होने लगती है।

आत्मावलोकन का सबसे पहला इस्तेमाल मैंने परेशान करनेवाले अपने कुछ खास सपनों से छुटकारा पाने के लिए किया था। ऐसे सपनों से छुटकारा पाने के लिए मैंने कुछ प्रयोग किए थे, पर क्रमशः मैंने आकलन के तरीके में सुधार किया और मुझे इसके बेहतर परिणाम भी प्राप्त हुए। शुरुआत के मेरे सपनों में साँप और जंगली जानवरों के भयभीत करनेवाले सपने होते थे और इनसे छुटकारा पाने के लिए मैंने सोने से पहले जहरीले साँपों की कल्पना की और स्वयं से कहा, "मैं

इनके डसने से डरता नहीं हूँ और मुझे मृत्यु का भय भी नहीं है।" इसी तरह के विचारों के साथ मैं सो भी जाता था और कुछ दिनों के इस अभ्यास के बाद मैंने ध्यान दिया कि शुरू में तो मेरे सपने में साँप आए, पर इन सपनों से मैं भयग्रस्त नहीं हुआ। इसके बाद ऐसे सपने आने बंद हो गए। तकरीबन यही प्रक्रिया मैंने अन्य जंगली जानवरों के साथ तब तक जारी रखी, जब तक कि मैं इस समस्या से पूरी तरह से मुक्त नहीं हो गया।

जिन दिनों मैं अपने कॉलेज से निष्कासित था, मुझे गिरफ्तार होने के सपने आया करते थे। इसमें संदेह नहीं है कि यह मेरे अवचेतन मन और छिपी हुई बेचैनी की वजह से ही होता था, परंतु कुछ दिनों के अभ्यास के बाद मैं इनसे भी पूरी तरह से मुक्त हो गया था। मुझे सिर्फ अपने गिरफ्तार होने की कल्पना करनी थी और मन-ही-मन बार-बार दुहराना था कि मैं इससे परेशान नहीं होऊँगा। दूसरे सपने जो कभी-कभी मुझे डराते थे, वे मेरे उन इम्तिहानों के थे, जिनकी मैंने तैयारी नहीं की थी, पर इनका स्तर उन पुराने डरौंवने सपनों जितना नहीं था। इन सपनों से बचाव के लिए भी मुझे स्वयं से बार-बार कहना पड़ता था कि मैं इन इम्तिहानों के लिए पूरी तरह से तैयार हूँ और मैं इनमें अच्छा करूँगा। मैं ऐसे लोगों को जानता हूँ, जिन्हें जीवन में बहुत बाद तक डरावने सपने आते रहे हैं। ऐसे लोगों को लंबे समय तक इसका अभ्यास जरूरी है, पर यदि वे लगे रहते हैं, तब उन्हें इससे छुटकारा अवश्य ही मिल जाएगा। यदि किसी खास तरह के सपनों का आना जारी रहता है, तब उनकी स्थिति को समझने के लिए इनका ध्यान से आकलन आवश्यक है।

किंतु जिन सपनों से छुटकारा पाना सबसे कठिन होता है, वे हैं कामुक सपने। ऐसा इसलिए होता है, क्योंकि काम-भावना मनुष्य की सबसे प्रबल प्रवृत्ति होती है और चूँकि कामेच्छा की निरंतरता बनी रहती है, इसलिए इसके सपने खास अंतराल पर आते रहते हैं। वैसे इनसे भी कुछ हद तक मुक्ति पाना संभव है और इसका मुझे अनुभव भी है। इस प्रक्रिया में भी व्यक्ति को अपने उत्तेजना लानेवाले उस सपने के चित्र को अपने मस्तिष्क के सामने लाकर स्वयं से बार-बार दुहराना पड़ता है कि यह अब हमें उत्तेजित नहीं करेगा, क्योंकि वह अपनी वासना पर विजय प्राप्त कर चुका है। उदाहरण के लिए, यदि कोई व्यक्ति किसी स्त्री के प्रति आसक्त है तो उसे इससे छुटकारा पाने के लिए उस स्त्री के चित्र को अपने मन के सामने अपनी माँ या बहन के रूप में रखना चाहिए। इस पद्धति से व्यक्ति अपनी कामेच्छा से लड़ने में इसे हतोत्साहित कर लेता है, अन्यथा वह अपनी कामेच्छा को याद करता रहता

है, वैसे यह अन्य प्रवृत्तियों पर लागू नहीं होता है तथा कामेच्छा पर विजय प्राप्त की जा सकती है या क्रमश: इसका ऊर्ध्वपातन कि या जा सकता है।

अब अपने विषय पर वापस आता हूँ। तकरीबन एक साल तक अनुपस्थित रहने के बाद मैं विश्वविद्यालय के अधिकारियों के सामने अपनी किस्मत आजमाने वापस लौटकर आया था। वैसे तो यह एक कठिन काम था, पर इस स्थिति के प्रमुख व्यक्ति सर आशुतोष मुखर्जी थे और विश्वविद्यालय में इनका आदेश चलता था। यदि इनकी इच्छा होती, तो दंड का आदेश वापस हो सकता था। इस मामले के सामने आने के इंतजार में अब मैं बेचैन हो चुका था और अपनी ऊर्जा लगाने के समुचित स्थान की तलाश में था। उन्हीं दिनों 49वीं बंगाल बटालियन की भरती का कार्यक्रम भी चल रहा था। मैं भी विश्वविद्यालय में हो रही इस भरती में शामिल हो गया और मेरी इसमें गहरी रुचि भी थी। अगले ही दिन में चुपचाप बेडन स्ट्रीट के उस कार्यालय में पहुँच गया, जहाँ इस भरती के लिए चिकित्सकीय जाँच चल रही थी। सेना की चिकित्सकीय जाँच का तरीका बहुत ही खराब होता है, इसमें किसी भी तरह की शर्म का खयाल नहीं रखा जाता है और मैंने बिना हिचकिचाहट के इसका सामना किया। मुझे विश्वास था कि वैसे तो मैं इसकी सभी जाँच सफलतापूर्वक पार कर लूँगा, पर आँखों के मामले में मैं घबराया हुआ था, क्योंकि मेरी दृष्टि थोड़ी कमजोर थी। मैंने इंडियन मिलिट्री सर्विसेज के एक अधिकारी से मुलाकात की, जो कि भारतीय ही थे, पर उन्होंने आँखों के मामले में असमर्थता जताई और दूसरे अधिकारी से संपर्क करने के लिए कहा। बँगला में एक कहावत है, "जहाँ बाघ के आने का डर था वहीं अँधेरा हो गया" और मेरे मामले में भी यही हुआ। मेजर कुक नामक यह अधिकारी आँखों के मामले को बहुत ही महत्त्व देता था और वैसे तो मैंने सारी जाँचें सफलतापूर्वक पार कर ली थीं, पर दृष्टिदोष की वजह से मैं अनुत्तीर्ण कर दिया गया, परिणामत: उदास मन के साथ मैं घर वापस लौट आया।

मुझे बताया गया कि विश्वविद्यालय के अधिकारी संभवत: सहृद्य होंगे, पर इसके लिए मुझे उस कॉलेज की तलाश करनी होगी, जहाँ प्रवेश के लिए विश्वविद्यालय को एतराज न हो। वैसे बंगभाषी कॉलेज ने मुझे प्रवेश लेने का प्रस्ताव दिया था, पर वहाँ दर्शनशास्त्र में ऑनर्स की पढ़ाई नहीं थी। अत: मैंने स्कॉटिश चर्च कॉलेज में प्रवेश लेना तय किया। एक दिन सुबह बिना किसी परिचय के ही मैं सीधा कॉलेज के प्रिंसिपल के पास चला गया और उन्हें बताया

कि मैं एक निष्कासित विद्यार्थी हूँ, पर विश्वविद्यालय मुझपर लगे इस प्रतिबंध को हटाने जा रहा है और मैं उनके कॉलेज में दर्शनशास्त्र के ऑनर्स कोर्स में दाखिला लेना चाहता हूँ। वे काफी प्रभावित हुए और मेरे दाखिले के लिए सहमत भी हो गए, बशर्ते प्रेसीडेंसी कॉलेज के प्रिंसिपल को कोई एतराज न हो। मुझे इसके लिए उनसे लिखवाकर लाना था कि स्कॉटिश चर्च कॉलेज में मेरे दाखिला लेने से उन्हें किसी तरह का एतराज नहीं है। वैसे मेरे लिए यह काम आसान नहीं था। मेरे दूसरे भाई शरतचंद्र बोस, जो कि कलकत्ते में मेरे अभिवावक थे, उन्होंने इस काम के लिए मुझे आश्वासन दिया और फिर नए प्रिंसिपल से बात की। उन्होंने मुझे बताया कि वह प्रिंसिपल इस विषय पर काफी सहज था और उसने मुझे एक बार मिलने के लिए बुलाया। मैं वहाँ गया और पिछले साल के घटनाक्रमों पर भी मुझे सवाल पूछे गए और अंत में यह कहते हुए उन्होंने अपनी सहमति जताई कि वे अतीत के बजाय भविष्य के प्रति अधिक जागरूक हैं और किसी अन्य संस्थान में मेरे दाखिले से उन्हें कोई एतराज नहीं। मैं यही चाहता भी था, लौटकर प्रेसीडेंसी कॉलेज नहीं जाना चाहता था।

यहाँ दाखिला लेने के बाद मैं पूरे जोर-शोर के साथ अध्ययन में लग गया। मैं पहले ही अपने दो साल गँवा चुका था और जुलाई 1917 में तीसरे वर्ष फिर से दाखिला लिया। इस बीच मेरे सहपाठी बी.ए. पास कर एम.ए. की डिग्री के लिए पढ़ाई कर रहे थे। कॉलेज में अब मैं काफी शांत जीवन जी रहा था और वैसे भी डॉ. उर्क्वाह्ट जैसे समझदार और व्यावहारिक प्रिंसिपल के साथ किसी तरह के तनाव की संभावना भी नहीं थी। वे स्वयं भी दर्शनशास्त्र के जानकार थे और बाइबिल पर व्याख्यान देने के साथ-साथ वे दर्शनशास्त्र भी पढ़ाते थे। बाइबिल पर उनके व्याख्यान वाकई बहुत रोचक होते थे और पहली बार मैं बाइबिल से ऊबा नहीं था। पी.ई. स्कूल में मुझे यह एक बेहतरीन परिवर्तन मिला। वैसे तो कॉलेज का जीवन थोड़ा नीरस ही था, पर मैंने कॉलेज की सोसाइटी, खासतौर से दार्शनिक सोसाइटी में सक्रिय भाग लेना शुरू कर दिया था। किंतु शीघ्र ही मुझे लगा कि मेरे रोजमर्रा के जीवन में कुछ और भी शामिल होना चाहिए।

इन्हीं दिनों सरकार भारतीय सैन्य बल की विश्वविद्यालय की इकाई शुरू करने के लिए सहमत हो गई थी और यह भारतीय प्रादेशिक सेना का रूप था तथा इस इकाई की भरती भी शुरू हो गई थी। इसका शारीरिक परीक्षण सेना की तरह कठिन नहीं था। इसलिए इसमें मेरी भरती की संभावना भी थी। वैसे यह प्रयोग

भारत की तरफ से डॉ. सुरेश चंद्र सर्वाधिकारी का ही था, जो कि एक प्रसिद्ध चिकित्सक थे तथा बंगालियों के लिए सैन्य प्रशिक्षण देना उन्हीं के उत्साह का परिणाम था। इस बार मैं निराश नहीं हुआ। हमारा प्रशिक्षण कलकत्ता मैदान में साधारण कपड़ों में ही शुरू हुआ और हमारे प्रशिक्षक फोर्ट विलियम में लिंकट रेजीमेंट से ही आए थे। जब पहले दिन हमारी हाजिरी हुई, तब वहाँ अलग-अलग परिधानों में भीड़ जमा थी। कुछ ने तो बंगाली तरीके से धोती, कुछ ने हाफ पैंट, कुछ फुलपैंट पहनकर तो कुछ दाढ़ी और कुछ पगड़ी लगाकर आए थे। इन्हें देखकर लग नहीं रहा था कि इनसे सैनिक बनाए जा सकते थे, पर दो महीने बाद जब हम फोर्ट विलियम में ले जाए गए, तब हमारा पूरी तरह से परिवर्तन हो चुका था। हम सेना की वर्दी में थे तथा अपने टेंट लगाते और राइफल के साथ परेड भी करने लगे थे। हमने यहाँ पर महीनों तक कैंप का जीवन जिया और इसका पूरी तरह से आनंद भी उठाया था। इसका एक हिस्सा हमने कलकत्ते से बीस मील दूर बेलधुरिया में बिताया गया, जहाँ हमारा सैन्य अभ्यास राइफलों के साथ हुआ था। एकांतवासियों के चरणों में बैठकर ईश्वर के बारे में ज्ञान प्राप्त करने और कंधे पर राइफल लेकर अंग्रेज सैन्य अधिकारी के आदेशों का पालने करने के लिए खड़े रहने में कितना अंतर था।

हमने न तो इतनी सक्रियता वाली नौकरी देखी थी और न ही इतना वास्तविक साहसिक कार्य देखा था। हम अपने कैंप के जीवन से भी बहुत उत्साहित थे। इसमें संदेह नहीं है कि इसने एक वास्तविक संघ भावना को जन्म दिया था, हालाँकि इससे पहले सैन्य जीवन का हमें कोई अनुभव नहीं था। परेड के अलावा यहाँ मनोरंजन और खेलकूद के भी आयोजन होते थे। प्रशिक्षण के अंतिम दौर में हमें अँधेरे में छद्म युद्ध का भी अभ्यास कराया गया था, जो कि बहुत ही रोचक और उत्तेजना भरा था। हमारी कंपनी में भी हँसी-मजाक होते थे। शुरुआत में हमें एक अलग टुकड़ी में रखा गया था, जिसे एक अलग नाम 'आक्वर्ड स्क्वैड' दिया गया था। जैसे-जैसे उनमें सुधार आता जाता, उन्हें स्थायी दस्ते में भेज दिया जाता था। जैक जानसन (छद्म नाम) ने तो परिवर्तन को नकार ही दिया था और अंतिम तक अलग व्यक्तित्व के रूप में ही बना रहा, मगर इस पर भी हमारे अधिकारी उसे बरदाश्त करते रहे।

कैप्टन ग्रे जो कि हमारे अधिकारी होने के साथ-साथ एक विलक्षण व्यक्ति थे। उन्हें बहुत सी उपाधियाँ भी प्राप्त थीं, जिसका अर्थ है कि वे ब्रिटिश सेना

की परंपराओं का ध्यान रखते थे। उनके जैसा प्रशिक्षक मिलना मुश्किल था। वे स्कॉटलैंड के रहनेवाले थे तथा उनकी आवाज रूखी और व्यक्तित्व कठोर था। परेड के मैदान में उनकी त्योरियाँ चढ़ी रहती थीं, मगर वे दिल के बहुत ही अच्छे थे और इसलिए लोग उनके रूखे व्यवहार के बावजूद उन्हें पसंद करते थे। उस समय हमारी भावना रहती थी कि कैप्टन ग्रे के लिए हम कुछ भी करेंगे। जब वे हमारी कंपनी में आए थे, तब फोर्ट विलियम के अधिकारियों को लगा था कि सैनिक के रूप में हम पूरी तरह से असफल सिद्ध होंगे, किंतु कैप्टन ग्रे ने दिखा दिया था कि उन लोगों के अनुमान गलत थे। वास्तविकता यह थी कि हम सभी पढ़े-लिखे लोग थे, इसलिए हमने जल्दी ही सीख लिया था। जिन चीजों को सीखने में साधारण सैनिकों को महीनों लग जाते थे, उन्हें हमने कुछ ही हफ्तों में सीख लिया। तीन महीनों के सैन्य प्रशिक्षण के बाद हमारी निशानेबाजी की प्रतियोगिता हुई, जिसमें हमारे प्रतिद्वंद्वी हमारे प्रशिक्षक ही थे और इसमें उनकी बुरी तरह हार हुई थी। हमारे प्रिशक्षकों ने यह मानने से मना कर दिया था कि हमारे आदमियों ने इससे पहले कभी राइफल नहीं पकड़ी थी। मुझे याद है कि एक दिन मैंने अपने प्लाटून कमांडर से पूछा था कि एक सैनिक के रूप में वे हमें कैसे देखते हैं? उन्होंने कहा कि परेड में तो तुम लोग बेहतर हो, पर युद्ध की क्षमता तो तुम्हारी सक्रिय सेना के दौरान ही पता चलेगी। हमारे कमांडिंग ऑफिसर भी हमारे प्रशिक्षण से संतुष्ट थे तथा प्रशिक्षण समाप्ति के समय उन्होंने गर्व महसूस किया, जब गवर्नर के सैन्य सचिव ने हमारी परेड के दौरान हमारी प्रशंसा की थी और हमने कलकत्ता विश्वविद्यालय के दीक्षांत समारोह में महामहिम को गार्ड ऑफ आनर भी दिया था। उनका संतोष तब और भी बढ़ गया था, जब हमने नव वर्ष वाले दिन परेड में बेहतर प्रदर्शन किया था।

मुझे आश्चर्य है कि मैं इन दिनों कितना बदल गया था और मैं सैनिक कार्य में आनंद भी ले रहा था। इस नए वातावरण में किसी तरह के बुरे अनुकूलन के निशान नहीं थे, बल्कि मुझे इसमें एक सकारात्मक आनंद मिला। इस प्रशिक्षण ने मुझे वह सबकुछ दिया, जिसकी मुझे जरूरत थी या फिर जिन चीजों की कमी मैं महसूस करता था तथा इससे मिला आत्मविश्वास और दृढ़ता का एहसास मेरा आगे भी बना रहा। एक सैनिक के रूप में हमें बहुत से ऐसे अधिकार प्राप्त थे, जो कि एक भारतीय नागरिक के रूप में हमारे पास नहीं थे। भारतीय के रूप में हम फोर्ट विलियम में प्रवेश नहीं कर सकते थे, पर सैनिक के रूप में हमारे पास वहाँ

प्रवेश का अधिकार था। जब हम पहले दिन फोर्ट विलियम में अपनी राइफलों के साथ गए थे, हमें एक तरह की संतुष्टि मिली थी कि जैसे हम किसी ऐसी चीज को हासिल करने जा रहे हैं, जिस पर हमारा विरासती अधिकार था, पर इससे हमें अन्यायपूर्वक वंचित किया गया था। शहर के भीतर और अन्य जगहों पर हुए हमारे रूट मार्च ने हममें एक महत्त्व का बोध उत्पन्न किया था। हम अपनी उँगलियाँ किसी पुलिसवाले और सरकार के आदमी पर उठा सकते थे, जिनसे पहले हमें सिर्फ आतंकित और परेशान होने की आदत थी।

कॉलेज का तीसरा साल सैन्य प्रशिक्षण और इसी तरह के उत्साह से भरा हुआ था। चौथे साल ही मैंने ईमानदारी से पढ़ाई की, सन् 1919 में हुए अपने बी.ए. के इम्तिहान में वैसे तो मैंने अच्छा किया था, पर यह मेरी आशाओं के अनुरूप नहीं था। मैं दर्शनशास्त्र में प्रथम श्रेणी में ऑनर्स के साथ पास हुआ, पर मेरिट में मेरा स्थान दूसरा था। अब एम.ए. की पढ़ाई के लिए मैं दर्शनशास्त्र को जारी नहीं रखना चाहता था। मैं पहले ही बता चुका हूँ कि दर्शनशास्त्र को लेकर मुझे थोड़ा भ्रम था। हालाँकि इस विषय ने मुझे आलोचनात्मक दृष्टि जरूर प्रदान की थी और बौद्धिक अनुशासन के साथ संशयवाद को भी प्रोत्साहित किया था, परंतु इसने मेरी किसी भी मौलिक समस्या का समाधान नहीं किया था। मेरी समस्याओं का समाधान सिर्फ मैं ही कर सकता था। इसके अलावा एक और भी वजह थी, पिछले तीन वर्षों के दौरान मुझमें काफी परिवर्तन आ चुका था। इसलिए मैंने आगे के इम्तिहान के लिए प्रयोगात्मक दर्शनशास्त्र का ही चयन किया। तुलनात्मक रूप से यह एक नया विज्ञान था और इसने मुझमें रुचि भी उत्पन्न कर दी थी, पर मेरी किस्मत में इसे कुछ महीनों से अधिक पढ़ना नहीं लिखा था।

एक शाम जब मेरे पिता कलकत्ते में ही थे, उन्होंने मुझे बुलाया। मैंने देखा कि वे मेरे दूसरे नंबर के भाई शरत के साथ बातें कर रहे थे। उन्होंने मुझसे पूछा कि क्या मैं भारतीय सिविल सेवा के अध्ययन के लिए इंग्लैंड जाना चाहता हूँ। यदि मैं तैयार हूँ तो मुझे तुरंत चल देना चाहिए। मुझ इस पर सोच-विचार करने के लिए सिर्फ चौबीस घंटे का समय दिया गया था।

मेरे लिए यह अत्यंत आश्चर्य का विषय था। मैंने इस विषय पर विचार किया और फिर जाने का मन बना लिया। अब दर्शनशास्त्र पर मेरे अनुसंधानों की योजना किनारे हो गई। मैं सोच रहा था कि अकसर ही मेरे द्वारा सावधानीपूर्वक बनाई गई योजनाएँ परिस्थितियों की बड़ी ताकत के द्वारा छिन्न-भिन्न हो जाती हैं। मुझे

दर्शनशास्त्र विषय छोड़ने का बिल्कुल भी दुःख नहीं था, पर भारतीय सिविल सेवा में जाना और फिर ब्रिटिश सरकार के अंतर्गत नौकरी को स्वीकार करना कैसा होगा ? मैंने इस तरह का विचार सपने में भी नहीं सोचा था। हालाँकि मैं तैयार तो हो गया था और मैं इतने कम समय की सूचना पर आई.सी.एस नहीं पास कर सकता था। यदि मैं इस इम्तिहान को पास भी कर लेता, तब भी मेरे पास काफी समय होगा कि मुझे आगे क्या करना चाहिए ?

मुझे एक ही हफ्ते की सूचना पर वहाँ के लिए निकलना था। समुद्र के रास्ते जानेवाले जहाज में एक बर्थ आरक्षित करा ली गई थी, पर समस्या मेरे पासपोर्ट की थी। इसमें सी.आई.डी की मेहरबानी की जरूरत थी, खासतौर से बंगाल जैसे प्रांत में और पुलिस के दृष्टिकोण से मेरे पूर्ववर्ती निष्कलंक नहीं थे। हालाँकि पुलिस के एक बड़े अधिकारी मेरे दूर के रिश्तेदार थे और मुझे पुलिस मुख्यालय में परिचय के लिए भेजा गया। आश्चर्यजनक रूप से छह दिनों में ही मेरा पासपोर्ट बनकर आ गया।

एक बार फिर से मेरे काम में रुकावट आने लगी। मैंने अपनी इंग्लैंड की यात्रा के लिए जिस समूह से संपर्क किया, उन्होंने इस योजना पर पानी फेर दिया। इस समूह के एक महत्त्वपूर्ण सदस्य, जो कि इंग्लैंड में ही रहते थे, उन्होंने वहाँ विवाह कर लिया और वहीं बस भी गए तथा उनका वापस लौटने का इरादा भी नहीं था। अब किसी और से कोशिश करना खतरनाक था, पर मैं अड़ा हुआ था। यदि एक आदमी भटक गया तो क्या फर्क पड़ता है ? इसका अर्थ यह नहीं है कि दूसरे भी वही सब करेंगे, मैंने तर्क दिया। वैसे भी मेरे समूह के साथ पिछले कुछ समय से मेरे रिश्ते बेहतर नहीं चल रहे थे और मैंने विश्वविद्यालय सेना में दाखिल होने से पहले उनसे परामर्श भी नहीं लिया था, पर इस बार स्थिति और अधिक विकट थी। हालाँकि हमने कुछ कहा नहीं था, पर हमें लगा कि हमारे रास्ते बदल चुके हैं और मैं अपने रास्ते पर चलने का तय कर चुका था।

इसके बाद मैं इंग्लैंड में अध्ययन के लिए प्रांतीय परामर्शदाता से जाकर मिला, जो कि स्वयं भी कैंब्रिज में पढ़े थे और प्रेसीडेंसी कॉलेज के प्रोफेसर भी थे। वे मुझे पहले से पहचानते थे और स्वाभाविक ही है कि निकाले गए एक विद्यार्थी के प्रति उनकी धारणा अच्छी नहीं रही होगी। किंतु जैसे ही उन्होंने सुना कि मैं अगले साल आई.सी.एस के इम्तिहान में बैठने वाला हूँ, तब उन्होंने अपनी पूरी शक्ति के साथ मुझे मना करनेवाला प्रवचन दे डाला। ऑक्सफोर्ड और कैंब्रिज के इस विद्वान् के सामने मेरे

पास कोई जवाब नहीं था कि मैं अपने दस हजार रुपए क्यों बरबाद करने जा रहा हूँ? और यही उनका सबसे वजनी उपदेश भी था। उनके इस भारी भरकम तर्क को महसूस करने के बाद मेरे पास उनके इस सवाल का कोई जवाब नहीं था, तब मैंने कहा, "मेरे पिता दस हजार रुपए फेंकना चाहते हैं।" कैंब्रिज में मेरे दाखिले में उनकी किसी तरह की सहायता न देखकर मैं उनके पास से चला आया।

अपने स्वयं के संपर्कों पर पूरी तरह निर्भर रहते हुए मैंने इंग्लैंड में ही अपना भाग्य आजमाने का तय किया और 15 सितंबर, 1919 को मैं इंग्लैंड के लिए चल दिया। फिर भी मैं इंग्लैंड पहुँच गया और पढ़ाई शुरू कर दी, मगर इसके लिए सिर्फ आठ महीने ही बचे थे तथा मेरी आयु के लिहाज से मेरे लिए इसका एक ही बार का अवसर उपलब्ध था।

□

अध्याय-9

कैंब्रिज के दिन

जिस समय मैंने भारत छोड़ा, उससे पहले ही अमृतसर का जलियाँवाला नरसंहार हो चुका था। किंतु पंजाब से बाहर यह खबर मुश्किल से ही पहुँची थी। पंजाब में सेना का शासन था और यहाँ के सभी समाचारों को बाहरी प्रांतों में पहुँचने पर प्रतिबंध लगा था। परिणामत: हमारे पास बहुत अस्पष्ट खबरें थीं कि लाहौर और अमृतसर में कुछ भयानक घटा था। मेरे एक भाई जो कि उन दिनों शिमला में काम करते थे, वही पंजाब और अंग्रेज-अफगान युद्ध की खबरें या अफवाह लेकर आए थे, जिसमें अफगानों ने अंग्रेजों को पराजित कर दिया था, पर आम जनता भारत के उत्तर-पश्चिम में जो कुछ हो रहा था, उससे अनजान थी और मैं शांत मन से योरप की यात्रा पर था।

योरप जानेवाले इस जहाज पर बहुत से यात्री थे, जिनमें अधिकतर विद्यार्थी ही थे। इसलिए हमने वह टेबल चुनी, जहाँ हम अधिक सहज महसूस कर सकते थे। हमारी टेबल पर एक बुजुर्ग भद्र महिला बैठी थी, जो कि एक दिवंगत आई.सी. एस. अधिकारी की पत्नी थी। इस जहाज में ज्यादातर यात्री घमंडी मानसिकता वाले अंग्रेज ही थे और उनके साथ मेल-जोल मुश्किल था। इसीलिए हम भारतीय लोग अपने में ही मिलते-जुलते थे। वैसे कभी-कभी ही अंग्रेज और भारतीय यात्रियों में किसी विषय पर विवाद होता था, पर इसमें किसी तरह की गंभीरता नहीं थी और कुछ ही दिनों में हम इंग्लैंड आ गए, मगर अंग्रेजों का भारतीयों के प्रति तिरस्कार भरा व्यवहार हम सभी में उनके प्रति नाराजगी भर देता था। अपनी इस समुद्री यात्रा के दौरान मैंने एक रोचक खोज की थी, जिसके अनुसार अंग्रेज भारतीय जब बाहर होते थे, तब उनका भारत और भारतीयों के प्रति प्रेम

का व्यवहार होता था। जहाज में बहुत ही कम अंग्रेज भारतीय यात्री थे। हम जितना अधिक योरप के पास पहुँच रहे थे, हमें उतनी ही अधिक घर की याद यानी भारत की याद आ रही थी। इंग्लैंड में रह रहे अंग्रेज भारतीयों का व्यवहार अंग्रेजों की तरह नहीं था तथा यहाँ उनका न तो घर था और न ही कोई संगठन या संपर्क। इसलिए वे जितना भारत से दूर होते, उतनी ही निकटता वे भारत से महसूस करते थे।

मुझे नहीं लगता है कि हमने कलकत्ता से कोई धीमी गति का जहाज चुना था, पर इसे तिलबरी 30 दिनों में पहुँचना था और इसने एक हफ्ते अधिक का समय लिया था। इसमें हुई देर की वजह थी इंग्लैंड में चल रही कोयले की हड़ताल और इसे कोयले के लिए स्वेज में रुकना भी पड़ा था। हमें सिर्फ इसी बात का संतोष था कि हमारे रास्ते में कई बंदरगाह पड़े और हम वहाँ थोड़ी देर के लिए रुके भी थे। वैसे पाँच हफ्तों तक जहाज पर रहना कुछ हद तक ही सह्य था, मगर इसमें भी हम मनोरंजन तलाश ही लेते थे। हमारे एक सहयात्री को उसकी पत्नी ने गौमांस खाने से मना किया था, मगर एक अन्य यात्री ने चालाकी से बीफ की बनी कोफ्ता करी का ऑर्डर दिया, जिसे उस पहलेवाले यात्री ने अन्य मीट की करी कोफ्ता समझकर आनंदपूर्वक खा लिया और बारह घंटे बाद जब उसे इस बात का पता चला, तब वह बहुत दुःखी था कि उसने गौमांस खा लिया। इसी तरह एक अन्य यात्री से उसकी प्रेमिका ने उसे प्रतिदिन एक पत्र लिखने के लिए कहा था। वह अपना सारा समय अपनी प्रेमिका को प्रेमगीत लिखने में लगाता था और उसी की बातें भी करता था। चाहे हम इसे पसंद करते या न करते, हमें मजबूरी में सुनना ही पड़ता था। एक बार जब वह मुझे अपनी प्रेम वार्त्ता से उबा रहा था, तब मैंने कहा कि तुम्हारी प्रेमिका की आकृति प्राचीन यूनानी औरतों की तरह है, तब वह अपनी प्रसन्नता रोक न सका।

लंबे दिनों का आखिरकार अंत होता ही है और हम तिलबरी आ ही गए। यहाँ का मौसम लंदन के मौसम की ही तरह नमी भरा था, मगर हम यहाँ के प्राकृतिक दृश्य को देखकर बहुत ही उत्साहित थे। जब मैं पहली बार जहाज से बाहर आया, तब मुझे एक खास तरह का अनुभव हुआ था, जो कि बिल्कुल ही अलग था।

अगले ही दिन से मैंने अपनी तलाश जारी कर दी थी। मैं क्रामवेल रोड पर स्थित भारतीय विद्यार्थियों के परामर्शदाता के कार्यालय में गया और उनसे मिला।

मेरे प्रति उनका व्यवहार बहुत ही अच्छा था और उन्होंने मुझे बहुत से परामर्श दिए, पर जहाँ तक कैंब्रिज में दाखिले की बात थी, इसमें कुछ भी नहीं हुआ। किंतु अकस्मात् ही मेरी मुलाकात कैंब्रिज में पढ़ रहे कुछ भारतीय विद्यार्थियों से हुई, जिनमें से एक ने मुझे परामर्श दिया कि क्रामवेल रोड पर इधर-उधर भटकने के बजाय मुझे सीधे कैंब्रिज में जाकर अपनी किस्मत आजमानी चाहिए। मैं उसकी बात से सहमत था और अगले ही दिन मैं कैंब्रिज पहुँच गया। वहाँ कुछ विद्यार्थी उड़ीसा के थे, जिन्हें मैं थोड़ा-बहुत पहले से ही जानता था और जो मेरे लिए थोड़े सहायक भी सिद्ध हुए। इनमें से एक फिट्जविलियम हाल से संबंधित थे। वे मुझे मि. रेडवे, जो कि चयनकर्ताओं में थे, के पास ले गए। मि. रेडवे बहुत ही दयालु और सहानुभूति रखनेवाले व्यक्ति थे और मैंने उन्हें जो कुछ भी स्पष्ट रूप से बताया, उसे उन्होंने धैर्यपूर्वक सुना और यह कहते हुए अपनी बात खत्म कर दी कि वे मेरा दाखिला ले लेंगे। अब दाखिले की समस्या हल हो चुकी थी और अगला सवाल मौजूदा सत्र को लेकर था, जो कि दो हफ्ते पहले ही शुरू हुआ था। यदि मैं इस सत्र को छोड़ देता हूँ, तब मुझे डिग्री के लिए एक साल इंतजार करना पड़ेगा। अन्यथा मैं जून 1921 में डिग्री हासिल कर लूँगा। इस विषय पर भी मि. रेडवे ने मेरी आशाओं से आगे बढ़कर सहायता की। उन्होंने कोयले की हड़ताल और मेरी सैन्य सेवाओं का हवाला देते हुए विश्वविद्यालय के अधिकारियों को मेरे पक्ष में राजी कर लिया, परिणामतः मुझे वह सत्र नहीं खोना पड़ा। मैं नहीं जानता कि बिना मि. रेडवे के सहयोग के मैं इंग्लैंड में क्या कर पाता।

25 अक्तूबर को मैं लंदन पहुँच गया था और नवंबर के पहले सप्ताह तक मैं कैंब्रिज में दाखिला भी ले चुका था। मुझे कैंब्रिज में एक बड़ी संख्या में हो रहे व्याख्यान सुनने पड़े, जिनका एक भाग मानसिक और नैतिक विज्ञान तथा बाकी सिविल सेवा के इम्तिहान को लेकर था। इन व्याख्यानों के घंटों के अलावा मुझे और भी अधिक पढ़ाई करनी पड़ती थी। मेरे सामने कठिन परिश्रम के अतिरिक्त कोई उपाय नहीं था तथा मौजमस्ती का तो प्रश्न ही नहीं था। मुझे पुराने सिविल सेवा नियमों के तहत इम्तिहान देना था, जिससे भिन्न तरह के आठ या नौ विषय अंग्रेजी लेखन, संस्कृति, दर्शन, अंग्रेजी कानून, राजनीति विज्ञान, आधुनिक योरोपीय इतिहास, अंग्रेजी इतिहास, अर्थशास्त्र, भूगोल थे। उपरोक्त विषयों के अतिरिक्त मुझे भूगोल के पेपर के लिए नक्शा बनाना तथा आधुनिक इतिहास के लिए कुछ हद तक फ्रेंच भी समझना जरूरी था।

वैसे मानसिक और नैतिक विज्ञान के विषय मुझे बहुत भाते थे, परंतु मैं इनके व्याख्यानों के अतिरिक्त इन्हें समय नहीं दे पाता था। मेरे व्याख्याताओं में से कुछ नाम प्रो. सोरले (नैतिक), प्रो. मायर्स (अर्थशास्त्र) और प्रो. मैकटार्ट (तत्त्व मीमांसा) थे। पहले तीन सत्रों में मैंने अपना पूरा समय सिविल सेवा के इम्तिहान की तैयारी में लगाया तथा मन बहलाव के लिए मैं भारतीय मजलिस और यूनियन सोसाइटी की सभाओं में भी गया।

विश्वयुद्ध के बाद से कैंब्रिज का माहौल दकियानूसी हो गया था। वैसे तो ऑक्सफोर्ड भी उसी तरह था, पर अब इसमें स्वतंत्र मानसिकता के बदलाव आने शुरू हो गए थे। इसका अंदाज वहाँ के माहौल से कोई भी लगा सकता था, क्योंकि कैंब्रिज में कोई भी शांतिवादी, समाजवादी, चेतनासंपन्न विरोध करनेवाला आसानी से जनसभा को संबोधित नहीं कर सकता था। स्नातक से पूर्व के विद्यार्थी अकसर इन सभाओं में आते और व्याख्याताओं पर आटे की थैलियाँ उलटकर या फिर नदी में डुबकियाँ लगवाकर सभाओं में व्यवधान डालते थे। पूर्व स्नातक विद्यार्थियों पर होनेवाली रैगिंग वाकई एक न्यायोचित प्रतिक्रिया थी और मैं इससे सहमत भी था, पर सभाओं में सिर्फ इसलिए व्यवधान डालना कि यहाँ का वक्ता किसी अन्य विचारधारा का है, मुझे उचित नहीं लगता था।

एक बाहरी होने के नाते जिस चीज ने मुझे सबसे अधिक प्रभावित किया था, वह थी विद्यार्थियों को दी जानेवाली स्वतंत्रता का पैमाना और एक ऐसा आत्म-सम्मान, जो कि तकरीबन सभी को मिलता था और इसका उनके चरित्र पर बड़ा प्रभाव पड़ता था। मुझे यहाँ एक परिवर्तन लगा कि कलकत्ता जैसे पुलिस प्रभावी शहर में तो हर विद्यार्थी को संभावित क्रांतिकारी और संदेहास्पद स्थिति वाले व्यक्ति के रूप में देखा जाता था। यहाँ कैंब्रिज के वातावरण में तो कलकत्ता प्रेसीडेंसी कॉलेज में हुई घटना की कल्पना भी कठिन थी, जहाँ प्रोफेसर विद्यार्थियों के साथ दुर्व्यवहार करते थे। यहाँ तो प्रोफेसरों को ही पूर्व स्नातक छात्रों से होनेवाले दुर्व्यवहार का जोखिम बना रहता था। वास्तव में कुछ उद्दंड छात्रों को वहाँ के पूर्व स्नातक कभी-कभी पकड़ते थे और उनके कमरों की मित्रवत् ढंग से छानबीन भी की जाती थी और बाद में उनके द्वारा किए गए नुकसान की उनसे भरपाई की जाती थी। यहाँ तक कि कैंब्रिज की सड़कों पर भी जब इस तरह के कार्यों से जन संपत्ति का नुकसान होता था, तब भी पुलिस काफी नियंत्रण में रहती थी, जबकि ऐसा भारत में असंभव था।

विद्यार्थियों को मिलनेवाली स्वतंत्रता के अलावा मुझे जो चीज ब्रिटेन के वातावरण में पले-बढ़े विद्यार्थियों से अलग प्रभावित करती थी, वह था यहाँ के विद्यार्थियों को मिलनेवाला सम्मान। यहाँ तक कि पहली बार नए-नए आए विद्यार्थी से भी उसके ऊँचे चरित्र और व्यवहार की आशा की जाती थी और इस प्रकार वह उसी के अनुरूप प्रतिक्रिया व्यक्त करने के लिए बाध्य भी हो जाता था। पूर्व स्नातकों के साथ होनेवाला व्यवहार सिर्फ कैंब्रिज तक ही सीमित नहीं था, बल्कि काफी हद तक यह सारे देश में ही व्याप्त था। ट्रेनों में भी जब किसी प्रश्नकर्ता का पता चलता कि उसके सामनेवाला विद्यार्थी कैंब्रिज या ऑक्सफोर्ड में पढ़ता है, तब उनका व्यवहार बदल जाता था तथा वह मित्रवत् एवं सम्मानपूर्वक व्यवहार करता था। वैसे वह मेरा निजी अनुभव भी था। कैंब्रिज या ऑक्सफोर्ड तक जानेवाले जिन लोगों में यदि दंभ नजर आए तो मैं वाकई ऐसे लोगों के समर्थन में नहीं हूँ, परंतु पुलिस प्रभावी वातावरण में पले-बढ़े होने के कारण मेरी यह निश्चित धारणा है कि विद्यार्थियों और युवाओं को सम्मानित नागरिक मानते हुए उनके साथ अधिक स्वतंत्रता का व्यवहार किया जाना चाहिए।

कलकत्ता के कॉलेज के दिनों की एक पुरानी घटना मुझे याद है। मुझे उन दिनों नई किताबें खरीदने का शौक था। यदि मेरा दिल किसी किताब पर आ जाता, जब तक मैं उसे खरीद न लेता, मुझे चैन नहीं मिलता था और घर जाने से पहले उस किताब को हासिल करने के लिए मैं बेचैन भी रहता था। एक दिन कॉलेज के रास्ते में पड़नेवाली किताबों की एक बड़ी दुकान में गया और दर्शनशास्त्र की एक किताब के बारे में पूछा, जिसके लिए मैं काफी समय से लालायित था। दुकानदार ने जब इसकी कीमत बताई तब मैंने देखा कि मेरे पास कुछ रुपए कम पड़ रहे हैं। मैंने दुकानदार से अनुरोध किया कि वह मुझे पुस्तक दे दे और मैं अगले दिन उसे बाकी रुपए लाकर दे दूँगा। उसने जवाब दिया कि ऐसा संभव नहीं हैं, इसके लिए मुझे पहले पूरे दाम चुकाने होंगे। मुझे इस बात का दुःख नहीं हुआ कि मैं किताब लेने में असफल रहा, बल्कि मेरी पीड़ा की वजह यह थी कि मेरा अविश्वास किया गया था, मगर यहाँ कैंब्रिज की किसी भी पुस्तक की दुकान पर आप बिना भुगतान किए ही अपनी मनपंसद की पुस्तक का ऑर्डर दे सकते थे।

इसी तरह की अन्य चीज यानी यूनियन सोसाइटी की सभाओं में होनेवाली चर्चाओं ने भी मेरा ध्यान आकर्षित किया था। यहाँ का पूरा वातावरण ही

उत्साहजनक था। यहाँ आपको अपनी बात कहने की और किसी पर भी आक्रामक वार्त्ता की स्वतंत्रता थी। यहाँ होनेवाली बहसों में संसद् के प्रमुख सदस्य और कभी-कभी मंत्रालयों के सदस्य भी भाग लेते थे, बहसें समानता के आधार पर ही होती थीं तथा यहाँ की कटु आलोचना में भर्त्सना भी होती थी। एक बार संसद् सदस्य हार्टियो बाटम्ले एक बहस में भाग ले रहे थे, तभी उनके विपक्षी वक्ता ने उन्हें चेतावनी देते हुए कहा कि आपके जानबुल की कल्पनाओं से अधिक चीजें स्वर्ग और पृथ्वी पर हैं।"

यहाँ होनेवाली बहसों में परिहास भी होते थे। एक बार आयरलैंड की तरफदारी करनेवाले वक्ता ने सरकार के चरित्र के बारे में बोलते हुए कहा कि "एक तरफ तो कानून और व्यवस्था है, दूसरी तरफ बोनर का कानून और अव्यवस्था है।"

यहाँ होनेवाली बहसों में मौजूद अतिथियों के अतिरिक्त मशहूर लोग तथा आम पेशों की दहलीज पर खड़े लोग भी होते थे। मुझे याद है कि एक बार डॉ. हाग डाल्टन, जो कि अकसर ही बहसों में मौजूद रहते थे और वे किसी निर्वाचन क्षेत्र के संसद् सदस्य होने की तैयारी भी कर रहे थे। सर ओसवाल्ड मोजले, जो कि वामपंथी विचारों के समर्थक थे। उन्होंने भारत पर बहस की थी तथा डायर की नीति की आलोचना की थी और उनकी टिप्पणियों से अंग्रेज समाज में हलचल मच गई थी। उन्होंने कहा कि सन् 1919 में अमृतसर में हुई घटना नस्लीय विद्वेष का प्रदर्शन है। सर जान सिमान और मि. क्लाइनेस ने कैंब्रिज के गिल्ड हॉल में खदान में काम करनेवालों के पक्ष में बहस की थी। पूर्वस्नातकों के इस पर उनका विरोध किया और सर जान सिमान को इस पर चुनौती का सामना करना पड़ा तथा मि. क्लाइनेस (जो कि स्वयं खदानकर्मी रहे थे) जब गंभीरतापूर्वक इस विषय पर बोले, तब जो लोग उनका उपहास करने आए थे, उन्होंने उनकी प्रशंसा करनी शुरू कर दी थी।

कैंब्रिज के अपने छह सत्रों के दौरान मैंने महसूस किया कि अंग्रेज और भारतीय विद्यार्थियों के बीच बहुत ही सौहार्दपूर्ण व्यवहार था और कुछ मायनों में तो इनके बीच अच्छी मित्रता भी थी। यह मैं सिर्फ अपने निजी अनुभव के आधार पर नहीं कह रहा हूँ, बल्कि यह आम धारणा थी और इसके लिए कई चीजें जिम्मेदार भी थीं। विश्व युद्ध का अपना असर तो था ही। इसका अंदाज एक आम अंग्रेज के श्रेष्ठ होने की भावना से लग जाता था, जो कि उनकी

मिलनसारिता की कलई के नीचे था तथा यह सभी के लिए स्वीकार्य नहीं था। जहाँ तक हम लोगों का सवाल था, भारत में युद्ध के बाद घटी घटनाएँ, जिनमें अमृतसर की पीड़ादायी घटना भी थी, हम आत्मसम्मान और राष्ट्रसम्मान को लेकर अति संवेदनशील थे। एक चीज हमें और भी तकलीफ देती थी कि एक आम मध्यवर्गीय अंग्रेज के मन में जनरल डायर के प्रति सहानुभूति थी। संभवत: इसीलिए अंग्रेजों और भारतीयों के बीच मित्रता न होने का आधार कहा जाता था। हम पहले की तुलना में राजनीतिक दृष्टि से अधिक सजग और संवेदनशील हो चुके थे। परिणामत: भारतीयों के साथ मित्रता में सहानुभूति पहले ही मान ली जाती थी या फिर इनके राजनीतिक विचारों के साथ सहमति का भाव होता था। वैसे इस स्थिति का मिलना आसान नहीं था, क्योंकि राजनीतिक दलों में केवल लेबर पार्टी की भारतीय आकांक्षाओं के साथ सहानुभूति होती थी। अत: जिन लोगों या दलों का श्रमिकों के प्रति रुझान या सद्भाव होता था, उन्हीं के साथ मित्रता की संभावना भी होती थी।

उपरोक्त टिप्पणियाँ आम स्वभाव की हैं, पर इनमें अपवाद भी हैं। मेरी भी मित्रता कुछ ऐसे विद्यार्थियों और गैर-विद्यार्थी समूह के लोगों के साथ है, जिनका दृष्टिकोण ब्रिटिश राजनीति को लेकर रूढ़िवादी है, मेरे विपरीत विचार होने के बावजूद वे अपने दृष्टिकोण पर आज भी कायम हैं और ऐसा इसलिए संभव था कि उनके मन में मेरे विचारों के प्रति पर्याप्त सह्यशक्ति थी। इन दिनों ग्रेट ब्रिटेन का बौद्धिक समाज पिछले एक दशक या पाँच सालों से बौद्धिक क्रांति के दौर से गुजर रहा है और इसका प्रभाव कैंब्रिज, ऑक्सफोर्ड, लंदन तथा अन्य स्थानों पर भी नजर आता है। आज का यह अनुभव सन् 1919 या 1920 के अनुभवों से अलग हो सकता है।

मुझे अंग्रेज मानसिकता को लेकर किसी तरह का भ्रम नहीं था और विश्वयुद्ध के बाद की एक या दो घटनाओं में यह नजर भी आता था। वैसे इस बात का दावा किया जाता था कि ब्रिटेन के आम आदमी में न्यायप्रियता और खिलाड़ी की भावना होती है। कैंब्रिज के दिनों में हम भारतीय इसका सबूत भी देखना चाहते थे। उन्हीं दिनों उस साल का टेनिस चैंपियन सुंदरदास नामक एक भारतीय विद्यार्थी था और उसे ही इसकी पदवी भी मिली थी। हमने उम्मीद की थी कि अंतरविश्वविद्यालयी मैचों में टीम का कैप्टन उसे बुलाएगा, पर दुःखद स्थिति यह थी कि एक पुराना चैंपियन, जो कि वहाँ से जा चुका था, उसे ही

बुलाया गया और अगले साल के लिए रोका भी गया। कागज पर तो सबकुछ ठीक था, पर टीम के कैप्टन के स्थान पर उसी को प्राथमिकता दी गई। इस स्थिति के बारे में वहाँ सभी को पता था और इसे लेकर भारतीय छात्रों में एक शांत विरोध की भावना भी थी।

इसी तरह की एक अन्य घटना और भी घटी थी। एक दिन हमने एक सूचना देखी, जिसमें पूर्वस्नातकों से विश्वविद्यालय अधिकारी सैन्य प्रशिक्षण में सूचीबद्ध होने के लिए आवेदन माँगे गए थे। हममें से कुछ लोगों ने इसके लिए आवेदन भी किया था। हमें बताया गया कि यह आवेदन उच्च अधिकारियों के पास भेजा जाएगा। कुछ साल बाद जवाब आया कि भारतीय ऑफिस ने हमें ओ.टी.सी. के लिए सूचीबद्ध होने का विरोध किया है। इस मसले को भारतीय मजलिस के सामने पेश किया गया और फिर तय हुआ कि इसे भारत सरकार के सचिव के पास भेजा जाएगा तथा श्री के.एल. गुप्ता और मुझे यदि आवश्यक होगा, तब उनसे मुलाकात करने के लिए भेजा जाएगा। उस समय के सचिव मि. ई.एस. मान्टैग ने हमें भारत सरकार के अपर सचिव लार्ड लैटन से मिलने के लिए भेजा, जो कि बहुत ही सहृदय थे। उन्होंने बहुत ही धैर्य के साथ हमारी बात सुनी। उन्होंने हमे यकीन दिलाया कि भारत के कार्यालय को किसी भी तरह की आपत्ति नहीं है तथा यह विरोध युद्ध के कार्यालय से आया था। युद्ध के कार्यालय को सूचना दी गई थी कि ओ.टी.सी. में भारतीयों के सूचीबद्ध होने से अंग्रेज छात्रों में नाराजगी होगी। इसके अलावा युद्ध के कार्यालय को इस बात का भय था कि चूँकि ओ.टी.सी. के सदस्य पूरी योग्यता रखेंगे और ब्रिटिश सेना में कमीशन के लिए भी अधिकृत होंगे, तब एक कठिन परिस्थिति उत्पन्न होगी, जिसमें भारतीय छात्र ओ.टी.सी. की योग्यता के बाद ब्रिटिश सेना में कमीशन माँगने लगेंगे। लार्ड लिटन ने यह भी कहा कि व्यक्तिगत तौर पर उनका विचार था कि भविष्य में भारतीय अधिकारी मिली-जुली सेना के प्रभारी बनेंगे, परंतु बहुत से क्षेत्रों में दुर्भाग्यवश भारतीयों के खिलाफ व्याप्त पूर्वग्रहों की अनदेखी नहीं की जा सकती थी। हमने इस कठिनाई से बचाव के लिए इसका जवाब दिया था कि हम ब्रिटिश सेना में कमीशन न लेने के लिए तैयार हैं, साथ ही हमने यह भी कहा कि हम सेना को पेशा बनाए जाने के बजाय इसके प्रशिक्षण में अधिक रुचि रखते हैं। कैंब्रिज वापस लौटकर हमने इस समस्या को हल निकालने की दुबारा कोशिश की, पर हमें यही जवाब मिला कि युद्ध कार्यालय को इससे समस्या नहीं थी, बल्कि भारतीय कार्यालय

ने प्रस्ताव का विरोध किया है। सच्चाई चाहे जो भी हो, पर इसमें संदेह नहीं था कि बहुत से अंग्रेजों के वर्गों में भारतीयों के खिलाफ पूर्वग्रह थे, साथ ही मैं यह भी कहना चाहूँगा कि जब तक मैं वहाँ रहा, हमारी माँगें पूरी नहीं हुईं और आज भी स्थितियाँ वही हैं, जो कि सत्रह साल पहले थीं।

इन दिनों कैंब्रिज में पढ़नेवाले भारतीय विद्यार्थियों की पढ़ाई का स्तर संतोषजनक था और खेलों में भी वे बुरे नहीं थे। हम उन्हें नौकायन में भी बेहतर देखना चाहते थे। इस समय भारत में नौकायन बहुत ही लोकप्रिय हो रहा है और यह भी आशा की जाती है कि वे इस क्षेत्र में बेहतर करेंगे।

अब प्रश्न यह उठता है कि क्या भारतीय विद्यार्थियों को विदेश पढ़ने भेजना आवश्यक है और यदि ऐसा है तो किस आयु में उन्हें भेजना उचित होगा? सन् 1920 में ग्रेट ब्रिटेन में भारतीय विद्यार्थियों के मामलों के लिए एक आयोग बना, जिसकी अध्यक्षता लार्ड लिटन ने की थी, इसमें उपरोक्त विषय पर भी चर्चा हुई थी। इस संदर्भ में मेरा आशय यही है कि भारतीय विद्यार्थियों को उनकी परिपक्व उम्र में ही विदेश भेजना चाहिए। दूसरे शब्दों में, नियम के तहत उन्हें स्नातक होने के बाद ही भेजना चाहिए। इस स्थिति में वे अधिक समय तक बाहर रह सकते हैं। मैंने अपने इन्हीं विचारों को कैंब्रिज में भारतीय मजलिस और भारतीय विद्यार्थियों की समिति के सामने भी रखा था। ब्रिटेन के पब्लिक स्कूल प्रशिक्षण में बहुत काम हुआ है। मेरा यह आशय नहीं है कि यह ब्रिटिश लोगों और ब्रिटिश विद्यार्थियों पर किस तरह का प्रभाव डालता है, मगर जहाँ तक भारतीय विद्यार्थियों का संबंध है, इसके लिए मेरे पास सहृद्य शब्द नहीं है। कैंब्रिज में मेरी मुलाकात इंग्लिश पब्लिक स्कूलों में पढ़े भारतीय विद्यार्थियों से भी हुई है, पर उनके प्रति मेरी अच्छी धारणा नहीं है। जिन लोगों के माता-पिता इंग्लैंड में उनके साथ थे, उनका अकेले रहनेवाले विद्यार्थियों की तुलना में स्कूली शिक्षा पर बेहतर प्रभाव था। निचले दर्जे की शिक्षा 'राष्ट्रीय' ही होनी चाहिए और इसकी जड़ें जमीन से जुड़ी होनी चाहिए। हमें अपना बौद्धिक आधार अपने स्वयं के देश की संस्कृति से ही प्राप्त करना होगा। यदि व्यक्ति को कम उम्र में ही कहीं और भेज दिया जाएगा, तब यह कैसे संभव होगा? नहीं, हमें नियमत: लड़कों और लड़कियों को अपरिपक्व उम्र में अकेले विदेश पढ़ने के लिए भेजने का समर्थन नहीं करना चाहिए। अंतरराष्ट्रीय शिक्षा उच्च स्तर पर ही दी जानी चाहिए। ऐसा होने पर ही विदेश जाकर विद्यार्थियों को लाभ हासिल होगा और तभी पूरब और पश्चिम

मिलकर एक-दूसरे को लाभ दे सकेंगे।

भारत में सिविल सेवाओं के सदस्यों को ान लिया जाया करता था कि उन्हें सबकुछ पता है। इसलिए उन्हें सभी तरह के कामों के लिए उपयुक्त माना जाता था। उन्हें इसीलिए कई विषयों की सतही जानकारी से भी अवगत कराया जाता था, जिससे उन्हें वास्तविकता समझने में आसानी हो। इसका एहसास मुझे सिविल सेवा के इम्तिहान की तैयारी के समय तब हुआ, जब मुझे नौ विषयों का अध्ययन करना पड़ा तथा इनमें से सभी विषय मेरी आनेवाली जिंदगी में फायदेमंद नहीं थे, पर मैं इतना अवश्य कहूँगा कि राजनीति विज्ञान, अर्थशास्त्र, अंग्रेज़ी, इतिहास और आधुनिक योरोपीय इतिहास लाभदायक सिद्ध हुए, खासतौर से आधुनिक योरोपीय इतिहास के मामले में, क्योंकि इस विषय को पढ़ने से पहले मुझे महाद्वीपीय योरप की राजनीति का कोई अंदाज नहीं था। हम भारतीयों को योरप को ग्रेट ब्रिटेन के वैभवशाली संस्करण के रूप में सम्मान देना सिखाया गया है। परिणामतः हमें इस महाद्वीप को इंग्लैंड की आँख से देखने की आदत पड़ गई है। यह वाकई एक बड़ी त्रुटि है और चूँकि इस महाद्वीप का न होने के कारण मैं बिना आधुनिक योरोपीय इतिहास के अध्ययन के इसे समझ नहीं सका था, जिसमें बिस्मार्क की आत्मकथा, मैटरनिख के संस्मरण और कैवर्स के पत्र आदि शामिल थे। इन मूल स्रोतों के अलावा और भी बहुत सी पुस्तकें, जो कि मैंने कैंब्रिज में पढ़ी थीं। इन्होंने मेरी राजनीतिक समझ और अंतरराष्ट्रीय राजनीति के आंतरिक प्रवाह को समझने में सहायता की थी।

जुलाई 1920 की शुरुआत में सिविल सेवा की एक खुली प्रतियोगिता का इम्तिहान लंदन में हुआ था। यह इम्तिहान एक महीना चला और इसकी तकलीफ भी बनी रही। मैंने इसके लिए कड़ी मेहनत की थी, पर मेरी तैयारी मेरी उम्मीदों से काफी कम थी। इसलिए मुझे किसी तरह की आशा नहीं थी, जबकि बहुत से मेधावी छात्र सालों तक तैयारी करने के बावजूद छोड़कर जा चुके थे, क्योंकि उनमें आत्मविश्वास के बजाय आत्मसंशय था। मेरा यह आत्मसंशय तब और बढ़ गया था, जब मैंने अपनी मूर्खतावश संस्कृत के सुनिश्चित 150 अंक खो दिए थे। यह प्रश्नपत्र अंग्रेजी से संस्कृत अनुवाद का था और मैंने इसमें अच्छा भी किया था, पर मैंने अनुवाद की रफ प्रति पहले लिखी और सोचा था कि इसे दुबारा बेहतर ढंग से उत्तर-पुस्तिका में लिख दूँगा, मगर मुझे इसकी याद ही नहीं रही और समय समाप्त होने की घंटी बज गई। इतनी देर में मैं अपने तैयार लेखांश

का सिर्फ एक ही भाग उत्तर-पुस्तिका में लिख सका था। अब कुछ किया भी नहीं जा सकता था और उत्तर-पुस्तिका जमा भी हो चुकी थी।

मैंने अपने साथ के लोगों को बता भी दिया था कि इम्तिहान में तो मैंने अच्छा किया है, पर चयनित होने की आशा नहीं है। अब मैं त्रिपोज की तैयारी की योजना बना रहा था कि तभी एक रात आश्चर्यजनक रूप से मुझे मेरे एक मित्र का भेजा तार मिला, जो कि अगले दिन की चिट्ठी देखने की बधाई के लिए था। मैं इसे समझ नहीं सका था। इन दिनों मैं लंदन में था और अगली सुबह मुझे सूचना मिली कि मैं पास हो गया हूँ और मेरा स्थान भी चौथा था। मैं बहुत ही खुश था और इस सूचना के लिए एक तार तुरंत भारत भी भेज दिया।

अब मेरे सामने एक नई समस्या थी कि मुझे इस नौकरी का क्या करना चाहिए? क्या अब मैं अपने सपनों और आकांक्षाओं के अनुसार चलते हुए एक आरामदेह जीवन जीने जा रहा हूँ? इसमें कुछ नया नहीं था। पहले भी ऐसा जीवन बहुत लोग बिता चुके थे तथा अपनी युवावस्था में तो लोगों ने बड़ी-बड़ी बातें कीं और जब वयस्क हो गए तब व्यवहार बिल्कुल ही अलग तरह से किया। मैं ऐसे ही कलकत्ता के नवयुवक के बारे में जानता हूँ, जिसकी जुबान पर कॉलेज के दिनों में रामकृष्ण और विवेकानंद ही रहते थे, पर बाद में उसने एक धनी परिवार में शादी कर ली और अब भारतीय सिविल सेवा में सुरक्षित जीवन जी रहा है। इसी तरह बंबई के मेरे एक मित्र ने स्वर्गीय लोकमान्य तिलक की मौजूदगी में शपथ ली थी कि यदि वह आई.सी.एस के इम्तिहान को पास कर लेगा, तब भी वह इस नौकरी को त्यागपत्र देकर राष्ट्र की हित में काम करेगा, मगर मैंने अपने शुरुआती जीवन में ही संकल्प लिया था कि मैं किसी घिसे-पिटे रास्ते पर नहीं चलूँगा और मेरे कुछ आदर्श हैं, जिनपर मैं चलना चाहता था। अब मेरे लिए अपने पिछले जीवन को पूरी तरह से बिना छोड़े इस नौकरी को करना असंभव था।

इस नौकरी को त्यागपत्र देने से पहले मेरे सामने दो महत्त्वपूर्ण विषय थे, जिनपर मुझे गंभीरतापूर्वक विचार करना था। पहला कि मेरे अपने लोग इस पर क्या सोचेंगे? दूसरा, यदि मैं उत्साह के आवेश में त्यागपत्र दे देता हूँ, तब क्या भविष्य में अपने इस कार्य पर मुझे पछताना पड़ेगा? क्या मैं पूरी तरह से आश्वस्त था कि मैं जो कुछ भी कर रहा हूँ, वह उचित है।

इस स्थिति के लिए स्वयं को तैयार करने में मुझे सात महीनों का समय लगा। इस बीच मैंने अपने बड़े भाई शरत के साथ पत्र-व्यवहार शुरू कर दिया

था। सौभाग्य से मैंने उन्हें जो भी पत्र लिखे थे, उन्होंने वे सँभालकर रखे थे। उनके जो भी पत्र मेरे पास आए, वे मेरी उथल-पुथल भरे राजनीतिक जीवन के तनाव में कहीं गुम हो गए। मेरे पत्रों में सन् 1920 में चल रही मेरी मानसिक स्थिति का भी पता चलता है।

आई.सी.एस. के इम्तिहान के परिणाम सन् 1920 के मध्य सितंबर में घोषित हुए थे। कुछ दिनों के अंतराल पर जब मैं एसेक्स समुद्र तट पर छुट्टियाँ बिता रहा था, तब मैंने 22 सितंबर को उन्हें पत्र लिखा जो कि निम्न रूप में था—

"मैं बधाई संदेश का तार पाकर बहुत ही प्रसन्न हुआ, पर मुझे नहीं लगता कि आई.सी.एस. के इम्तिहान को उत्तीर्ण करने के बाद मैंने कुछ महत्त्वपूर्ण हासिल किया है, पर यह सोचकर मुझे बहुत खुशी है कि इस समाचार ने बहुत से लोगों को, खासतौर से माँ और बाबा को इस कठिन समय में खुशी प्रदान की है।

मैं यहाँ मि.बी.के. धर पेइंग गेस्ट हूँ। मि. बी एक अच्छे स्वभाववाले अंग्रेज हैं। वे बहुत ही सभ्य और उदारवादी दृष्टिकोण रखते हुए विश्वबंधुत्व की भावनावाले व्यक्ति हैं...मि. बी.के. बहुत से देशों, जैसे रूस, पोलैंड, आयरलैंड आदि के रहनेवाले मित्र हैं। वे रूसी, आयरलैंड और भारतीय साहित्य में रुचि रखते हैं तथा रमेश दत्त और टैगोर के लेखन के प्रशंसक भी हैं...। आई.सी.एस. के इम्तिहान में चौथा स्थान आने पर मुझे ढेरों बधाई संदेश प्राप्त हुए हैं, पर मैं यह नहीं कह सकता कि मैं आई.सी.एस में अपने स्थान आने की संभावना पर बहुत प्रसन्न था। यदि मुझे यह नौकरी करनी पड़ी, तब भी इसे मैं अनिच्छापूर्वक ही करूँगा और मैंने इस इम्तिहान की तैयारी इसी रूप में की थी। यह बात अलग है कि मुझे इसमें एक अच्छी आमदनी के साथ जीवन भर की पेंशन की सुविधा होगी और यदि मैं चाटुकारिता तक स्वयं को झुका लूँ, तब शायद मैं कमिश्नर भी बन सकता हूँ। प्रतिभा के साथ जी-हुजूरी का भाव रखते हुए व्यक्ति प्रांतीय सरकार के प्रमुख सचिव के पद की भी आकांक्षा कर सकता है, मगर क्या यह नौकरी ही सबकुछ और मेरे जीवन का अंत है? इसमें संदेह नहीं कि सिविल सेवा सभी तरह के भौतिक सुखों को प्रदान कर सकती है, पर क्या यह प्राप्ति व्यक्ति की अपनी आत्मा की कीमत पर नहीं है? मेरे विचार से यह तो एक पाखंड होगा, जिसमें व्यक्ति अपने जीवन में ऊँचे आदर्शों को बनाए रखते हुए उस नौकरी की स्थितियों की अधीनस्थता के साथ अनुकूलता बनाए रखे और यही आई.सी.एस. के लोगों को स्वीकार करना पड़ता है।

आप मेरी मन:स्थिति समझ सकते हैं, क्योंकि मैं उस दहलीज पर खड़ा हूँ, जिसे कोई भी एक बेहतरीन कॅरियर कहेगा। इस नौकरी के पक्ष में बहुत कुछ कहा जा सकता है। यह हममें से सभी की सबसे बड़ी समस्या, यानी रोजी-रोटी की समस्या का हमेशा के लिए समाधान करती है। इस नौकरी के बाद व्यक्ति सफलता-असफलता की अनिश्चितता के जोखिम से मुक्त हो जाता है, मगर मेरे जैसे स्वभाववाले व्यक्ति, जिसके विचारों के कारण उसे सनकी भी कहा जा सकता है, के अनुसार कम-से-कम अवरोध वाला मार्ग अनुसरण के लिए सबसे बेहतर मार्ग नहीं हो सकता है। जीवन में यदि संघर्ष या जोखिम नहीं है, तब यह अपनी आधी रोचकता खो देता है। जीवन की अनिश्चितताएँ उस व्यक्ति को भयभीत नहीं करतीं, जो कि हृदय से भौतिकता का महात्त्वकांशी नहीं है। वैसे भी किसी व्यक्ति के लिए सिविल सेवा की जंजीर में बँधकर पूरी तरह से देशसेवा करना संभव नहीं है। संक्षेप में कहा जाए तो राष्ट्रीय और आध्यात्मिक आकांक्षाएँ सिविल सेवा की आज्ञाकारिता के साथ मेल नहीं खाती हैं।

चूँकि मेरी इच्छा मेरी नहीं है, इसलिए मुझे लगता है कि इस बारे में बात करना व्यर्थ है। वैसे मुझे विश्वास है कि आपके मन में भी इस नौकरी का आकर्षण नहीं है, पर इसे न करने के विचार से ही बाबा नाराज हो जाएँगे। वे मुझे जल्दी-से-जल्दी जीवन में व्यवस्थित देखना चाहते हैं और जहाँ तक भावनात्मक और आर्थिक कारणों का सवाल है, मेरी इच्छाएँ मुश्किल से ही मेरी कही जा सकती हैं। किंतु मैं बिना किसी हिचकिचाहट के ही कह सकता हूँ कि यदि मुझे विकल्प चुनने की आज्ञा दी जाय तो मैं भारतीय सिविल सेवा में जानेवाला अंतिम व्यक्ति ही रहूँगा।

आप यह भी कह सकते हैं कि नौकरी छोड़ने के बजाय व्यक्ति को इसके पद प्राप्त करके इसकी बुराइयों से लड़ना चाहिए। किंतु यदि मैं ऐसा करूँगा, तब दिन-प्रतिदिन मेरी स्थिति असहनीय हो जाएगी और मुझे बाध्य होकर त्यागपत्र देना पड़ेगा। यदि इस तरह का संकट 5 या 10 सालों में आता है, तब मेरे लिए किसी नई दिशा का चयन कर पाना आसान नहीं होगा, जबकि मेरे लिए किसी अन्य पेशे में योग्यता हासिल करने का अभी समय है।

"वैसे कोई भी व्यक्ति अपनी सनक में यह भी कह सकता है कि जैसे ही मैं नौकरी की सुरक्षा में जाऊँगा, मेरी यह सारी भावना गायब हो जाएगी, पर मैं निश्चय कर चुका हूँ कि मैं इस तरह के कमजोर बनानेवाले प्रभाव के आगे नहीं

झुकूँगा। मैं विवाह भी नहीं करूँगा, ताकि सांसारिक दुनियादारी मुझे मेरी एक खास दिशा, जिसे मैं सही समझता हूँ, से डिगा न सके।

मैं जिस तरह का व्यक्ति हूँ, इसे लेकर मेरे मन में गहरा संशय है कि क्या मैं सिविल सेवा के लिए उपयुक्त हूँ? या फिर मेरे अंदर जो थोड़ी-बहुत क्षमता है, उसे मुझे अपने और साथ-ही-साथ देश के कल्याण में लगाना चाहिए।

मैं इस बारे में आपकी राय चाहता हूँ। मैंने इस बारे में बाबा को नहीं लिखा है— मैं नहीं जानता कि ऐसा क्यों है, पर मैं उनकी भी राय लेना चाहूँगा।"

उपरोक्त पत्र से पता चलता है कि द्वंद्व की शुरुआत हो चुकी थी और अभी इसका समाधान दूर था। 26 जनवरी, 1921 को मैं इस विषय पर फिर लौटा और लिखा— "...आप कहते हैं कि इस अन्यायपूर्ण व्यवस्था से भागने के बजाय हमें इसमें प्रवेश करके अंत तक इससे संघर्ष करना चाहिए, परंतु इस तरह के संघर्ष में व्यक्ति की ऊपर से आलोचना, खराब स्थानों पर स्थानांतरण और प्रोन्नति की रुकावट के बावजूद उसे यह अकेले ही करना पड़ता है। व्यक्ति जब तक नौकरी में रहता है तब तक उसके द्वारा किए गए अच्छे काम नौकरी के बाहर से किए गए व्यक्ति के कामों की तुलना में बहुत ही कम होते हैं। इसमें संदेह नहीं है कि श्री आर.सी. दत्त ने नौकरी में रहने के बावजूद काफी काम किए थे, पर मुझे यकीन है कि यदि वे इस नौकरशाही में न होते तब और भी बेहतर काम करा सकते थे। वैसे यह सिद्धांत का विषय है। सिद्धांततः मैं ऐसी व्यवस्था का हिस्सा नहीं बनना चाहता हूँ जो कि अपनी अनुपयुक्तता से अधिक समय तक मौजूद है और इसका संबंध रूढ़िवादिता, स्वार्थी शासन, हृदयहीनता और लालफीताशाही से है।

मैं इस समय दोराहे पर हूँ और अब कोई समझौता भी संभव नहीं है। या तो मुझे इस सड़ी-गली नौकरी को फेंक देना चाहिए और पूरे मन के साथ देशसेवा को समर्पित होना चाहिए या फिर मुझे अपने सभी आदर्शों और आकाक्षांओं से विदा लेकर इस नौकरी को करना चाहिए... मुझे यकीन है कि मेरे सभी रिश्तेदार इस तरह के खतरनाक प्रस्ताव पर काफी हो हल्ला मचाएँगे... पर मुझे उनके परामर्श, उनकी खुशी और उनके तंजों की परवाह नहीं है। मगर मुझे आपके आदर्शों पर विश्वास है और इसलिए मैं आप से ही यह अनुरोध कर रहा हूँ। तकरीबन पाँच साल पहले इसी समय मुझे आपका तब नैतिक सहयोग मिला था, जब मैं भयानक परेशानियों से घिरा हुआ था और एक साल तक मेरा भविष्य अंधकार में डूबा हुआ था, परंतु मैंने उस स्थिति का सामना बहादुरी से किया और

स्वयं से कभी शिकायत भी नहीं की और आज भी मुझे गर्व है कि मेरे पास इस त्याग को करने की शक्ति है। उन पुरानी घटनाओं की स्मृतियाँ ही मेरा विश्वास हैं कि यदि भविष्य में मुझे किसी तरह का बलिदान करना पड़ा, तब भी मैं उसी धैर्य, साहस और शांति के साथ इसका सामना करूँगा और इस नए प्रयास में क्या मुझे आपके उसी पुराने नैतिक समर्थन की उम्मीद नहीं करनी चाहिए, जो कि आपने मुझे स्वेच्छा और अनुराग से प्रदान किया था।

मैं बाबा को अलग से पत्र लिख रहा हूँ और उनसे इसके लिए सहमति देने का अनुरोध कर रहा हूँ। मैं आशा करता हूँ कि यदि आप मुझसे सहमत हैं, तब आप उन्हें भी मनाने की कोशिश करेंगे। मुझे विश्वास है कि इस मामले में आपकी राय बहुत महत्त्व रखेगी।"

26 जनवरी, 1921 के इस पत्र से पता चलता है कि मैं निर्णय की तरफ चल तो पड़ा था, पर अभी भी घर से सहमति का इंतजार कर रहा था।

इसी संदर्भ में मैंने 16 फरवरी, 1921 को भी पत्र लिखा था—

"...अबतक आपको मेरा वह 'विस्फोटक' पत्र प्राप्त हो चुका होगा। मैंने इस पत्र में अपने विचारों की ही पुष्टि की है, जब सी.आर. दास द्वारा अपनी इस उम्र में सबकुछ छोड़कर जीवन की अनिश्चितताओं का सामना कर सकते हैं, तब मुझे यकीन है कि मेरे ऐसा युवक, जिसके पास किसी तरह की दुनियादारी की जिम्मेदारी की परेशानियाँ नहीं हैं, वह इस तरह के कार्य के लिए अधिक सक्षम है। यदि मैं यह नौकरी छोड़ देता हूँ, तब भी मैं नए काम की चाहत में व्यस्त नहीं रहूँगा। हजारों ऊर्जा संपन्न युवा शिक्षण, समाजसेवा, सामूहिक ऋण कार्य, पत्रकारिता, ग्रामीण संगठन कार्य आदि में व्यस्त रहते हैं। निजी तौर पर मैं शिक्षण और पत्रकारिता जैसे कार्य करना चाहता हूँ। नेशनल कॉलेज और न्यू पेपर स्वराज में मेरे जैसे सक्रिय लोगों के लिए बहुत संभावना है। सादा जीवन और उच्च विचार तथा त्याग के जीवन के साथ देश के लिए संपूर्ण ह्रदय से समर्पण रखते हुए यही काम मेरी रुझान और पसंद वाले हैं। मेरे लिए विदेशी नौकरशाही के अधीन कार्य करना मेरे सिद्धांत के खिलाफ है। इस संदर्भ में अरविंद घोष का मार्ग मेरे लिए अधिक प्रेरणाप्रद, ऊँचा, निस्स्वार्थ है, पर यह रमेश दत्त की तुलना में अधिक काँटों भरा है।

मैंने बाबा और माँ से निर्धनता और सेवा की शपथ लेने की अनुमति माँगी है, उन्हें इस बात का भय हो सकता कि यह मार्ग भविष्य में पीड़ा की तरफ ले

जा सकता है। वैयक्तिक तौर पर मैं इससे नहीं डरता हूँ और वास्तविकता यह है कि इससे भागने के बजाय मैं इसका स्वागत करूँगा।"

23 फरवरी, 1921 का पत्र भी कम रोचक नहीं है, "जब से आई.सी.एस. का परिणाम घोषित हुआ है, मैं सबसे पूछ रहा हूँ कि मैं इस नौकरी में रहते हुए देश के लिए फायदेमंद रहूँगा या इसमें न रहते हुए रहूँगा। मुझे पूरा यकीन है कि नौकरशाही के सदस्य के बजाय मैं आम आदमी के रूप में देश की सेवा बेहतर ढंग से कर सकूँगा। मुझे इससे इनकार नहीं है कि जब व्यक्ति इस नौकरी में रहता है, तब वह बेहतर काम कर सकेगा, पर इसकी तुलना उस व्यक्ति से नहीं की जा सकती, जिसके हाथ नौकरशाही की जंजीर से बँधे हुए हैं। इस बारे में मैं पहले ही अपने पत्रों में स्पष्ट कर चुका हूँ कि यह सवाल सिद्धांत का है। एक विदेशी नौकरशाही की सेवा का सिद्धांत मुझे संतुष्ट नहीं कर सकता। इसके अलावा जनसेवा के लिए सारे सांसारिक हितों का बलिदान ही तैयारी का पहला चरण है, जिसमें राष्ट्र के लिए संपूर्ण हृदय से समर्पण है। मेरी दृष्टि में अरविंद घोष के उदाहरण के अनुसार मैं बलिदान के लिए तैयार हूँ और मेरी परिस्थितियाँ भी इसके अनुकूल हैं।"

अब यह स्पष्ट है कि मैं इस समय अरविंद घोष के प्रभाव में था। वास्तविकता यह भी है कि ऐसा माना गया था कि मैं शीघ्र ही सक्रिय राजनीतिक जीवन में वापस लौटूँगा।

अगला पत्र मैंने 6 अप्रैल को ऑक्सफोर्ड से लिखा था, जहाँ मैं अपनी छुट्टियाँ बिता रहा था। इस समय तक मेरे पिता का पत्र मेरे पास वापस आ चुका था, जिसमें उन्होंने मेरी योजनाओं के प्रति अपनी असहमति जताई थी, पर मैं त्यागपत्र देने का अपना मन बना चुका था। इस बारे में निम्न उद्धरण भी काफी रोचक हैं—

पिताजी सोचते हैं कि भारतीय सिविल सेवा की आत्मसम्मान वाली नौकरी का नए शासन में महत्त्व कम नहीं होगा, क्योंकि दस सालों के भीतर ही देश में होमरूल लागू हो जाएगा, पर मेरा सवाल यह नहीं था कि नई शासन व्यवस्था में मेरा नौकरी वाला जीवन सह्य होगा कि नहीं। वास्तविकता यह है कि मुझे विश्वास है कि यदि मैं नौकरी में रहता हूँ, तब भी मैं कुछ उपयोगी कार्य कर सकूँगा। महत्त्वपूर्ण प्रश्न सिद्धांत का है। वर्तमान परिस्थितियों में क्या हमें विदेशी नौकरशाही की स्वामिभक्ति में रहना चाहिए और तालमेल की स्थिति में बने रहना

चाहिए? जो लोग पहले से ही इस नौकरी में हैं या जिनके सामने इसे स्वीकार करने के अलावा कोई उपाय नहीं है, वे इसी स्थिति में हैं। परंतु मैं जो कि कई मामलों में बेहतर स्थिति में हूँ, उसे क्या इस समर्थन के लिए तैयार होना चाहिए? जिस दिन में इस पर हस्ताक्षर कर दूँगा, मैं एक स्वतंत्र व्यक्ति नहीं रह जाऊँगा।

मुझे यकीन है कि दस सालों में हमारे यहाँ होमरूल आ जाएगा, पर यदि हम इसकी कीमत देने के लिए तैयार हों तो यह निश्चित ही जल्दी भी आ जाएगा। इस कीमत में त्याग और तकलीफ शामिल हैं। केवल बलिदान और कष्टों की मिट्टी से ही अपने राष्ट्र की इमारत का निर्माण हो सकता है। यदि हम अपने-अपने कामों से ही चिपके रहे और सिर्फ अपने हितों को ही देखते रहे, तब मुझे नहीं लगता कि पचास सालों में भी होमरूल आ पाएगा। प्रत्येक व्यक्ति नहीं तो कम-से-कम प्रत्येक परिवार को भारत माता के चरणों में इस अर्पण के लिए आगे आना ही चाहिए। बाबा मुझे इस बलिदान से बचाना चाहते हैं। मैं इतना निष्ठुर नहीं हूँ कि उस प्रेम और लगाव को न समझ सकूँ, जिसने उन्हें मेरे अपने हित के लिए मुझे इस बलिदान से रोकने के लिए प्रेरित किया है। उन्हें लगता है कि मैंने शायद जल्दबाजी में या फिर अपनी युवावस्था के अति उत्साह में यह फैसला लिया है, मगर मुझे पूरी तरह से विश्वास है कि यह बलिदान किसी-न-किसी को करना ही पड़ेगा।

यदि इसके लिए कोई और आगे आता तब मेरे सामने पीछे हटने या इंतजार करने का कारण होता। दुर्भाग्य से अभी तक कोई भी आगे नहीं आया और यह बहुमूल्य समय बीतता जा रहा है। यहाँ इतना आंदोलन चलने के बावजूद यह भी सत्य है कि एक भी सिविल सर्वेंट के पास अपनी नौकरी छोड़ने और लोगों के आंदोलन में शामिल होने का साहस नहीं है। भारत में यह चुनौती दी जा रही है और अभी तक इसका जवाब नहीं दिया गया है। मैं आगे बढ़कर यह कहना चाहता हूँ कि ब्रिटिश इंडिया के इतिहास में एक भी भारतीय ने देशभक्ति के लिए स्वेच्छा से सिविल सर्विस को नहीं छोड़ा है। यही वह समय है, जब भारत में इस उच्चतम नौकरी के सदस्यों को अन्य नौकरियों के सामने अपने उदाहरण रखने चाहिए। यदि इस नौकरी के सदस्य इसके प्रति अपनी निष्ठा त्यागने या फिर ऐसी इच्छा ही जाहिर कर दें तो यह नौकरशाही तंत्र स्वतः ही ध्वस्त हो जाएगा।

अतः मैं यह नहीं समझ पाता हूँ कि मैं इस त्याग से किस तरह से बच सकता हूँ। मैं इस बलिदान का अर्थ जानता हूँ। इसका अर्थ है निर्धनता, तकलीफ, कठोर परिश्रम और संभवतः ऐसी पीड़ा, जिसका जिक्र मैं आवश्यक नहीं समझता

हूँ, पर आप इन्हें अच्छी तरह से समझ सकते हैं, फिर भी यह त्याग विवेकपूर्ण ढंग से और जान-बूझकर किया जाना ही है।''' आपका प्रस्ताव है कि मुझे वापस लौटकर त्यागपत्र देना चाहिए, काफी तर्कसंगत है, पर इसमें एक या दो बिंदु बहुत महत्त्वपूर्ण हैं। सर्वप्रथम इसके प्रतिज्ञापत्र पर हस्ताक्षर करना मेरे लिए नाराजगी का विषय होगा, क्योंकि यह दासता का प्रतीक है। दूसरा, यदि मैं इस प्रस्ताव को स्वीकार कर लेता हूँ तो परंपरा के अनुसार मैं दिसंबर या जनवरी से पहले वापस नहीं लौट सकूँगा और यदि मैं तुरंत त्यागपत्र दे देता हूँ, तब मैं जुलाई तक वापस आ सकूँगा। इन छह महीनों में बहुत सा पानी गंगा में बह जाएगा। सही समय पर उचित प्रत्युत्तर का अभाव सारे आंदोलन को कमजोर कर सकता है और यदि प्रत्युत्तर में बहुत देर होती है, तब इसका उचित प्रभाव भी नहीं हो सकता है। मुझे यकीन है कि इस तरह के आंदोलन को शुरू होने में सालों लग जाते हैं, इसलिए वर्तमान उभार पर इसका लाभ उठाना चाहिए। यदि मैं त्यागपत्र दे देता हूँ, तब भी इससे मुझे या किसी और पर कोई असर नहीं पड़ेगा, चाहे मैं त्यागपत्र कल दूँ या एक साल बाद, पर त्यागपत्र देने में किया जानेवाला विलंब आंदोलन पर बुरा असर डालेगा। मैं यह अच्छी तरह से जानता हूँ कि मैं इस आंदोलन में बहुत ही कम सहायता करने की स्थिति में हूँ, परंतु यदि मैंने थोड़ा भी कुछ किया तो मेरे लिए एक बड़े संतोष की बात होगी।''' यदि किन्हीं कारणों से मैं त्यागपत्र देने के अपने निर्णय में बदलाव करता हूँ, तब मैं बाबा को इस विषय में तार भेज दूँगा, जिससे उनकी बेचैनी भी दूर होगी।

20 अप्रैल को कैंब्रिज से मैंने जो पत्र लिखा, इसके अनुसार 22 अप्रैल को मैं त्यागपत्र देने जा रहा था।

23 अप्रैल को कैंब्रिज से लिखे पत्र के अनुसार—

अपने त्यागपत्र के संदर्भ में मैंने फिट्ज़विलियम हाल के नियंत्रक से बात की और मेरी आशाओं के विपरीत वे मेरे विचारों से पूरी तरह से सहमत थे। उन्होंने कहा कि उन्हें यह जानकर आश्चर्य ही नहीं, बल्कि झटका सा लगा है कि मैंने अपना इरादा बदल लिया है, क्योंकि उनकी जानकारी में अबतक किसी भी भारतीय ने ऐसा काम नहीं किया था। मैंने उन्हें बताया कि मैं पत्रकारिता को अपना पेशा बनाऊँगा, तब उन्होंने कहा कि सिविल सेवा की तरह ही पत्रकारिता का पेशा भी नीरस है, पर वे पत्रकारिता का समर्थन करेंगे।

मेरे यहाँ आने से पहले मैं तीन सप्ताह तक ऑक्सफोर्ड में ही था और फिर मेरे निर्णय की स्थिति आ गई। सिर्फ एक ही चीज, जो मुझे पिछले कुछ

महीनों से परेशान कर रही थी कि मैं जिस काम को कर रहा था, उससे बहुत से लोगों को दु:ख और नाराजगी थी, खासतौर से मेरे माता-पिता के मन मे भी यह भाव है। तब क्या मुझे नैतिक रूप से न्यायोचित ठहराया जा सकता था।··· अतः मेरी स्थिति यह भी थी कि एक नए पेशे को अपनाते हुए मैं अपने माता-पिता की इच्छाओं के खिलाफ था और आपके परामर्श के भी खिलाफ था। हालाँकि आपने मेरे किसी भी विषय को चुनने पर बधाई ही दी थी। इस नौकरी में न जाने का मेरा सबसे बड़ा विरोध का कारण था कि मुझे उस प्रतिज्ञा-पत्र पर हस्ताक्षर करना ही था और इसके आधार पर मुझे विदेशी नौकरशाही को समर्थन करना था। मैं चाहे सही हूँ या गलत, पर इसे वहाँ नैतिक रूप से रहने का अधिकार नहीं है। एक बार जब मैंने इस प्रतिज्ञा-पत्र पर हस्ताक्षर कर दिया, तब यह सैद्धांतिक रूप से मायने नहीं रखेगा कि मैंने तीन दिनों तक नौकरी की या तीन साल तक। मेरे विचार से समझौता एक बुरी चीज है—यह व्यक्ति को नीचे गिराता है और उसके उद्देश्य को नुकसान पहुँचाता है··· आखिरकार सुरेंद्र नाथ बनर्जी अपना अंतिम समय सामंत की उपाधि और मंत्रिपद के साथ बिताने जा रहे हैं, क्या वे एडमंड ब्रोक के इष्ट सिद्धि के दर्शन के उपासक हैं। हम अभी उस स्तर पर नहीं पहुँचे हैं, जहाँ हम इष्ट सिद्धि के दर्शन को स्वीकार कर सकें। हमें एक राष्ट्र का निर्माण करना है। एक राष्ट्र केवल हैंपडन और क्रामवेल के समझौताविहीन आदर्शों से ही स्थापित हो सकता है।··· मुझे लगता है कि यही वह समय है, जब हमें अंग्रेज सरकार से अपने किसी भी तरह के संबंधों से हाथ धो लेना चाहिए। प्रत्येक सरकारी कर्मचारी, चाहे वह छोटा चपरासी हो या फिर प्रांतीय गवर्नर, वह भारत में अंग्रेज सरकार के स्थायित्व में केवल सहायता ही करता है। इस सरकार के अंत का सबसे बेहतर तरीका इससे हाथ खींच लेना ही है। मैं ऐसा इसलिए नहीं कह रहा हूँ कि यह टालस्टॉय का सिद्धांत या गांधी का कथन है, बल्कि मेरा भी इस पर पूरा यकीन है। ···मैंने अपना इस्तीफा कुछ दिनों पहले ही भेज दिया है। वैसे मुझे इसकी स्वीकृति की सूचना अभी तक नहीं मिली है।

मेरे एक पत्र के जवाब में सी.आर. दास ने मुझे काम के बारे में लिखा है कि काम पहले से ही हो रहा है। उनके अनुसार वर्तमान समय में जिम्मेदार कार्यकर्ताओं की कमी है। मेरे लिए वापस लौटने पर वहाँ काफी अनुकूल कार्य हैं। इस बारे में मुझे और नहीं कहना है। सारी तैयारियाँ हो चुकी हैं और मुझे पूरी उम्मीद है कि परिणाम बेहतर ही आएँगे।"

18 मई को मैंने कैंब्रिज से लिखा, "सर विलियम ड्यूक मुझे इस्तीफा वापस लेने के लिए जोर दे रहे हैं। उन्होंने इस बारे में बड़े दादा को भी लिखा है। सिविल सर्विस के सचिव मि. राबर्ट ने भी मुझसे मेरे निर्णय पर पुनर्विचार करने के लिए कहा था और उन्होंने यह भी कहा कि वे ऐसा भारत के कार्यालय के निर्देशानुसार कर रहे हैं। मैंने सर विलियम को पत्र लिख दिया है कि मैं अपना निर्णय परिपक्व विचार के अनुसार ले रहा हूँ।

इस पत्र में एक टिप्पणी भी आवश्यक है कि मेरे त्यागपत्र के तुरंत बाद ही भारतीय दड़बे में फड़फड़ाहट शुरू हो गई थी। स्वर्गीय विलियम ड्यूक जो कि उन दिनों भारत में राज के उप सचिव थे और जब वे उड़ीसा में कमिश्नर थे, तब मेरे पिता को जानते थे, वे मेरे बड़े भाई सतीश चंद्र बोस के भी संपर्क में थे, जो कि उन दिनों लंदन में वकालत के लिए तैयारी कर रहे थे। सर विलियम ने मेरे भाई के द्वारा मुझे इस्तीफा न देने के लिए परामर्श दिया था। मेरे पास भी कैंब्रिज के कई व्याख्याता आए थे और उन्होंने मेरे निर्णय पर पुनर्विचार के लिए कहा था। स्वर्गीय मि. राबर्ट, जो कि सिविल सर्विस बोर्ड, कैंब्रिज में उप सचिव थे, उन्होंने भी इस बारे में मुझसे अनुरोध किया था। अलग-अलग दिशाओं से किए प्रयासों ने मुझमें कौतूहल उत्पन्न कर दिया था, पर इसमें अंतिम वाला बहुत ही रोचक था।

कुछ ही महीनों पहले मि. राबर्ट ने मुझे एक पत्र लिखा, जिस पर छपे हुए निर्देश थे और यह भारतीय कार्यालय से सिविल सेवा के परिवीक्षार्थियों के लिए जारी हुआ था। इन निर्देशों पर मोटे अक्षरों में लिखा था, "भारत में घोड़ों की देखभाल" और इसके साथ टिप्पणी थी, "भारत में सईस वही खाना खाते हैं, जो घोड़ों को दिया जाता है—भारतीय बनिए बेईमानी के लिए कुख्यात हैं। जब मैंने यह पढ़ा, तब वाकई मुझे बहुत बुरा लगा और मैंने अपने अन्य परिवीक्षार्थियों से भी इस बारे में बात की, जिन्हें ऐसे ही पत्र मिले थे। हम सभी इस बात पर सहमत थे कि इसके निर्देश त्रुटिपूर्ण और अपमानजनक हैं। इसका हम सभी सामूहिक प्रतिरोध करेंगे। जब इस बारे में लिखने का समय आया, तब सभी पीछे हट गए। अंत में मैं बहुत ही बेचैन हुआ और मैंने अकेले ही इस पर कार्य करने का निश्चय किया।

मैं सीधा मि. राबर्ट के पास पहुँचा और इन छपे हुए त्रुटिपूर्ण कथनों की तरफ उनका ध्यान आकर्षित किया। वे भड़क गए और बोले, "देखो मि. बोस,

यदि तुम आधिकारिक दृष्टिकोण का पालन नहीं करते हो तब मुझे भय है कि तुम्हें छोड़कर जाना पड़ेगा।" मैं आसानी से धौंस में आनेवाला नहीं था और मैं विवाद के लिए तैयार था। इसलिए मैंने शांति से जवाब दिया, "हाँ, पर आधिकारिक दृष्टिकोण से आपका क्या आशय है?" मि. राबर्ट को तुरंत ही महसूस हुआ कि उनकी धौंस काम नहीं करेगी, तब उन्होंने अपने स्वर को बदलते हुए सभ्यता के साथ कहा, "मेरा मतलब है कि तुम्हें आक्रामकता में नहीं पड़ना चाहिए।"

मैंने जवाब दिया, मैं आक्रामक नहीं हूँ, पर यह निर्देश मेरे सामने है। इस पर सजग होते हुए उन्होंने कहा कि मैंने जो कुछ भी कहा, इस पर वे भारत के कार्यालय का ध्यान आकर्षित करेंगे। मैंने उन्हें धन्यवाद दिया और चला आया।

उन्होंने एक पखवारे का पत्र मेरे लिए मँगाया। इस बार वे बहुत ही सहृद्य थे और उन्होंने भारत से आए इस पत्र को जोर से पढ़ा, जिसमें मुझे छपे हुए निर्देशों पर ध्यान दिलाने के लिए धन्यवाद दिया गया था और मुझे आश्वस्त किया गया कि जब कभी निर्देशों की दुबारा छपाई होगी, इसमें आवश्यक सुधार कर दिए जाएँगे।

मेरे इस्तीफा देने के बाद मेरी और मि. राबर्ट की मुलाकात बिल्कुल अलग तरह से हुई। उनका व्यवहार बहुत ही मधुर था। उन्होंने काफी देर तक मुझसे बातें कीं और मुझे समझाने की कोशिश की थी कि नए संविधान के तहत मुझे दो सालों तक नौकरी की कोशिश करनी चाहिए। नए संविधान के अनुसार देश में नौकरी करना संभव था और यदि मुझे लगता है कि मैं इसे जारी नहीं कर सकता हूँ, तब मेरा त्यागपत्र देना न्यायोचित होगा। मैंने उन्हें धन्यवाद दिया और कहा कि मैं अपना मन बना चुका हूँ, क्योंकि मुझे लगता है कि मैं दो मालिकों की सेवा नहीं कर सकूँगा।

□

अध्याय-10

मेरा दार्शनिक विश्वास

सन् 1917 में मेरा मित्रवत् संपर्क एक जेसुइट फादर के साथ हो गया था। समान रुचियों पर हमारी काफी लंबी बातें होती थीं। जेसुइट परंपरा की स्थापना इग्नेटियस लोयला ने की थी और इसने मुझे काफी प्रभावित भी किया। निर्धनता, ब्रह्मचर्य और आज्ञापालन की तीन शपथ पर इनका विशेष बल है। अन्य जेसुईट लोगों की तरह यह फादर धार्मिक हठधर्मी नहीं थे, बल्कि इन्हें हिंदू दर्शन की अच्छी जानकारी थी। हमारी चर्चाओं में वे स्वाभाविक रूप से ईसाई धर्म का पक्ष लेते थे, क्योंकि यही उनके चर्च ने व्याख्या भी की थी, जबकि मेरा रुझान शंकराचार्य द्वारा की गई वेदांत की व्याख्या पर था। हालाँकि मैं शंकराचार्य के माया के सिद्धांत की गूढ़ता के कारण इसे समझ पाने में असमर्थ था, पर मैंने इसके आवश्यक सिद्धांतों का अपना लिया था या फिर मुझे लगता था कि मैंने ऐसा कर लिया है। एक दिन वही जेसुईट फादर मेरे पास आए और बोले, "मुझे लगता है कि तार्किक रूप से शंकराचार्य की स्थिति अधिक ठोस है, पर जो लोग इसे नहीं अपना सकते, उनके लिए हमारे पास दूसरा बेहतर उपाय है।"

एक समय था जब मुझे लगता था कि परम सत्य मानव मस्तिष्क की पहुँच में है और माया का सिद्धांत इसी ज्ञान के सारतत्त्व को दरशाता है, पर आज मुझे उस स्थिति की विवेचना में हिचकिचाहट होगी। मैं निरपेक्षतावादी नहीं रह गया (मैं इस शब्द का इस्तेमाल अपनी समझ से कर रहा हूँ) बल्कि अधिक व्यावहारिक हूँ। जिसे मैं जारी नहीं रख सकता—जो करना संभव नहीं है—मेरा रुझान इसे त्याग देने का है। शंकराचार्य के माया के सिद्धांत ने एक लंबे समय से मुझे बाँधे रखा और आखिरकार मुझे लगा कि मैं इसे स्वीकार नहीं कर पाऊँगा, क्योंकि मैं इसके

अनुसार चल नहीं सका था। इसलिए मुझे दूसरे दर्शन ने आकर्षित किया, मगर इसका आशय यह नहीं है कि मैं ईसाई धर्म की तरफ चला गया। ऐसे बहुत से भारतीय दर्शन हैं, जो कि संसार एवं रचना को भ्रम नहीं बल्कि एक वास्तविकता के रूप में लेते हैं। उदाहरणस्वरूप, अद्वैतवाद के अनुसार अंतिम सत्य एक ही है और संसार इसकी अभिव्यक्ति है। रामकृष्ण का दृष्टिकोण भी यही है, जिसमें एक (ईश्वर) और अनेक (रचयिता) सत्य हैं। सृष्टि की प्रकृति की विवेचना बहुत से सिद्धांतों में की गई है। कुछ के अनुसार यह ब्रह्मांड आनंद या ईश्वरीय आशीर्वाद की अभिव्यक्ति है और अन्य को लगता है कि यह दैवीय लीला की अभिव्यक्ति है। उस सर्वशक्तिमान ईश्वर यानी परम सत्य को समझने हेतु मानवीय भाषा और कल्याण के द्वारा बहुत से प्रयास भी किए गए हैं। कुछ लोग जैसे कि वैष्णवों के अनुसार, प्रेम ही ईश्वर है तथा शाक्त मान्यता उसे शक्ति के रूप में तथा कुछ के लिए वह ज्ञान है तो कुछ उसे आशीर्वाद के रूप में मानते हैं। हिंदू दर्शन में परम सत्य का एक पारंपरिक बोध है, जिसे 'सत् चित् आनंद' कहते हैं, जिसका अनुभव अस्तित्व चेतना और परम आनंद है। कुछ दार्शनिकों के अनुसार ईश्वर की विवेचना संभव नहीं है, वह अनिर्वचनीय है और बुद्ध के बारे में भी कहा गया है कि जब उनसे उस परम सत्य के बारे में पूछा गया, तब वे मौन हो गए।

हमारी मानवीय बुद्धि और इसकी सीमाओं के द्वारा परम सत्य को समझ पाना असंभव है। हम अपनी वस्तुनिष्ठ दृष्टि से वास्तविकता को नहीं समझ सकते, क्योंकि यह स्वयं में समाहित है। हमें इसे अपने चश्मे से ही देखना होगा, चाहे वे चश्मे बैकन का आइडोला हो या फिर कांट की समझ का रूप हो या फिर कुछ और हो। हिंदू दर्शन ज्ञात और ज्ञेय की बात कहता है तथा ज्ञान तो अपूर्णता के लिए बाध्य है। पूर्ण ज्ञान तो केवल तभी प्राप्त हो सकता है, जब ज्ञात और ज्ञेय आपस में मिलकर एक हो जाएँ। यह बौद्धिक धरातल यानी सामान्य चेतना पर संभव नहीं है। यह केवल अति चेतना के क्षेत्र यानी अतिबौद्धिक धरातल पर ही संभव है, परंतु इस अति बौद्धिक या अति चेतना का बोध विशेष तौर से हिंदू दर्शन ही दरशाता है, पश्चिमी दार्शनिकों ने इसे अस्वीकार कर दिया है। हिंदू दर्शन के अनुसार पूर्ण ज्ञान यौगिक बोध के द्वारा परम चेतना के स्तर पर ही प्राप्त हो सकता है। यह अंतः प्रज्ञा जैसी चीज है। अंतः प्रज्ञा जो कि ज्ञान के उपकरण की तरह की चीज है और इसे हेनरी वर्गसन जैसे पश्चिमी दार्शनिकों के समय स्वीकार भी किया गया था, पर बहुत से क्षेत्रों में इसे आज भी उपहास से देखा जाता है, किंतु

पश्चिम का दर्शन इस अति बौद्धिकता के अस्तित्व तथा यौगिक अभ्यास से इसे समझने की संभावना स्वीकार करती है।

तार्किक दृष्टि से कुछ देर के लिए यदि मान भी लिया जाए कि योगाभ्यास के द्वारा परम सत्य को समझा जा सकता है, तब भी इसकी विवेचना की कठिनाई बनी रहती है। जब हम इसे विवेचित करने का प्रयास करते हैं, तब हम सामान्य चेतना के धरातल पर आ जाते हैं और हम सामान्य मानव मस्तिष्क की सीमाओं के कारण असहाय हो जाते हैं। परम सत्य सर्वशक्तिमान ईश्वर के बारे मे हमारी विवेचना परिणामतः मानवाकृतीय होती है और जो मानवाकृतीय है, उसे पूरी तरह से सत्य नहीं माना जा सकता है।

अब प्रश्न है कि क्या परम सत्य को यौगिक बोध से हम समझ सकते हैं? क्या ऐसा अति बौद्धिक धरातल है, जहाँ व्यक्ति पहुँच सकता है और जहाँ ज्ञात और ज्ञेय आपस में मिलकर एक हो जाते हैं? इस सवाल पर मेरा दृष्टिकोण अज्ञेयवादी हो सकता है। एक तरफ तो मैं किसी भी चीज को विश्वास के रूप में लेने के लिए तैयार नहीं हूँ। मुझे स्वयं की अनुभूति चाहिए और जो मैं प्राप्त करने में असमर्थ हूँ। दूसरी तरफ मैं इसे बेकार समझकर नकार भी नहीं सकता हूँ, जिसका बहुत से लोगों ने पहले अनुभव भी प्राप्त करने का दावा किया है। सभी को अस्वीकार करना बहुत अधिक नकारना है, जिसके लिए मैं तैयार नहीं हूँ। इसीलिए मैं अति चेतना वाले सवाल को तबतक के लिए छोड़ देता हूँ, जबतक कि मुझे इसकी स्वयं अनुभूति न हो जाए। इस बीच मेरी स्थिति सापेक्षवादी हो गई। इससे मेरा आशय है कि जो सत्य हम जानते हैं, वह परम सत्य नहीं बल्कि सापेक्ष है। यह हमारी सामान्य मानसिक संरचना के सापेक्ष है तथा इसका संबंध अलग-अलग व्यक्तियों की भिन्न प्रकृति से है तथा यह समय के साथ उसी व्यक्ति में परिवर्तित भी होता है।

एक बार जब हम यह मान लेते हैं कि परम सत्य की हमारी घटनाएँ मानव मस्तिष्क के सापेक्षित हैं, तब हम काफी हद तक दार्शनिक विवादों के मुक्त हो जाते हैं। ऐसा भी लगता है कि जब ऐसी धारणाएँ भिन्न होती हैं, तब भी वे समान रूप से सत्य ही होती हैं—ज्ञात की स्पष्ट निजता के कारण ही विभिन्नता है। परम सत्य के संदर्भ में उसी व्यक्ति की धारणाएँ उसके मानसिक विकास के साथ समय-समय पर परिवर्तित होती रहती हैं, परंतु इनमें से किसी भी धारणा को गलत नहीं माना जा सकता। स्वामी विवेकानंद कहते थे कि "व्यक्ति त्रुटि से सत्य की तरफ नहीं जाता

है, बल्कि वह सत्य से उच्च सत्य तक जाता है।" इस स्थिति में सहिष्णुता के लिए भरपूर स्थान है।

अब प्रश्न उठता है, वह वास्तविक जिससे मैं परिचित हूँ, वह परम सत्य नहीं बल्कि सापेक्षित है, तब उसकी प्रकृति क्या है? सर्वप्रथम इसका एक यथार्थवादी अस्तित्व है तथा यह भ्रम नहीं है। मैं इस निष्कर्ष पर मठवादी दृष्टिकोण से नहीं पहुँचा हूँ, बल्कि व्यावहारिक दृष्टिकोण से आया हूँ। यहाँ माया का सिद्धांत काम नहीं कर रहा है। मेरा जीवन इसके साथ असंगत है, हालाँकि मैंने एक लंबे समय से अपना जीवन इसकी अनुकूलता के लिए तैयार किया था। अंततः मुझे इसे नकारना पड़ा। दूसरी तरफ यदि संसार वास्तविक है (परम सत्य में नहीं बल्कि सापेक्षिक सत्य के रूप में) तब जीवन रोचक बन जाता है और तब इसका अर्थ और उद्देश्य भी होता है।

दूसरा, मेरे लिए यह वास्तविकता समय और अंतराल के द्वारा विवेकपूर्ण उद्देश्य के साथ कार्य करने की भावना है। वाकई यह बोध परम सत्य को नहीं दरशाता है, जो कि हमेशा से ही विवेचना से परे है और मेरे लिए वर्तमान समय में समझ से भी परे है। इसीलिए यह एक सापेक्षिक सत्य है और यह मेरे मस्तिष्क में होनेवाले परिवर्तन के साथ ही परिवर्तित होता है, अन्यथा यह एक ऐसा बोध है, जो कि वास्तविकता को समझने के मेरे प्रयास को दरशाता है और यह ऐसा आधार प्रदान करता है, जिस पर मैं अपना जीवन निर्मित करूँ।

मुझे आत्मा में विश्वास क्यों करना चाहिए? क्योंकि यह एक व्यावहारिक आवश्यकता है। मेरी प्रकृति इसकी माँग करती है। मैं प्रकृति में उद्देश्य और रूपरेखा देखता हूँ और मैं अपने जीवन में एक विकसित होता उद्देश्य देखता हूँ। मुझे लगता है कि मैं अणुओं का एक समूह मात्र नहीं हूँ। मुझे यह भी लगता है कि यह वास्तविकता अणुओं का आकस्मिक संयोजन है। हालाँकि कोई भी अन्य सिद्धांत वास्तविकता को बेहतर ढंग से विवेचित नहीं कर सकता है। संक्षेप में यह सिद्धांत बौद्धिक और नैतिक आवश्यकता है तथा जहाँ तक मेरा संबंध है, यह मेरे जीवन की भी आवश्यकता है।

यह संसार आत्मा की अभिव्यक्ति है तथा जिस प्रकार आत्मा शाश्वत है, उसी प्रकार संसार की रचना भी है। यह रचना किसी भी समय समाप्त नहीं हो सकती है। यह दृष्टिकोण वैष्णवी नित्य लीला के दृष्टिकोण की भाँति है। शंकराचार्य के अनुसार, रचना न तो पाप की उत्पत्ति है और न ही अज्ञानता का परिणाम है। यह तो

शाश्वत बलों की शाश्वत लीला को प्रतिबिंबित करती है, इसे आप ईश्वरीय लीला भी कह सकते हैं।

मुझसे यह भी पूछा जा सकता है कि मैं वास्तविकता की अंतिम प्रकृति या फिर इसी तरह की चीज के प्रति इतना परेशान क्यों हूँ और मैं इसे अपने अनुभव के साथ क्यों नहीं जोड़ता हूँ। इसका जवाब बहुत ही सरल है। जैसे ही हम अनुभव का आकलन करते हैं तब हमारा मस्तिष्क जो कुछ ग्रहण करता है, उसके अनुसार हम स्वयं को स्वीकार करते हैं या फिर नकारते हैं। हमारे मस्तिष्क पर पड़े संपूर्ण छाप ही हमारे अनुभव हैं। हमारे स्वयं की वास्तविकता से अलग हमारा स्वयं का नकारना भी है और हम अपनी आँखें बंद करके इसकी अनदेखी नहीं कर सकते हैं। इस वास्तविकता में ही हमारे अनुभव हैं और इसका बोध व्यावहारिक और सैद्धांतिक रूपों से हमारे लिए महत्त्व रखता है।

हम वास्तविकता की अनदेखी नहीं कर सकते हैं। हमें इसकी प्रकृति समझने का प्रयास करना चाहिए। हालाँकि इसे मैं पहले ही बता चुका हूँ कि ज्ञान सापेक्ष हो सकता है और इसे परम सत्य के रूप में नहीं बताया जा सकता। यह सापेक्षिक सत्य हमारे जीवन का आधार बनाता है, यहाँ तक कि यह सापेक्ष परिवर्तन भी होता है।

तब इस आत्मा की प्रकृति क्या है, जो कि वास्तविकता भी है? रामकृष्ण की कथा तो याद ही होगी, जिसमें कई अंधे एक हाथी की विवेचना करते हैं और इनमें प्रत्येक व्यक्ति उसके अंगों की अपने स्पर्श के आधार पर विवचना करता है और बाकी लोगों से असहमत रहता है। मेरे अपने दृष्टिकोण से वास्तविकता की ज्यादातर अवधारणाएँ सत्य होती हैं, हालाँकि कुछ मात्रा में ही, पर सबसे बड़ा सवाल यह है कि कौन सी अवधारणा अधिकतम सत्य को प्रस्तुत करती है। मेरे लिए वास्तविकता की आवश्यक प्रकृति प्रेम है। प्रेम ही ब्रह्मांड का सार है और यही मानव जीवन का आवश्यक सिद्धांत है। मैं स्वीकार करता हूँ कि यह अवधारणा भी अपूर्ण है, क्योंकि मुझे आज तक नहीं पता है कि वास्तविकता क्या है और मैं आज परम सत्य जानने का दावा भी नहीं कर सकता हूँ, चाहे यह मानवीय ज्ञान या अनुभव के नजदीक भी क्यों न हो। अपनी पूर्ण अपूर्णता के साथ भी मेरे लिए यह सिद्धांत काफी हद तक सत्य के पास है और परम सत्य के काफी पास है।

मुझसे यह पूछा जा सकता है कि मैं इस निष्कर्ष पर किस तरह से पहुँचा कि वास्तविकता प्रकृति प्रेम है। मुझे भय है कि मेरी यह ज्ञान-मीमांसा कहीं पूरी तरह रूढ़िवादी न हो। मैं कुछ हद तक इस निष्कर्ष पर जीवन के सभी पहलुओं

के तार्किक अध्ययन के बाद पहुँचा हूँ तथा इसमें कुछ हद तक मेरी अतींद्रिय और व्यावहारिक समझ भी शामिल है। मैं अपने चारों तरफ प्रेम की ही लीला देखता हूँ; मैं अपने भीतर भी वही भावना महसूस करता हूँ; मुझे लगता है कि स्वयं को पूर्ण करने के लिए प्रेम ही आवश्यक है और मेरे लिए प्रेम ही वह मूल सिद्धांत है, जिस पर जीवन का पुनर्निर्माण होगा। वैसे बोध बाहुल्य ही मुझे इस अवधारणा पर लाया है।

मेरे अनुसार मानव जीवन का आवश्यक सिद्धांत प्रेम है। जब व्यक्ति प्रेम के विरुद्ध बहुत कुछ देखता है, तब वह उपरोक्त कथन को चुनौती दे सकता है, परंतु इसका विरोध आसानी से विवेचित किया जा सकता है। वैसे वह आवश्यक सिद्धांत अभी तक पूरी तरह से प्रकट नहीं हुआ है, यह समय और अंतराल के साथ स्वत: ही प्रकट होता है। प्रेम ही इसका सार है और यह सक्रिय भी है।

इस प्रकट होने की प्रक्रिया की प्रकृति क्या है? सर्वप्रथम, क्या यह विकसित होता है या नहीं? दूसरा, क्या इसका प्राप्ति में कोई नियम लागू होता है?

प्रकटीकरण की यह प्रक्रिया आगे बढ़नेवाली प्रक्रिया है। यह कथन पूर्ण सिद्धांतवादी नहीं है। प्रकृति के अवलोकन और अनुपालन से निष्कर्ष निकलता है कि सभी स्थानों पर विकास होता है। यह विकास एक सीध में नहीं हो सकता है; इसमें क्रमिक अवरोध भी आते हैं, परंतु एक लंबे समय में देखें तो इसमें विकास ही है। इस तार्किक बोध के अतिरिक्त इसमें अतींद्रिय अनुभूति भी होती है कि हम समय के साथ आगे बढ़ रहे हैं। साथ ही विकास में यकीन रखने के लिए शारीरिक और नैतिक रूप से दोनों की ही जरूरत पड़ती है।

वास्तविकता को समझने और इसे विवेचित करने के बहुत से प्रयास किए गए हैं, साथ ही विकास के नियम को भी समझने के प्रयास होते रहते हैं और इनमें से कोई भी प्रयास व्यर्थ नहीं गया; सभी सत्य की झलक मिलती रहती है। प्रकृति के विकास की विवेचना के लिए हिंदुओं का सांख्य दर्शन संभवत: सबसे पुराना है। वैसे यह समाधान आधुनिक मस्तिष्क को संतुष्ट नहीं कर पाता है। हाल के समय तक विकास पर और भी बहुत से सिद्धांत और संभवत: विवेचनाएँ आई हैं। स्पेंसर के अनुसार, विकास की स्थिति सरलता से जटिलता की तरफ होती है। दूसरे वान हार्टमैन ने बल दिया है कि यह संसार इच्छाओं की अभिव्यक्ति है, इसी से व्यक्ति इस निष्कर्ष पर आ सकता है, अत: अंतर्निहित विचारों की पड़ताल व्यर्थ है। बरग्सन ने सक्रिय विचार पर एक नया ही सिद्धांत दिया है जिसके अनुसार, विकास

में प्रत्येक स्तर पर नई रचना और प्रस्थान होता रहता है तथा इसका पूर्व आकलन मानव मस्तिष्क से नहीं लगाया जा सकता। इसी के विरोध में हीगल कहते हैं कि चाहे विचारों की दुनिया हो या बाहरी वास्तविकता यह द्वंद्वात्मक है। हम द्वंद्व और इनके समाधान के माध्यम से विकसित होते हैं। प्रत्येक सिद्धांत एक गैर-सिद्धांत को उकसाता है। इस द्वंद्व का समाधान संश्लेषण से होता है और फिर यह एक नए सिद्धांत विरोध को उकसाता है और यह क्रम जारी रहता है।

उपर्युक्त सभी सिद्धांत निःसंदेह वास्तविकता के तत्त्व है। सभी विचारकों ने अपनी समझ के अनुसार सत्य को उद्घाटित करने का प्रयास किया है, परंतु इसमें संदेह नहीं है कि हीगल का सिद्धांत सत्य के काफी नजदीक है। यह वास्तविकता की विवेचना अन्य सिद्धांतों की अपेक्षा अधिक संतुष्टि प्रदान करता है, साथ ही इसे पूर्ण सत्य नहीं माना जा सकता, क्योंकि हम जिन वास्तविकताओं से परिचित है, वे इससे मेल नहीं रखती हैं। आखिरकार वास्तविकता हमारी कमजोर समझ से काफी बड़ी है। इसलिए हमें अपने जीवन का निर्माण उस सिद्धांत के आधार पर करना चाहिए, जिसमें अधिकतम सत्य है। हम चुपचाप बैठ भी नहीं सकते, क्योंकि हम पूर्ण सत्य को नहीं जानते हैं।

अतः वास्तविकता आत्मा है और यह प्रेम का सार है तथा यह क्रमशः स्वयं को द्वंद्वात्मक बलों और इनके समाधान के रूप में स्वतः ही प्रकट करती है।

□

भाग-2

पत्र : सन् 1912-1921

पत्र : 1912-1921

ये सभी पत्र नेताजी सुभाषचंद्र बोस ने अपने बचपन, किशोरावस्था और युवावस्था के दौरान लिखे थे तथा इनका समय सन् 1912 से 1921 के बीच का है। इनके द्वारा लिखे गए सभी सत्तर पत्र उनकी माता प्रभावती बोस, भाई शरतचंद्र बोस, बचपन के मित्र हेमंत कुमार सरकार, चारुचंद्र गांगुली, देशबंधु चितरंजन दास और अन्य मित्रों को थे। इन पत्रों में इनका वह ऐतिहासिक पत्र भी शामिल है, जो इन्होंने भारतीय सिविल सेवा में इस्तीफा देते समय भारत सरकार के सचिव को लिखा था। भारतीय सिविल सेवा को त्यागपत्र देने के अपने निर्णय के संबंध में शरतचंद्र बोस को लिखे इनके सात पत्र पहली बार इस खंड में प्रकाशित हो रहे हैं।

इनकी इस आत्मकथा में उनकी माता और भाई को लिखे पत्र ही वे स्रोत हैं, जिससे नेताजी के आरंभिक मानसिक और बौद्धिक विकास का पता चलता है। हेमंत कुमार सरकार को लिखे उनके पत्रों की लंबी श्रृंखला जिसे संपादित भी किया है, इनमें उनके शुरुआती कॉलेज के दिनों से लेकर भारतीय सिविल सेवा को दिए त्यागपत्र का विस्तृत उल्लेख है। यह पत्र उनके द्वारा प्रस्तुत बहुत सी घटनाओं के अलावा लेखक के आंतरिक संघर्ष को भी प्रकट करते हैं। देशबंधु को लिखे दो पत्र और शरत बोस को लिखे सातों पत्र जो कि उन्होंने इंग्लैंड से लिखे थे, वे भी एक विशेष ध्यान आकर्षित करते हैं। इन पत्रों से सुभाषचंद्र बोस के जीवन के महत्त्वपूर्ण निर्णय का पता चलता है, जो कि ऐतिहासिक रूप से बहुत ही महत्त्व रखते हैं और इनसे पहली बार यह भी जानकारी मिलती है कि एक राजनीतिक स्वप्नदर्शी, योजना निर्माता और रणनीतिज्ञ भारत के राजीनतिक पटल पर आनेवाला था।

यहाँ प्रस्तुत प्रथम नौ पत्र नेताजी ने अपनी माता प्रभावती बोस को लिखे हैं तथा ये सभी पत्र दिनांक रहित हैं, परंतु घटनाक्रमों की पड़ताल से पता चलता है कि

ये सभी पत्र सन् 1912–13 के बीच लिखे गए हैं।

इसके अधिकतर पत्र बँगला भाषा से अनूदित हैं। चूँकि इन पत्रों में अपनी माता को संबोधित करते समय उन्होंने पारंपरिक रूप से 'आदरणी माँ के चरण कमलों में प्रस्तुत' लिखा है, परंतु गैर-बँगला भाषाई पाठकों के सुविधा हेतु अनुवाद में 'आदरणीय माँ' का ही इस्तेमाल किया गया है—संपादक

(1)
ईश्वर हमारे साथ रहे

कटक
शनिवार

आदरणीय माँ,

आज पूजा का आखिरी दिन है, इसलिए आप हमारे गाँववाले घर में देवी की पूजा में लगी होंगी। मैं आशा करता हूँ कि इस साल पूजा का उत्सव बहुत ही धूम-धड़ाके के साथ मनाया जाएगा, पर माँ, क्या इसमें किसी धूम-धड़ाके और उत्सव की आवश्यकता है? वैसे जब हम किसी को इसमें शामिल होने के लिए अपने हृदय और गंभीरता के साथ बुलाते हैं, तब इससे अधिक की क्या जरूरत है? जब हमारी भक्ति और प्रेम चंदन की लकड़ी और फूलों का स्थान ले लेती है, तब हमारी आराधना संसार में सबसे उत्कृष्ट हो जाती है। धूम-धड़ाके और भक्ति का आपस में कोई मेल नहीं है। इस साल मेरे मन में एक कसक है, यह साधारण नहीं बल्कि एक बड़ा दुःख है। इस साल मैं देवी दुर्गा के दर्शन के लाभ से वंचित रह गया। माँ दुर्गा तीन क्षेत्रों की रानी हैं, ये हमारे दुर्भाग्य से हमारी रक्षा करती हैं, बुराइयों से हमें बचाती हैं और इस जगत् की माँ हैं। इन्हें भव्य वस्त्रों से सजाया गया है तथा इनके चारों तरफ लगी अनगिनत रोशनी से ये आलोकित हो रही हैं। इस बार मैं वहाँ होनेवाले मंत्रोचारण और आदरणीय पुजारी के शंख तथा घंटे की ध्वनि के आनंद को नहीं प्राप्त कर सकूँगा। वहाँ के फूलों और चंदन की लकड़ी की सुगंध, धूप और देवी को अर्पित होनेवाले प्रसाद से भी मैं दूर हूँ। इस बार पुजारीजी के आशीर्वाद स्वरूप प्रदान किए पवित्र फूल एवं पूजा के पवित्र जल से भी वंचित हूँ। मैं सभी चीजों का अभाव महसूस कर रहा हूँ तथा मेरी पाँचों संवेदनशील इंद्रियाँ असंतुष्ट हैं। यदि मैं उस सर्वव्यापी ब्राह्मण की देवी को यहाँ

महसूस कर पाता, तब मुझे इतना आत्मसंताप और उस लकड़ी की प्रतिमा की कमी न महूसस होती, पर ऐसे कितने भाग्यवान लोग हैं, जो कि यह बोध कर पाते हैं! इसलिए मैं बेचैन हूँ।

मूर्ति विसर्जन वाले दिन मैं यहाँ रहूँगा, पर मेरा मन आपके पास ही होगा। इस पवित्र दिन मुझे यहाँ किसी तरह की खुशी नहीं होगी, मगर इसमें कुछ नहीं किया जा सकता है। कल शाम को मैं आपको अपना प्रणाम भेजूँगा। आप और बाबा कृपया इसे स्वीकार करें और सभी बड़ों को भी इसे पहुँचा दें।

हम यहाँ अच्छी तरह से हैं और आशा करते हैं कि आप भी स्वस्थ होंगी। आपको और बाबा को प्रणाम।

आपका आज्ञाकारी बेटा
सुभाष

पुनश्च, शारदा कैसी है ?

(2)
देवी माँ की हम पर कृपा रहे

कटक, शनिवार

आदरणीय माँ,

आज सुबह आपका पत्र पाकर अत्यंत प्रसन्नता हुई। इस पत्र के साथ आपका 50 रुपए का मनीऑर्डर भी आया है।

मेरे पत्रों के जवाब देने में शीघ्रता न किया करें—इसे आप आराम से दें। यदि आपको पत्र पढ़ने में तकलीफ हो तो कृपया किसी और से इन्हें पढ़वा लिया करें।

मटर के बीजों की बुआई होने जा रही है या फिर जल्दी ही जोखा के बगीचे में बोए जाएँगे। पाँच या छह दिन पहले ही रघुआ मेरे पास से बीज ले गया था। वैसे मैं बगीचे में नहीं गया।

मुझे यह सुनकर दुःख हुआ कि इस साल नागेन ठाकुर पूजा कराने में असमर्थ हैं। क्या वे पूरी तरह से स्वस्थ हो गए? नागेन ठाकुर और हमारे पूज्य गुरुदेव ने जितनी बार भी पूजा कराई है, मैं उन सभी में उपस्थित रहा हूँ। मैंने इन सभी पूजा में एक धार्मिक उत्सव महसूस किया है। नागेन ठाकुर द्वारा गाए चंडी के स्त्रोत बहुत ही भावप्रवण होते हैं तथा इन्हें सुनकर एक नास्तिक भी भक्त बन जाता है।

मुझे यह जानकर प्रसन्नता हुई कि हमारे पूज्य गुरुदेव का कोडालिया में स्थित घर पूरा हो रहा है। अगली बार मैं जब भी गाँव आऊँगा, तब मैं उस घर में जरूर जाऊँगा। आपकी जब भी उनसे मुलाकात हो, आप उन्हें मेरा प्रणाम कहिएगा। बड़ी दीदी की बीमारी की खबर सुनकर दुःख हुआ। अब वह कैसी हैं? हमें यह जानकर चिंता हुई थी कि आपको डेंगू बुखार हो गया था। कृपया हमें बताएँ कि अब आप कैसी हैं, ताकि हमारी बेचैनी कम हो। शंकराचार्य के स्त्रोतों वाली पुस्तक बासुमति के कार्यालय से बहुत ही किफायती दाम पर बेची जा रही है। एक पुस्तक में उनके सभी श्लोक हैं तथा इसकी कीमत बारह आना या एक रुपए ही है। इस बार यह मौका हाथ से मत जाने दीजिएगा। कांची मामा को भेजकर एक प्रति खरीद लीजिएगा। उस पुस्तक को अपने पास रख लीजिएगा और कटक वापस आने पर साथ लेती आइएगा।

माँ, मैं आपको कुछ और भी बताना चाहता हूँ। आपको शायद पता होगा कि मैं शाकाहारी बनने का इच्छुक हूँ, मगर ऐसा नहीं हो सकता कि लोग इसके खिलाफ न कहें या फिर इसे अन्यथा न लें। मैंने अभी तक अपनी यह इच्छा पूरी नहीं की है। एक महीने पहले ही मैंने मछली छोड़कर सभी तरह के मांसाहारी भोजन का त्याग कर दिया है। किंतु आज नदा दा ने मुझे जबरदस्ती मीट खिला दिया। मैं क्या कर सकता था! मैं अनिच्छापूर्वक इसे खाने के सिवा कुछ न कर सका। मैं पूरी तरह से शाकाहारी होना चाहता हूँ, क्योंकि हमारे संतों ने कहा है कि अहिंसा एक महान् सद्गुण है। केवल संतों की ही नहीं, बल्कि ईश्वर ने स्वयं भी यही कहा है। हमारे पास ईश्वर की रचना को नष्ट करने का क्या अधिकार है? क्या ऐसा करना एक बड़ा पाप नहीं है? जो लोग कहते हैं कि मछली न खाने से आँखों की रोशनी कमजोर हो जाती है, गलत है। हमारे संत इतने अनजान नहीं थे कि मछली खाने से मना करते, जिसकी वजह से लोग अंधे हो जाते। इस बारे में आपकी क्या राय है?

मैं बिना आपकी सहमति के ऐसा कुछ भी नहीं करने जा रहा हूँ। हम सभी यहाँ अच्छी तरह से हैं। आप सभी को मेरा प्रणाम।

आपका आज्ञाकारी बेटा

सुभाष

(3)
ईश्वर हमारे साथ रहे

कटक
शनिवार

आदरणीय माँ,

गोपाली ने मुझे बताया कि आप काशी नहीं गईं और बाबा अकेले ही गए। मुझे बाबा के पत्र से पता चला कि आपके लिए यह संभव नहीं हो सका, क्योंकि आल के राजा ने समय पर पैसा नहीं भेजा था। कल मैंने आपकी बताई सूची भेज दी, पर चूँकि मैं जल्दी में था, इसलिए बहुत अधिक नहीं लिख सका। नीलरतन बाबू की दो पर्चियाँ मुझे आपके कमरे में मिली थीं, पर मैं तय नहीं कर सका कि इनमें से किसकी जरूरत थी; इसलिए मैंने दोनों ही भेज दीं। आप कृपया छोटे दादा से पूछकर सही वाली ले लीजिएगा।

मैं दीदी को पत्र लिख चुका हूँ और इसे कल भेज भी दिया है। लिली इस समय कहाँ और कैसी है ? मझले दादा ने मेरे अनुरोध पर मुझे एक लंबा पत्र लिखा है। मुझे यह कल ही मिला है और इसे पाकर मेरी खुशी की सीमा नहीं है। मेरे छोटे से अनुरोध पर उन्होंने जो तकलीफ उठाई, इसकी वजह से मैं थोड़ा लज्जित महसूस कर रहा हूँ। किंतु इस पत्र को उनके वापस लौटने तक एक ख़जाने की तरह सँभालकर रखूँगा।

अब मैं और क्या लिखूँ? ईश्वर की कृपा से हम सभी अच्छी तरह से हैं। शरत बाबू (जमाई बाबू के भाई) अभी यहीं हैं। मुझे लगता है, अपना क्वार्टर मिलने पर ही वे जाएँगे।

कृपया मुझे बताएँ कि हमारे पूज्य गुरुदेव और माँ कैसी हैं ? उन्हें मेरा प्रणाम कहिएगा। मैं उन्हें प्रतिदिन याद करता हूँ। वे किस तरह से यहाँ फूल इकट्ठा करते थे और हम किस तरह से उनकी खुशबू पाने के लिए उनके पास जाया करते थे—यहाँ सब अभी भी मेरी स्मृति में है। वे पूजा समाप्त होने के बाद एक दिन किस तरह पवित्र जल और फूल वितरित करते थे, यह सारा कुछ मेरे मस्तिष्क में तैरता है। मैं एक पागल की तरह पत्र लिख रहा हूँ। आपको शायद इसे पढ़ने में तकलीफ हो रही होगी।

हमारा स्कूल संभवत: 15 तारीख को बंद होगा, वैसे मैं निश्चित नहीं हूँ,

क्योंकि इसकी सूचना अभी नहीं आई है। यहाँ के बाकी समाचार आपका बड़े दादा से मिल जाएँगे।

मैं अच्छी तरह से हूँ। मुझे उम्मीद है कि जब आप मुझे अगली बार देखेंगी, तब मैं तगड़ा और मोटा नजर आऊँगा और यदि ऐसा नहीं होता है, तब इसमें मेरी कोई गलती नहीं है—मैं इसके लिए अपने सितारों को ही धन्यवाद दूँगा। मुझे संदेह है कि शायद ही और लोग इतना अधिक अपनी सेहत पर ध्यान देते होंगे, जितना मैं देता हूँ। किंतु आपको लगेगा कि मैं जान-बूझकर अपनी सेहत खराब कर रहा हूँ। मैं पिछले महीने की तुलना में इस समय बेहतर महसूस कर रहा हूँ।

मेरा यहाँ रोजाना 4 रुपए से 5 रुपए खर्च है और किसी-किसी दिन यह 3 रुपए हो जाता है। आपके भेजे तीस रुपए खर्च हो गए। जगत बंधू ने रु. 38.8 आना मुझे बाबा के खाते से दिया है। मैंने इसे कई मदों में खर्च किया है।

इस समय यहाँ थोड़ी ठंड है, पर अभी जाड़ा आनेवाला है। गोभी अभी नहीं लगी है। दो रुपए के गोभी के बीज खरीदे गए हैं, पर उनमें अभी छोटे-छोटे अंकुर ही निकले हैं।

बौदी दी, मामी माँ और मझली बौदी दी कहाँ और कैसी हैं? उन्हें मेरा प्रणाम कहिएगा। अशोक कैसा है? क्या अब उसके दाँत निकल आए हैं? यहाँ सब ठीक है। आशा करता हूँ कि वहाँ भी सब ठीक होगा। कृपया मेरा प्रणाम स्वीकार करें।

आपका आज्ञाकारी बेटा

सुभाष

(4)

कटक, शनिवार

आदरणीय माँ,

काफी समय से आपको पत्र न लिख सका। कृपा कर मुझे नदा दा के स्वास्थ्य की वर्तमान स्थिति के बारे में लिखें, ताकि मेरी बेचैनी कम हो सके। क्या अभी उनकी जाँच करवाना संभव नहीं हो पाएगा?

देवी माँ की कृपा हमेशा हमारे साथ रही है—यदि कोई इसे समझना चाहे तो वह अपने जीवन के हर पल से महसूस कर सकता है। किंतु हम अनजान, अविश्वासी और नास्तिक हैं, इसलिए हम उसकी कृपा की गंभीरता को समझ पाने में असमर्थ होते हैं और जब हम परेशानी में होते हैं या फिर थोड़े गंभीर होते हैं, तब

हम उनकी प्रार्थना करते हैं और जैसे ही हम एक बार उस कठिनाई से बाहर निकल आते हैं या फिर चीजें सुधरने लगती हैं, तब हम उसकी प्रार्थना छोड़ देते हैं और उसे भूल जाते हैं। इसीलिए देवी कुंती ने भगवान् से कहा था, "हे प्रभु! कृपया मुझे हमेशा विषम परिस्थितियों में रखना, ताकि मैं हमेशा आपको हृदय से याद करती रहूँ; चूँकि प्रसन्नता मुझे आपको भूलने के लिए प्रेरित कर सकती है, इसलिए कृपया मुझे प्रसन्न मत होने दो।"

मानव जीवन का सार-जन्म और मृत्यु का निरंतर चक्र-श्रीहरि को समर्पण है। बिना इसके जीवन अर्थहीन है। एक पशु और मुझमें सबसे बड़ा फर्क है कि वह ईश्वर की अनुभूति या उसकी प्रार्थना नहीं कर सकता, जबकि यदि हम कोशिश करें तो हम कर सकते हैं। इसलिए यदि मैं उसके महिमागान नहीं करता हूँ, तब मेरा इस संसार में आने का कोई लाभ नहीं है। ज्ञान तो अनंत है—अति अनंत और मेरी सीमित बौद्धिकता इसे पूरी तरह से समझ नहीं सकती है, इसलिए अब मुझे भक्ति चाहिए, ज्ञान नहीं। मैं तर्क नहीं चाहता, क्योंकि मैं पूरी तरह से अज्ञानी हूँ। इसलिए मैं सिर्फ विश्वास रखना चाहता हूँ—निर्विवाद विश्वास-ईश्वर के अस्तित्व में विश्वास; अब मैं और कुछ नहीं चाहता हूँ। विश्वास से भक्ति आएगी और भक्ति से ज्ञान आएगा। महान् संतों ने कहा है, "भक्ति ज्ञान की तरफ ले जाती है। शिक्षा का उद्देश्य बुद्धि को तीव्र करना और विवेक की शक्ति बढ़ाना होता है। यदि यह दोनों उद्देश्य पूर्ण होते हैं, तब शिक्षा को अपने उद्देश्य को पूर्ण करने के रूप में लिया जा सकता है। यदि एक शिक्षित व्यक्ति के पास चरित्र नहीं है, तब क्या मुझे उसे पंडित कहना चाहिए? कभी नहीं और यदि एक अनपढ़ व्यक्ति अपने रास्तों के प्रति ईमानदार और ईश्वर में तथा ईश्वर को प्रेम करता है, तब मैं उसे महा पंडित के रूप में स्वीकार करने के लिए तैयार हूँ। कुछ नीरस और उबाऊ लोगों की पढ़ाई व्यक्ति को ज्ञानी नहीं बनाती है, सामान्य ज्ञान तो ईश्वर की अनुभूति से आता है। इसके अलावा और कोई ज्ञान नहीं है। मैं पढ़े-लिखों या पंडितों को बहुत महत्त्व नहीं देना चाहता हूँ। मैं तो उस व्यक्ति की पूजा करता हूँ, जिसका हृदय ईश्वर के प्रेम से सराबोर है। यदि वह निचली जाति का हो, तब भी मैं उसके चरणों की धूल पवित्र मानकर स्वीकार कर लूँगा और ऐसा व्यक्ति है, जो दुर्गा या हरि के नाममात्र से ही हर्षोन्माद में आ जाता है, जैसे उसका नाम लेना, पसीने-पसीने हो जाना, रोना आदि। इस स्थिति का व्यक्ति निस्संदेह स्वयं ही ईश्वर है। ऐसे लोगों की मौजूदगी से ही संसार पवित्र हो जाता है। हम तो महत्त्वहीन लोग हैं।

हम बेकार ही धनिकों के पीछे पागल रहते हैं, पर हम यह नहीं सोचते कि वाकई कौन सबसे धनी है। इस संसार में जिस भी व्यक्ति पर ईश्वर की भक्ति या प्रेम की बहुमूल्य कृपा हो जाती है, वही सबसे धनवान व्यक्ति है। उससे तुलना की जाए तो बड़े-बड़े राजा भी उसके सामने भिखारी हैं। इतना बेशकीमती खजाना खोने के बाद भी हम जिंदा हैं, यह भी एक आश्चर्य है।

हम 'इम्तिहानों' के आने मात्र से ही बेचैन हो जाते हैं, मगर यह नहीं सोचते कि हमारे जीवन का हर पल ही एक जाँच से गुजर रहा है। हम ईश्वर के सामने, अपने धर्म के सामने पेश किए गए हैं। शैक्षणिक इम्तिहान उतने महत्त्वपूर्ण नहीं हैं तथा यह अस्थायी भी हैं। किंतु अन्य परीक्षण शाश्वत हैं। हमें उनके परिणामों को इस जीवन या आनेवाले जीवन में झेलना ही पड़ेगा।

जो व्यक्ति स्वयं को ईश्वर के हाथों सौंप देता है, उन पर ईश्वर की कृपा होती है और उनका जीवन सार्थक होता है, उसका इस संसार में आने का मतलब होता है, मगर हम इस महान् सत्य को स्वीकार करने से मना करते हैं। हम इतने अंधे, अविश्वसनीय और अज्ञानी हैं कि हम इस सत्य को महसूस नहीं करते हैं। हम मनुष्य नहीं हैं, इस पापमय युग के राक्षस हैं।

फिर भी हमें आशा है कि ईश्वर दयालु है और हमेशा ही कृपालु है। यहाँ तक कि पाप के अंधकार में भी हम उसकी कृपा को पहचान लेते हैं। उसकी करुणा को मापा नहीं जा सकता है।

जब वैष्णव धर्म अपने लोप का सामना कर रहा था, तब महान् वैष्णव संतों, संत अद्वैताचार्य अपने धर्म के द्वारा नीचा दिखाए जाने पर प्रार्थना करते हैं, "हे ईश्वर, हमारी रक्षा करें, इस पापमय युग में धर्म संकट में हैं; कृपया आएँ और हमारी रक्षा करें।" इसके बाद भगवान् नारायण श्री चैतन्य के रूप में धरती पर प्रकट हुए। समय-समय पर पापमय अंधकार के युग में सत्य के प्रकाश, ज्ञान, प्रेम के रूप में ईश्वर का प्रकट होना हमें यह आशा दिलाता है कि हम अपने मोक्ष से परे नहीं हैं; अन्यथा वह इस पृथ्वी पर मानव रूप में बार-बार क्यों जन्म लेते। आप कलकत्ता में कब तक रुकेंगी? कृपया हमें बताएँ कि आप सब कैसे हैं, ताकि हमारी बेचैनी कम हो। हम सभी ठीक हैं। बाबा भी ठीक हैं।

आपका आज्ञाकारी बेटा

सुभाष

(5)
देवी माँ हमारे साथ हैं

शनिवार, कटक

आदरणीय माँ,

मैंने काफी समय से आपको पत्र नहीं लिखा, पर आज मेरे पास कुछ खाली समय है और इसलिए मैं आपको पत्र लिखने बैठा हूँ।

समय-समय पर मेरे भीतर विचारों की लहरें वैसे ही उमड़ती हैं, जैसे बाग में फूल आते हैं और मैं उन्हें आपके चरणों में हृदय के उद्गार के रूप में अर्पित करता हूँ। किंतु मैं थोड़ा अधीर हो जाता हूँ कि मेरे पास यह जानने का कोई तरीका नहीं है कि क्या इन फूलों की सुगंध से आपको संतुष्टि मिलती है या फिर ये अपनी दुर्गंध से आपको दूर करते हैं।

मुझे नहीं मालूम कि अपने भीतर उमड़ते इन विचारों को मैं किसे बताऊँ, जो कि दूर क्षितिज पर उमड़ते बादलों की तरह ही हैं और इसलिए मैं इन्हें दूर आपके पास भेज देता हूँ। आप इन्हें किस रूप में लेती हैं, मुझे यह जानने में खुशी होगी, मगर यह चाहे आपको प्रसन्न करते हों या न करते हों, पर मैं इन्हें आपको अर्पित करता हूँ, क्योंकि मेरे पास हृदय से अर्पित करने के लिए सिर्फ यही हैं।

माँ, आपकी राय में हमारे शिक्षित का क्या उद्देश्य है? आप हमारे लिए इतना अधिक करती हैं—आप हमें सुबह गाड़ी से स्कूल भेजती हैं और दोपहर में वापस लाती हैं, दिन में चार या पाँच बार शानदार खाना खिलाती हैं, कपड़े पहनाती हैं तथा हमारे लिए नौकरों का भी इंतजाम करती हैं—आखिरकार इतना संघर्ष और इतनी परेशानी किस लिए? आखिर इसका मतलब क्या है? मैं इसे समझ नहीं पा रहा हूँ। अपनी पढ़ाई पूरी करने के बाद हम जीवन के क्रियाकलापों में लग जाएँगे और फिर अपने बाकी जीवन भर बोझ ढोनेवाले बैल की तरह पसीना बहाएँगे और अंत में इस संसार को छोड़कर चले जाएँगे। माँ, हमारा किस तरह का पेशा तुम्हें सबसे अधिक खुश करेगा? तुम क्या चाहती हो कि हम बड़े होकर किस काम में लिप्त रहें? मैं तुम्हारी इच्छा जानना चाहता हूँ। मुझे नहीं लगता है कि तुम तब अधिक खुश होगी, जब हम जज, मजिस्ट्रेट, बैरिस्टर या फिर ऊँचे अधिकारी बन जाएँगे या फिर हमारी प्रशंसा दुनिया के धनी या भाग्यवान लोगों के रूप में होगी या फिर हमारे पास विपुल संपत्ति, कारें, घोड़े आदि और नौकरों, भवनों तथा जमीनों की बहुतायत होगी या फिर तुम तब खुश होगी कि हमारा सम्मान एक पढ़े-लिखे,

सद्‌गुणी वास्तविक मानव के रूप में हो, चाहे हम गरीब ही क्यों न हों। मैं यह जानने में अति इच्छुक हूँ कि तुम्हारी वह तीव्र इच्छा क्या है कि तुम्हारा बेटा क्या बने? दयालु ईश्वर ने हमें यह जीवन, स्वस्थ शरीर, बुद्धि, शक्ति प्रदान की है, हम कितने महत्त्वपूर्ण हैं, पर क्यों? ईश्वर ने हमें यह सब वाकई उसकी आराधना और उसके कार्य के लिए प्रदान किया है—पर माँ, क्या हम उसका कार्य करते हैं? हम दिन भर में मुश्किल से ही उसकी पूजा करते हैं। माँ यह कितना पीड़ादायक और हताशाजनक है कि हम उसे मुश्किल से ही याद करते हैं, जबकि वह हमारे लिए कितना कुछ करता है, वह हमेशा से ही हमारा मित्र है। चाहे हम सुख में हों या दुःख में, चाहे घर में हों या जंगल में, वह हमेशा हमारे हृदय में रहता है और हमारे बिल्कुल पास ही होता है। हम महत्त्वहीन सांसारिक वस्तुओं के लिए रोते हैं पर उसके लिए इन्हें अपने से अलग करने के लिए हमारी आँखों में आँसू नहीं होते हैं। माँ, क्या पशुओं से भी अधिक कृतज्ञ और हृदयहीन हम नहीं हैं? हमें इस ईश्वरविहीन शिक्षा पर शर्म आनी चाहिए। जो व्यक्ति उसकी स्तुति नहीं करता है उसका जीवन व्यर्थ है। आदमी अपनी प्यास तो नदी या तालाब के जल से बुझा सकता है, पर क्या उसके लिए अपनी आध्यात्मिक प्यास को बुझा पाना संभव है? नहीं, आध्यात्मिक प्यास का पूरी तरह से बुझा पाना असंभव है। इसीलिए हमारे ऋषियों ने कहा है, "हे अज्ञानी मनुष्य! उसकी शरण में जाओ। उस पर स्वयं को पूरी तरह से अर्पित कर दो।"

इस वर्तमान समय में ईश्वर ने बहुत से चीजों की रक्षा की है, जो कि पुराने समय में नहीं थी। यह नई रचना है 'बाबू'। हम 'बाबुओं' के इसी समूह में आते हैं। ईश्वर ने हमें दो पाँव दिए हैं, पर हम 40/50 मील चल नहीं सकते, क्योंकि हम बाबू हैं। हमारे पास बेशकीमती हाथ हैं, पर हम शारीरिक श्रम के खिलाफ हैं, हम अपने हाथों का उचित इस्तेमाल नहीं करते, क्योंकि हम बाबू लोग हैं। ईश्वर ने हमें अच्छी शारीरिक बनावट दी है, पर हम शारीरिक श्रम को केवल निचले वर्ग के लोगों के लिए मानते हैं, क्योंकि हम बाबुओं के वर्ग से आते हैं। सभी तरह के कामों के लिए हम नौकरों के लिए चिल्लाते हैं—हमें अपने शरीर के अंगों से काम लेने में कठिनाई होती है, क्योंकि हम बाबू हैं। यहाँ तक कि उष्णकटिबंधीय देश में जन्म लेने के बाद भी गरमी सहन नहीं कर सकते हैं, क्योंकि हम बाबू लोग हैं। ठंड से इतना अधिक भय होता है कि हम मोटे-मोटे कपड़ों से स्वयं को ढके होते हैं, क्योंकि हम बाबू हैं। हम हर जगह बाबुओं की तरह ही इठलाकर चलते

हैं, पर वास्तव में हम मानवीय गुणों से हीन मानव पशु हैं। हम जो जानवरों से भी निम्न स्तर पर हैं, क्योंकि हमारे पास बुद्धि और विवेक है, जो कि पशुओं के पास नहीं है। चूँकि हमारा पालन-पोषण आराम और विलास में हुआ है, इसलिए कठिनाइयों का सामना करने की हमारी क्षमता खत्म हो चुकी है और इसलिए हम अपनी इंद्रियों के स्वामी नहीं बन पाते हैं। हम पूरा जीवन अपनी इंद्रियों के दास बने रहते हैं और हमारा जीवन हम पर बोझ हो जाता है। मैं अकसर सोचता हूँ कि बंगाल के लोग कब अपने पुरुषार्थ को प्राप्त करेंगे—कब ये लोग पैसे के लिए अपनी कमजोरी पर विजय प्राप्त कर जीवन की उन्नत चीजों के बारे विचार करेंगे—कब ये अपने सभी मामलों के लिए अपने स्वयं के पैरों पर खड़े होना सीखेंगे—वे कब एक साथ शारीरिक, मानसिक और आध्यात्मिक उत्थान के लिए संघर्ष करना शुरू करेंगे?—वे कब अन्य राष्ट्रों की तरह आत्मनिर्भर बनेंगे और अपने पुरुषार्थ की घोषणा करेंगे? मुझे यह जानकर पीड़ा होती है कि आजकल बहुत से बंगाली पश्चिमी शिक्षा के प्रभाव में पड़कर नास्तिक बन गए हैं और अपने स्वयं के धर्म को छोड़ रहे हैं। आजकल के बंगालियों की तड़क-भड़क और विलासितापूर्ण जीवन के प्रति बढ़ता रुझान को देखकर मुझे निराशा होती है, क्योंकि वे अपने चरित्र को भी खो रहे हैं। कितना दुःखद है कि बंगाली आजकल अपने राष्ट्रीय परिधान को भी नीचा देखते हैं। मुझे यह भी पीड़ा पहुँचाता है कि आज के वामपंथियों में बहुत ही कम लोग मजबूत, स्वस्थ और ऊर्जासंपन्न नजर आते हैं और सबसे अधिक तो यह है कि बहुत ही कम बंगाली भद्रजन अपने रोजाना कर्तव्य के रूप में ईश्वर की प्रार्थना करते हैं। माँ, इससे अधिक पीड़ादायक और क्या हो सकता है कि आजकल बंगाली आरामतलब, संकीर्ण मानसिकता एवं चरित्रहीनता के शिकार हो चुके हैं तथा ये दूसरों के प्रति ईर्ष्यालु वह अन्य लोगों के कामों पर छींटाकशी करनेवाले बन चुके हैं। हम अब शिक्षित बनाए जा रहे हैं और यदि हमारा लक्ष्य सिर्फ नौकरी और धन है, तब हम अपनी शिक्षा और पुरुषार्थ के योग्य कैसे हो सकते हैं? माँ, क्या बंगाली कभी स्वयं को साबित कर पाएँगे? आप का क्या विचार है? माँ, हम एक राष्ट्र के रूप में अंतहीन दंड की तरफ बढ़ रहे हैं। हमें कौन बचाएगा? हमारी रक्षक केवल बंगाल की माँएँ ही हो सकती हैं; यदि बंगाल की माँएँ अपने बच्चों का पालन-पोषण नए रूप में करती हैं, तभी बंगाली पुनः अपने पुरुषार्थ को प्राप्त कर सकेंगे।

मैं बहुत ही अच्छी तरह से हूँ। मैंने छोटे दादा को भी पत्र लिखा है। बाबा

सोमवार को गोपानीपालन जानेवाले हैं। कृपया मेरा प्रणाम स्वीकार करें। मैंने इस पत्र में काफी कुछ लिख दिया है, यदि आपको पढ़ने में कठिनाई हो तो आप इसे फाड़ दें और मुझे भी क्षमा करें।

आपका आज्ञाकारी बेटा
सुभाष

(6)
देवी माँ हमारे साथ रहे

कटक, शनिवार

आदरणीय माँ,

भारत ईश्वर की प्रिय भूमि है। वह यहाँ लोगों के ज्ञान के प्रकाश के लिए, पृथ्वी को पाप से मुक्त कराने के लिए और प्रत्येक भारतवासी के हृदय में सत्य और न्यायोचितता की स्थापना के लिए बारंबार हर युग में रक्षक के रूप में जन्म लेता है। ईश्वर ने बहुत से देशों में मानव रूप में जन्म लिया है, पर भारत के जितनी बार नहीं। इसलिए मैं कहता हूँ कि भारत हमारी मातृभूमि और ईश्वर की प्रिय भूमि है। माँ, देखो यहाँ तुम जो चाहो मिलता है, जैसे भरपूर गरमी का मौसम, भयानक जाड़ा, भारी वर्षा और मन जीतनेवाला वसंत, यानी जो आप चाहो। दक्षिण भारत में जब मैं गोदावरी को देखता हूँ, तब ऐसा लगता है कि इसका निर्मल और पवित्र जल अपने तट से होता हुआ धीमे-धीमे समुद्र की तरफ बढ़ रहा है। यह वाकई एक पवित्र नदी है। इसे देखकर किसी के भी मन में रामायण की पंचवटी की कथा सामने आ जाती है—मैं अपने मन की आँखों से राम, लक्षमण और सीता को गोदावरी के तट पर ईश्वरीय कृपा के साथ पूर्ण आनंद में बैठा देखता हूँ, इन्होंने अपने संपूर्ण राज्य और संपत्ति का त्याग कर दिया, पर इनके संतुष्ट मुख पर किसी तरह की बेचैनी या सांसारिक दु:ख का भाव नहीं है; यह तीनों सर्वशक्तिमान और प्रकृति की आराधना में आनंदपूर्वक अपना समय व्यतीत कर रहे हैं और दूसरी तरफ हम अपना सारा समय सांसारिक दु:खों में बिता रहे हैं। कहाँ है वह आनंद! कहाँ है, वह शांति! हम शांति के पीछे पागल हैं। शांति केवल ध्यान, चितंन और ईश्वर की आराधना से ही आएगी। यदि इस पृथ्वी पर शांति का कोई तरीका है, तब प्रत्येक घर उनके गीतों से गूँजने चाहिए। पुनः जब मैं उत्तर दिशा की तरफ देखता हूँ, तब एक और भी भव्य दृश्य मेरे मन की आँखों के सामने आ जाता है। मैं देखता हूँ कि पवित्र गंगा बह रही

है और मेरे सामने रामायण का एक अन्य दृश्य आ जाता है। मैं देखता हूँ कि एक निर्जन स्थान पर ऋषि वाल्मीकि का एक आश्रम है और यहाँ बहुत से ऋषिगण वेदों के पवित्र मंत्रोचार कर रहे हैं—मैं देख सकता हूँ कि एक वृद्ध ऋषि मृगचर्म पर बैठे हैं और उनके चरणों के पास बैठे उनके दो शिष्य कुश और लव उनसे निर्देश प्राप्त कर रहे हैं। यहाँ तक कि यहाँ मौजूद कुटिल सर्प भी अपना विष खोकर शांत भाव के साथ इन मंत्रों को सुन रहा है तथा इसका फन मुद्रा में ऊपर उठा है, पशुओं के झुंड गंगा के तट पर अपनी प्यास बुझाते आए हैं और वे भी मंत्रों के आशीष वचन रुककर सुनते हैं, पास ही एक हिरण भूमि पर लेटा है और लगातार इन महान् ऋषि के चेहरे की ओर देख रहा है। रामायण की हर छोटी-से-छोटी पीड़ा का वर्णन कितना भव्य है, यहाँ तक कि एक घास का भी वर्णन बहुत ही अच्छे ढंग से किया गया है, पर हम अपने धर्म को भूल रहे हैं और इस भव्यता की प्रशंसा करने में असमर्थ हो जाते हैं। मुझे एक और दृश्य याद आ रहा है, गंगा बह रही है इसके तट पर योगी एकत्र हैं तथा इनमें से कुछ की आँखें आधी बंद हैं और सुबह की प्रार्थना में लीन हैं, कुछ ने मूर्तियाँ बना रखी हैं और सुगंधित फूलों व चंदन की लकड़ियों के यज्ञ के साथ पूजा हो रही है। यहाँ मंत्रोचार की गूँज है तथा कुछ ने स्वयं को गंगा के पवित्र जल से पवित्र किया है और मंत्र गुनगुनाते हुए पूजा के लिए फूल चुन रहे हैं। यहाँ का प्रत्येक दृश्य बहुत ही भव्य और मन की आँखों को भी आनंद प्रदान करनेवाला है। माँ, आज वे उत्कृष्ट आत्मावाले संत कहाँ है? क्या हम अब उनकी प्रार्थनाएँ सुन पा रहे हैं? उनकी माँग, उनकी प्रार्थनाएँ और पूजा कुछ भी नहीं है। यह स्थिति हृदयविदारक है। हम अपने धर्म के साथ और भी बहुत कुछ गँवा चुके हैं, यहाँ तक कि अपना राष्ट्रीय जीवन भी। इस समय हम एक कमजोर, चापलूस, अधार्मिक और शापित राष्ट्र बन चुके हैं। हे प्रभु! वही भारत अब कितने बुरे दिनों से गुजर रहा है। हे प्रभु, क्या तुम हमारे पुनरुत्थान के लिए नहीं आओगे? यह आपकी भी भूमि है—पर देखें प्रभु, आज यह किस स्थित में है? कहाँ है वह शाश्वत धर्म, जिसे आपके लोगों ने यहाँ स्थापित किया था। हमारे पूर्वज आर्यों ने जिस धर्म और राष्ट्र का निर्माण किया था, वह इस समय खँडहर की स्थिति में है। हे दयालु ईश्वर! हमपर कृपा करें और हमारी रक्षा करें।

मैं जब आपको पत्र लिखने बैठता हूँ, तब मैं अपनी सुध-बुध खो बैठता हूँ। मैं यह भी नहीं समझ पाता कि मैं क्या लिख रहा हूँ और मुझे क्या लिखना चाहिए। जो कुछ मेरे मन में आता है, मैं लिखता जाता हूँ—मैं यह नहीं सोचता कि मैं क्या

और क्यों लिख रहा हूँ। मैं जो चाहता हूँ और मेरा मन जो भी मुझे निर्देश देता है, मैं लिखता हूँ। यदि मैंने कुछ गलत लिख दिया हो तो तुम मुझे माफ कर देना।

जब मैंने अपने आदरणीय गुरुदेव के देहांत के बारे में सुना, तब मैं नहीं समझ सका कि मुझे दुखी होना चाहिए या फिर प्रसन्न। हम नहीं जानते हैं कि व्यक्ति इस संसार को छोड़ने के बाद कहाँ जाता है या फिर उसके साथ क्या होता है। किंतु अंत में आत्मा शाश्वत में विलीन हो जाती है और तब हमारे लिए आनंद का समय होता है—इस स्थिति में न तो पीड़ा है और न ही दुःख तथा पुनर्जन्म की भी हूक नहीं है तथा हम वही शाश्वत आशीर्वाद प्राप्त करते हैं। जब मैं सोचता हूँ कि वे एक ऐसे स्थान पर पहुँच गए हैं, जहाँ शाश्वत आनंद है और उन्हें अमरत्व प्राप्त कर चुके लोगों के साथ स्वर्गीय आशीर्वाद प्राप्त हो रहा है, तब मुझे इसमें दुःखी होने जैसा कुछ भी नहीं नजर आता है। जब वे एक शाश्वत आनंद के स्थान पर पहुँच गए हैं, तब दुःख का प्रश्न ही नहीं उठता है और उनकी प्रसन्नता का विचार हमें भी प्रसन्न करेगा। दयालु ईश्वर ने जो कुछ भी इस संसार के भले के लिए किया है, उसे हम अपनी अज्ञानतावश शुरू में नहीं समझ पाते हैं। जब हमें इसकी अनुभूति होती है, तब हम अपने पूर्ण अस्तित्व के साथ इसे समझ जाते हैं। जब ईश्वर अपने किसी उद्‌देश्य की पूर्ति के लिए हमसे अपनी प्रदान की हुई वस्तु ले लेता है, तब हमें दुःखी नहीं होना चाहिए, क्योंकि जो कुछ उसका है, उसे उसने अपनी इच्छा से वापस ले लिया तथा इसमें हमारे हस्तक्षेप का क्या अधिकार है।

यदि ईश्वर स्वेच्छा से मानव रूप का चयन करके पथ से विचलित अपने लोगों को न्यायोचित मार्ग पर लाने के लिए और शाश्वत धर्म सिद्धांत के माध्यम से प्रेरणा प्रदान करने के लिए जन्म लेता है, तब इसमें दुःखी होने जैसा कुछ भी नहीं है। क्योंकि इससे संसार का कल्याण ही होगा। हम इस संसार में जो कुछ अच्छा हो रहा है, उसके विरुद्ध नहीं जा सकते तथा प्रत्येक मानव इससे लाभान्वित होता है। हम भारतीय हैं, इसलिए भारत का भला ही हमारा भला है। यदि ईश्वर पुनः जन्म लेता है, तब हमें निस्संदेह रूप से प्रसन्न होना चाहिए। भगवान् ने स्वयं ही गीता में कहा है, "जिस प्रकार इस शरीर में बचपन, जवानी और बुढ़ापा रहता है, इसी प्रकार आत्मा भी अन्य शरीर धारण करती है। शांत आत्माएँ भ्रमित नहीं होती हैं।"

हम सभी अच्छी तरह से हैं। हम ईश्वर की शरण में हैं और यही उसकी इच्छा है कि हम सिर्फ उसके खिलौने हैं और हम कितनी शक्ति रखें, यह सब उसी की कृपा पर निर्भर है। हम सिर्फ माली हैं और वह बाग का स्वामी है। हम उसके बाग

में काम करते हैं, पर इसके फलों पर हमारा अधिकार नहीं है। हम बाग में काम करते हैं और हमें जो भी फल प्राप्त होता है, हम इसे उसके चरणों में रख देते हैं। हमारा अधिकार सिर्फ कर्म में है, कर्म ही हमारा कर्तव्य है, पर इसके फल का संबंध हमसे नहीं उससे है। इसलिए भगवान् ने गीता में कहा है, "तुम्हारा अधिकार कर्म में है न कि इसके फल में।"

लिली इस समय कहाँ और कैसी है? चूँकि मुझे पता नहीं है कि वह कहाँ है, इसलिए मैं इस समय उसे पत्र नहीं लिख रहा हूँ। मामी माँ और मामी कहाँ और कैसी हैं? भाई कैसे हैं और बाकी लोगों का क्या हाल है? बाबा और आप कैसे हैं? कृपया मेरा प्रणाम स्वीकार करें। मझले दादा के बारे में आपके पास क्या खबर है? पिछले दो या तीन डाक के दिनों से उनका कोई पत्र नहीं मिला है। नतुन मामा बाबू कैसे हैं?

मैंने सुना है कि छोटी मामी माँ काफी बीमार हैं। अब वे कैसी हैं? शारदा कैसी है?

आपका आज्ञाकारी बेटा
सुभाष

(7)

राँची, शनिवार

आदरणीय माँ,

काफी दिनों से कलकत्ते से मुझे कोई समाचार नहीं मिला है। आशा करता हूँ कि आप सभी स्वस्थ होंगे। संभवतः समय न मिल पाने के कारण आप पत्र न लिख सकीं।

मझले दादा ने अपने इम्तिहान में कैसा किया? क्या आपने मेरा पूरा पत्र पढ़ा था? यदि आपने इसे नहीं पढ़ा होगा, तब मुझे वाकई बहुत दुःख होगा।

माँ, मुझे लगता है कि क्या इस समय हमारी मातृभूमि इतनी दुर्भाग्यशाली है? हमारे उस अतीत के साथ क्या हुआ? कहाँ है हमारे वे आर्य वीर, जिन्होंने भारत माता की सेवा में अपने बहुमूल्य जीवन का बलिदान किया था?

आप एक माँ हैं, पर क्या आप हमसे ही संबंधित हैं? नहीं—आप सारे भारतवासियों की माँ हैं—प्रत्येक भारतीय तुम्हारा बेटा है—क्या तुम्हारे बेटों का दुःख तुम्हें पीड़ा से सताता नहीं है? क्या एक माँ हृदयहीन हो सकती है? नहीं, ऐसा नहीं

हो सकता है। तब यह कैसे संभव है कि एक माँ अपने बच्चे को संकट की स्थिति में देखकर चुपचाप खड़ी हो? माँ, तुम भारत के सभी हिस्सों में यात्रा कर चुकी हो—क्या तुम्हारा हृदय भारतीयों की पीड़ादायक स्थिति को देखकर लहूलुहान नहीं होता है? हम अज्ञानी हैं और इसीलिए स्वार्थी भी हो सकते हैं, पर एक माँ कभी स्वार्थी नहीं हो सकती है, क्योंकि वह तो अपने बच्चों के लिए जीती है।

माँ, केवल हमारे देश की हालत दयनीय नहीं है, बल्कि हमारे धर्म की भी स्थिति देखो। हमारा पवित्र और शाश्वत हिंदू धर्म कैसा था और इस समय इसका स्तर कितना गिर गया है। उन आर्यों के बारे में सोचो, जिन्होंने अपनी मौजूदगी से इस पृथ्वी को पवित्र किया था और वे अपने गिरे हुए वंशजों को देखते हैं। क्या इसी तरह पवित्र शाश्वत विश्वास लुप्त हो जाएगा? देखो, किस तरह से नास्तिकता, विश्वास की कमी, धर्मांधता का प्रचलन बढ़ा है और यह लोगों को पाप और दुःख की तरफ ले जा रहा है। देखो, किस तरह से गंभीर धार्मिक आर्य जाति के वंशज अधार्मिक और नास्तिक बन चुके हैं। उन दिनों मानव का कर्तव्य, आराधना, पूजा और ध्यान ही था; पर आज कितने लोग ईश्वर का आह्वान अपने जीवन में एक बार भी करते हैं? माँ, क्या यह दृश्य तुम्हें दुःखी और तुम्हारी आँखों में आँसू भी लाता है? क्या तुम इस तरह से महसूस नहीं करती हो? ऐसा नहीं हो सकता। एक माँ कभी भी हृदयहीन नहीं हो सकती है।

माँ, अपने बच्चों की दुःखी स्थिति पर एक नजर डालो। पाप, पीड़ा, भूख, प्रेम का अभाव, ईर्ष्या, स्वार्थ और सबसे अधिक धर्म की कमी ने उनके जीवन को नर्क बना दिया है और इस शाश्वत धर्म की स्थिति पर भी एक नजर डालो। इसकी विस्मृति पर भी निगाह डालो। विश्वास की कमी, नास्तिकता और अंधविश्वास ने हमारे धर्म को नीचे गिराया और भद्दापन भी दिया है। सबसे अधिक तो आजकल धर्म के नाम पर इन पवित्र स्थानों पर बहुत से पाप तथा धर्म विरोधी कार्य किए जा रहे हैं। इस भयानक स्थिति को देखो, जिसमें पुरी के पंडे शामिल हैं। वाकई कितना शर्मनाक है! हमारे पुराने दिनों के पवित्र ब्राह्मणों और आजकल के पाखंडी ब्राह्मणों के अंतर को देखो। इस समय जहाँ कहीं भी धर्म का प्रचार है, वहाँ पाप और धर्मांधता भी है।

ओह! हम कहाँ आ गए। हमारा धर्म क्या हो गया। माँ, जब तुम इन चीजों को बारे में सोचती हो, तब क्या तुम बेचैन नहीं हो जाती हो? क्या तुम्हारा हृदय पीड़ा से रोता नहीं है?

क्या हमारे देश की यह स्थिति बद से बदतर नहीं हो रही है—क्या भारत माता

के किसी बेटे को बेचैन होकर अपने स्वार्थ का त्याग करते हुए भारत माँ के लिए अपना संपूर्ण जीवन नहीं समर्पित करना चाहिए?

माँ, हम कब तक सोते रहेंगे? हम कब तक अनावश्यक चीजों के साथ खेलते रहेंगे? क्या हमें अपने राष्ट्र के रुदन को अपने बहरे कानों से अनसुना करते रहना चाहिए? हमारा प्राचीन धर्म मृत्यु की पीड़ा से कराह रहा है—क्या यह तुम्हारे हृदय को नहीं झिंझोड़ता है?

अपने देश और धर्म की यह स्थिति देखकर एक व्यक्ति कितनी देर तक चुपचाप बैठा रह सकता है? अब और अधिक इंतजार नहीं हो सकता है—कोई अब और अधिक सो नहीं सकता है—हमें अपने आलस्य और उदासीनता को त्यागकर सक्रिय हो जाना चाहिए। किंतु ओह! इस स्वार्थी युग में माँ के कितने निस्स्वार्थी बेटे इसके लिए तैयार हैं, जो कि भारत माँ के लिए अपने निजी हितों को त्यागकर सक्रिय हैं? माँ, क्या तुम्हारा बेटा इसके लिए अभी तैयार है?

हमें चौरासी जीवन चक्रों के बाद मनुष्य का यह जन्म मिला है। हमारे पास बुद्धि, विवेक और आत्मा आदि है, परंतु इतना सबकुछ होने पर भी यदि हम पशुओं की तरह सिर्फ खाने और सोने से ही संतुष्ट रहते हैं, तब हम अपनी इंद्रियों के दास हैं, यदि हम स्वयं तक सीमित रहते हुए पशुओं की भाँति सदाचार निरपेक्ष भाव से जीवन जीते हैं, तब हमारा मनुष्य के रूप में जन्म लेने से क्या आशय है? दूसरों की सेवा में व्यतीत जीवन जीने योग्य है। माँ, तुम्हें पता है, मैं यह सब तुम्हें क्यों लिख रहा हूँ? मैं और किससे यह बात कर सकता हूँ? मुझे कौन सुनेगा? दूसरा कौन इसे गंभीरतापूर्वक लेगा? जो लोग अपने स्वार्थ से ही प्रेरित होते हैं, वे इस तरह का विचार नहीं करेंगे—जब तक कि उनके अपने हितों का नुकसान न हो, मगर माँ, का जीवन स्वार्थ से प्रेरित नहीं होता है। उसका जीवन उनके देश को समर्पित होता है। जब आप भारत का इतिहास पढ़ती हैं, तब आप देखेंगे कि बहुत सी माताओं ने आवश्यकता पड़ने पर भारत माता के लिए अपना जीवन बलिदान कर दिया था। इनमें से अहिल्याबाई, मीराबाई, दुर्गावती आदि कई हैं और मैं सभी के नाम तो नहीं जानता हूँ। हमारा पोषण माता के दूध से होता है, इसलिए माता से प्राप्त होनेवाले मार्गदर्शन और निर्देशों से अधिक शिक्षाप्रद और प्रेरणादायी कुछ भी नहीं हो सकता है।

जब एक माँ अपने बच्चे से कहती है कि 'अपने आप से संतुष्ट रहो'—तब कोई क्या कह सकता है? इस स्थिति में वह बच्चा बहुत ही दुर्भाग्यशाली होगा और आप यह जानती हैं कि इस पापमय युग में नेक लोगों का आगमन नहीं हो रहा है।

आपको यह मानना पड़ेगा कि भारत की विरासत में कुछ भी नहीं बचा है और किसी तरह के भविष्य की भी उम्मीद नहीं है। दुःख के सिवा कुछ भी नहीं बचा है और यदि ऐसा है, तब सुधार की कोई उम्मीद नहीं बची है—यदि व्यक्ति केवल इस दुःख को देखने के सिवा कुछ नहीं कर सकता है—तब यह परेशानी किस बात की है? यदि मैं इस जीवन में कुछ हासिल ही नहीं कर सकता हूँ, तब मैं जीवित क्यों रहूँ?

मैं चाहता हूँ कि मेरा सारा जीवन दूसरों की सेवा में व्यतीत हो। आशा करता हूँ, वहाँ सब ठीक होगा। यहाँ भी सब ठीक है। कृपया मेरा प्रणाम स्वीकार करें। कृपया इस पत्र का जवाब अवश्य दे दीजिएगा।

आपका आज्ञाकारी
सुभाष

(8)
देवी माँ हमारे साथ रहे

राँची, शनिवार

आदरणीय माँ,

कुछ समय पहले मुझे आपका पत्र मिला और मैंने उसका जवाब भी लिखा था। किंतु अपने पत्र को पढ़ने के बाद मैंने महसूस किया कि भावना में बढ़कर मैंने बहुत सी मूर्खतापूर्ण बातें भी लिखी थीं। इसलिए मैंने इसे भेजना उचित नहीं समझा और फिर फाड़ कर फेंक दिया था। मेरा यह स्वभाव है कि पत्र लिखते समय मैं स्वयं को रोक नहीं पाता हूँ—मेरा हृदय मुझपर हावी रहता है। मुझे जीवन की सांसारिक चीजों के बारे में लिखना और पढ़ना पसंद नहीं है—मेरे पत्र में मेरा दृष्टिकोण व्यक्त होता है—मैं विचारों से भरा पत्र चाहता हूँ। जब मुझे ऐसा नहीं लगता है, तब मैं नहीं लिखता हूँ और जब मुझे इसका रुझान महसूस होता है, मैं पत्र पर पत्र लिखता जाता हूँ।

मैं शारीरिक हालचाल के बारे में लिखना जरूरी नहीं समझता। यदि व्यक्ति ईश्वर में विश्वास रखता है, तब चिंता, बेचैनी और भय उससे दूर हो जाते हैं। जब दुर्भाग्य हमपर आ ही जाता है, तब कोई क्या कर सकता है? हमारे पास अपनी इच्छा से स्वयं को ठीक करने की शक्ति नहीं है। तब हमें चिंता क्यों है? माँ, जिसकी कृपा हम पर हमेशा रहती है—वही हमारी रक्षा करेगी। जब देवी माँ हमारी रक्षा करती है, तब चिंता या भय किस लिए? विश्वास की कमी ही सभी दुःखों

और दुर्भाग्य का मूल है, मगर व्यक्ति इसकी अनुभूति नहीं कर पाता है। वह सोचता है कि वह अपनी इच्छा से किसी को भी स्वस्थ कर सकता है। यह कैसी अज्ञानता है? चाचाजी आठ या नौ दिन पहले कलकत्ता गए हैं और वे ठीक हैं। उन्हें नारियल पानी बहुत पसंद है और उनके स्वास्थ्य के लिए यह बहुत ही लाभप्रद है। यदि आप कुछ नारियल कलकत्ता मँगाकर उनके लिए भेज दें तो यह उनके लिए बहुत ही अच्छा होगा। उन्होंने मुझे यह आपको लिखने के लिए कहा था।

यहाँ सब ठीक है। मुझे यह जानकर प्रसन्नता हुई कि आप सभी यहाँ ठीक हैं। मझले दा कब लौटेंगे?

हमारे इम्तिहान का परिणाम संभवत: मई के मध्य में निकलेगा। मैं नहीं जानता कि वास्तविकता क्या है, परंतु मैंने सुना है कि बहुत से लोगों को उनके नंबर पता चल चुके हैं।

क्या आपको सेज दीदी और उनके परिवार के आने की आशा है?

मैं हमेशा ही इस विचार से परेशान रहता हूँ कि मैंने अपना बहुत ही कीमती समय नष्ट किया है। कभी-कभी तो यह असह्यनीय हो जाता है।

मनुष्य के रूप में जन्म लेने के बाद भी यदि मैं मानव जीवन के उद्देश्य को प्राप्त करने में असफल रहा, यदि मैं इसकी नियति को पूर्णता प्रदान करने में असफल हो गया तब इसका मतलब ही क्या है? जिस प्रकार सभी नदियाँ अंत में समुद्र में जाकर मिल जाती हैं, उसी प्रकार मानव जीवन ईश्वर में जाकर विलीन हो जाता है, यदि व्यक्ति ईश्वर का महसूस नहीं कर सकता, तब उसका जीवन व्यर्थ है—सभी परंपराएँ, पूजा और ध्यान आदि बेकार है—यह पाखंड के सिवा और कुछ नहीं है। मैं अब खोखली बातों में अपना समय नष्ट नहीं करना चाहता हूँ। मैं स्वयं को कमरे में बंद करके रात-दिन ध्यान, विचार और अध्ययन में लगा दूँगा। प्रत्येक दिन मुझे प्रभु के पास ले जाता है—न जाने उसे पाने का प्रयास करने का समय तथा उसे प्राप्त करने और शाश्वत शांति एवं विश्राम करने का समय कब आएगा? जब तक हम उसकी अनुभूति नहीं कर लेते—उस आनंद के मूल स्रोत को प्राप्त नहीं कर लेते—प्रसन्नता नहीं हो सकती। मैं पूरी तरह से भ्रमित हूँ कि मनुष्य किस प्रकार धन और संपत्ति से संतुष्ट हो सकता है। पूर्ण आनंद बिना ईश्वर की कृपा के नहीं प्राप्त हो सकता। व्यक्ति को उसके पास पहुँचना ही होगा, क्योंकि वही आनंद का स्रोत है और केवल तभी व्यक्ति पूर्ण संतुष्टि प्राप्त कर सकता है।

बिना ईश्वरीय अनुभूति और दैवी प्रकटीकरण के जीवन व्यर्थ है। पूजा,

ध्यान, प्रार्थना आदि, जिसमें व्यक्ति लिप्त है, इनका केवल एक मात्र उद्देश्य ईश्वरीय अनुभूति हासिल करना है। यदि यह उद्देश्य पूर्ण नहीं होता है, तब यह सब व्यर्थ है। एक बार जिस व्यक्ति ने इस स्वर्गीय कृपा का स्वाद चख लिया, वह इस पापमय संसार की तरफ नहीं मुड़ेगा।

उसने हमें दुनिया की सांसारिक चीजों की तरफ आकर्षित किया है और हमें माया के शिकार तक सीमित कर दिया है। जिस तरह से माँ अपने घरेलू कामों में व्यस्त रहती है और बच्चा अपने खिलौनों में तथा जब बच्चा हृदय से अपने खिलौनों को छोड़कर उसके लिए रोता है, तब भी माँ उसके पास नहीं आती है, क्योंकि उसे लगता है कि बच्चा खेल में व्यस्त है और उसे उसकी जरूरत नहीं है, पर जब बच्चे का रोना उसके कानों तक पहुँचता है, तब वह उसकी तरफ भागती है। इस जगत् की माँ भी हमारे साथ खेल खेलती है। जब तक व्यक्ति का समर्पण शत प्रतिशत नहीं होता, वह ईश्वर तक नहीं पहुँच सकता। यदि ईश्वर की अनुभूति आधे-अधूरे लगाव से ही हो सकती, तब इतने लोग जो सांसारिक आनंद में लिप्त हैं, वे उसे पाने में क्यों असफल होते? बिना ईश्वर के सब कुछ रिक्त है, पूर्ण रिक्त—इसके बिना जीवन एक तमाशा और एक असहयनीय बोझ है।

इस बारे में तुम्हें क्या कहना है?

यदि मैं उस तक नहीं पहुँच सका, तब मेरे जीवन का किससे संबंध है—मैं स्वयं में क्या हासिल करूँगा—मैं किससे संवाद करूँगा—मैं कहाँ आनंद प्राप्त करूँगा?

वह सभी का सार तत्त्व है—उसे प्राप्त करना और अनुभव करना ही है।

उसकी प्राप्ति सिर्फ साधना, गहन ध्यान और तीव्र प्रार्थना से ही हो सकती है; इस प्रकार उसकी अनुभूति तीव्रता से की जा सकती है, यहाँ तक कि दो-तीन साल में ही। मनुष्य को इसे करना ही चाहिए—इसमें सफलता या असफलता तो ईश्वर की इच्छा पर ही निर्भर है। मुझे कार्य करना ही है और अंतिम परिणाम उसके हाथों में है। हमें सफलता मिले या न मिले, यह उसके हाथों में है, पर हमें कोशिश करते रहना चाहिए। एक बार जिसे उसकी अनुभूति हो जाती है, उसे प्रणाम करने और प्रार्थना करने की जरूरत नहीं पड़ती। मैं आशा करता हूँ कि आप सब ठीक होंगे। कृपया मेरा प्रणाम स्वीकार करें।

आपका आज्ञाकारी बेटा

सुभाष

(9)

राँची, सोमवार 1913

आदरणीय माँ,

कल आपका पत्र पाकर बहुत ही प्रसन्नता हुई। चाची की बीमारी की वजह से हमें वहाँ कुछ और दिन रुकना पड़ा। अब वे स्वस्थ हैं और मौसम भी साफ हो चुका है। हम यहाँ से कल चलेंगे और परसों सुबह कलकत्ता पहुँचेंगे।

हम सभी यहाँ स्वस्थ हैं।

मैंने अपने इम्तिहान से काफी पहले ही आशा की थी और तकरीबन निश्चित ही था कि मुझे रु. 20/- की छात्रवृत्ति मिलेगी। यह इसलिए था कि मैंने इसकी हृदय से इच्छा की थी, पर मैंने इसकी इच्छा अपने लिए नहीं की थी, क्योंकि मुझे पैसों की जरूरत ही क्या है? मैं धन से नफरत करता हूँ, क्योंकि धन ही सभी बुराइयों की जड़ है। मैंने संकल्प किया है कि मैं अपनी छात्रवृत्ति का एक भी पैसा स्वयं पर खर्च नहीं करूँगा, बल्कि इसे दूसरों की भलाई में खर्च करूँगा और मुझे उम्मीद है कि मैं अपने इस संकल्प पर टिका रहूँगा, पर मुझे नहीं लगता कि मैं किस तरह से इस जगह पर पहुँच सकूँगा, क्योंकि मैंने इम्तिहान से पहले पढ़ाई बहुत कम की है और कुछ ही समय से मैं पढ़ाई पर ध्यान दे सका हूँ। मुझे पूरी तरह से लगता है कि मैं इस स्थिति के लायक नहीं हूँ—मैं सातवें स्थान पर रहने की उम्मीद कर रहा हूँ। यदि मैं बिना अधिक अध्ययन किए ही इस स्थान पर आ सकता हूँ, तब उन लोगों का क्या होगा, जिनके लिए अध्ययन से बढ़कर कुछ नहीं है और वे पढ़ाई के लिए अपना जीवन तक दाँव पर लगा देते हैं। किंतु चाहे मैं प्रथम प्रयास करूँ या अंतिम—मुझे समझ में आ गया है कि एक विद्यार्थी के जीवन का उच्चतम लक्ष्य सिर्फ अध्ययन ही नहीं है; विद्यार्थियों को लगता है कि विश्वविद्यालय की मुहर से ही वे अपने लक्ष्य को प्राप्त करते हैं, किंतु यदि कोई व्यक्ति विश्वविद्यालय की इस मुहर को पाने के बजाय वास्तविक ज्ञान प्राप्त करने में असफल होता है, तब मैं कहूँगा कि मैं इस शिक्षा व्यवस्था से घृणा करता हूँ। इस स्थिति में क्या अनपढ़ होना अधिक बेहतर नहीं होगा? एक विद्यार्थी का प्राथमिक कर्तव्य अपने चरित्र का निर्माण करना है। विश्वविद्यालय की शिक्षा चरित्र-निर्माण में सहायक होती है। किसी व्यक्ति के किए जानेवाले काम से ही उसके चरित्र का पता चलता। कर्म ही चरित्र को दरशाता है। मैं हृदय से सिर्फ किताबी ज्ञान को नापसंद करता हूँ। मुझे चरित्र, समझदारी और कर्म पसंद हैं। चरित्र

में सभी कुछ शामिल है, इसमें ईश्वर की शक्ति, देशप्रेम और उस तक पहुँचने की चाह भी शामिल है। किताबी ज्ञान कम महत्त्व की बहुत ही निरर्थक चीज है—मगर ओह ! न जाने कितने लोग इसकी कितनी शेखी मारते हैं।

कलकत्ता और कटक में पढ़ने के अपने फायदे हैं। मैं अभी तक तय नहीं कर सका कि मैं कहाँ अध्ययन करूँ—मैं कलकत्ता वापस लौटकर यह तय करूँगा, पर मेरे विचार से मैं प्रेसीडेंसी कॉलेज में नहीं पढ़ूँगा, क्योंकि मैं जिन विषयों को पढ़ना चाहता हूँ, वहाँ उनकी सुविधा नहीं है।

मेरा प्रणाम स्वीकार करें,

आपका आज्ञाकारी बेटा
सुभाष

(निम्न चार पत्र नेताजी ने अपने बड़े भाई शरत चंद्र बोस को लिखे थे। इस समय नेता की आयु 15 वर्ष थी और उन्होंने ये पत्र अंग्रेजी में लिखे थे। पहला पत्र उन्होंने अपने भाई को तब लिखा था, जब वे कानून की पढ़ाई करने इंग्लैंड जा रहे थे और बाकी तीन पत्र वे जब वहाँ पढ़ रहे थे, तब लिखे थे। नेताजी ने सन् 1920-21 में ही उन्हें कुछ महत्त्वपूर्ण पत्र सिविल सेवा को अपने त्यागपत्र देने के संबंध में भी लिखे थे।)

(10)

कटक
22 अगस्त, 1912

मेरे प्यारे भाई,

मैं किसी ऐसी अनिच्छा से यह पत्र नहीं लिख रहा हूँ कि आप अपने प्रस्थान के बारे में बहुत ही बेचैन और व्यस्त होंगे, बल्कि मैं सोच रहा हूँ कि आप जब तक भारत में हैं, मेरा संभवतः यह अंतिम पत्र ही होगा, मेरी कलम मेरे हाथों में है।

इस पत्र को लिखने का मेरा एकमात्र उद्देश्य यह अनुरोध है कि आप अपनी इंग्लैंड की इस यात्रा के दौरान घटनेवाली प्रत्येक घटना की जानकारी मुझे देंगे और आपको उन अजनबी लोगों के साथ जो अनुभव हुए, इसमें भी मुझे साझेदार बनाएँगे।

जैसे ही आपका जहाज बंबई के तट से आगे की तरफ बढ़ता है—आपको यहाँ की हरियाली की अंतिम झलक के साथ अपने देश की नीली रेखा बादलों के

पार दूर क्षितिज पर धुँधली होती नजर आने लगती है और फिर जहाज का समुद्र को चीरते हुए गर्जना भरी बड़ी लहर दिखती है—ऊपर नीला आकाश और नीचे एक गहराई है। क्या प्रकृति के ये दृश्य आपके मन में अजीब-सी अनुभूति पैदा करते हैं? क्या इन्हें देखकर आपको इर्विंग की वे पंक्तियाँ याद आती हैं—"ऐसा लगता है, जैसे कि मैंने संसार का एक खंड और इसके विषय पढ़ लिए हैं तथा दूसरे को खोलने से पहले अब मेरा मनन का समय है" या फिर इन्हीं की कुछ अन्य पंक्तियाँ दुहराने का मन करता है, "यह हमें एक स्थायी जीवन के सुरक्षित लंगर रूपी ठहराव से मुक्त करने के लिए सचेत करता है और एक संदेहयुक्त दुनिया की तरफ इधर-उधर बहाता है।" कोई भी व्यक्ति उपरोक्त वाक्य की पहली स्थिति का ही चयन करना पसंद करेगा।

कुछ दिनों बाद आपको फिर से जमीन दिखेगी और वह अदन के पास होगी। वहाँ कुछ दिन रुकने के बाद जब आप दुबारा प्रस्थान करेंगे और उस भूमि का स्वागत आपकी आँखों में नजर आएगा, तब आपको कैसा महसूस होगा?

आप समुद्र में सूर्यास्त का पूरा दृश्य देख सकते हैं। यह वाकई एक अद्भुत दृश्य है और समुद्र-प्रेमियों को यह बहुत ही लुभाता है। सूर्यास्त के इस अद्भुत दृश्य के वर्णन से क्या आप मुझे आनंदित नहीं करेंगे? क्या सौंदर्य है? चकाचौंध करनेवाले इस समुद्री ज्वार की चमक संपूर्ण क्षेत्र में फैल जाती है और ऊपर-नीचे होती लहरों के साथ अठखेलियाँ करती है। डूबते हुए सूरज की किरणें पश्चिमी क्षितिज को लाल कर देती हैं और अगले ही पल यानी आधे घंटे से कम समय में यह सारा क्षेत्र गहरे अंधकार में डूब जाता है। दूर कहीं-कहीं हल्की सी पीली आकाशीय रोशनी की झलक नजर आती है। यह भी मन को लुभानेवाली और आकर्षक होने के साथ-साथ आँखों और मन को भी भाती है।

आगे की तकरीबन एक पखवारे की समुद्री यात्रा के बाद आप एक अन्य शोरगुलवाली दूसरी दुनिया में आ जाते हैं, जहाँ विदेशी नस्लवाले गोरी चमड़ी और नीली आँखों वाले लोग हैं। क्या यह अजनबी माहौल आपके पुराने माहौल से अपनी तुलना नहीं करेगा? मगर वाकई यह भावना एक या दो दिनों में ही दूर हो जाएगी।

मुझे नहीं पता कि मैंने क्या लिखा है। मैं एक पागल की तरह बस लिखता ही गया हूँ, पर मुझे उम्मीद है, मैंने आपको अपनी आशाओं के लिए निराश नहीं किया होगा। यदि ऐसा कहना छोटे के लिए अनुचित नहीं है तो मैं आपकी इस

आरामदायक यात्रा की आशा करता हूँ। हम सभी यहाँ अच्छी तरह से हैं।

स्नेह और आदर सहित,

आपका प्यारा
सुभाष

(11)

कटक
17.9.12

प्रिय भाई,

आशा करता हूँ कि मेरा लंदन भेजा पत्र अब तक आपको मिल चुका होगा। जब आप कलकत्ते में थे, तब मैंने आपको एक पत्र लिखा था, पर वह आपको मिला, इसकी जानकारी मुझे न हो सकी। अदन से माँ को लिखा आपका पत्र मैंने पढ़ा और इसी से यह जानकर मुझे खुशी हुई कि वह पत्र आपको मिल गया था। जब मैंने वह पत्र लिखा था, तब मैंने एक पल के लिए भी नहीं सोचा था कि इससे आपको संतुष्टि मिलेगी, पर मुझे इस बात की खुशी है कि इसे पढ़कर आपको प्रसन्नता हुई थी। ऐसा इसलिए है कि मैंने इसे अपने हृदय से लिखा था। हृदय हमेशा हृदय को आकर्षित करता है और यही हुआ भी। जो भी विचार हृदय से सीधे निकलते हैं, उनका प्रभाव भी अधिक होता है, चाहे वे जितने भी साधारण ढंग से कहे जाएँ, और दूसरी तरफ जो विचार हृदय से न निकलकर चाहे जितने भी अलंकृत ढंग से कहे जाएँ, वे प्रभावित नहीं कर पाते हैं। मुझे नहीं पता है कि मैंने इसे क्यों लिखा था और अब मुझे याद भी नहीं है। मैं अचानक ही अपनी भावनाओं के अधीन हो गया था और मैंने कलम उठा ली थी। मैं नहीं जानता कि मैंने क्या और क्यों लिखा, बल्कि मैंने अपने हृदय के विचारों को शब्द दे दिए थे। शायद यह रात की नीरवता रही होगी या फिर आधी रात का समय होगा, इसी ने इस तरह की विचित्र भावनाओं को पनपने में सहयोग भी किया होगा। मुझे यकीन है कि प्रत्येक व्यक्ति ने इस तरह की भावनाओं का अनुभव किया होगा और उन लोगों को जरूर हुआ होगा, जिन्होंने कहीं से विदा ली होगी। वैसे यह एक संकटकालीन पल था और मेरे लिए तो काफी अधिक ही था, पर मैं अतीत की बात करके आपकी भावनाओं को दुःखद रूप से झकझोरना नहीं चाहता हूँ।

आपको शायद वहाँ मशहूर बंगाली कवि और मनीषी रवींद्रनाथ टैगोर का

लेखन पढ़ने और सुनने को मिलेगा। हमें उनको पढ़कर और विदेशी लोगों में मिलनेवाले उनके सम्मान के प्रति गर्व महसूस होता है तथा बंगाल और भारत को लेकर हम आशावादी भी हैं। मैं आत्मनिंदा से तब बहुत दुःखी होता हूँ, जब मैं सोचता हूँ कि इस मनीषी को सम्मान देने में बंगाल कितना तटस्थ रहा है, जबकि विदेशी भाषा बोलनेवाले विदेशी लोगों ने, जो कि अलग विचारधारा के हैं और कभी–कभी तो कुछ मामलों में हमारा विरोध भी करते हैं, इन्होंने इन महान् कवि का गुणगान दुनिया के महानतम कवि के रूप में किया। हम कितने विचित्र लोग हैं। हममें आत्मसम्मान कितना कम है। इसलिए कवि ने लिखा है—

ज्ञान को अधिक–से–अधिक बढ़ने दो,
पर आत्मसम्मान भी बनाए रखो

मुझे लगता है कि एक ऐसा समय आएगा, जब मैं रवींद्र नाथ टैगोर की कविताओं की प्रशंसा करने लायक बनूँगा।

क्या आपकी मुलाकात आपके किसी पुराने मित्र या मि. बीरेन बोस से हुई?

अंग्रेज लोग अपनी मातृभूमि के प्राकृतिक दृश्यों की बहुत प्रशंसा करते हैं। क्या यह वाकई वैसी ही है? मेरे विचार से आप इस स्थिति में हैं, जिसमें भारत और इंग्लैंड के दृश्यों की तुलना की जा सकती है।

हम यहाँ अच्छी तरह से हैं। आशा करता हूँ कि आप भी स्वस्थ होंगे।

सादर प्रणाम!

आपका अति प्यारा
सुभाष

(12)

कटक
11.10.1912
8 बजे शाम

मेरे प्यारे भाई,

आपका भेजा बड़ा सा पत्र मुझे आज ही शाम को मिला। मैं नहीं जानता कि मैं आपकी इस कृपा को किस तरह से व्यक्त करूँ, जिसमें आपने मेरे बचकाने अनुरोध पर कितनी तकलीफ उठाई। यहाँ भाषा काम नहीं करती है, क्योंकि आधा व्यक्त होता है और आधा विचारों में ही छिपा रहता है। मुझे लगता है कि व्यक्ति

इसमें और पारंगत हो सकता है, क्योंकि इसमें अभिव्यक्ति कम हो जाती है। मैं नहीं बता सकता कि मैंने आपकी विवेचनाओं का कितना अधिक आनंद लिया। यह कितनी सजीव और आकर्षक है। जिन दृश्यों का आपने वर्णन किया है, उनकी छवि मेरी कल्पनाओं में है और वे मुझे वास्तविक प्रतीत होते हैं, इतना ही नहीं, इन्होंने मेरी आँखों के सामने इन निष्क्रिय पड़े दृश्यों को भी जगा दिया, जो कि इसी का इंतजार कर रहे थे। दार्जलिंग के सुंदर दृश्य अब मेरे सामने आ चुके हैं। यह बिल्कुल चलचित्र के दृश्यों की तरह एक के बाद एक आते जाते हैं, जिनमें समुद्र, नीला आकाश और पुरी के तट पर लहरों का टकराना और दूर क्षितिज में नीले आकाश का समुद्र से मिलना अब मेरे सामने है। नारज की बंजर पहाड़ियों की चट्टानें, जो कि भव्य महानदी के तटपर ऊपर की ओर उठी हैं तथा भुवनेश्वर में खंडगिरी और उदयगिरी की ऐतिहासिक गुफाएँ, जिन्हें मैं देख चुका हूँ, अब मेरे मस्तिष्क में छाई हुई हैं। यहाँ मेरे सामने बर्फ से ढकी पहाड़ियों के चित्र हैं तथा आकाश के क्षणिक रंग बर्फ की चोटियों पर अपनी छवि बिखेरते हैं और नीचे बर्फीली झील में इनके भव्य रंगों के प्रतिबिंब भी नजर आते हैं। बर्फ से ढकी चट्टानें गहरे लाल रंग में नजर आती हैं, मानो हिंदू पुराणों के हेमकुंड पर्वत के दृश्य हों या फिर ओलिंपस, यानी यूनान के देवताओं का आवास हो।

मैं नहीं जानता कि मैं यह सब निरर्थक रूप से क्यों लिखकर आपको परेशान कर रहा हूँ। ऐसा लगता है, मेरी भीतर की चाहत ही मुझे ऐसा करा रही है। मैं नहीं जानता, पर यह आपको थकानेवाला हो सकता है।

तकरीबन पंद्रह दिन पहले आपने माँ को चित्रों वाले पोस्टकार्ड का एक पैकेट भेजा था। आपके भेजे पोस्टकार्ड बहुत ही सुंदर और दुर्लभ हैं। माँ ने जब इनमें से सबसे सुंदर पोस्टकार्ड चुनने के लिए कहा, तब मैंने उनसे कहा कि इन सभी की तुलना नहीं की जा सकती, सभी अद्‌भुत हैं। इनके चित्र बहुत ही सुंदर हैं, मानो स्वर्ग का दृश्य उभर आया है। मैंने इन चित्रों का बहुत ही आनंद लिया है और इनमें से कुछ अपने पास भी रख लिये हैं।

आपका भेजा विवरण इतना स्पष्ट है कि यदि मैं चित्र बनाना जानता तब उनके दुबारा चित्र बनाकर अपने मन को संतुष्ट करने की कोशिश करता। चूँकि मैं इस कला में अनजान हूँ, इसलिए इन चित्रों का सिर्फ मन में ही बसाए रखता हूँ।

जिस समय आप बंबई और स्वेज के बीच समुद्र में यात्रा में होंगे, उसका अंदाज मैं भलीभाँति लगा सकता हूँ कि आपको नीले समुद्र और ऊपर आसमान

की एकरसता से ऊब हो रही होगी और आपका मन जीवित प्रकृति की एक झलक देखना चाहता होगा। मैं लगातार एक महीने से अधिक कलकत्ता में नहीं रहना चाहता हूँ, क्योंकि मेरी आँखें प्रकृति की सुंदरता के लिए तरसती हैं। किसी भी व्यक्ति की आत्मा को शांति और परेशानी की स्थिति में प्रेरणा प्रकृति के बिना नहीं मिल सकती और मेरे विचार से वह एक खुशहाल जीवन भी नहीं जी सकता है। बिना प्रकृति का साथी और इसके निर्देशों के बिना व्यक्ति का जीवन एक रेगिस्तान में देश-निकाले से कम नहीं होता तथा इसके अभाव में जीवन अपनी ताजगी और सक्रियता खो देता है।

आपने मेरे लिए जो तकलीफ उठाई और जितना सुंदर विवरण प्रस्तुत किया, इसके लिए मैं आपको धन्यवाद देता हूँ।

मैं आशा करता हूँ कि जो पत्र मैंने आपको लंदन के पते पर लिखे थे, वे अबतक मिल गए होंगे। आज डाक जाने का दिन है, इसलिए मैं अपने पत्र आज भेजूँगा। पिछले सोमवार को मुझे आपका पत्र मिला था। मुझे यह जानकर प्रसन्नता हुई कि आपकी कैप्टन और श्रीमति वैब से मित्रता हो गई है और आपकी उनसे मुलाकात भी होती रहती है।

लंदन में आजकल सूर्योदय और सूर्यास्त कितने बजे होता है? क्या इन दिनों संसद् का सत्र चल रहा है? क्या अभी तक आपको लंदन के कुहासे का अनुभव हुआ है—क्या इस समय जाड़ा आ चुका है?

यह जानकर मुझे खुशी हुई कि आपकी मुलाकात अपने पुराने मित्र 'सुधीर रॉय' से हो चुकी है।

मर्सलीज से लंदन जाते समय रास्ते में क्या आप पेरिस में रुके थे?

मैं आपको पहले ही बता चुका हूँ कि जब आप व्यस्त हों, तब आप मुझे अलग से पत्र लिखने के लिए परेशान न हों। मैं आपसे दुबारा कह रहा हूँ कि आपको बहुत से पत्र लिखने होंगे और आपकी वहाँ बहुत अधिक व्यस्तता होगी।

मैं आपका एक बड़ा पत्र मझले जमाई बाबू को भेज रहा हूँ और उनसे कहूँगा कि वे इसे मझले जमाई बाबू को भेज दें, किंतु वह पत्र मैं अपने पास ही रखूँगा।

मेरा स्कूल अभी बंद है और हम 11 नवंबर तक छुट्टियों का मज़ा लेंगे। छुट्टियों में हम, नाडू और रंगामामा बाबू यहीं रहेंगे। बाकी सभी लोग इन दिनों कलकत्ता में हैं। नदा दा यहाँ आए हुए हैं। माँ और बाबा अच्छी तरह से हैं।

मेरे खयाल से यह पत्र माँ के पत्र के साथ ही कलकत्ता पहुँचेगा। हालाँकि विलंब से ही सही, पर कृपया मेरा विनय प्रणाम स्वीकार करें।

आपका प्यारा
सुभाष

(13)

कटक
8.1.1913

मेरे प्यारे भाई,

एक और साल बीत गया और हमें लगता है कि प्रगति के लिए ईश्वर ही जिम्मेदार है या फिर पिछले बारह महीनों में यह हमारा प्रयास था।

जब मैं पिछले साल के कामों पर निगाह डालता हूँ, तब मुझे जीवन के लक्ष्य जैसा कुछ भी नहीं नजर आता है। मेरे खयाल से टेनीसन एक कट्टर आशावादी है और उसे पूरा यकीन है कि यह संसार दिन-प्रतिदिन प्रगति कर रहा है। क्या वाकई ऐसा है? क्या हम सचमुच अपने इच्छित लक्ष्य की तरफ बढ़ रहे हैं? क्या हमारा प्यारा भारत देश वाकई प्रगति के मार्ग पर है? मुझे ऐसा नहीं लगता है। हो सकता है बुराई से कुछ अच्छाई निकलकर आए—शायद भारत पाप और भ्रष्टाचार से शांति और प्रगति की तरफ बढ़े, पर जहाँ तक बुद्धिमानी, भविष्यवाणी और दूरदर्शिता का समय है, स्थिति बिल्कुल ही अंधकारमय है। एक देशभक्त और ईमानदार कार्यकर्ता के सामने तो इस घने अंधकार में हल्की सी आशा की किरण है। कभी-कभी यह किरण चमकदार प्रतीत होती है और कभी-कभी अँधेरे में धुँधली नजर आती है। भारत का भविष्य एक तूफान में धुँधले आकाश की तरह ही मालूम पड़ रहा है। इंग्लैंड ही नहीं, बल्कि पूरा योरप ही संभवत: प्रगति कर रहा है। धर्म के सितारे का योरप के आकाश में उदय हो रहा है, पर यह भारत के आसमान में नीचे जा रहा है। भारत क्या था और अब क्या है? कितना भयानक परिवर्तन है यह! कहाँ हैं वे संत, वे ऋषि, वे दार्शनिक, वे हमारे पूर्वज, जिन्होंने ज्ञान के क्षेत्र की सीमा दूर तक बढ़ाई थी। कहाँ है उनका वह प्रज्वलित व्यक्तित्व? कहाँ है उनका वह कठोर ब्रह्मचर्य? कहाँ है उनके ईश्वर की अनुभूति? कहाँ है उनका उस सर्वशक्तिमान आत्मा से एकीकरण, जिसकी हम केवल चर्चा करते हैं। सबकुछ चला गया। कहाँ है उनकी वह वैदिक शक्ति? पवित्र गंगा के तटों पर अब सामवेद के स्तोत्रों का गायन कहाँ सुनाई देता है?

मगर अभी भी आशा है—मेरे विचार से अभी भी उम्मीद है—हमारे बीच हमारी आत्माओं को प्रज्वलित करने और हमारी काहिली को झिंझोड़ने के लिए आशा के देवदूत का आगमन हो चुका है और ये ऋषितुल्य विवेकानंद हैं। उनका दिव्य रूप, उनकी बड़ी-बड़ी भेदती हुई आँखें, उनका पवित्र परिधान तथा हिंदू धर्म में सराबोर पवित्र सत्य और संसार को दिए गए उपदेश का महत्त्वपूर्ण स्थान है। सायंकाल के तारे का उदय हो चुका है अतः चंद्रमा का भी उदय होगा। एक चमत्कार भविष्य ही भारत की नियति है। ईश्वर हमेशा ही नेक होता है। पाप, अधार्मिकता, भ्रष्टाचार और बुराइयों से गुजरने पर भी वह हमें हमारे लक्ष्य तक ले जाता है। वह एक ऐसी चुंबकीय शक्ति है, जिसके चारों तरफ सबकुछ घूमता रहता है तथा सभी रचनाएँ अपरिहार्य रूप से गतिमान ही रहती हैं। मार्ग चाहे जितना भी खतरनाक और पथरीला हो, हमें चलना ही चाहिए, यात्रा भले ही कितनी परिश्रम वाली हो, हमें गतिमान रहना ही चाहिए। हमें स्वयं को उसके हवाले करना ही चाहिए। वह दिन दूर हो सकता है, पर आएगा जरूर। यही एक आशा है, जिसे मैंने मन में सँजोकर रखा है, वरना हर चीज मुझे निराश और हताश करनेवाली है।

क्या हमें ऐसा नहीं लगता कि हम किसी चुंबकीय शक्ति के द्वारा उसकी तरफ खिंचे चले जा रहे हैं—मुझे तो ऐसा ही महसूस होता है। क्या ईश्वर ने हमारे चारों तरफ प्रकृति का आकर्षण इसलिए नहीं फैला रखा है कि हम उसके अस्तित्व को याद रखें? क्या उसने तारों को उसके बोलने के लिए और अनंत आकाश को व्यक्ति को यह बताने के लिए रखा है कि वह असीमित है? क्या उसने हमारे हृदय में यह याद दिलाने के लिए प्रेम नहीं भर रखा है कि उसके मन में हमारे प्रति प्रेम है? ईश्वर कितना नेक है और हम कितने शैतान?

प्यारे भाई! मुझे नहीं पता कि मेरा रुझान इस तरह के लेखन में क्यों हुआ? मैंने समय-समय पर महसूस किया है कि मैं अपना मन हल्का कर लेता हूँ। शायद यह उन विचित्र पलों में से एक है।

आपका पिछला पत्र पाकर मुझे बहुत ही प्रसन्नता हुई थी। मुझे लग रहा था कि इतने दिनों की इस दूरी ने मुझे आपसे दूर कर दिया था, पर इस पवित्र संदेश ने इस अभाव के एहसास को बढ़ा दिया था।

हमें अपने स्कूल के प्रधानाचार्य स्वर्गीय सुरेश चंद गुप्ता का भी स्मृतिचिह्न रखना चाहिए। इसके लिए हम चाहेंगे कि इंग्लैंड से उनकी अर्धमूर्ति मँगाई जाए, यदि इसकी लागत एक पाउंड भी तो यह सस्ती ही होगी। इसका भाड़ा कितना

होगा ? इंग्लैंड से इसे यहाँ लाने में रु. 30 या 40 पर्याप्त होंगे।

हमारी टेस्ट परीक्षा चल रही है, हम इसमें अच्छा कर रहे हैं। हम यहाँ अच्छी तरह से हैं। आशा आप भी स्वस्थ होंगे।

प्रणाम!

आपका प्यारा
सुभाष

(आगामी इकतीस पत्र नेताजी ने अपनी युवावस्था के मित्र हेमंत कुमार सरकार को सन् 1914-19 के बीच लिखे थे।)

(14)

बृहस्पतिवार, दोपहर
19.6.14

मैं टैक्सी से उतरकर घर में घुस गया। सामनेवाले कमरे में सत्येन मामा और अन्य परिचितों से मेरी मुलाकात हुई। मुझे यहाँ देखकर वे आश्चर्यचकित थे। घर के भीतर मैं पीशा महाशय और दादा से भी मिला। माँ को पहले ही इसकी सूचना मिल चुकी थी। बीच रास्ते में ही मेरी मुलाकात उनसे हुई और मैंने उन्हें प्रणाम किया। वे मुझे देखकर रोने लगीं। बाद में उन्होंने सिर्फ इतना ही कहा, "ऐसा लगता है कि तुम इस दुनिया में मुझे मारने ही आए हो। इतना इंतजार करने से बेहतर तो मैं गंगा में डूब ही गई होती, मगर मैंने अपनी बेटियों के लिए ऐसा नहीं किया।" मैं मन-ही-मन मुसकराया और फिर बाबा से मिला। मेरा प्रणाम स्वीकार करने के बाद उन्होंने मुझे गले लगा लिया और अपने कमरे में ले गए। कमरे में वे मुझे पकड़कर कुछ देर तक रोते रहे। जब वे रो रहे थे, तब मैं उनकी बाँहों में था और असहाय महसूस कर रहा था तथा सबकुछ भूलने की कोशिश में था, पर मैं कर नहीं सका। थोड़ी ही देर में वे लेट गए और मैं उनके पाँव दबाने लगा—ऐसा महसूस हो रहा था कि उन्हें अच्छा लग रहा था। कुछ देर बाद उन्होंने पूछा कि मैं कहाँ था। मैंने उन्हें सबकुछ साफ-साफ बता दिया—मैंने पैसे के बारे में भी बताया। उन्हें हरिपदा के बारे में पता था; उन्हें आपके बारे में भी पता था, इसलिए मैंने कुछ भी नहीं कहा। मामा ने मुझसे पूछा और इसलिए मैंने उन्हें भी बता दिया, पर यह कोई खास मायने नहीं रखता था। उन्होंने मुझसे केवल इतना ही पूछा कि मैंने उन्हें पत्र क्यों नहीं लिखा था।

कई जगह तार भेजे गए थे और पूछताछ भी की गई थी। माँ बहुत ही उत्तेजित थीं, पर बाबा शांत थे और उनके व्यवहार से लग रहा था कि सबकुछ अपने आप ठीक हो जाएगा। इस मामले को पुलिस को नहीं सौंपा गया था, क्योंकि मेरे एक रिश्तेदार पुलिस में थे और वे इसके खिलाफ थे। माँ तो करीब-करीब विक्षिप्त हो गई थीं और उन्हें लगता था कि मैं घर छोड़कर चला गया हूँ। इसलिए एक अन्य मामा (जो कि अमेरिका से होकर आए थे) मेरी तलाश में निकले थे; उन्होंने बैद्यनाथ और देवघर में काफी पूछताछ करने के बाद एक पत्र भी लिखा था। मैं वैसे इसका उद्‌देश्य भी समझता था। वे बालआनंद भी गए, जहाँ एक अन्य ब्रह्मचारी ने उन्हें बताया कि यदि वे बिना किसी तैयारी के बाहर जाएँगे तो उन्हें परेशान होकर लौटना पड़ेगा; दूसरे शब्दों में उसे वापस लाने की कोशिश व्यर्थ है।

इसी तरह की कोशिश बेलूर में भी की गई थी और रामकृष्ण मिशन हरिद्वार भी पत्र भेजा गया, पर इसका जवाब नकारात्मक ही आया था। इसी संदर्भ में हावड़ा के एक ज्योतिषी से भी संपर्क किया गया था। उसने बताया कि मैं उन्नीस या बीस दिनों में वापस लौट आऊँगा और मैं ठीक हूँ तथा मेरे साथ दो और लोग भी हैं, साथ ही मैं उत्तर-पश्चिम के किसी स्थान में हूँ, जिस जगह के शुरू का अक्षर 'ब' से शुरू होता है। मेरे खयाल से यह बनारस ही होगा। इसके साथ उसने यह भी कहा था, मैं संन्यासी नहीं बनूँगा। इसके अलावा वह कुछ नहीं जानता था। वैसे रानेन मामा का व्यवहार अनुकूल ही था। सत्येन ने मुझे आज्ञाकारी होने का परामर्श दिया था, जैसे कि यही उसके जीवन का आदर्श था और किसी ने अधिक कुछ नहीं कहा।

वहीं एक भद्र पुरुष भी हैं, जिन्हें मैं कुछ समय से जानता हूँ। वे बहुत ही समझदार हैं। उन्होंने कहा कि मुझे अपने सभी विषयों पर स्पष्ट रूप से बात करनी चाहिए और फिर संन्यासी बनना चाहिए। इस स्थिति में मेरे बीच कौन आएगा?

मैंने आज दोपहर में बाबा के साथ लंबी बात की, जिसमें मेरी घुमक्कड़ी, संन्यासियों के साथ मुलाकातें और जीवन के विभिन्न दृष्टिकोण भी शामिल थे। मैंने उन्हें बताया कि मुझे इनमें से कोई भी पसंद नहीं था। मैंने उन्हें अपने आदर्श के बारे में भी बताया। वे बातों के दौरान मुझे एक तरफ ले जाना चाहते थे, जैसे कि (1) सांसारिक जीवन जीते हुए धर्म का अभ्यास संभव है, संन्यास के लिए तैयारी की आवश्यकता होती है, क्या किसी व्यक्ति का अपने कर्तव्य से पलायन उचित है? मैंने उनसे जवाब में कहा, "हर व्यक्ति को एक ही दवा नहीं दी जा सकती, क्योंकि हर व्यक्ति की क्षमता और रोग भिन्न होते हैं—(2) संन्यास संभव है या नहीं, यह

व्यक्ति की निर्मलता की इच्छा पर निर्भर करता है—(3) कर्तव्य सापेक्षित होता है—जब ज्ञान हो जाता है, तब कर्म व्यर्थ हो जाता है और उच्च स्तर की पुकार निम्न स्तर की पुकार पर पूरी तरह से हावी हो जाती है।

उन्होंने मुझसे पूछा कि क्या यह सिद्धांत मात्र नहीं है कि "केवल आत्मा ही सत्य है और संसार मिथ्या है।" मैंने कहा कि जब तक यह समान्योक्ति है, तब तक यह एक सिद्धांत है, पर जब इसकी अनुभूति होती है, तब यह सत्य हो जाता है तथा इसकी अनुभूति संभव है। जो लोग कहते हैं कि उन्होंने इस सत्य की अनुभूति की है, उन्होंने यह भी कहा है कि हम भी इसकी अनुभूति कर सकते हैं। उन्होंने पूछा कि "कौन ऐसा करने के काबिल है और इसका क्या सबूत है?" मैंने जवाब दिया कि ऋषियों ने इसकी अनुभूति की है और वह श्लोक सुनाया, जिसकी शुरुआत 'वेदामिती' से हुई है। इस पर उन्होंने कहा कि किसी समय कलकत्ते में महर्षि देवेंद्र नाथ, केशवचंद्र और परमहंस जैसे लोग थे और इस अनुभूति को प्राप्त करने में सक्षम भी थे। मैंने कहा कि विवेकानंद के आदर्श ही मेरे आदर्श हैं।

अंत में वे बोले, "ठीक है, जब तुम्हारे भीतर से पुकार आएगी, तब हम देखेंगे।" मैं अब बाबा का सक्रिय रूप से विरोध न कर सका, पर एक तरह से मेरी विजय हो चुकी थी। अब वे कुछ भी मुझपर थोप नहीं रहे थे और जब मैं अगली बार बाहर जाऊँगा, तब संभवत: वे मुझे वापस लाने का विचार छोड़ देंगे।

हालाँकि मैं अब देखता हूँ कि मैंने वापस लौटकर अच्छा ही किया।

माँ बिल्कुल विक्षिप्त होकर कहती हैं कि अगली बार जब मैं जाऊँगा, तब वह भी मेरे साथ जाएँगी और फिर लौटकर नहीं आएँगी। मुझे लगता है कि मैं उन्हें समझ नहीं पाऊँगा, जबकि बाबा बहुत ही संतुलित हैं।

मैं यहाँ अच्छी तरह से हूँ तथा आप अपने बारे में बताइए।

सभी के मन में बेनी बाबू की छवि बहुत ही अच्छी है और सभी उनका आदर भी करते हैं। बेनी बाबू ने अधिक कुछ भी नहीं कहा था। उन्होंने संन्यासियों के बारे में बातें कीं, पर उन्होंने तुम्हें मेरी अति संयमी क्रियाओं में शामिल नहीं किया था। मैं उनके व्यक्तित्व के बारे में बाद में लिखूँगा।

आपका
सुभाष

(15)

21.6.14

मैं बहुत ही निष्ठुर हो गया हूँ। मैं नहीं जानता कि मैं इतना कठोर हृदय कैसे हो गया हूँ। मैं अपने माता-पिता के बारे में कुछ भी महसूस नहीं करता हूँ—वे रोते हैं और मैं उन्हें मुसकराने में सहायता कर पाने में असमर्थ हूँ। यह भी सच है कि मेरे हृदय में प्यार नहीं है—और यदि यह था भी, तब मैं यह तुम्हें दे दूँगा। मैंने आज बाबा से बात की थी। उन्होंने मुझे तीन परामर्श दिए और कहा कि जब मेरा मानसिक संतुलन ठीक होगा, तब वे मुझसे अन्य विषयों पर बात करेंगे। वे मुझे सांसारिक तरीके से जीवन को अपनाने के लिए कह रहे हैं। मैंने आज कुछ भी नहीं कहा—मैं आत्मसमर्पण न करते हुए शांत बना रहा। बाद में मुझे लगा कि यदि मेरा रुझान हो तब मैं उनसे और भी स्पष्ट रूप में बात करूँगा। माँ के साथ तार्किक रूप से बात करना संभव नहीं था—वह मुझसे खुश हैं—उन्हें लगता है कि मैं उनकी जरा सी भी परवाह नहीं करता हूँ।

आमतौर पर लोग माँ के प्रेम को बहुत गहरा और निस्स्वार्थ मानते हैं और कहते हैं कि माँ के प्रेम को मापा नहीं जा सकता, पर मेरे प्यारे मित्र, मैं माँ के प्रेम को इतना ऊँचा दर्जा नहीं देता हूँ। बेनी बाबू ने तो शायद अपने जीवन में किसी और प्रेम का अनुभव न किया हो और उन्होंने अपना दृष्टिकोण व्यक्त कर दिया। क्या वाकई माँ का प्रेम पूरी तरह से निस्स्वार्थ होता है? मैं नहीं मानता, पर क्या एक माँ सड़क से किसी बच्चे को अपने बच्चे की तरह अपना सकती है? और क्या उसके प्रेम को निस्स्वार्थ प्रेम कहा जा सकता है? उसका यह लगाव उसके बच्चों के स्वयं के द्वारा उत्पन्न होता है।

किंतु जहाँ तक प्रेम की तुलना का सवाल है और मैंने जो महसूस किया है कि प्रेम के महासागर में माँ का प्रेम पानी का एक छोटा सा संग्रह मात्र है। इस आत्मकेंद्रित संसार में व्यक्ति के पास केवल माँ के प्रेम का ही सहारा है, इसलिए वे इसे इतना ऊँचा दर्जा देते हैं। जिस व्यक्ति को आप स्वयं पालते हैं, तब आपका उसके प्रति लगाव पैदा हो सकता है—इसमें कौन सी खास बात है? मगर जब कोई व्यक्ति किसी को सड़क से उठाकर अपने हृदय में सबसे ऊँचा स्थान देता है, तब उसका हृदय कितना बड़ा है। उसका प्रेम कितना महान् है! वैसे लोग इसे समझना अस्वीकार करेंगे।

क्या मैं पूरी तरह से गलत हूँ?

(16)

38/2 एलिगन रोड, कलकत्ता
18.7.1914
शनिवार, दोपहर 11 बजे

मुझे अभी-अभी तुम्हारा पत्र मिला। मैं शायद अपने कल के पत्र में यह बताना भूल गया था कि माँ, बाबा और अन्य लोग सोमवार को कलकत्ता पहुँच रहे थे। अच्छा होता कि तुम यहाँ आते, क्योंकि बाद में जब घर भर जाएगा, तब मुझे नहीं पता कि तुमसे हमारी मुलाकात सुविधाजनक होगी कि नहीं। कृपया रविवार को किसी भी समय जब तुम चाहो, आ जाओ। वह हमेशा हमारे साथ है, यदि वह भौतिक रूप से मेरे नजदीक नहीं भी है, तब भी मैं उसकी मौजूदगी महसूस करता हूँ तथा उसका आशीष हमेशा मेरा उचित मार्गदर्शन करता रहता है।

व्यक्ति का संचालन आत्मा और प्रेम के द्वारा होता है, पर यह बाहर से नजर नहीं आता है। मुझे इस विचार से कितनी प्रसन्नता होती है कि तुम अपना काम कर रहे हो। क्या संयोगवश तुमने एक दिन पहले दोपहर का खाना नहीं खाया था ? तुम्हें अपने साथ इतना कठोर नहीं होना चाहिए, तुम्हारा प्रायश्चित्त सामान्य रूप में नहीं होगा—यह सब ईश्वर की इच्छा, उसके प्रेम तथा उसी का काम है—अब मैं और क्या लिखूँ—तुम मेरा आशय भलीभाँति समझ सकते हो। मैं अब पूरी तरह से स्वस्थ हूँ, कल सुबह का ताप 97^0 था और शाम को अधिकतम 100.20 था। आज का ताप 97.40 है। अब मैं ठीक हूँ, चिंता की कोई बात नहीं है। जब हमारी मुलाकात होगी, तब हम बातें करेंगे। इतवार को तुम सुबह से दोपहर या शाम तक रह सकते हो। यहाँ दखल नहीं होगा, बेहतर होगा कि तुम अकेले ही आओ।

(17)

कलकत्ता,
शुक्रवार सायं
3.10.14

किसी को अपने हृदय के पास लाना ही उसका सबसे बड़ा उपहार है। जब ऐसा हो जाता है, तब कुछ भी देने के लिए नहीं बचता। जिसे भी यह उपहार मिलता

है, क्या वह सबसे भाग्यवान नहीं है? क्या ऐसे व्यक्ति से अधिक सौभाग्यशाली और खुश कोई है? परंतु जो इस उपहार के अनुरूप व्यवहार नहीं करता है, उससे अधिक अभागा कौन है? इसका परिणाम क्या है? परिणाम दोनों के लिए शांति है।

मेरी आँखों के सामने एक दृश्य उभर रहा है। यह तो दक्षिणेश्वर का काली मंदिर है। मेरे सामने काली माँ हैं और उनके हाथ में खड्ग है। यह आनंद का चित्र है, जिसमें वे शिव के ऊपर संतुलन बनाए हुए हैं तथा इनके चारों तरफ कमल के फूल हैं। उनकी तरफ मुँह किए हुए एक बालक है, जो कि बहुत ही मासूम है और प्रार्थना कर रहा है, "हे माँ, मेरी प्रार्थना स्वीकार करो, जो अच्छा है, वह बुरा भी है, जो पाप है, साथ ही सद्गुण है।" उग्र और प्रचंड माँ इतनी आसानी से संतुष्ट नहीं होती है—वह सबकुछ निगल जाना चाहती है, इसलिए उसके पास अच्छे के साथ बुरा और सद्गुण के साथ बुराई भी है। उस बालक को सबकुछ छोड़ना है। उसके पास शांति नहीं है और माँ उसे जाने नहीं देगी।

यह बहुत पीड़ादायक है, माँ के पास सबकुछ होना चाहिए। वह पूरी तरह से संतुष्ट नहीं है। इसलिए वह रो रहा है और बार-बार कह रहा है, "सबकुछ ले लो माँ, सबकुछ ले लो।" धीमे-धीमे उसकी आँखों से बहते आँसू रुक जाते हैं—उसके गालों और छाती पर पड़े आँसू भी सूख जाते हैं—उसका हृदय शांत हो जाता है। उसका मन हल्का हो चुका है और इसमें किसी भी पीड़ा का चिह्न नहीं है और सबकुछ शांतिमय हो चुका है। उसका हृदय भी प्रेममय है, अब वह उठकर खड़ा हो गया है। अब उसे अपने लिए कुछ भी नहीं कहना है, वह सबकुछ सौंप चुका है। यह बालक रामकृष्ण है।

(18)

27.3.15

मैं अप्रैल के आखिर में बाबा के साथ जा रहा था। बर्दवान के महाराज के घर हमारे ठहरने का इंतजाम था। मुझे विलास और घरेलू सीमाओं के बीच बँधे रहने में असहजता महसूस होती है, पर मैंने बर्दाश्त कर लिया। वैसे मेरा अध्ययन चार हिस्सों में बँटा होता है—

1. व्यक्ति और उसके इतिहास का अध्ययन
2. विज्ञान का सामान्य अध्ययन—प्रथम सिद्धांत
3. सत्य की समस्या—मानवीय विकास का उद्‍देश्य यानी दर्शन

4. संसार की महानता

इसके अलावा मैंने एक बार अपने कॉलेज की पुस्तकों का भी अध्ययन किया है। मैं अब अध्ययन के मामले में बहुत ही उत्साहित रहता हूँ। मैं अब चीजों को बिल्कुल विपरीत पाता हूँ। इम्तिहान समाप्त हो चुके हैं और अध्ययन में मेरी रुचि बढ़ गई है। मेरा मन सभी पुस्तकों को पढ़ जाने का करता है।

मैं बी.ए. में दर्शनशास्त्र में ऑनर्स करना और प्रथम आना चाहता हूँ। इस समय मैं यह तय नहीं कर पा रहा हूँ कि मुझे संस्कृत या अर्थशास्त्र पढ़ना चाहिए, क्योंकि आज के आधुनिक युग में अर्थशास्त्र का कुछ ज्ञान जरूरी है। संस्कृत तो व्यक्ति स्वयं ही पढ़ सकता है। अब सवाल यह है कि कॉलेज में पढ़ाया जानेवाला अर्थशास्त्र का व्यावहारिक क्षेत्र में कितना महत्त्व है। हालाँकि मैं इस विषय पर शीघ्र ही निर्णय लूँगा। यदि तुम स्वस्थ हो तो हम जर्मनी जाएँगे। भविष्य में अपने कामों को तय करने के लिए हमें धीमे-धीमे बढ़ना होगा और यदि आवश्यक हो तो हमें एक बार मिलना चाहिए।

यदि मेरे स्वास्थ्य ने साथ नहीं दिया तो मैं कलकत्ते में पढ़ाई नहीं करूँगा। वैसे कलकत्ते में अध्ययन का लाभ है कि वहाँ बहुत अच्छे प्रोफेसर हैं। कटक में पढ़ने का फायदा वहाँ की जलवायु बेहतर है और चूँकि वहाँ लोगों के बीच हमारा प्रभाव है, इसलिए वहाँ काम करने के अधिक अवसर हैं और यह कम-से-कम तब तक रहेगा, जब तक बाबा जीवित हैं। यदि आवश्यक हुआ, तब मैं कटक या हजारी बाग में पढ़ सकता हूँ। मैंने विवरण पत्र के लिए हजारीबाग पत्र लिखा है, यदि आवश्यक हुआ तो कुर्सियांग से वापस लौटकर मैं कलकत्ता में अपनी पढ़ाई को समाप्त कर दूँगा। यदि ऐसा होता है, तब तुम्हें मेरा कुछ कर्ज चुकाना पड़ेगा—शुरुआत में तुम मुझे थोड़ा धन दे सकते हो, क्योंकि वहाँ ट्यूशन का काम कम होगा और मुझे भी कुछ धन दत्ता गुप्ता को देना है।

(19)

कटक, शनिवार
3.4.1915

अब तक तुम्हें शायद मेरे दो पत्र मिल चुके होंगे। कल और इसके एक दिन पहले दो महत्त्वपूर्ण घटनाएँ भी घटी हैं। इस समय सबकुछ खोलकर लिखना संभव

नहीं है। गिरीश और सुरेश दा ने खासतौर से से मुझे इस विषय को कुछ समय बाद तुम्हें बताने को कहा है। मैं एक महीने में कलकत्ता आनेवाला हूँ और फिर वहीं तुम्हें सबकुछ बताऊँगा। यहाँ एक आश्चर्यजनक समाधान भी हुआ—गिरीश ने इसमें मध्यस्थता निभाई है। सुरेश दा ने कहा था कि उनके विचार से यह संबंध आवश्यक नहीं था, पर यह बुरा भी नहीं है। उन्होंने यह भी कहा कि उन्हें इस संबंध की पवित्रता में थोड़ा भी संदेह नहीं है, परंतु उन्हें हमारे इससे बाहर रहने की शिकायत पर पीड़ा अवश्य है। उन्होंने मुझे यह भी बताया कि हमारे व्यवहार को लेकर उनमें दिन-प्रतिदिन दुःख का भाव बढ़ा था। मुझे जो कुछ भी कहना था मैंने कह दिया। मैं गिरीश दा के विश्वास और चरित्र से बहुत प्रभावित हूँ। उन्होंने यह भी कहा कि यदि पूर्वी बंगाली के मन में किसी के प्रति संदेह उपजता है, तब वह उसके मुँह पर उसे झूठा कह देता है। वैसे अब सब ठीक है और हमें भी इस अध्याय को समाप्त कर देना चाहिए। हमने एक गलती की है और भविष्य में हमें इससे सावधान रहना चाहिए। हम यह भी न महसूस कर सके कि हमारे हर शब्द और व्यवहार का कितना अधिक असर होगा। इनका हमारे भाइयों पर कितना अधिक असर हुआ।

सुरेश दा ने मुझे यह भी बताया कि हमारा व्यवहार लोगों के साथ समानता का होना चाहिए, ताकि किसी को यह अंदाज न लगे कि कोई किसी खास व्यक्ति को कितना अधिक चाहता है।

(20)

18.7.15

क्या किसी व्यक्ति के लिए पूर्ण सत्य की अनुभूति संभव है? प्रत्येक व्यक्ति अपने जीवन में एक सापेक्षिक सत्य को पकड़ लेता है और फिर उसी पैमाने से अपने जीवन की अच्छाई-बुराई, सुख-दुःख को मापता रहता है। किसी भी व्यक्ति को किसी और जीवनदर्शन में या उसके खिलाफ बोलने या दखल देने का अधिकार नहीं हैं, पर वास्तविकता यह है कि दर्शन का आधार गंभीर और सच्चा होना चाहिए। इस संदर्भ में स्पेंसर का सिद्धांत है—"व्यक्ति तबतक सोचने या व्यवहार करने के लिए स्वतंत्र है, जब तक कि वह किसी अन्य व्यक्ति की समान स्वतंत्रता में अड़ँगा नहीं डालता।"

सबसे पहली चीज है बौद्धिक तैयारी और फिर विचार व कार्य साथ-साथ

चलते हैं। आखिरकार व्यक्ति को कर्म में स्वयं को पूरी तरह से छोड़ना ही पड़ता है। शुरुआत में व्यक्ति कामचलाऊ क्रियाओं में लगा रहता है, ताकि उसकी कर्म की क्षमता कम न हो।

जीवन के दो पक्ष होते हैं—बौद्धिक और चरित्र। आपका देश को सिर्फ चरित्र ही समर्पित हो, यह कार्य नहीं है—आप इसे अपना बौद्धिक आदर्श भी प्रस्तुत करने के लायक हों।

सबकुछ का थोड़ा जानना काफी नहीं है, बल्कि उसे एक व्यवस्थित संपूर्णता में संगठित करना और कुछ का सबकुछ जानना ही आवश्यक है। सिर्फ सबकुछ समाहित करना काम नहीं करेगा, बल्कि सक्रिय बौद्धिकता आवश्यक है।

मैं तुम्हें अपने बौद्धिक पेशे का संकेत दूँगा, पर अभी इसकी एक अस्पष्ट रूपरेखा ही मेरे मस्तिष्क में है, किंतु वह विचार वाकई महान् है—मुझे नहीं पता कि मैं उसे अपने जीवन में उतार भी पाऊँगा या नहीं। किंतु यदि ऐसा नहीं हुआ, तब भी विचार बहुत अच्छा है, कोई दूसरा व्यक्ति भी इसे पूरा कर सकता है।

(21)

इस समय अकाल राहत निधि के लिए काम करने के अतिरिक्त मेरे पास कुछ खास काम नहीं है। कुछ समय के लिए सभी अन्य काम रोक दिए गए हैं।

(22)

29.7.15

मैं इन दिनों कुछ खास काम नहीं कर रहा हूँ। निर्धन निधि-चर्चा—पत्रिका अभी तक शुरू नहीं हो सकी है। एक सप्ताह पहले से ही मैंने कोचिंग बंद कर दी है। इससे तुम्हारी अपनी पढ़ाई पर असर पड़ेगा, पर मैं एक सहायक के रूप में रहूँगा और यदि मेरी आवश्यकता हुई तो मैं पढ़ाऊँगा। उन लोगों ने मुझे कॉलेज अकाल निधि का सचिव बना दिया है। मुझे इसके लिए काम करना होगा, क्योंकि और कोई भी इसके लिए उपलब्ध नहीं है।

मैं राहत कार्य के लिए बाहर जाना चाहता हूँ, क्योंकि इस तरह व्यक्ति को व्यावहारिक अनुभव प्राप्त होता है और अकाल का अनुभव आपको हमेशा नहीं मिल सकता है। मेरी भावना है कि मैं जाऊँ—मैं वाकई जाने के लिए उत्सुक हूँ, पर

कुछ तार्किकताएँ मुझे रोक लेती हैं; जैसे—

1. मैं अपने स्वास्थ्य को नुकसान पहुँचा सकता हूँ, क्योंकि मैं बहुत मेहनत नहीं कर सकता हूँ।

2. कॉलेज राहत समिति का काम रुकेगा।

3. यदि मैं जाऊँगा, तब कॉलेज संगठन की तरफ से ही जाऊँगा, क्योंकि मैं इसी में हूँ।

मैंने उन्हें बताया कि मैं कुछ समय बाद उन्हें पत्र लिखूँगा। शायद मेरा जवाब नकारात्मक ही होगा। क्या तुम इस बारे में अपनी राय दोगे?

अन्यथा यह दुनिया जैसी है, मैं उसे वैसा ही देखना चाहता हूँ। वैसे मुझे अपनी इच्छाओं को दबाना चाहिए।

(23)

38/2 एलिगन रोड, कलकत्ता

31.8.15

अपने लेख में मैंने अपने दृष्टिकोण को परोक्ष रूप से व्यक्त किया है। मैंने इसे सर्वोच्च और भव्य तटस्थ के रूप में दरशाया है। जैसे-जैसे समय बीतता जा रहा है, मुझे अधिक-से-अधिक महसूस हो रहा है कि मुझे अपने जीवन में किसी उद्देश्य को पूर्ण करना है और इसी के लिए मेरा जन्म हुआ है तथा मुझे आम धारणाओं के प्रवाह में नहीं बहना है। यह इस संसार का नियम है और लोग भी मेरी आलोचना करेंगे, परंतु मेरी चरम आत्म-चेतना मुझे उन लोगों से प्रभावित नहीं होने देगी। यदि इस दुनिया का उपचार मेरे व्यवहार में बदलाव लाता है और मैं दुःखी और हताश हो जाता हूँ, तब यह और कुछ नहीं बल्कि मेरी ही दुर्बलता है। किंतु जब तक व्यक्ति आसमान से ऊपर पहाड़ियों के पार या रास्ते में पड़नेवाली गहराइयों से परे सबकुछ छोड़कर अपने उद्देश्य की तरफ लगा रहता है, तब वह पूरी तरह से अन्य चीजों से विलग रहता है। मुझे अपने आत्मविवेक के अनुसार ही चलना है—

मैं समझता हूँ कि व्यक्ति से वास्तव में तीन पूर्वापेक्षाएँ की जाती हैं—

1. अतीत का मूर्तरूप

2. वर्तमान का उत्पाद

1. भविष्य का भविष्यदृष्टा

1. मुझे पूर्व इतिहास यानी दुनिया की पुरानी सभ्यता को समाहित करना है।
2. मुझे स्वयं अध्ययन करना है, यानी अपने चारों तरफ की दुनिया का अध्ययन तथा यदि आवश्यक हुआ तो भारत और भारत के बाहर की यात्राएँ भी करनी हैं।
3. मुझे भविष्य का भविष्यवक्ता बनना है। मुझे प्रगति के नियम तलाशने हैं, जिसमें सभ्यताओं की प्रवृत्ति और फिर मानवता के विकास के लिए भविष्य का लक्ष्य तय करना है। इस मामले में जीवनदर्शन ही मेरी सहायता कर सकता है।
4. इस आदर्श की पूर्ति एक राष्ट्र के माध्यम से ही हो सकती है और इसका आरंभ भारत से ही है।

क्या यह एक महान् विचार नहीं है ?

हम जितना स्वर्ग की तरफ अपनी नजरें उठाएँगे, हम उतना ही अतीत की कटुता भूलेंगे। हमारे भविष्य का उदय अपनी भव्यता के साथ होगा।

तुमने अपने स्वास्थ्य के बारे में क्यों नहीं लिखा ? कृपया जवाब शीघ्र देना और मुझे बताओ कि तुम कैसे हो ? मुझे तुमसे बहुत सी बातें करनी हैं। हम कब मिलेंगे ?

(24)

16.9.1915

तुम्हारा पत्र आने वाला है।

बहुत से लोग पूछते हैं, जब दर्शन तुम्हें किसी निष्कर्ष पर नहीं पहुँचाता है और यह बढ़ता जाता है, तब व्यक्ति कुछ खास सिद्धांतों को छोड़ देता है और फिर दूसरे आ जाते हैं, इसके बाद उसके बाद वाले लोग बड़े सिद्धांत को लाते हैं; तकरीबन यही स्थिति दर्शन के साथ है, तब दर्शन या फिर जीवन को दार्शनिक रूप में क्यों लिया जाए ? जब दुनिया में हीगल का दर्शन आया, तब लोगों ने सोचा कि यही अंतिम शब्द थे, यानी अंतिम निष्कर्ष मगर यह दुनिया दुर्भाग्यशाली है। दर्शन की गति ने अब हीगल को पीछे छोड़ दिया है। यदि आपको जीना है तो आपको ऐसे

सवालों का सामना करना ही होगा। जिस तरह से एक खिले हुए फूल की सुगंध उसके साथ रहती है और इस पर कोई सवाल भी नहीं उठाता है। इसी तरह जीवन में ऐसे खोजी सवाल भी अपरिहार्य हैं।

दर्शन के अध्ययन से क्या फायदा है? क्या इससे आपको अपने सवालों और अपने संदेहों को जानने में मदद मिलती है या आपको यह पता चलता है कि और भी बहुत से लोगों ने इन विचारों के बारे में सोचा है। आप व्यवस्थित होकर सही दिशा में सोच सकते हैं।

जो भी व्यक्ति सनकी नहीं है, वही महानता हासिल कर सकता है, बल्कि सभी सनकी लोग महान् नहीं बनते हैं। सभी पागल लोग बुद्धिमान नहीं होते। क्यों? केवल पागलपन ही काफी नहीं है? कुछ और भी होना चाहिए। यदि तुम्हारे आत्मनियंत्रण पर तुम्हारी सनक हावी हो जाती है, तब तुम अपने सवालों के समाधान प्राप्त कर सकते हो। व्यक्ति अपनी भावनाओं के बीच भी शांत रह सकता है। केवल तभी तुम अपने जीवन को एक रचनात्मक आधार प्रदान कर सकते हो। व्यक्ति को अपनी भावनाओं पर नियंत्रण रखते हुए गंभीरतापूर्वक विचार करना चाहिए। बिना भावना के विचार करना असंभव है परंतु बिना भावना के विचार लाभप्रद नहीं हो सकते हैं। बहुत से लोग भावुक तो होते हैं, पर वे सोचना नहीं चाहते हैं और बहुत से लोगों को विचार करना नहीं आता है।

एक बार जब तुम्हें सोचने का तरीका आ जाता है, तब भय जैसा कुछ भी नहीं रह जाता है—वैसे निष्कर्ष पर पहुँचना फिर भी कठिन होगा, पर असंभव नहीं है। इसलिए मुझे विश्वास है कि मेरे विचार, मेरे संदेह, मेरे सवाल का अंत बिना किसी निष्कर्ष के नहीं होगा, क्योंकि यह मुझे कुछ सकारात्मक ही प्रदान करेगा। आप भी यही आशा कर सकते हैं।

मेरा विश्वास है कि यदि कोई आदर्श है, तो वह अवश्य ही पूरा होगा। उदाहरण के लिए यदि पूर्णता आदर्श है, तब व्यक्ति पूर्ण हो सकता है, अन्यथा पूर्णता ऐसा आदर्श नहीं हो सकता।

वैसे चाहे जो भी आदर्श हों, इन्हें प्राप्त किया जा सकता है और यही मेरे जीवनदर्शन का आधार है। व्यक्ति को अधीर नहीं होना चाहिए। जिन सवालों की तलाश में लोगों ने अपना पूरा जीवन लगा दिया, उनके जवाब हम एक दिन में कैसे पा सकते हैं।

परंतु जब तक मैं उन मूल सिद्धांतों को नहीं पा लेता, जिनपर मेरा जीवन

निर्मित होता है, तब मैं किसके साथ आगे जाऊँगा?

क्या तुम्हें कांट के जीवनदर्शन के बारे में पता है? वह मानते हैं कि कुछ सत्य होना चाहिए, वे इसका आकलन और इसकी आलोचना भी करते हैं तथा निर्ममतापूर्वक इसे छोड़ भी देते हैं। इसे छोड़ने के बाद वे एक उन्नत सत्य पर पहुँचते हैं। इसके बाद उस बाद वाले सत्य का उसी रूप में आकलन और आलोचना की जाती है और अंत में एक उच्चतम सत्य पर पहुँचते हैं।

जीवन भी इसी तरह का है। जीवन की तुम्हारी वर्तमान क्रियाशीलताओं को व्यवस्थित रूप से अनुकूलता प्रदान करने के लिए दर्शन का निर्माण होता है और फिर उसी दर्शन के अनुसार चलते हैं। दूसरी तरफ तुम्हारे मस्तिष्क के भीतर हर पल पुनरुत्थान और विध्वंस जारी रहता है। निरंतर निर्माण और ध्वंस के द्वारा ही जीवन विकसित होता है। किसी का निर्माण और फिर उसका ध्वंस, यही प्रक्रिया बारंबार चलती रहती है।

कुछ नहीं से कुछ भी नहीं निकल सकता है। व्यक्ति सत्य से उच्चतर सत्य की तरफ बढ़ता है। हमें असंगति से होकर गुजरना है। यही जीवन को पूर्णता प्रदान करते हैं।

यदि भावनाएँ तुम पर हावी हैं, तब तुम तार्किकता, आलोचनात्मक शक्ति और कृत्रिम शक्ति खो देते हो, क्योंकि केवल शांत पलों में ही व्यक्ति इन गुणों का उचित इस्तेमाल कर सकता है।

20.9.15

मैं अपने स्वास्थ्य के कारण अपने जीवन में कुछ खास कर पाने की कल्पना भी नहीं कर पा रहा हूँ। विवेकानंद ने बिल्कुल सही कहा था, "मजबूत तंत्रिका और बुद्धिमान मस्तिष्क हो तो संसार तुम्हारे चरणों में होगा।"

यदि यह बदलाव मेरे स्वास्थ्य को पूरी तरह से सुधारने में सहायक होगा, तब मुझे यकीन होना शुरू हो जाएगा कि यह दुनिया जीने लायक है।

(25)

26.9.15

मैंने अभी-अभी तुम्हारा पत्र पढ़ा और मैं यह समझ नहीं सका कि तुमने

जेसुईट आंदोलन के संबंध में मेरा विचार क्यों पूछा है।

इस समुदाय में अच्छाई और बुराई दोनों ही हैं। जो अच्छा है, वह वर्तमान समय के लिए अच्छा ही रहेगा और जो बुरा है, वह मूलभूत रूप से बुरा नहीं है—बीते दिनों में यह अच्छा था, परंतु यह वर्तमान समय के अनुकूल नहीं है।

इसका क्या कारण है? मानव का स्वतंत्रता के प्रति दृष्टिकोण बदल चुका है। प्राचीन काल में भारत के लोगों का स्वतंत्रता से आशय—संन्यास यानी वासना और लोभ आदि का त्याग था, परंतु अब इस स्वतंत्रता में राजनीतिक और सामाजिक बंधनों से मुक्ति भी जुड़ गई है। संन्यासी यदि चाहे तो दंडभाव के साथ सामाजिक और राजनीतिक बंधनों के बीच से निकल जाता है और वह शासन के नियम भी बदल सकता है। इस समय पश्चिमी दुनिया राजनीतिक और सामाजिक समस्याओं के समाधान ढूँढ़ने में लगी है। उनमें व्यक्तिवाद का उभार हो रहा है। वे इस पर बहुत अधिक गंभीर हैं कि व्यक्ति का समाज और शासक वर्ग के साथ कैसा संबंध होना चाहिए।

इनके इस द्वंद्व ने आवश्यक पारस्परिक आधिकारों के साथ तालमेल बैठा दिया था। अब हम समाज और शासन के संबंध में देख सकते हैं कि प्रत्येक व्यक्ति के कुछ खास अधिकार हैं और वह जबतक इनका दुरुपयोग या उल्लंघन नहीं करता है, वह स्वतंत्र है। प्रत्येक व्यक्ति इस मामले में सजग है कि वह मानव है और उसके कुछ विशेषाधिकार हैं।

हमारा जन्म एक लोकतांत्रिक युग और लोकतांत्रिक वातावरण में हुआ है। इसलिए यदि आप इसे नकारते हैं, तब आप इस समय के प्रवाह में कहीं नहीं रहेंगे।

तब क्या व्यक्ति संगठन को नुकसान पहुँचा सकता है? इसका उपाय क्या है? इसका जवाब सामंजस्य यानी तालमेल है। जब इसका उपाय है, तब भय जैसा कुछ भी नहीं है। जर्मनी ने इस समस्या का समाधान प्राप्त करने की काफी हद तक कोशिश भी की है। शांति के समय में वे अपनी स्वतंत्रता का आनंद लेते हैं (इन पर शासन का कोई नियंत्रण नहीं होता है) पर जब आवश्यकता के समय पुकार आती है, तब वे स्वेच्छा से अपनी स्वतंत्रता का त्याग कर अति आज्ञाकारितापूर्वक अपने हथियारों के साथ तैयार हो जाते हैं। यहाँ सामूहिक प्रयास के लिए ऐसा कानून है, सामान्यतया व्यापार के लिए प्रत्येक व्यक्ति अपनी दखल रखता है।

तानाशाही में योग्य लोगों की कमी होती है और इसका असर परिणाम पर पड़ता है। स्वाभाविक और संगठनात्मक रूप से जो अधिक बुद्धिमान और अनुभवी

होगा, उसका परिषद् में अधिक असर होगा और बाकी लोग उसकी तरफ आकर्षित होंगे। वे सभी उसका अनुकरण करेंगे और परामर्श मानेंगे तथा यह इसलिए नहीं होगा कि यह आदेश उसकी तरफ से है, बल्कि वे परामर्श वाकई मूल्यवान होंगे।

यदि किसी संगठन को मापने का यही पैमाना है, तब जेसुईट समुदाय की आलोचना करना कठिन नहीं होगा। आइए, अब इसी से मिलती स्थितियों पर एक नजर डालें—

1. प्रोटेस्टेंट धर्म—पश्चिमी सभ्यता और पश्चिमी प्रभाव
2. प्रतिरूपी सुधार—राष्ट्रीय और आध्यात्मिक जीवन में भारतीय पुनर्जागरण
3. लोयोला—क्रियाशील व्यक्ति के रूप में शुरुआत और धार्मिक व्यक्ति के रूप में जीवन का अंत
4. पेरिस—
5. चर्च—धार्मिक और स्थानीय
6. शुचिता—निर्धनता एवं पूर्ण आज्ञाकारिता
7. नायक—पूर्ण नायक
8. जीवन के आम कर्तव्यों से मुक्ति

तकरीबन सभी समुदायों और सहयोगी समूहों का इतिहास एक ही जैसा होता है। इनका उद्देश्य भी पूरी तरह से बुरा नहीं होता है। शुचिता और निर्धनता आवश्यक है और मैं आज्ञाकारिता पहले ही बता चुका हूँ। व्यक्ति समय की माँग के अनुरूप स्वयं को ढाल लेता है। यदि इसी को ध्यान रखें तो वर्तमान और अतीत के समय में काफी कुछ समान होता है। यह स्वाभाविक ही है कि इसने आपका ध्यान आकर्षित किया है।

मंगलवार

तुम्हारा पत्र कल मिला, मैं काफी हद तक ठीक हूँ। वैसे यह अभी तक तय नहीं हुआ है कि मैं कहाँ जाऊँगा। संभवत: कुर्सियांग ही जाऊँगा, क्योंकि बाबा भी वहीं जाने का विचार कर रहे हैं। उनके स्वास्थ्य में सुधार हो रहा है, पर पूरी तरह से ठीक होने में कुछ समय लगेगा। वैसे अच्छा होता कि काम से अवकाश ले लेते, पर समस्या यह है कि परिवार कैसे चलेगा?

(26)

26.9.15

अकसर ही मेरा अवसाद मेरे मस्तिष्क को अपनी छाया से घेर लेता है, पर आशा वैसे ही वापस आ जाती है, जैसे कि आसमान में बिजली की चमक। इसे कौन दबा सकता है ? उम्मीद की यह रोशनी जीवन को फिर से वांछनीय बना देती है और मुझे महसूस होने लगता है कि जीवन वाकई जीने लायक है।

(27)

एक तरफ तो व्यक्ति को ब्रह्मानंद का संदेश याद दिलाया जाता है और दूसरी तरफ पश्चिम का आदर्श, यानी जीवन की सक्रियता है। एक तरफ शांत और आत्मावलोकन की शांति है, जिसमें योगी संसार की निरर्थकता का अनुभव करता है और दूसरी तरफ पश्चिमी दुनिया की महान् प्रयोगशाला है। उनकी जीवनपद्धति, उनके आश्चर्यजनक अनुसंधान एवं आविष्कार और जानकारियाँ हैं। मेरा मन उस महाद्वीप में जाने का और जानकारी की तलाश में दस या बारह साल बिताने का करता है, आखिरकार जिसने कुछ कमाया है, वही कुछ देने की स्थिति में ही होता है। मेरी यह भी इच्छा है कि मैं उनके सक्रिय जीवन में एक बार अवश्य उतरूँ और फिर देखूँ कि क्या मैं प्रवाह के साथ बहने के बजाय स्वयं को भी निर्देशित कर सकता हूँ।

(28)

19.10.15

श्रीमान भावुक,

तुम्हारा पत्र कल मुझे मिला। इस समय मेरा वजन कुछ बढ़ गया है। मुझे थोड़ा आश्चर्य भी हुआ, क्योंकि कटक में यह थोड़ा कम था और अब मैं यहाँ एक महीना और हूँ, तब मुझे थोड़ा और बढ़ने की उम्मीद है।

वैसे मैं जब से यहाँ आया हूँ, मैं काफी स्वस्थ हूँ और इसीलिए मुझे पहाड़ पसंद हैं। यहाँ की कभी-कभी होनेवाली बारिश से तुम्हें परेशानी हो सकती है अन्यथा और किसी तरह की परेशानी नहीं है। यहाँ की चमकदार सूरज की रोशनी और सूखा कोहरा यहाँ के वातावरण को आदर्श बना देता है। वैसे मैंने अभी तक

पढ़ना शुरू नहीं किया है। देखो, मैं कब से बेहतर ढंग से शुरू कर पाता हूँ।

पहाड़ बहुत ही सुंदर होते हैं, मेरे खयाल से यहाँ की ढालुआ जमीन हमारे बहादुर आर्यों को आश्रय के लिए काफी अनुकूल लगी होगी। व्यक्ति को विकृत समतल स्थानों में नहीं रहना चाहिए, वैसे जब इसमें कुछ हो ही नहीं सकता है, तब सिर्फ कहने से क्या फायदा। कलकत्ते में दो मंजिला मकान बनवाने में जिसकी लागत भी पचास हजार रुपए आएगी, से बेहतर है, पहाड़ पर घर बनवाना। पहाड़ नापने और मांस खाने से बेहतर और कोई तरीका आर्यों के रक्त को पुनर्जीवित करने का नहीं हो सकता है।

वैसे अब हमारी रगों में यह शुद्ध आर्य रक्त नहीं बह रहा है। युगों की दासताँ ने काफी मिलावट कर दी है।

मैं पहाड़ों के बारे में जब भी सोचता हूँ, तब मुझे बहुत आश्चर्य होता है। एक तरह की शक्ति का एहसास हमारे अस्तित्व में व्याप्त हो जाता है। हममें पुनः पहाड़ों को पार करने की शक्ति आ जाती है। ऐसा केवल तभी हुआ होगा, जब आर्यों ने वेदों की रचना की होगी।

हिंदू नस्ल के पास अब वह प्राचीन ताजगी, यानी वह युवा ऊर्जा और विशेष मानवीय गुण नहीं है, यदि हम उन्हें वापस लाना चाहते हैं, तब हमें अपनी जन्मभूमि पवित्र हिमालय से ही शुरू करनी होगी। भारत के पास ऐसा कुछ मूल्यवान भव्य और गर्व करने लायक है, जिसके साथ स्मृतियाँ जुड़ी हैं तो वह हिमालय है। इसीलिए जब तुम हिमालय के सामने होते हो, तब ऐसी स्मृतियाँ तुम्हारे मस्तिष्क में लौट आती हैं।

तुम्हारा
बुद्धिवादी

(29)

हाक्स नेस्ट, कुर्सियांग
20.10.15 बृहस्पतिवार

तुम्हारा पत्र कल मिला।

तुम बीमार मन के साथ पहाड़ों पर गए थे। इसलिए तुम इस यात्रा का आनंद नहीं उठा सके, तुम एक बार फिर वहाँ शांत दिमाग के साथ जाओ।

पहाड़ों में शारीरिक शक्ति बढ़ जाती है और व्यक्ति को पूर्ण शांति मिलती है।

पहाड़ों के शांतिदायक एकांत में जीवन स्वप्नदर्शी होता है तथा यहाँ की कुहासे भरी पहाड़ियों में सुंदर कविता का आवरण भी उठता है। शायद पोप या किसी अन्य ने कहा था—

"मुझे अब अनदेखा अनजाना जीवन जीने दो
अतः मुझे बिना शोक के मरने में संसार से दूर और कोई
पत्थर भी न बता सके कि मैं कहाँ लेटा हूँ।"

जब तुम पहाड़ों पर आते हो, तब तुम इन शब्दों की भावना को समझ सकोगे। किंतु व्यक्ति को यह मानना चाहिए कि मानवजीवन का केवल एक ही पहलू बाहर से यहाँ नजर आता है, जबकि दूसरा दीवानगी भरा हिस्सा तुम कलकत्ते में देखते थे, जो कि वहीं निष्क्रिय पड़ा है। कलकत्ते में मेरा मस्तिष्क किसी-न-किसी काम में व्यस्त रहता है। मस्तिष्क काम करने के लिए बाध्य है; जीवन की जटिलताएँ इसकी गंभीरता और समस्याएँ तुम्हारे मस्तिष्क पर बोझ बनी रहती हैं, परंतु तुम कुछ पलों के लिए स्वप्न विलासी तो बन ही सकते हो। आखिरकार जीवन इतना निष्ठुर क्यों हो?

तुम्हारा
बुद्धिवादी

(30)

मेरे अधिकतर विचार मेरे अपने ही बारे में होते हैं। मुझे यह जानकर आश्चर्य होता है कि व्यक्ति के जीवन को किसी कितनी द्वंद्वात्मक इच्छाएँ और उद्देश्य प्रभावित करते हैं। व्यक्ति नहीं जानता है कि उसकी बहुत सी इच्छाएँ कहाँ से आती हैं और फिर कुछ समय के बाद गायब भी हो जाती हैं। ये सभी इच्छाएँ क्यों और कहाँ से आती हैं, यह मैं नहीं बता सकता। मानव जीवन का प्रथम अध्याय बिल्कुल ही अतार्किक है, हमें यह कहने में गर्व होता है कि मानव बहुत ही तार्किक है, पर व्यक्ति तार्किकता के बजाय अधिक अतार्किक है। मानव तार्किकता के बजाय पशुओं की भाँति मूल प्रवृत्ति और भावनाओं के द्वारा व्यवहार करता है। मैं अपने बहुत से व्यवहारों के कारण और अर्थ नहीं समझ सकता हूँ। यह कितना विचित्र है।

आज मुझे मेरे मस्तिष्क में लंबे समय से जमे एक सवाल का समाधान मिल गया, जिस समय मैं मंदिर में बैठा था कि तभी यह जवाब मिला।

तुम्हारा
पश्चिमी दार्शनिक

(31)

वार्त्ताओं के दौरान मुझे पता चला कि जेसुईट के इतिहास की एक विस्तृत रूपरेखा है। इसे एक शब्द में व्यक्त करना आसान नहीं है, इसलिए जब हम मिलेंगे, तब तुम्हें इस बारे में बताएँगे। वे बहुत ही कटुतापूर्वक ढंग से शिकायत करते हैं कि आधुनिक इतिहास में उनकी स्थिति बहुत ही कमतर आँकी गई है, क्योंकि अधिकतर इतिहासकार प्रोटेस्टेंट हैं और यहाँ तक कि राजशाही भी वही है। दार्शनिक इतिहास में भी उन्हें कोई स्थान नहीं दिया गया है। शेवल्गर का दर्शन, जिसे हमने पढ़ा भी है, इसमें मध्ययुगीन दर्शन का एक बड़ा हिस्सा हटा दिया गया है।

मेरा मन मध्ययुगीन या शास्त्रीय दर्शन जैसे धर्मशास्त्र पढ़ने का करता है, पर जब मुझे पता चला कि उन्हें धर्मशास्त्रों के अध्ययन और इसमें डिग्री लेने में चार साल लगेंगे, तब मैंने इसकी कोशिश नहीं की। इसकी वजह और कुछ नहीं बल्कि समय का अभाव था।

जेसुईट कहते हैं कि मध्ययुगीन दर्शन सिर्फ धर्ममात्र है और जेसुईट ही सभी साहित्यिक एवं शैक्षणिक क्रियाशीलता के अगुआ रहे हैं। सारे योरप की शिक्षा उन्हीं के अधिकार में थी।

उनके धर्मसिद्धांत और इसका रूप बहुत ही अधिक सिद्धांतवादी है—मैं इसके बारे में तुमसे बाद में चर्चा करूँगा, मगर कुछ खास मामलों में वे बहुत ही आकर्षक हैं। वे संस्थापकों की उपासना नहीं करते और उनके संगठनों में आंतरिक मार्ग धर्मांधता ने नहीं निर्मित किए हैं। उनके धर्म सिद्धांत मात्रात्मक रूप से बहुत अंतर नहीं करते हैं—इसमें सबकुछ परिभाषित है। जो व्यक्ति इन परिभाषित मतों को स्वीकार नहीं करेगा, उसका वहाँ कोई स्थान नहीं है।

तुम्हारा
बुद्धिवादी

(32)

विश्राम कुटी
कुर्सियांग
7.11.1915

मेरे प्यारे कवि

मुझे तुम्हारे पत्र से यह जानकर दुःख हुआ कि तुमने मुझे एक शरारती व्यक्ति

के रूप में देखा। तुम अच्छी तरह जानते हो कि मैं हमेशा से ही एक नेक लड़का रहा हूँ—क्या मैं शैतान हूँ? तब तुम्हारे इस दोषारोपण से क्या आशय है? क्या व्यक्ति किसी समय किसी शैतानी तक हमेशा अच्छा लड़का रह सकता है? इसलिए मैं एक शैतान लड़का नहीं हो सकता हूँ और मेरे द्वारा कोई शैतानी असंभव है।

मैं कोई विचारक या कवि नहीं हूँ, तब मैं कविता या गीतकाव्य की भावनाओं की प्रशंसा कैसे कर सकता हूँ? चूँकि तुम्हारी गंभीर आत्मदर्शी, बेहतर और महान् कविता के विचारों को समझने में असफल रहा, इसलिए बाह्य रूप से मैंने इसकी केवल आलोचना ही की थी। जिन लोगों में बेहतरीन समझ होती है और वे पारखी भी नहीं होते, तब वे वाल्मीकि के चारों तरफ चींटियों की बाँबी ही देखते हैं तथा मधुसूदन के पदों की रिक्तता तथा रवींद्रनाथ की कलकत्ता की भाषा एवं अवींद्रनाथ के रेखाचित्र ही देखते हैं। इसलिए आश्चर्य ही होगा कि इस स्तर के पाठक तो तुम्हारी विचारयुक्त कविताओं में लय को कभी पहचानें।

यदि इस मामले में मेरी गलती हुई है, तब इसकी वजह से मेरी पहचानने की कमी और मेरी प्रशंसा की योग्यता हो सकती है। अपने मस्तिष्क की इस कमी के लिए मैं क्षमाप्रार्थी हूँ।

प्रो. प्रफुल्ल चंद्र यहाँ से जा चुके हैं। मैंने उनके साथ बातें भी की हैं।

तुम्हारे अपने जीने के तरीके पर तुम्हारे लेख में तुम दूसरे लोगों की राय के साथ नहीं चलते हो। तुम्हें जो भी कहना है, तुम कहोगे—दूसरे से कोई फर्क नहीं पड़ता।

जहाँ तक मेरे लेख की बात है, जब तक कोई यह न जाने कि मैंने इसे किस भावना से लिखा है, यह अर्थहीन होता है। वैसे यह आश्चर्यजनक नहीं होगा कि कुछ लोग इसे समझ पाएँ, पर इससे कोई फर्क नहीं पड़ता।

ऐसे ही एक समाज या संगठन में एक खास व्यक्ति बहुत ऊँची स्थिति हासिल कर सकता है, पर मैं यह भलीभाँति जानता हूँ कि एक अलग तरह की व्यवस्था में उसका स्थान बहुत नीचे हो सकता है। चीजों के बारे में व्यक्ति का आकलन उसके अपने विचारों और उसके अपने अनुमान पर निर्भर होता है।

इसलिए दूसरे लोगों के द्वारा की गई प्रशंसा और प्रशंसा न किया जाना तुम्हें कैसे प्रभावित कर सकता है? हाँ, तुम बिल्कुल सही कहते हो कि तुम्हारा मार्गदर्शन तुम्हारे भीतर का प्रकाश ही करता है।

तुम्हारा
बेवकूफ और बेचारा
पत्र व्यवहारी

(33)

विश्राम कुटीर
कुर्सियांग
17 नवंबर, 1915

भगवान् बुद्ध की शिक्षाओं से तुम्हारा प्रभावित होना स्वाभाविक है, पर मुझे प्रसन्नता तब होगी, जब तुम उनका पालन करोगे।

क्या तुम ऐसा करोगे ?

मैंने अपनी जीवन की समस्या का समाधान काफी हद तक कर लिया है। अचानक ही कल मुझ इसका उत्तर मिल गया। मैंने इसका समाधान बौद्धिक रूप से कर लिया है। मैंने प्रमुख सिद्धांतों का निर्णय कर लिया है और कुछ छोटी-छोटी समस्याएँ ही बची हैं। मुझे अब एक दृढ़ इच्छाशक्ति चाहिए, जिससे मैं व्यवस्थित रूप से इसकी योजना बना सकूँ। मुझे पद्धति में थोड़ी कमी नजर आती है, क्योंकि मैं व्यवस्थित रूप से काम नहीं कर पाता हूँ, पर मैं इसे अपने प्रयास और अभ्यास से सुधार लूँगा।

कल सुबह संभवत: हम दार्जिलिंग जानेवाले हैं। वहाँ से हम शेंशल हिल जाना चाहते हैं। साफ दिन में तुम शेंशल हिल से एवरेस्ट की चोटी देख सकते हो। हम दो या तीन दिनों में वापस लौटेंगे।

(34)

क्राग माउंट
दार्जिलिंग, शनिवार
20.11.1915

हम यहाँ परसों ही आ गए थे। कुछ मामलों में यह स्थान कुर्सियांग से बेहतर है। यहाँ तुम्हें अच्छा खाना और प्रकृति के सुंदर दृश्य देखने को मिलेंगे। साथ ही यहाँ और भी बहुत-सी घूमने की जगहें हैं। हमने यहाँ ऑब्जरवेटरी हिल, वनस्पति बाग, संग्रहालय, रेस कोर्स, सेना की बैरक और माउंट सेंगल देखा है। माउंट सेंगल से कंचनजंघा भी दिखाई पड़ती है तथा हमने माउंट एवरेस्ट देखा। सेंगल की ऊँचाई लगभग 8,400 फीट है, हम यहाँ आज सुबह ही गए थे। यहाँ पहाड़ी पर तकरीबन छह मील चढ़ाई चढ़नी पड़ती है। सौभाग्य से आसमान साफ था और

हमें एवरेस्ट का सुंदर दृश्य दिखा।

हालाँकि इस शहर की एक कमी है कि यहाँ कलकत्ते की भीड़ आ जाती है, मगर इस समय भीड़ नहीं है। लोग मैदानी क्षेत्र में वापस लौट चुके हैं, इसलिए मैं यहाँ आनंद ले रहा हूँ। हमें यहाँ बरामदे से बर्फ की चोटियाँ नजर आ रही हैं। यहाँ चारों तरफ पहाड़ ही पहाड़ और गगनचुंबी चोटियाँ तथा निरंतर बर्फ से ढकी रहनेवाली कंचनजंघा की चमकती चोटियाँ भी नजर आती हैं। कितनी अद्‌भुत है यह जगह! जब तुम इन्हें देखोगे तब तुम मुश्किल से ही अपनी भावनाओं पर नियंत्रण रख सकोगे। क्षितिज पर एक ओर से दूसरी ओर तक बर्फ से ढकी पहाड़ों की चोटियाँ देखकर ऐसा लगता है, जैसे आसमान में लहरें टकरा रही हैं। इन पहाड़ों की ढलान पर बौद्ध लामाओं के मठ हैं। यदि कोई व्यक्ति बिल्कुल ही निजी जीवन जीना चाहता है तो घुमक्कड़ जीवन से अधिक संतोषजनक और कुछ नहीं हो सकता है। मेरा मन सिक्किम और नेपाल तक पहाड़ पार कर यात्रा करने को करता है। यहाँ से एक सड़क तिब्बत तक भी जाती है और इसका इस्तेमाल व्यापार के लिए किया जाता है। किंतु आज के वर्तमान जीवन में बंगाल के युवाओं के लिए घुमक्कड़ी वाली तीर्थयात्रा नहीं है। इनके कंधों पर भारी जिम्मेदारी है।

एक बार कुर्सियांग में मुझसे एक भले आदमी ने पूछा था कि मैं यहाँ कैसे आनंद लेता हूँ। शिष्टाचार के लिहाज से मैंने कहा था कि बहुत अच्छी तरह, परंतु मैंने मन-ही-मन सोचा था कि आनंद के दिन गुजर चुके थे। आठ साल पहले पूजा की छुट्टियों में जब मैं दार्जिलिंग आया था, उस समय हम यहाँ आनंद लेने आए थे। पर क्या अब मुझमें परिवर्तन आ चुका है? उन दिनों के अपने लड़कपन की भावना में मैंने कहा था, "मेरे जीवन का यह सबसे अधिक खुशी का दिन होगा, जब मैं आत्मनिर्भर हो जाऊँगा और तब मैं दार्जिलिंग आऊँगा।"

किंतु आज मेरा जीवन मेरे अपने आनंद के लिए नहीं है। यह सत्य है कि मेरा जीवन प्रसन्नता से रिक्त नहीं है, पर यह सिर्फ आनंद के लिए नहीं है—मेरे जीवन का एक लक्ष्य है, एक कर्तव्य है। वह भला आदमी अपने सवाल के साथ संभवत: कुर्सियांग आनंद के लिए आया था, पर मैं यहाँ शारीरिक और नैतिक सुधार के लिए आया हूँ। मैं इन पहाड़ों से जाना नापसंद करता हूँ। बंगाल का अपना एक आकर्षण है, मगर इस पहाड़ी क्षेत्र की बात ही अलग है। वास्तव में हिमालय ईश्वर का निवास यानी स्वर्ग है। हमारा अनपढ़ ब्राह्मण रसोईया कंचनजंघा की तरफ इशारा करते हुए कहता था, "वह स्वर्ग का रास्ता है।" हम सभी इस पर हँसते थे,

पर मैं महसूस करता था कि उसके शब्द अलंकारिक रूप से सच्चे थे।

यदि मैं तुम्हें सबकुछ बताने लगूँगा, तब यह कभी खत्म नहीं होगा। मैं यहाँ एक संपन्न रिश्तेदार के यहाँ हूँ। उन्होंने मेरा बहुत ही अच्छे ढंग से खयाल रखा है। मैं यहाँ अपने एक मामा के साथ आया हूँ। लोग यहाँ मेरे मनमौजी स्वभाव के बारे में जानते थे और अब और भी अधिक जानेंगे।

मैं अपने बारे में काफी कुछ लिख चुका हूँ। हम कल कुर्सियांग के लिए निकलेंगे और फिर अगले दिन कलकत्ता चले जाएँगे। उसके अगले दिन दोपहर 11 बजे तक सियालदह पहुँचेंगे और उसी दिन मैं कॉलेज जाने की कोशिश करूँगा।

जब मैं तुमसे मिलूँगा तब तुम्हारे बारे में पूछताछ करूँगा कि तुमने अपने स्वास्थ्य का ध्यान क्यों नहीं रखा। मैं तुम्हारे बारे में सुनता रहता हूँ, पर तुम मुश्किल से ही अपने बारे में लिखते हो। तुम्हें यह भी बताना पड़ेगा।

(35)

बुधवार,
सायं 8.12.1915

आज विश्वविद्यालय में जगदीश चंद्र बसु के स्वागत समारोह में एक सभा का आयोजन किया गया था। मैं भी जगदीश चंद्र के मुँह से कुछ शब्द सुनने और उन्हें देखने की आशा में वहाँ गया था। मैं नहीं जानता कि अपने बचपन से मेरे मन में जगदीश चंद्र बसु और विवेकानंद के प्रति गहरा सम्मान है। मैंने जब से उनकी तसवीरें देखी हैं और लोगों से उनके बारे में सुना है, मैं उनकी तरफ आकर्षित हुआ हूँ। वैसे इस सभा का आयोजन उनके सम्मान में ही हुआ था, पर एक देशभक्त हृदय के अलावा यह और कोई नहीं समझ सकेगा कि वहाँ बंगालियों और बंगाली छात्रों के द्वारा उनका कितना अपमान किया गया था। इस आयोजन में होनेवाले संगीत, स्थानीय वाद्ययंत्रों का संगीत, कविताएँ आदि बहुत ही सुंदर थीं, पर इसके बाद वहाँ अंग्रेजी में एक नाटक का मंचन हुआ, जिसके कलाकार विद्यार्थी ही थे—अब आप स्वयं ही अंदाजा लगा सकते हैं कि यह किस तरह का होगा और आखिर में—ईश्वर ने राजा की रक्षा की! जब मुझे पता चला कि यह नाटक भी इस कार्यक्रम में है, तब मैंने वहाँ से जाने का सोचा, पर जगदीश चंद्र को सुनने की इच्छा में मैं इस नाटक

के दौरान झपकी लेता रहा। वहाँ मौजूद ऊधमी युवाओं के बीच मैं आँखें बंद किए शांत बैठा रहा। सभा समाप्ति की तरफ आ गई, पर मेरी इच्छा पूरी न हो सकी। मैं उदास मन के साथ वापस लौट आया और मैंने मन-ही-मन सोचा कि जब तक हम अपने महान् लोगों का उचित ढंग से सम्मान करना नहीं सीखेंगे, तब तक बंगालियों या भारत का उद्धार नहीं हो सकता। एक महान् व्यक्ति का नाटक के द्वारा सम्मान। कितना शर्मनाक है। बेचारा भारत! हे बंगाली! तुम कितना नीचे गिर गए।

इस घटना ने मुझे काफी हद तक पीड़ा पहुँचाई थी। अति आदरणीय धर्मपाल की सभा में कही एक बात मुझे बार-बार याद आती है, "जब तक व्यक्ति ऐंद्रीय सुखों के पीछे भागता रहेगा, भारत कभी खड़ा नहीं हो सकेगा।" मुझे उनके वही शब्द याद नहीं हैं, पर यही उनका भाव था। मैंने देखा है कि बंगालियों में ऐंद्रीय सुखों की चाहत उनके मन में गहराई तक अपनी जड़ें जमा चुकी है और उनकी बुद्धिमत्ता के बावजूद यही उनकी कमजोरी की प्रमुख वजह भी हैं।

आखिरकार इसका बचाव क्या है? मुझे लगता है कि इसको प्रभावहीन करने के लिए हमें कठोर शुचितावादी सिद्धांतों का पालन करनेवाले विलक्षण युवाओं के समूह की आवश्यकता है। हमारे देशवासियों को अपनी आँखें खोले रखनी चाहिए। वाकई रामकृष्ण के पास राष्ट्रीय चरित्र का मूल है।

मैं नहीं जानता कि जगदीश चंद्र ने इस स्वागत समारोह को किस रूप में लिया था। जगदीश चंद्र एक ऐसे देशभक्त हैं कि उनका देश उन्हें जो भी देगा, वे उसे स्वीकार कर लेंगे। चाहे वह फूलों की सुगंध हो या फिर राख का ढेर, पर इसमें थोड़ा ही संदेह हो सकता है कि इस स्वागत से उन्हें पीड़ा हुई होगी।

मैं अपनी वार्त्ता सभा के स्तंभ (नेक्स्ट मनडेज रीडिंग) के लिए एक लेख लिख रहा हूँ, जिसका विषय वैदिक और पौराणिक काल में भारतीय सभ्यता है। इस संदर्भ में यदि तुम मुझे एक या दो पुस्तकें या अपने नोट्स भेज दो तो मुझे इसके शीर्षक आदि में आसानी होगी।

(36)

आजकल मैं बहुत ही तार्किक और समझदार हो गया हूँ। मेरी भावुकताओं का करीब-करीब अंत हो चुका है और एक तटस्थ दृढ़ता ने मुझे जकड़ लिया है। जैसे-जैसे दिन बीतते जा रहे हैं, जीवन के आदर्श मुझे स्पष्ट होते जा रहे हैं, पर मेरे पास इन्हें पूरा करने की पर्याप्त शक्ति नहीं है।

इस दुनिया में सभी के साथ मेल-मिलाप रखने के लिए व्यक्ति को अपने खोल से बाहर निकलना पड़ता है। क्या मैं यह कर पाने में सफल हो पाया?

(37)

शुक्रवार, 27.12.1915

हम दिसंबर में फिर वापस लौट आए तथा जनवरी अब बहुत दूर नहीं है। दो साल पहले इसी समय हम शांतिपुर में थे। शांतिपुर के संन्यासियों की मंडली की अति मधुर यादें अभी भी मेरी स्मृति में हैं।

भारत लगभग अपना सबकुछ खो चुका है—इसकी आत्मा भी जा चुकी है, पर हमें परेशान नहीं होना चाहिए और उम्मीद भी नहीं छोड़नी चाहिए। कवि ने कहा है, "तुम्हें अपना पुरुषार्थ पुनः प्राप्त करना चाहिए।" हाँ, हमें पुनः प्राप्त करना चाहिए। भारत की इस सुंदर भूमि में इस समय ऐसे जीव चिल्ला रहे हैं, जो कि मृत अतीत के प्रेतमात्र हैं। सभी स्थानों में निराशा, मृत्यु, विलास, रोग, अंतहीन दुःख व्याप्त हैं—दुर्भाग्य के काले बादलों ने भारत के संपूर्ण आकाश को ढक लिया है, परंतु इस निराशा, नीरवता, निर्धनता, भूख और गंदगी एवं आधा पेट खाए लोगों के रुदन तथा दूसरी तरफ धनी और विलासी लोगों के कोलाहल के बावजूद हमें भारत का स्पष्ट गीत फिर से गाना है और वह है—उठो और जागो।

(अगले दो पत्रों में प्रेसीडेंसी कॉलेज में हुए ओएटन मामले का जिक्र है, जिसे नेताजी ने अपनी जीवनी में भी लिखा है।)

(39)

38/2, एलीगन रोड
कलकत्ता, 29.2.1916

हेमंत कुमार,

मैं तुम्हें एक या दो दिनों से पत्र नहीं लिख सका, क्योंकि ऐसा कुछ खास लिखने के लिए नहीं था। तुम्हें मेरे लिए बेचैन होने की जरूरत नहीं है। तुम्हें कुछ समय तक धैर्यपूर्वक इंतजार करना पड़ेगा।

सिंडिकेट के मेरे प्रस्तुतीकरण के संदर्भ में, उन्होंने मेरे मामले में अबतक किसी तरह का आदेश जारी नहीं किया है। वे संभवतः समिति की रिपोर्ट प्रकाशित होने तक इंतजार करेंगे। आज मैंने समिति के सामने अपने मामले पर पुनर्विचार

करने और अपने साक्ष्य रखने का अनुरोध किया है। समिति इस समय प्रोफेसरों की गवाही दर्ज कर रही है। मेरे विचार से प्रोफेसरों की सुनवाई में तीन से चार दिन लगेंगे और फिर छात्रों को बुलाया जाएगा। तब हम पेश होकर अपना साक्ष्य प्रस्तुत करेंगे। समिति की शर्तें काफी विस्तृत हैं। उनकी निम्न विषयों पर जाँच होगी—

1. प्रेसीडेंसी कॉलेज में योरोपीय और भारतीय प्रोफेसरों के आपसी संबंध
2. योरोपीय प्रोफेसरों और भारतीय छात्रों के बीच संबंध
3. भारतीय प्रोफेसरों और भारतीय छात्रों के बीच संबंध
4. अनुशासनहीनता का कारण, जिसकी वजह से हड़ताल हुई
5. अनुशासनहीनता का कारण, जिसकी वजह से हमला हुआ।

संभवतः सरकार कुछ नए तरह के सुधार ला सकती है, जिनके अनुसार प्रेसीडेंसी कॉलेज चलेगा और इसके नियम समिति के प्रस्ताव के आधार पर ही बनेंगे। इसमें इस बात का भी ध्यान रखा जाएगा कि भविष्य में इस तरह की परेशानी न हो। इसलिए तुम समझ सकते हो कि यह मामला बहुत ही गंभीर है। चूँकि आशू बाबू यहाँ हैं, इसलिए हमें आशा है कि छात्रों के अधिकारों का नुकसान नहीं होगा। यदि समिति हमें निर्दोष ठहराती है या संदेह का लाभ प्रदान करती है, तब हम सिंडिकेट में स्वयं को प्रेसीडेंसी कॉलेज के विद्यार्थी के रूप में बने रहने के लिए आवेदन करेंगे। यदि हमें स्थानांतरण प्रमाणपत्र देती है, तब हमें किसी अन्य कॉलेज में दाखिला लेने में परेशानी नहीं होगी। यदि हमें यह नहीं मिलता है, तब मैं पूरी तरह से निलंबित माना जाऊँगा। हालाँकि वे ऐसे मामलों में एक साल से अधिक के लिए किसी को नहीं निकालते हैं। बहुत ही गंभीर अपराध के लिए ही जीवन भर के लिए निकाले जाने का आदेश होता है और इसका अर्थ पढ़ाई का अंत।

इस स्थिति में मेरे पास एक अनुकूल स्थिति है। चूँकि मेरी पहचान अच्छे विद्यार्थी के रूप में है और उच्च वर्ग में भी लोग मुझे जानते हैं तथा लोगों की एक बड़ी संख्या को भी पता है कि मैं निर्दोष हूँ। आशू बाबू भी मुझे निजी तौर पर जानते हैं तथा मेरे खिलाफ साक्ष्य भी बहुत कमजोर हैं। इसलिए मेरे निरपराध और मुक्त होने की पूरी संभावना है। कम-के-कम मुझे स्थानांतरण तो मिल ही जाएगा।

यदि सबकुछ बेकार चला गया तब मैं न्यायालय जा सकता हूँ।

(40)

38/2 एलिगन रोड, कलकत्ता
6.3.1916

हेमंत,

तुम्हारा कोई समाचार न पाकर मैं चिंतित हूँ। क्या तुम्हें मेरा पत्र नहीं मिला है? हमारे पत्रों को बीच में अवरुद्ध किया जा रहा है। मेरे खयाल से मैंने अपना पिछला पत्र समिति के सामने पेश होने के एक दिन बाद ही लिखा था। तुमने सुना होगा कि छात्रावास बंद है और कॉलेज भी छुट्टियों से पहले नहीं खुलेंगे। ऐसा मालूम पड़ता है कि हमारे प्रति समिति का व्यवहार अनुकूल है और उम्मीद है कि यदि हमें निरपराध नहीं ठहराया जाएगा, तब भी संदेह का लाभ दे दिया जाएगा। खैर, हमें देखना और इंतजार करना है। वैसे तुम्हें मेरा परामर्श है कि मेरे पत्रों को नष्ट कर देना।

कृपया मुझे और भी समाचार देना। मैंने इन दिनों बेनी बाबू से भी बात की थी। उन्होंने लड़कों की कठोरतापूर्वक आलोचना की और मि. जेम्स के प्रति सहानुभूति व्यक्त की।

तुम्हारा स्वास्थ्य कैसा है, तुम कैसे हो, लिखना। आशा करता हूँ कि तुम अपना खयाल रख रहे होगे और मुझे तुम्हें इसके लिए याद नहीं दिलाना होगा। कृपया जवाब शीघ्र देना।

तुम्हारा
सुभाषचंद्र

(41)

मैं जब से तुमसे दूर हुआ हूँ, तुम्हारी मानसिक स्थिति ठीक नहीं है, फिर भी मुझे आना ही था। मैं पिछले कुछ दिनों से तुम्हें पत्र न लिख सका। क्या यही वह वजह थी, जिसके कारण तुमने पत्र नहीं लिखा? मैंने अगली सुबह तुम्हें देखने का मन बनाया था, पर किन्हीं कारणों से ऐसा न कर सका। मुझे बताओ कि इस समय तुम कैसे हो? मैं जानना चाहता हूँ कि लोग तुम्हारे स्वास्थ्य के बारे में क्या कहते हैं?

ऐसा लगता है कि मुझे अपनी पढ़ाई रोकनी पड़ेगी। मेरे सामने एक गंभीर संकट है, अब तक मैं लोगों से परामर्श और सहायता लेता रहा हूँ। अब मुझे लगता है कि समाधान स्वयं मेरे ही पास है। इस समय मेरी मन:स्थिति ठीक नहीं है। मुझे

नहीं पता कि मैं इससे ठीक होऊँगा। वैसे मेरे जीवन का एक अनुभव रहा है कि उम्मीद का भाव हमेशा मुझे जाग्रत् करता है और यह मुझे जीवन में मुँह नहीं मोड़ने देता। कौन जाने यह सिर्फ एक भ्रम हो। क्या इस संकट में तुम मुझे वापस मोड़ सकोगे?

मुझे नहीं लगता कि मैं जिस समस्या में हूँ, उससे बचना बहुत कठिन होगा।

अब इससे अधिक मैं क्या लिख सकता हूँ। कृपया मुझे विस्तार से लिखना। वहाँ और सब कैसा है?

(42)

शुक्रवार, 1917

मेरे प्यारे हेमंत,

मुझे अभी–अभी तुम्हारा पत्र मिला। मैंने अतुल बाबू से मुलाकात की थी, पर उन्हें मेरे लिए उपयुक्त कमरा न मिल सका। आशा करता हूँ कि विश्वविद्यालय में नई मेस शुरू हो सकती है। मेरे पास सिवाय इसका इंतजार करने के और कोई विकल्प नहीं है। अतुल बाबू ने जो जगह तलाशी थी, वह बिल्कुल ठीक नहीं थी। शंभू चटर्जी मार्ग पर मेस के प्रथम तल पर एक कमरा उपलब्ध है, पर इसमें हवा एवं प्रकाश का इंतजाम बहुत ही कम है। इसलिए इसे लिया नहीं जा सकता।

मैंने स्काटिश चर्च कॉलेज में तीसरे वर्ष में दाखिला ले लिया है।

मैं तुम्हारे पत्र के उद्देश्य से पूरी तरह से सहमत नहीं हूँ। मैं गरीब परिवार में नहीं पैदा हुआ हूँ। यह वाकई सच है, पर क्या मैं इसके लिए जिम्मेदार हूँ। मुझे इसके लिए कौन सा प्रायश्चित्त करना चाहिए? हम जिस भी परिस्थिति में पैदा हुए हैं, उसका सामाजिक और पारिवारिक लाभ उठाने के सिवा हमें इसका और कोई रास्ता नहीं नजर आता है। वाकई जो लोग पूर्णरूपेण संन्यासी हैं, उनसे यह मामला भिन्न है और मैं उनमें से नहीं हूँ।

मुझे अपने में किसी तरह का परिवर्तन भी नहीं नजर आता है। बाहरी रूप से तो परिवर्तन लाजिमी है, पर भीतर से कुछ भी परिवर्तन नहीं है। हाँ, जवानी का उतावलापन अब शांत हो रहा है। बढ़ती उम्र और अनुभवों के कारण मस्तिष्क स्थिर हो रहा है और शायद यही मेरे साथ हो रहा है।

जब व्यक्ति युवा रहता है, तब उसके विचार विरोध के बावजूद अपना रास्ता निकालना चाहते हैं और बढ़ती उम्र के साथ वह शालीन हो जाता है।

इसके अलावा भी एक अन्य बात है। यदि व्यक्ति को लगता है कि सामनेवाले व्यक्ति की मानसिकता में बदलाव आ चुका है और उसे विवेचना और समझाने से उसका यकीन नहीं बदला जा सकता, जबकि ऐसा नहीं है। इन स्थितियों में जब कोई व्यक्ति समझाने की बहुत कोशिश करता है, तब सामनेवाला व्यक्ति उसके विरोध का भाव और भी दृढ़ कर लेता है। इस स्थिति में उसे छोड़ देना चाहिए।

यदि किसी को लगता है कि मेरी सोच में कुछ बदलाव आ चुका है या मैं वह नहीं हूँ, जो मैं था, तब यह मेरे लिए बहुत ही दुःख और दुर्भाग्य की बात है। मैंने कभी आशा नहीं की थी कि तुम ऐसा करोगे। हम जिस समय और दुनिया में रह रहे हैं, इसमें हम अपनी भावनाओं के हाथों पूरी तरह से नहीं खेल सकते। हमें उन्हें अपने भीतर रखना ही होगा। यह संपूर्ण प्रकृति हमें ऐसा करने के लिए बाध्य करती है।

इस विषय का मूल यह है कि यह रोग किसी और का नहीं बल्कि तुम्हारा है। यह एक तरह का मतिभ्रम है, जिसके बारे में मैंने तुम्हें पहले ही सावधान किया था और मैंने इसका उपचार करने की भी कोशिश की थी। जब तक तुम पूरी तरह से ठीक नहीं हो जाते, तब तक मैं ही क्या, यह सारी दुनिया तुम्हें असामान्य लगेगी।

क्या तुम्हें प्रेसीडेंसी कॉलेज में दाखिला मिला है ?

तुम्हारा

सुभाष

(निम्नांकित पत्रों में नेताजी ने कलकत्ता विश्वविद्यालय के भारतीय सैन्य बल की इकाई के बारे में अपने अनुभवों को लिखा है तथा यह उनकी जीवनी के अध्याय आठ में भी वर्णित है।)

(43)

वाई.एस.सी.ए

कलकत्ता विश्वविद्यालय सैन्य निशानेबाजी शिविर

बेलगुरिया, 5.4.1918

मुझे तुम्हारा पत्र मिला, मैं उस दिन विश्वविद्यालय न जा सका, क्योंकि मैं कैंप जानेवाला था। डॉक्टर ने मुझे इसके खिलाफ परामर्श दिया था कि मैं कैंप नहीं जा सकता था। हम यहाँ परसों ही आ गए थे और दो-तीन हफ्ते यहीं रुकेंगे। आज

रायफल का अभ्यास शुरू हुआ है। मुझे यह काफी रोचक लगा। मुझे नहीं लगता है कि हमें 24 अप्रैल से पहले यहाँ से छुट्टी मिलेगी। इसलिए मेरे लिए तुम्हारे बताए दिन पर कृष्णानगर के रात्रिकालीन स्कूल की सभा में पहुँच पाना संभव नहीं होगा। मैं स्वस्थ हूँ, बाकी सबकुछ ठीक है। तुम्हारा स्वास्थ्य कैसा है ?

सुभाष

(44)

कलकत्ता, मंगलवार
30.4.1918

हेमंत,

तुम्हारा पत्र मिला। हम सभी पिछले शुक्रवार को ही घर लौट आए हैं। मैं स्वस्थ हूँ। मुझे नहीं लगता है कि छुट्टियों में यहाँ बहुत काम होगा, क्योंकि इन छुट्टियों में कलकत्ते में बहुत ही कम लोग बचे होंगे। वैसे मैं कह नहीं सकता कि पूजा के बाद क्या होगा। मेरे विचार से हम दिल्ली की बड़ी सभा की प्रक्रिया के रुझान के बारे में जानेंगे। कैप्टन ग्रे पहली मई से आई.डी.एफ. के मुखिया का पद सँभालेंगे। उनका प्रशिक्षण पूरा होने के बाद वे भरती के काम के लिए चले जाएँगे। उनके प्रशिक्षण को पूरा होने में अभी डेढ़ महीने और लगेंगे।

वैसे इस बारे में हमारा अनुभव काफी सुखद था और हमने जो कुछ भी सीखा, वह निस्संदेह लाभप्रद होगा, मगर इन तीन महीनों का प्रशिक्षण बहुत टिकाऊ नहीं हो सकता और किसी भी अनुभव से होनेवाले लाभ का निर्धारण प्रशिक्षण की पद्धति पर सवाल खड़ा कर सकता है।

हमारे अनुभव में बहुत मौजमस्ती नहीं है। इसलिए जब हम कलकत्ते में थे, तब बहुत सी चीजें उबाऊ लगती थीं, मगर बेलगुरिया में एक दिन बारिश में हमारा टेंट बह गया और अगले दिन 4.30 बजे दोपहर तक निशानेबाजी चलती रही। हमें ऐसा लगा कि हम मैदान में कार्यरत हैं। हालाँकि शौचालयों का निर्माण, दूर गाँव से पीने का पानी लाना, रात के समय चौकीदारी और सबसे अधिक तो रात्रिकालीन ड्यूटी ने हमें काफी संतुष्टि प्रदान की थी। बेलगुरिया में हुई निशानेबाजी की प्रतियोगिता में ब्रिटिश प्रशिक्षकों की छात्रों से हार भी हुई। कैंप के अंतिम दिनों में बड़ी शांति थी और हमें वहाँ का जीवन अच्छा भी लगने लगा था। जब हम वहाँ से चलने लगे, तब हम सभी के मन में एक कसक थी।

कल मेरी मुलाकात नीलमणि और मंडल से हुई थी। मैं उनसे आज भी मिलूँगा। मैंने सुना है कि तुम अपनी पढ़ाई में बहुत व्यस्त थे और लोगों से कम ही मिल रहे थे। तुम्हारी बोलपुर की यात्रा का क्या हुआ? क्या तुम छुट्टियाँ गोअरी में बिताओगे या फिर कहीं और जाओगे? मैं तुम्हारे स्वास्थ्य के बारे में जानना चाहता हूँ।

मैं संभवत: कलकत्ते में ही ठहरूँगा। कभी-कभी मेरा मन पुरी जाने को करता है। मैं तुम्हारे पास आने के बारे में भी सोच रहा हूँ।

मैं ठीक हूँ। मैंने अभी अपनी पढ़ाई शुरू की है। मैं कॉलेज की पत्रिका में अपने कैंप जीवन के बारे में लेख लिखूँगा। जब यह पूरा हो जाएगा, तब मैं इसे तुम्हें दिखाऊँगा। कृपया जवाब शीघ्र देना।

सुभाष

पुनश्च:

तुमने मेरी प्रोन्नति के बारे में पूछा है। मुझे किसी तरह की प्रोन्नति नहीं मिली है, मैं आखिर वैयक्तिक ही रहा। इसकी एक वजह यह भी थी कि कैप्टन ग्रे के आदेशानुसार एन.सी.ओ. को नामांकन के बावजूद पट्टियों से वंचित रखा गया और नया चयन मतों के द्वारा ही हुआ। मैं उस समय अस्वस्थ रहने के कारण अनुपस्थित था और सभी जगहें भरी जा चुकी थीं।

(निम्न पत्र भोलानाथ राय को लिखे गए थे, जो कि उनके सहपाठी और मित्र थे।)

(45)

38/2 एल्गिन रोड
12.4.1919

प्रिय भोलानाथ बाबू,

मुझे तुम्हें पहले ही सूचित करना चाहिए था कि मैंने अपने इम्तिहान में अच्छा किया है। वैसे भी कभी नहीं से देर भली।

मैंने पहले चार पेपर अच्छे किए हैं, पर अंतिम दो पेपर (दर्शन का इतिहास और निबंध) संतोषजनक नहीं हैं। प्रश्न भी अनुकूल नहीं थे।

परीक्षा संबंधी तुम्हारे सुझाव मेरे लिए बहुत ही महत्त्वपूर्ण थे। मुझे (कर्म और नैतिकता) पर लिखा तुम्हारा निबंध समय पर ही मिल गया था। राजन बाबू की बहुत

ही कृपा थी कि इन्होंने इसे मुझे डाक द्वारा भेज दिया था। जैसे ही मैं इन्हें पूरा कर लूँगा, मैं उन्हें वापस लौटा दूँगा।

आशा करता हूँ कि तुम अच्छी तरह होगे। हम सभी यहाँ ठीक से हैं।

तुम्हारा प्रिय

सुभाष

पुनश्च, धर्म और नैतिकता पर एक सवाल नैतिकता के पेपर में होता था।

सुभाषचंद्र बोस

(निम्न पत्र हेमंत कुमार सरकार को लिखा गया था)

(46)

38/2 एल्गिन रोड, कलकत्ता

26.8.1919

इस समय मैं एक गंभीर समस्या से गुजर रहा हूँ। कल मेरे परिवार ने मेरे सामने मुझे इंग्लैंड भेजने का प्रस्ताव रखा। मुझे तुरंत इंग्लैंड के लिए निकलना होगा। वैसे इस समय इंग्लैंड में किसी अच्छे विश्वविद्यालय में प्रवेश की कम ही संभावना है। परिवार की इच्छा है कि मैं वहाँ कुछ महीनों की पढ़ाई के बाद सिविल सर्विस के इम्तिहान में बैठूँ। मेरे विचार से सिविल सर्विस के इम्तिहान पास करने की मेरी कोई उम्मीद नहीं है। वाकई लोगों की राय है कि यदि मैं इम्तिहान में असफल रहता हूँ, तब मैं अगले अक्तूबर तक लंदन या कैंब्रिज विश्वविद्यालय में दाखिला ले लूँगा। मेरी पहली इच्छा इंग्लैंड से स्नातक की डिग्री हासिल करने की है, अन्यथा मैं शिक्षा के क्षेत्र में अपना रास्ता नहीं बना सकूँगा। यदि मैं इस समय सिविल सेवा के लिए मना कर देता हूँ, तब मुझे इंग्लैंड भेजे जाने का प्रस्ताव अभी या हमेशा के लिए ठंडे बस्ते में चला जाएगा। वैसे भविष्य में क्या होगा, मुझे नहीं मालूम। इन परिस्थितियों में क्या मुझे यह अवसर चूकना चाहिए? दूसरी तरफ यदि मैं सिविल सर्विस के इम्तिहान को पास कर लेता हूँ, तब एक और बड़ा खतरा है, जिसका संबंध मेरे जीवन के उद्देश्य से है। बाबा कलकत्ता में होंगे, उन्होंने यह प्रस्ताव कल ही दिया है और मुझे अपनी सहमति जाहिर करने के लिए एक दिन का समय दिया है। बाबा कल ही कटक चले जाएँगे और मैं इग्लैंड जाने के लिए राजी हूँ, किंतु मैं यह नहीं समझ पा रहा हूँ कि मेरा कर्तव्य क्या है और तुमसे बात करना बहुत ही जरूरी है। यदि तुम शीघ्र ही कलकत्ता आने की योजना बनाओ तो

बेहतर होगा। मैंने सुना है कि तुम यहाँ 4 तारीख को आनेवाले थे, मगर तब तक देर हो जाएगी।

(निम्न पत्र अपने सहपाठी मित्र भोलानाथ को लिखा गया था।)

(47)

38/2 एल्गिन रोड
1.9.1919

प्रिय भोलानाथ बाबू,

तुम्हारा पत्र 20 अगस्त को मिला था और मैंने शेवग्लर की पुस्तक एक व्यक्ति को तुम्हें देने के लिए दी थी, पर इसी बीच हालात में कुछ परिवर्तन आए कि मुझे यह किताब वापस लेनी पड़ी। तुम्हें यह जानकर आश्चर्य होगा कि मैं खिदिरपुर बंदरगाह से 11 सितंबर को इंग्लैंड के लिए निकल रहा हूँ। मैं आई.सी.एस. के लिए प्रयास करने का इच्छुक हूँ और असफल होने पर कैंब्रिज जाऊँगा। यह सच है कि मैं अक्तूबर 1920 से पहले कैंब्रिज जानेवाला नहीं हूँ, पर इस समय मैं लंदन में ही रहूँगा। मैंने आई.सी.एस. और कैंब्रिज दोनों के लिए ही दर्शनशास्त्र लेने का मन बनाया है, इसलिए मैं अपने साथ दर्शनशास्त्र की किताबें भी लाया हूँ, जिन्हें मैं संभवत: अपनी यात्रा के दौरान पढ़ूँगा। क्या मैं इतना सौभाग्यशाली हूँ कि जाने से पहले तुम्हें देख सकूँ ? मैं आज कॉलेज गया था, पर तुम वहाँ नहीं मिले।

सस्नेह
तुम्हारा प्रिय
सुभाष

भोलानाथ राय
18 राम मुखर्जी लेन
सिबपुर

(निम्न पत्र हेमंत कुमार सरकार को लिखा गया था।)

(48)

38/2 एल्गिन रोड, कलकत्ता
3.9.1919

पिछले कुछ दिनों से मैं मानसिक रूप से परेशान था। मैं एक लंबे संघर्ष के बाद विदेश जाने के लिए राजी तो हो गया था, पर मैं स्वयं को अभी तक सँभाल

नहीं सका हूँ कि मेरा यह निर्णय उचित था, पर तुम्हारा पत्र पाकर मुझे बहुत ही आराम मिला।

मैं कल बहुत ही व्यस्त था, इसलिए तुम्हें पत्र न लिख सका। यदि मैंने अपनी सारी तैयारी कर ली तो संभवत: 11 सितंबर की सुबह कलकत्ता से निकलूँगा।

तुमसे वार्त्ता के बाद ही मैं तय करूँगा कि परिचय-पत्र की आवश्यकता होगी कि नहीं। मैं अपनी पढ़ाई के बारे में भी तुमसे बात करूँगा। यदि तुम एक बार यहाँ आए तो सबकुछ हल हो जाएगा। तुम्हें जल्दबाजी करने की जरूरत नहीं है, क्योंकि मैं अगले दो या तीन दिनों में यात्रा में रहूँगा। आशा करता हूँ कि इसके बाद कुछ आराम का समय होगा। तुम्हारे आगामी इम्तिहान की वजह से चीजें थोड़ी कठिन होंगी।

(निम्न पत्र जोगेंद्र नारायण मित्रा को लिखा गया था।)

(49)

कलकत्ता

सितंबर 20,1919

प्रिय,

कलकत्ता छोड़ने से पहले तुमसे एक बार भी मुलाकात न हो पाना वाकई दुर्भाग्यपूर्ण था। आखिरकार तुमने मेरे लिए बहुत कुछ किया है, किंतु मैं आशा करता हूँ कि तुम कलकत्ता छोड़ने से पहले की मेरी व्यस्तता समझकर मुझे क्षमा कर दोगे। मुझे वहाँ से चलने से पहले तुम्हें लिखना चाहिए था, पर आखिर तक मैं तुम्हारे घर जाकर तुमसे मिलना चाहता था और जब मैं ऐसा न कर सका, तब तक तुम्हें लिखने का समय निकल चुका था। तुम मेरे प्रमाणपत्र और पासपोर्ट के बारे में परेशान होगे और यह मेरी बहुत बड़ी गलती है कि इस बारे में तुम्हें लिखी दो पंक्तियाँ भी तुम्हारी बेचैनी कम कर सकती थीं। हालाँकि इस बारे में बताते हुए काफी देर हो चुकी है, फिर भी तुम्हें यह जानकर ख़ुशी होगी कि मेरा आयु प्रमाणपत्र कमिश्नर से समय से ही मिल गया था तथा उनके पी.ए. मि. एफ.एम. मुखर्जी, जिनकी मुझपर बहुत ही कृपा रही, उन्होंने इस प्रमाण-पत्र को शीघ्र ही दिला दिया था। यदि तुम्हारी कभी उनसे मुलाकात हो, तब तुम उन्हें मेरी कृतज्ञता जाहिर कर देना। मुझे पासपोर्ट भी समय पर मिल गया था और इसके लिए मैं असिस्टेंट कमिश्नर मि. जे.एन. बोस और कुछ अन्य लोगों का शुक्रगुजार हूँ। इन सभी ने बहुत ही संकट के समय मेरी

सहायता की थी। इस समुद्री यात्रा में मैं स्वस्थ हूँ और जब से चला हूँ, बीमार भी नहीं हूँ। हमारे साथ दस बंगाली छात्र भी यात्रा कर रहे हैं और हम आपस में मित्र बन चुके हैं, मगर उनके साथ के लिए मुझे अकेला और असहज महसूस होना पड़ता है।

हम कुछ दिनों में कोलंबो पहुँचे और अब लंदन तक पहुँचने में तकरीबन तीस दिन लगेंगे। जब मैं लंदन पहुँचूँगा, तब तुम्हें पत्र लिखूँगा।

मैं जहाज पर ठीक हूँ। आशा करता हूँ कि तुम सभी स्वस्थ होगे। पत्र समाप्त करने से पहले मैं एक बार फिर से तुम्हारा शुक्रिया और तुम्हारा सम्मान प्रकट करता हूँ।

तुम्हारा प्यारा
सुभाषचंद्र बोस

इस पत्र को तुम्हारे पास पहुँचने की स्थिति को लेकर मैं बेचैन हूँ। इसलिए यदि तुम्हें समय मिले तो सुविधानुसार जवाब दे देना। मेरा वर्तमान पता—

द्वारा थामस कुक एंड संस
लगेट सर्कस, लंदन
सुभाष

जोगेंद्र नारायण मित्रा
उप मजिस्ट्रेट
कलेक्टर अलीपुर
3, कार्तिक बोस लेन
ऑफ ग्रे स्ट्रीट, कलकत्ता

(निम्न दो पत्र हेमंत कुमार सरकार को लिखे गए हैं।)

(50)

8, ग्लीनमोर रोड
बेलसाईज पार्क
लंदन, एन.डब्ल्यू, 3
सन् 1919

हेमंत,

मैं तुम्हें लंबा विस्तृत पत्र लिख रहा हूँ, पर यह अभी अधूरा है। मैं तुम्हें यह पत्र अपने सुरक्षित पहुँचने और पते के लिए लिख रहा हूँ। मैं इस समय बहुत व्यस्त

हूँ, क्योंकि अभी तक अपनी पढ़ाई का इंतजाम नहीं कर पाया हूँ। तुम्हें विस्तार से पत्र लिखूँगा। वैसे मेरे बड़े भाई भी इसी घर में रह रहे हैं। मैं 20 अक्तूबर को लंदन पहुँच गया था। प्रमथ को बता देना कि जुगल दा अभी मर्सलीज में ही हैं। वे अपने दल के साथ नवंबर या दिसंबर में भारत पहुँचेंगे। वे संभवत: वहाँ अप्रैल 1920 तक ठहरेंगे। मुझे यह सूचना धीरेन के पिता श्री एम.एम. धर से मिली है। मैं जुगल दा को पत्र लिखूँगा और फिर तुम्हें समाचार दूँगा।

श्री भारत चंद्रधर के पुत्र भी इसी घर में रह रहे हैं। वे यहाँ लंदन भी बी.कॉम. की पढ़ाई करने के लिए आए हैं। आजकल यहाँ बहुत ठंड हैं। मैं अब यहीं लिखना बंद कर रहा हूँ।

तुम्हारा
सुभाष

(51)

फिट्ज विलियम हॉल
कैंब्रिज, 12.11.1919

जिन लोगों से मैंने किसी पत्र की उम्मीद भी नहीं की थी, उन्होंने भी मुझे पत्र लिखे, पर तुम्हारा एक भी पत्र नहीं आया। कोई बात नहीं, उम्मीद करता हूँ कि तुम पत्र लिखोगे।

मैंने तुम्हें पिछले पत्र में बताया था कि मैंने कैंब्रिज विश्वविद्यालय में दाखिला ले लिया है। यहाँ दाखिले में जगह के लिए मैं एक मित्र की सहायता का उसे धन्यवाद देता हूँ तथा इसमें कुछ हद तक आई.डी.एफ. की भरती सेवा का भी योगदान रहा है। यहाँ रहने की जगह की कमी के बावजूद मैं सौभाग्यशाली था कि मुझे एक कमरा भी मिल गया है।

मैं अगले साल सिविल सर्विस के इम्तिहान में बैठने की योजना बना रहा हूँ। मई 1921 में होनेवाले नैतिक विज्ञान ट्रिपोज के इम्तिहान में चाहे जो भी परिणाम हो, मैं अवश्य बैठूँगा।

मैं यहाँ से एक डिग्री भी हासिल करूँगा, जो कि भविष्य में मेरे लिए लाभप्रद होगी।

भारतीयों का यहाँ एक संगठन है, जिसे 'इंडियन मजलिस' कहा जाता है।

यहाँ प्रत्येक सप्ताह सभा होती है और अतिथि वक्ता बाहर से आते हैं। एक बार सरोजिनी नायडू ने 'युवाओं का राज्य' पर भाषण दिया था। मि. एंड्रयूज ने बँधुआ श्रमिक व्यवस्था पर तथा फिजी में रह रहे भारतीयों की दुर्दशा पर भी बोला था। मेरे यहाँ आने से पहले तिलक भी यहाँ आ चुके हैं। 'इंडिया हाउस' ने उनके आगमन को रोकने की कोशिश की थी, पर वह असफल रही। यहाँ के भारतीय अतिवादी मानसिकता के हैं और उनके मधुर भाषण का विरोध हुआ था।

यहाँ पिछले दो दिनों से बर्फबारी हो रही है। चाहे कोई माने या न माने, इस देश का मौसम यहाँ के लोगों को ऊर्जावान बनाए रखता है। यहाँ होनेवाले क्रियाकलाप मन को लुभाते हैं। यहाँ का प्रत्येक व्यक्ति समय की कीमत को समझता है और सभी काम की एक पद्धति है। वैसे यहाँ गोरे लोगों से अपना काम होते देखना और उन्हें अपने जूतों को साफ करते देखकर बहुत ही अच्छा लगता है। यहाँ के विद्यार्थियों का एक स्तर है और जिस तरह से प्रोफेसर उनके साथ व्यवहार करते हैं, यह भी काफी भिन्न है। आदमी यहाँ देख सकता है कि किस तरह से लोग अपने मातहत के साथ व्यवहार करते हैं। वे बहुत सी गलतियाँ कर सकते हैं, पर बहुत से मामलों में आपको उनके सद्गुणों के लिए सम्मान करना होगा। तुम कैसे हो ? तुमने अपने इम्तिहान में कैसा किया ? तुम्हारी अगली योजना के बारे में जिज्ञासु हूँ। कृपया मुझे विस्तार से लिखो। सुनिति बाबू यहाँ लंदन में शोध कार्य कर रहे हैं। मैं स्वस्थ हूँ। जुगल दा फ्रांस में हैं।

(निम्नांकित पत्र जोगेंद्र नारायन मित्रा को लिखा गया है।)

(52)

फिट्ज विलियम हॉल
कैंब्रिज 19.11.1919

प्रिय महोदय,

लंदन आते समय मैंने तुम्हें एक बंदरगाह से पत्र भेजा था। आशा करता हूँ कि वह तुम्हें मिल गया होगा।

कलकत्ते से चलते वक्त तुम्हें अलविदा न कह पाने की तकलीफ मुझे है। आखिरकार तुमने मेरे लिए बहुत कुछ किया है। मैं इसके लिए तुमसे एक बार फिर क्षमा माँगता हूँ और आशा करता हूँ कि तुम उस समय की मेरी व्यस्तता को ध्यान रखते हुए मुझे माफ करोगे। मुझे अंतिम समय तक तुमसे मिलने की उम्मीद थी, पर

समयाभाव के कारण तुमसे मिल न सका।

मेरी यह समुद्री यात्रा लंबी होने की बावजूद सुखद थी। मैं 20 अक्तूबर को लंदन आ गया था और कुछ दिनों तक अपने भाई के साथ था। लंदन में मुझे बहुत से लोगों ने कैंब्रिज आने का सुझाव दिया था। इसलिए मैं यहाँ आ गया। मैं अगस्त 1920 में आई.सी.एस. के इम्तिहान में बैठने का इच्छुक हूँ और सन् 1921 में नैतिक विज्ञान ट्रिपोज लूँगा।

मैं यहाँ आराम से हूँ। आशा करता हूँ कि तुम भी स्वस्थ होगे। शुभकामनाओं सहित।

तुम्हारा प्रिय

सुभाषचंद्र बोस

(निम्न छह पत्र हेमंत कुमार सरकार को लिखे गए हैं।)

फिट्ज विलियम हॉल

कैंब्रिज 7.1.1920

हेमंत,

27 नवंबर का भेजा तुम्हारा पत्र मुझे कुछ दिन पहले मिला। तुमने इतने लंबे समय से मुझे पत्र क्यों नहीं लिखा।

तुम्हें अब मेरे पत्रों से मेरे कैंब्रिज आने की खबर मिल गई होगी। मुझे यह स्थान अध्ययन के लिहाज से काफी अनुकूल महसूस हो रहा है और इसलिए मैंने यहाँ आने का निश्चय किया। यहाँ जगह मिलना सौभाग्य की बात है, पर इसकी एक वजह विश्वविद्यालय का मेरा परिणाम भी था, पर सबसे अधिक मैं अपने एक मित्र की सहायता का एहसानमंद हूँ।

अब प्रफुल्ल क्या करेगा? 'भारत वर्ष' में लेख प्रकाशित होने के बाद इसकी प्रति मेरे पास भी भेज देना। क्या प्रफुल्ल अभी भी प्रेसीडेंसी कॉलेज में काम कर रहा है या फिर वह कहीं और स्थानांतरित हो गया है? तुम्हारी सुरेश दा के साथ जो भी वार्त्ता हुई है, इसके बारे में मुझे सविस्तार लिखो। वह कहता है कि वह स्कूल चलाना चाहता है, पर क्या वह अपनी नौकरी से मुक्त हो सकेगा? जुगल ने एक महीना पहले मुझे लिखा था कि उसे शीघ्र ही छुट्टी मिल जाएगी, मगर मुझे ऐसा कुछ होने के आसार नहीं नजर आ रहे हैं।

सुरेश दा को लगता है कि मैं उनसे छूट गया हूँ। यदि मैं नौकरी नहीं करता हूँ, तब मेरा उनसे जुड़ना संभव है, चाहे मैं नौकरी में रहूँ या न रहूँ, पर मैं यह नहीं समझ पाता हूँ कि आदमी से आदमी के संबंध किस तरह खत्म हो सकते हैं। क्या

यह एक दुकानदार की मानसिकता है या पूरी तरह से पागलपन का व्यवहार है? और मैं किसी से भी झगड़ना नहीं चाहता हूँ। मैं अपना कर्तव्य करता रहूँगा और ऐसा करते हुए मैं कुछ लोगों के संपर्क में आता हूँ, तब बहुत अच्छा है और यदि ऐसा नहीं होता है, तब भी इसमें कोई नुकसान नहीं है।

मैंने लंदन में सुनीति बाबू को देखा था।

बेनी बाबू कैसे हैं? कृपया मुझे घर के बारे में भी लिखना और अपने विचारों से भी अवगत कराओ।

तुम्हारे पत्र से मैंने तुम्हारे अंदर की पीड़ा को समझा है, पर यह पीड़ा क्यों है? मैं यहाँ स्वस्थ हूँ। यदि तुम्हारी मुलाकात प्रमथ, हीमेंदु या चारू से हो, तब तुम उन्हें भी पत्र लिखने के लिए कहना। जब तुम्हारी मुलाकात प्रियरंजन से हो, तब उसे बता देना कि उसका पत्र मुझे मिल गया है और मैं उसे अगली डाक से पत्र लिखूँगा।

तुम्हारा

सुभाष

(54)

कैंब्रिज, सोमवार

19 जनवरी, 1920

हेमंत,

मुझे तुम्हारा पत्र पाकर खुशी हुई। मुझे लगता है कि इन दिनों तुम बहुत अधिक परिश्रम कर रहे हो। व्यक्ति को विश्वविद्यालय में पढ़ाने में काफी ऊर्जा व्यय करनी पड़ती है, फिर दुकान और फिर और भी अधिक काम। जब तुम्हें पता है कि तुम्हारा स्वास्थ्य दिनो-दिन गिर रहा है, तब इस तरह के व्यवहार को न्यायोचित ठहराना उचित नहीं है। यह हमारे देश की जीवन पद्धति में त्रुटि है कि कुछ लोग कुछ भी काम नहीं करते हैं और कुछ लोग बहुत काम करते हैं तथा सबकुछ एक ही दिन में ही पाने की परेशानी में अपना स्वास्थ्य खो देते हैं। यदि तुम्हारी योजना पी.आर. एस. की कोशिश की है और साथ ही अध्यापन का भी काम करना चाहते हो, तब तुम्हें दुकान पर जाना छोड़ देना चाहिए। यदि व्यक्ति स्थायी प्रकृति की उपलब्धि चाहता है, तब उसे इस कार्य में कई वर्षों तक लगा रहना पड़ता है, क्योंकि यह एक या दो सालों में संभव नहीं है। यदि तुम अपने देश के लिए स्थायी रूप से कुछ करना चाहते हो, तब तुम्हारी कार्य प्रणाली इस रूप में होनी चाहिए, ताकि तुम कई

सालों तक काम करने में सक्षम हो सको। वास्तविकता यह है कि किसी को भी नहीं पता होता कि कब जाने का समय आ चुका है, पर इतना होने पर भी स्वयं को खत्म करने और अतिश्रम के द्वारा स्वास्थ्य खराब कर लेने से भी कुछ हासिल नहीं होगा। मैं बहुत ही कठोर शब्दों में यह पत्र लिख रहा हूँ, पर मैं जानता हूँ कि तुम मुझे गलत नहीं समझोगे। यह भी दुःखद है कि तुम स्वयं पर बहुत बोझ डालते हो और जब तुम्हारा स्वास्थ्य इसकी अनुमति नहीं देता है, तब तुम अपनी इच्छाशक्ति से उस कार्य को पूरा करते हो। यह एक अच्छी स्थिति नहीं है।

बुधवार, 21 जनवरी

मैं तुम्हारे इम्तिहान के परिणाम पाकर बहुत खुश हूँ। मुझे यह भी जानकर प्रसन्नता हुई कि तुम्हें विश्वविद्यालय के भी बहुत से काम दिए गए हैं। मुझे विश्वास है कि तुम इन्हें अच्छी तरह से संपादित कर दोगे, पर मैं तुम्हारे स्वास्थ्य को लेकर परेशान हूँ।

इस देश के निवासियों में कुछ विशेष गुण हैं, जो कि उन्हें महान् बनाते हैं। सबसे पहला तो वे समय के बहुत पाबंद और घड़ी की तरह नियमनिष्ठ हैं तथा दूसरा, वे बहुत ही अधिक आशावादी होते हैं—हम जीवन के दुःखों के बारे में अधिक सोचते हैं और वे जीवन के खुशहाल और सुनहरे पलों के बारे में सोचते हैं, साथ ही उनमें सामान्य बोध बहुत ही अधिक होता है और वे अपने राष्ट्रीय हित को भी भलीभाँति समझते हैं। आखिर में, ऐसा लगता है, हम जिस हवा में साँस लेते हैं, उसी में कुछ गड़बड़ है—हमें बदलाव लाना ही होगा।

तुम्हारे अपने स्वास्थ्य की अनदेखी की मूल वजह है, तुम्हारी मौलिक उदासीनता। 'शरीर का इतना अधिक खयाल रखने से क्या फायदा, जबकि यह कुछ ही दिनों तक टिकता है और फिर मिट्टी में मिल जाता है।' इस तरह का उदासीन भाव श्रम करनेवाले बहादुर के लिए उचित नहीं है। तुम्हें परिश्रम की थोड़ी हवा की जरूरत है, ताकि तुममें एक तीव्र आशावाद उत्पन्न हो सके।

मैंने एक पत्र बेनी बाबू को भी लिखा है, पर मैं अभी मि. दत्ता को पत्र नहीं लिख सका हूँ।

मुझे कुछ और नहीं कहना है। यदि तुम अपनी लापरवाही से युवावस्था में अपना स्वास्थ्य खराब करते हो, तब यह पूरी तरह से तुम्हारी गलती है। बहुत से मामलों में आदमी का कोई वश नहीं चलता, पर यदि वह अपने स्वास्थ्य से

लापरवाही करता है तो यह अपराध है। एक ऐसा अपराध, जो कि वह सिर्फ अपने साथ नहीं, बल्कि दूसरों के साथ तथा सबसे अधिक तो अपने देश के साथ करता है। यदि हमारे देश का युवा शुरुआती उम्र में ही अपनी शारीरिक क्षमता नष्ट करता है, तब यह अवश्य कहा जा सकता है कि उसमें कुछ गड़बड़ है या फिर उसके आदर्श बहुत छोटे हैं। तुम्हारा शरीर सिर्फ तुम्हारा नहीं है, तुम तो केवल इसके संरक्षक हो। इसीलिए मैं इतनी कठोरतापूर्वक कह रहा हूँ तथा आशा करता हूँ कि तुम इस विश्वास को बनाए रखोगे।

मैं विस्तार से पत्र लिखने की स्थिति में नहीं हूँ, संभवतः ऐसा हो भी नहीं पाएगा। इंग्लैंड पहुँचने के बाद मैंने विचारों में एक गलती की है, इस बारे में विस्तार से पत्र लिखने में समय लगेगा। इस समय इसके लिए समय निकाल पाना बहुत मुश्किल है।

मैं अभी तक नहीं समझ पाया हूँ कि क्या मैं अपने आदर्शों से मुड़ गया हूँ। मैं स्वयं को धोखा नहीं देना चाहता और स्वयं को यह यकीन नहीं दिलाना चाहता कि सिविल सर्विस एक अच्छी चीज है। मैंने हमेशा इससे घृणा की है और संभवतः अभी भी करता हूँ। वर्तमान परिस्थितियों में मैं बिल्कुल समझ नहीं पा रहा हूँ कि सिविल सेवा में जाना मेरी कमज़ोरी है या फिर भविष्य का शगुन। मेरी केवल यही प्रार्थना है कि मेरे शुभाकांक्षियों को मेरे बारे में धारणा बनाने की शीघ्रता नहीं करनी चाहिए।

बहुत सी घटनाओं का आकलन इसके समाप्त होने से पहले नहीं करना चाहिए। क्या यही मेरे मामले में नहीं हो सकता है ?

तुम्हारा
सुभाष

(55)

कैंब्रिज,
4 फरवरी, 1920

हेमंत,

तुम्हारा पत्र पाकर प्रसन्नता हुई। अपने देश के तकरीबन सभी समाचार-पत्र और महत्त्वपूर्ण मासिक पत्रिकाएँ यहाँ आती हैं, मगर उन्हें पढ़ने का यहाँ समय नहीं मिल पता है। मुझे समाचार घर से अपने मित्रों से प्राप्त होते हैं।

मुझे प्रफुल्ल के बारे में जानकर प्रसन्नता हुई। क्या यह सच है कि सुरहित का नामांकन हो गया है?

मेरा विस्तृत पत्र अभी भी मेरे मस्तिष्क में ही है और उसका एक हिस्सा मैंने लिख भी लिया है। मैं इसे एक यात्रा डायरी के रूप में लिखना चाहता हूँ। मौजूदा हालात में यह समय की कमी के कारण पूरा नहीं हो पा रहा है।

तुम एक साथ कितने काम कर सकते हो? दुकान, शिक्षण, अध्यापन, रात्रिकालीन स्कूल—अब और क्या? इसका परिणाम क्या होगा? तुम अपना स्वास्थ्य खराब कर लोगे और कुछ ही समय में बेकार हो जाओगे। हमारे वातावरण में ही कुछ कमियाँ हैं, जिसकी वजह से हम उत्साह और संयम के बीच संतुलन नहीं बना पाते हैं। जहाँ उत्साह होता है, वहाँ संयम नहीं है और जहाँ संयम है, वहाँ उत्साह और जीवंतता का अभाव है। वैसे भी तुम्हें अपने व्यावहारिक होने पर ध्यान देना चाहिए, क्योंकि तुम अभी तक इन मामलों में व्यावहारिक होना नहीं सीख पाए हो।

तुम इन दिनों कैसे हो? मैं पूरी तरह स्वस्थ हूँ। मैंने अभी तक दत्ता गुप्ता को पत्र नहीं लिखा है। मैं उन्हें अगली मेल से पत्र भेजूँगा।

तुम्हारा
सुभाष

(56)

फिट्ज विलियम हॉल
कैंब्रिज, 2 मार्च, 1920

हेमंत,

बहुत दिनों से मुझे तुम्हारा समाचार नहीं मिला और न ही मैंने तुम्हें पत्र लिखा। जब तुम्हारे पास समय का अभाव हो तब तुम ऐसे लोगों को कुछ पंक्तियाँ ही लिख सकते हो।

हाल ही में भारतीय मजलिस में वार्षिक डिनर हुआ था। मि. हार्निमैन हमारे अतिथि थे तथा कुछ स्थानीय विदेशी मित्र भी इसमें आए थे। पिछले रविवार को श्रीमती रे ने मजलिस की सभा में 'भारतीय माताओं के अधिकार' पर एक भाषण दिया था। वाकई भारतीय माएँ समाज की शिक्षक की अपनी भूमिका को पुनः कब स्वीकार करेंगी? जब तक भारत की महिलाएँ नहीं जागेंगी, भारत कभी नहीं जागेगा।

एक दिन जब श्रीमती सरोजिनी नायडू को मैंने बोलते सुना, तब मेरे लिए अपनी प्रसन्नता को अपने हृदय में सँजोए रख पाना कठिन था। उसी दिन मैंने देखा कि आज की भारत की एक महिला कितनी विद्वान्, प्रेरणामयी, गुणवान और चरित्रवाली है कि वह पश्चिमी समाज का सामना कर सकती है। बाद में मुझे पता चला कि डॉ. मृगेन मित्रा की पत्नी लंदन में हैं। मैंने देखा कि डॉ. मित्रा राजनीति में नरम और श्रीमती मित्रा अतिवादी थीं, जिन्हें देखकर मैं अतिप्रसन्न था। आगे चलकर मुझे यह भी पता चला कि गिरीश दा की माताजी श्रीमती धर भी चरमपंथी हैं। यह सब देखने के बाद मुझे यकीन हो गया कि जिस देश की महिलाओं के इतने ऊँचे आदर्श हैं, वह अवश्य ही प्रगति करेगा। मुझे विश्वास है, इस देश की महिलाओं में गहराई तक देशभक्ति की भावना है, क्योंकि माँ का हृदय बहुत ही संवेदनशील होता है।

खैर छोड़ो, मैं पूरी तरह भटक गया था। क्या तुम्हारी मुलाकात गिरीश दा से हुई है? आजकल वे कहाँ हैं? तुम उनसे कहना कि वे मुझे पत्र लिखें। दुकान के क्या समाचार हैं? मैंने सुना है कि जगदीश बाबू एफ.आर.एस. हो गए हैं। श्रमिक नेताओं ने उनसे कहा था, "जो देश अमृतसर नरसंहार बर्दाश्त कर सकता है, वह इसी का हकदार है।" हार्निमैन भारत के सच्चे मित्र हैं। वे अपनी अपनाई गई भूमि पर वापस लौटना चाहते हैं। उन्हें अभी तक उनका पासपोर्ट नहीं मिला है।

मुझे नहीं पता मैं किस तरफ बहता जा रहा हूँ और मैं यह भी नहीं जानता कि मेरी यह समुद्र-यात्रा किस बंदरगाह पर खत्म होगी। हालाँकि मुझे यकीन है कि यदि मेरे साथ तुम्हारा प्रेम और आशीर्वाद बना रहा, तब मैं कहीं भटकूँगा नहीं।

मेरी हस्तलिपि दिन-प्रतिदिन खराब होती जा रही है। आज के लिए इतना ही काफी है। कृपया मुझे अपने समाचार देना।

(57)

कैंब्रिज

10 मार्च, 1920

हेमंत,

मुझे तुम्हारा लंबा पत्र मिला। इसे बार-बार पढ़े बिना मैं इसका जवाब देने में असमर्थ हूँ। इसलिए मैं इस डाक से इसका जवाब नहीं भेज रहा हूँ। इन दिनों मैं व्यावसायिक मामले में व्यस्त हूँ।

1. खर्च : शुरुआती खर्चों यानी कपड़ों आदि को छोड़ दें, तब भी मेरे अनुसार 250 पाउंड का खर्च आ ही जाएगा। मेरे अनुमान से तुम्हारा दाखिला एक सामान्य विद्यार्थी के रूप में नहीं होगा। इसलिए लैक्चर की फीस की छूट हो सकती है। वैसे एक आम विद्यार्थी के लिए इसे चला पाना काफी मुश्किल हाता है, परंतु मुझे विश्वास है कि एक शोधार्थी के लिए शायद मुश्किल नहीं होना चाहिए। यहाँ एक साल में तीन सत्र होते हैं।

गंभीरतापूर्वक विचार करने के बाद मुझे लगा कि 250 पाउंड शायद ही उचित होगा। इस स्थिति में रहना और खाना असंभव होगा, क्योंकि चार हफ्तों में 15 या 16 पाउंड का खर्च आएगा। कुछ कॉलेजों में यह खर्चा और भी अधिक है। इसके बाद तुम्हें विश्वविद्यालय की फीस और किताबों का भी खर्च लगेगा। परंतु तुम्हें सामान्य विद्यार्थियों की तुलना में लैक्चर की फीस कम देनी होगी, जो कि तुम्हें एक लाभ है। विश्वविद्यालय के सभी शुल्क यहाँ सत्र की समाप्ति पर एक साथ देने होते हैं। एक साल में तीन सत्र होते हैं, इसलिए कुछ कॉलेजों के बिल की रकम काफी अधिक हो जाती है। सत्र के दौरान तुम्हारे लिए 21 पाउंड की रकम का इंतजाम करना संभव नहीं होगा। परंतु एक आशा की बात यह है कि एक सत्र में सिर्फ छह महीने ही होते हैं। बाकी छह महीनों में रहने और खाने के अतिरिक्त कोई खर्च नहीं होता है। इन दिनों का खर्च प्रतिमाह पंद्रह पाउंड से अधिक नहीं होना चाहिए। इसलिए साल के आखिर में व्यक्ति को 250 पाउंड का इंतजाम करना पड़ता है, पर इस राशि की सुनिश्चितता नहीं है। व्यक्तिगत तौर पर मैं महसूस करता हूँ कि तुम्हें अपने लिए कुछ अतिरिक्त धन की व्यवस्था करनी चाहिए, क्योंकि इससे जरूरत पड़ने पर तुम्हें आसानी होगी। संभवत: हेम बाबू (दत्ता गुप्ता) तुम्हें ऋण देने के इच्छुक होंगे। यह रकम तुम्हारे नाम से फिक्स्ड डिपॉजिट होगी। यदि तुम्हें इसकी जरूरत नहीं पड़ी, तब उन्हें यह रकम ब्याज के साथ वापस मिल जाएगी और यदि तुमने इसे खर्च कर दिया, तब तुम बाद में इसे अपनी कमाई से वापस कर देना।

तुम्हारी छात्रवृत्ति से तुम्हारे शुरुआती परिधान के बाद यह तुम्हारे सारे खर्च के लिए पर्याप्त नहीं होगी।

2. पुन: अध्ययन के मामले में तुम्हारे लिए इंग्लैंड में तीन रास्ते खुले हैं—लंदन डिलिट या ऑक्सफोर्ड डिग्री या कैंब्रिज। मैं ऑक्सफोर्ड के बारे में अधिक नहीं जानता हूँ, पर मैं इस बारे में पता करके तुम्हें बताऊँगा। कैंब्रिज में बी.ए. की डिग्री है और आम विद्यार्थी के रूप में तुम केवल इसके इम्तिहान में बैठ सकते हो

या फिर एक शोध छात्र के रूप में थीसिस भी जमा कर सकते हो।

तुम तो एक शोधार्थी के रूप में ही होगे। इस वर्ष कैंब्रिज में पी-एच.डी. का एक नया प्रस्ताव शुरू हुआ है। मुझे अनुमान है कि अक्तूबर सत्र से पहले ही सारी व्यवस्था पूरी हो जाएगी। तुम्हारे लिए लंदन, ऑक्सफोर्ड या कैंब्रिज में से कौन सी जगह अनुकूल होगी, इस बारे में डॉ. तारापुरवाला तुम्हें बेहतर बता देंगे। खर्च के लिहाज से लंदन अधिक सुविधाजनक है, पर लंदन विश्वविद्यालय में तुम्हें एम.ए. का इम्तिहान नहीं देने देंगे, यानी इसके लिए तुम्हें बहुत परेशानी उठानी पड़ेगी। सुनीति बाबू को छूट मिल गई थी, पर वे सुशील डे के लिए छूट नहीं चाहते थे। पढ़ाई के लिहाज से भी लंदन का माहौल ठीक नहीं है। मेरी राय है कि ऑक्सफोर्ड या कैंब्रिज से पी-एच.डी. करो और मुझे उम्मीद है कि यह अक्तूबर से पहले पूरी भी हो जाएगी।

चूँकि तुम सरकारी आदमी हो, इसलिए तुम्हें प्रो. कोजाजी के माध्यम से तीनों ही स्थानों पर आवेदन करना चाहिए। आजकल ऑक्सफोर्ड या कैंब्रिज में दाखिला लेना मुश्किल हो गया है, पर मुझे यकीन है कि शोध छात्र के लिए किसी तरह की परेशानी नहीं होगी। सुनीति बाबू तुम्हें लंदन में रहने के फायदे और नुकसान के बारे में बता देंगे।

चूँकि माईकलमास का सत्र अक्तूबर की शुरुआत में शुरू होगा, इसलिए यहाँ बहुत जल्दी आने में कोई फायदा नहीं होगा। जून के बाद यहाँ लंबी छुट्टियाँ होती हैं। इसलिए तुम्हारे लिए अप्रैल के सत्र में आना संभव नहीं होगा। अत: बेहतर है कि तुम अक्तूबर सत्र में आओ। आज के लिए काफी है।

तुम्हारा

सुभाष

(58)

कैंब्रिज

23.3.20

मुझे यह जानकर प्रसन्नता हुई है कि तुम यहाँ राज्य छात्रवृत्ति पर आ रहे हो। चाहे जो भी हो, पर तुम आने के निर्णय में शीघ्रता करना, ताकि जहाँ तुम दाखिला लेना चाहते हो, वहाँ तुम आवेदन कर सको। इसके बाद धन का प्रश्न उठता है। तुम्हारी छात्रवृत्ति के अतिरिक्त तुम्हें पचास पाउंड प्रतिवर्ष की व्यवस्था करनी पड़ेगी। संभवत: तुम्हें इसकी आवश्यकता न पड़े, पर ज्यादा संभावना यही

है कि तुम्हें आवश्यकता पड़ेगी। फिर सवाल उठता है परिधानों का। मैंने सुना है कि सरकारी छात्रवृत्ति किसी तरह के परिधानों के लिए कुछ भी नहीं देती है। मेरे विचार से सभी तरह के परिधानों की लागत तकरीबन एक हजार रुपए आएगी, जिसमें सभी कुछ शामिल है।

तुम्हारे द्वारा भेजी गई एम.ए. की सूची मिल गई।

तुम्हारे इस विस्तृत पत्र में बहुत सी वास्तविकताएँ हैं, पर तुम दो चीजों में सही नहीं हो। यदि मुझे संन्यासी भी कहा जाता है तो मैं बुरा नहीं मानता हूँ। हो सकता है कि मैं संन्यासी कहे जाने के लायक न हूँ, पर मैं यह कहे जाने से पहले ही स्वयं पर गर्व महसूस करता हूँ।

दूसरा, मैंने यह किसी से भी नहीं कहा है कि आई.सी.एस. में सफल होने के बाद मैं बंगाल नहीं लौटूँगा।

वैसे मैं तुम्हारे पत्र की अधिकतर बातों से सहमत हूँ। यदि मैं इसका जवाब दूँ, तब यह पत्र बहुत लंबा हो जाएगा। अब जब तुम यहाँ आ ही रहे हो, तब हम बातें करेंगे और आमने-सामने बैठकर हिसाब कर लेंगे। इस समय इसे स्थगित कर दो।

मैं स्वस्थ हूँ। तुम कैसे हो ?

(निम्न पत्र नेताजी ने अपने मित्र और सहपाठी मि. चारूचंद्र गांगुली को लिखा था)

(59)

कैंब्रिज

23.3.1920

चारू,

मैं तुम्हारा पत्र और तुम्हारे इम्तिहान का परिणाम जानकर प्रसन्न हुआ। अब तुम जीवन को सफल करोगे और मुझे उम्मीद है, तुम इसके सभी इम्तिहानों में सफल होगे।

चूँकि मेरे पास समय का अभाव होने से मैं अधिकतर लोगों से मेल-मिलाप न कर सका। इसलिए मैं उम्मीद करता हूँ कि अगस्त के इम्तिहान के बाद मेरे पास इसके लिए काफी समय होगा। नीलमणि, सत्येन धर और अन्य सभी लोग अच्छी तरह से हैं। प्राणकृष्ण पारिजा का शोधकार्य यहाँ अच्छी तरह से चल रहा है। उसका विषय वनस्पति शास्त्र है।

क्या तुम्हारे विदेश आने की कोई उम्मीद नहीं है? हमें यहाँ भारत के सभी समाचार मिलते रहते हैं और भारत पर काफी चर्चा भी होती रहती है। जिस व्यक्ति ने कभी अपने देश के बारे में नहीं सोचा, वह यहाँ आकर भी सहायक नहीं होगा।

मुझे तुमसे एक शिकायत है कि तुमने मेरे सभी पत्रों का जवाब नहीं दिया है। यहाँ तक कि मेरे कहने के बाद भी क्या तुम्हें मुझे पत्र नहीं लिखना चाहिए?

तुम्हें मेरा एक काम करना है। मैं डॉ. पी.के. राय के लिखे पर्चे चाहता हूँ, जिन्हें उन्होंने डॉ. वार्ड के मनोविज्ञान पर लिखा था। इसके अलावा मुझे तुम्हारे एम.ए. मनोविज्ञान के नोट्स की भी जरूरत है। मेरे पास किताबें पढ़ने का समय नहीं है। इसलिए मैं नोट्स पर ही निर्भर हूँ। यहाँ आने और लोगों को देखने तथा इनकी पद्धतियों का अवलोकन करने के बाद मैंने महसूस किया कि हमारे लोगों को दो चीजों की बहुत आवश्यकता है—1. आम लोगों में शिक्षा का विस्तार, 2. श्रमिक आंदोलन।

स्वामी विवेकानंद कहते थे कि भारत की प्रगति केवल किसानों, धोबियों, मोची और भंगियों से ही संभव है। ये शब्द बहुत ही सच्चे हैं। पश्चिमी दुनिया ने 'लोगों की शक्ति' से जो भी हासिल हो सकता है, इसे दिखा दिया है। इसका सबसे अच्छा उदाहरण दुनिया का प्रथम सामाजिक गणराज्य रूस है। यदि भारत दोबारा उठेगा, तब यह लोगों की शक्ति से ही होगा।

स्वामी विवेकानंद ने कहा है कि ब्राह्मण, क्षत्रिय और वैश्य जातियों का प्रभुत्व अतीत की चीज है। पश्चिमी लोगें में वैरश्य जाति पूँजीपति और उद्यमी बन चुकी है तथा इसके दिन गिनती के ही हैं। शूद्रों और भारत के अछूतों ने श्रमिक दल का निर्माण किया है। अब तक इन लोगों ने सिर्फ कष्ट ही उठाए हैं। इनकी ताकत और त्याग से भारत प्रगति करेगा। इसलिए हमें सामूहिक शिक्षा और श्रमिक संगठन की आवश्यकता है।

आज मैं यहीं रुक रहा हूँ, क्योंकि समय का अभाव है। कृपया किसी भी तरह से पुस्तकें भेज दें मैं स्वस्थ हूँ और आशा करता हूँ कि तुम भी स्वस्थ होगे।

तुम्हारा

सुभाष

(निम्न पत्र शरत चंद्र बोस को लिखा है।)

(60)

समुद्र तट
22.9.1920

प्रिय भाई,

तुम्हारा बधाई तार पाकर मन प्रसन्न हुआ। मैं नहीं जानता कि आई.सी.एस. इम्तिहान में सफल होकर मुझे वाकई कुछ लाभ भी हासिल हुआ है, पर मुझे यह सोच कर बहुत प्रसन्नता है कि इस सरकार ने बहुत से लोगों को आनंद पहुँचाया है, खासतौर से इस अंधकारमय समय में बाबा और माँ को भी प्रसन्नता प्रदान की है।

मैं यहाँ मि. बेट के परिवार में पेइंग गेस्ट के रूप में रह रहा हूँ। मि. बेट बहुत ही अच्छे स्वभाव के हैं। वे बहुत ही सभ्य, सुसंस्कृत हैं तथा उनका दृष्टिकोण बहुत ही व्यापक है। वे एक आम अंग्रेज से भिन्न हैं, क्योंकि एक अंग्रेज बहुत ही घमंडी और मिथ्यादंभी होता है तथा उसके लिए सभी गैर-अंगेजी चीजें बेकार हैं। मि. वेट्स के बहुत से मित्र रूसी, पोलैंडवासी, आयरलैंड वाले और अन्य राष्ट्रीयता वाले हैं। उनकी रुचि भी रूसी, आयरलैंड और भारतीय साहित्य में है तथा वे रोमेश दत्त एवं टैगोर के लेखन के प्रशंसक भी हैं।

मैं उन्हें भारतीय कला और संस्कृति को प्रस्तुत करनेवाली कोई चीज भेंट करने के बारे में सोच रहा हूँ। मेरे खयाल से ताजमहल का लघु नमूना ही उचित होगा। ताजमहल निस्संदेह रूप से ऐसी ही भेंट होगी, जिसे वे हृदय से सराहेंगे, मगर इस नाजुक सामान को भेजना कठिन होगा, क्योंकि इसकी पैकिंग ऐसी हो, जिससे इसे नुकसान न पहुँचे। ताजमहल का लघु नमूना कलकत्ते में भी खरीदा जा सकता है, पर वहाँ न मिलने पर तुम इसे जयपुर कला स्कूल में ऑर्डर कर सकते हो। मुझे इसकी कीमत के बारे में नहीं पता है, पर बड़े दादा ने मुझे बताया था कि यह तीस या चालीस रुपए का भी हो, तब भी क्या तुम इसे मुझे वेट्स को देने के लिए ऑर्डर कर सकते हो ? वैसे इसे मुझे भेजने से अधिक बेहतर होगा कि इसे मि. बेट्स के पास सीधे मँगाना। किंतु इसे सप्लायर की रास्ते में टूट फूट की गारंटी के बिना मँगाना उचित नहीं होगा।

मैंने अपनी मार्कशीट की एक प्रति बाबा के पास भेज दी है। मैंने इसे तुम्हारे पास भेजने के लिए भी कहा है। मैं 24 तारीख को लंदन लौट रहा हूँ और 7 अक्तूबर तक मैं कैंब्रिज आ जाऊँगा। मेरी योजना नैतिक विज्ञान ट्रिपाज की तैयारी अगले मई या जून के लिए करने की है। आई.सी.एस. के फाइनल इम्तिहान के

लिए मुझे हिंदी और घुड़सवारी के लिए तैयारी करनी है। यह इम्तिहान अगले साल सितंबर में होगा।

इस प्रतियोगात्मक परीक्षा में चौथा स्थान हासिल करने पर मुझे ढेरों बधाइयाँ मिलती हैं। किंतु मैं यह नहीं कह सकता हूँ कि आई.सी.एस. में इस स्थान को हासिल करने की संभावना पर मैं बहुत खुश हूँ। यदि मुझे यह नौकरी करनी पड़ी तो मैं इसे अति अनिच्छापूर्वक ही करूँगा। यह बात अलग है कि इसमें मुझे एक अच्छी आमदनी होगी और जीवन भर की पेंशन भी मिलेगी। यदि मैं काफी हद तक जी-हुजूरी करूँ, तब मैं कमिश्नर भी बन सकता हूँ। अपनी चाटुकारिता की प्रतिभा के बल पर व्यक्ति प्रांतीय सरकार के मुख्य सचिव के पद की अभिलाषा भी कर सकता है, पर क्या यह नौकरी ही सबकुछ है और मेरे जीवन का अंत है ? सिविल सेवा की यह नौकरी सभी तरह के भौतिक सुख तो उपलब्ध करा देती है, पर क्या ये उपलब्धियाँ व्यक्ति की अपनी आत्मा की कीमत पर नहीं हैं ? मेरे विचार से क्या यह पाखंड नहीं है, जिसमें व्यक्ति अपने जीवन के उच्चतम आदर्श को बनाए रखने का ढोंग करते हुए नौकरी की शर्तों के साथ अनुकूलता बनाता है। आई.सी. एस. में व्यक्ति यही करता है।

तुम मेरी मन:स्थिति समझ सकते हो, क्योंकि मैं एक ऐसी दहलीज पर खड़ा हूँ, जहाँ सड़क का आदमी इसे एक बेहतरीन कॅरियर कहेगा। इस नौकरी के करने के पक्ष में तो बहुत कुछ कहा जा सकता है। यह हम सभी की सबसे बड़ी समस्या, यानी रोजी-रोटी की समस्या का हमेशा के लिए हल कर देती है। इसके बाद व्यक्ति के जीवन में किसी तरह की अनिश्चितता या सफलता या असफलता का जोखिम नहीं रहता है। किंतु मेरे जैसे स्वभाववाला व्यक्ति, जिसके आदर्श उसे सनकी की संज्ञा दे सकते हैं—उसके अनुसार कम अवरोधोंवाला मार्ग अनुसरण के लिए सबसे बेहतर नहीं हो सकता है। यदि जीवन में संघर्ष नहीं है तो जीवन अपनी रोचकता खो देता है, क्योंकि इसमें जोखिम नहीं होता है, जो लोग सांसारिक रूप से महत्त्वकांक्षी नहीं होते हैं, उन्हें जीवन की अनिश्चितताएँ भयभीत नहीं करती हैं। जो लोग सिविल सेवा की जंजीर से बँधे हुए हैं, वे देश की सेवा पूर्णरूप से नहीं कर सकते हैं। संक्षेप में कहा जाए तो राष्ट्रीय और आध्यात्मिक आकांक्षाओं की अनुकूलता सिविल सेवा की शर्तों की आज्ञाकारिता के साथ नहीं हो सकती है।

मैं महसूस करता हूँ कि इस तरह से बात करना व्यर्थ है, क्योंकि मेरी इच्छा मेरी अपनी नहीं है। हालाँकि मैं जानता हूँ कि तुम्हारे मन में सिविल सर्विस का कोई

realization of God? Where is their unification with the Supreme soul, of which we now simply talk of. All is gone! Hushed is their Vedic strain! No more are the songs of the Sama Veda to be heard resounding on the banks of the sacred Ganges! But there is hope yet. I think ~~there~~ there is hope yet. The angel of hope has appeared in our midst to put fire in our souls and to shake off our dull sloth. It is the saintly Vivekananda. There stands he, with his angelic appearance, his large and piercing eyes and his sacred dress to preach to the whole ~~wh~~ world, the sacred truths lying embedded in Hinduism.

आकर्षण नहीं है, पर बाबा मेरे इसे न करने के विचार से अवश्य ही नाराज होंगे। वे मुझे जीवन में जल्दी-से-जल्दी व्यवस्थित देखना चाहते हैं। वैसे यदि मैं किसी और पेशे में अपनी योग्यता बढ़ाता हूँ, तब इसका भी आर्थिक बोझ तुम्हारे ही कंधों पर पड़ेगा और मैं इतना हृदयहीन नहीं हूँ कि तुम्हारे इस बोझ को न समझ सकूँ। इसलिए भावनात्मक और आर्थिक कारणों को समझते हुए मेरी इच्छा मुश्किल से ही मेरी कही जाएगी, मगर मैं यह बिना झिझक के ही कह सकता हूँ कि यदि मुझे विकल्प चुनने दिया जाए तो मैं भारतीय सिविल सेवा में नौकरी करनेवाला अंतिम व्यक्ति ही रहूँगा।

आपने बिल्कुल सही कहा है कि इस नौकरी को नकारने के बजाय व्यक्ति को इसके पद को हासिल करने और इसकी बुराइयों से लड़ना चाहिए, मगर यदि मैं ऐसा करता भी हूँ, तब भी दिन-प्रतिदिन मेरी स्थिति असहयनीय होती जाएगी और मुझे इस्तीफा देने के लिए बाध्य होना पड़ेगा। यदि इस तरह का संकट 5 या 10 साल के बाद आता है, तब मेरे लिए किसी नए पेशे की रूपरेखा बनाने की अनुकूल परिस्थिति नहीं होगी, परंतु अभी मेरे पास किसी अन्य पेशे के चयन का समय है।

वैसे कोई सनकी यह भी कह सकता है कि जब मैं इस नौकरी के सुरक्षित हाथों में जाऊँगा, तब मेरी इस तरह की भावना गायब हो जाएगी। पर मैं तय कर चुका हूँ कि इस रुग्ण प्रभाव में नहीं पड़ूँगा। मैंने विवाह न करने का फैसला लिया है, ताकि सांसारिकता मुझे मेरे लक्ष्य से डिगा न सके और मुझे यह आंतरिक रूप से उचित भी लगता है।

वैसे अपनी स्थिति को देखते हुए मुझे संदेह होता है कि मैं सिविल सेवा के लिए उपयुक्त रहूँगा और यदि मुझमें थोड़ी बहुत क्षमता है भी, तो इसका मैं अपने स्वयं के कल्याण और अपने देश के कल्याण के लिए इस्तेमाल करूँगा।

इस बारे में मैं आपके विचार जानना चाहता हूँ। मैंने इस बारे में बाबा को नहीं लिखा है और मैं इसकी वजह भी नहीं जानता हूँ। मैं उनकी भी राय जानना चाहता हूँ। यदि कुंडली मिलाने वाले आपको दुबारा परेशान करें तब आप उन्हें घर के बाहर का रास्ता दिखा देना। मैं यहाँ ठीक हूँ। आप आजकल कैसे हैं? बाबा और माँ कहाँ हैं?

आपका प्यारा

सुभाष

(निम्न दो पत्र नेताजी ने देशबंधु चितरंजन दास को लिखे और इन्हें अपने एक मित्र के माध्यम से भिजवाया था। 28 अप्रैल, 1921 को कैंब्रिज से नेताजी ने अपने भाई शरतचंद्र बोस से देशबंधु के जवाबी पत्र की चर्चा भी की है। ये सभी पत्र बँगला भाषा में हैं।)

(61)

द यूनियन सोसाइटी कैंब्रिज
16 फरवरी, 1921

महाशय,

मैं संभवतः आपके लिए एक अपरिचित हूँ, परंतु जब मैं आपको अपने बारे में बताऊँगा, तब आप शायद मुझे पहचान लेंगे। मैंने आपको यह पत्र बहुत ही गंभीर मसले के लिए लिखा है, पर इससे पहले कि मैं विषय पर आऊँ, मैं सर्वप्रथम अपनी गंभीरता बताना चाहता हूँ। इसलिए अपना परिचय आवश्यक समझता हूँ।

मेरे पिता श्री जानकी नाथ बोस कटक में वकालत करते हैं और कुछ साल पहले वे सरकारी वकील भी थे। मेरे बड़े भाई श्री शरत चंद्र बोस कलकत्ता हाईकोर्ट में बैरिस्टर हैं। आपको शायद मेरे पिताजी के बारे में पता हो, पर आप निश्चित ही मेरे बड़े भाई को जानते होंगे।

पाँच साल पहले मैं प्रेसीडेंसी कॉलेज का विद्यार्थी था। सन् 1916 में कुछ समस्याओं के कारण मुझे विश्वविद्यालय से निष्कासित कर दिया गया था। दो वर्ष के नुकसान के उपरांत मुझे कॉलेज में अध्ययन की पुनः अनुमति मिल गई थी। इसके बाद मैंने सन् 1919 में बी.ए. का इम्तिहान प्रथम श्रेणी ऑनर्स के साथ पास किया।

मैं सन् 1919 में अक्तूबर के महीने में यहाँ आ गया। मैंने सन् 1920 अगस्त माह में सिविल सेवा का इम्तिहान पास किया, जिसमें मेरा स्थान चौथा था। इस वर्ष जून के महीने में मैं नैतिक विज्ञान ट्रिपाज का इम्तिहान दूँगा और उसी माह में मुझे बी.ए. की डिग्री भी मिल जाएगी।

अब मैं विषय पर आता हूँ। मेरे मन में सरकारी नौकरी में जाने की जरा सी भी चाहत नहीं है। मैंने इस विषय में अपने बाबा और बड़े भाई को पत्र भी लिखा है कि मैं इस नौकरी को छोड़ना चाहता हूँ। मुझे अभी तक उनका जवाब नहीं मिला है। उनकी सहमति हेतु मैं उन्हें यकीन दिलाना चाहता हूँ कि मैं इस नौकरी को छोड़ने

के बाद कितना गंभीर कार्य करना चाहता हूँ। मैं यह भलीभाँति जानता हूँ कि नौकरी छोड़ने के बाद यदि मैं संकल्प के साथ राष्ट्र के कार्य में उतर पड़ूँगा, तब मेरे सामने बहुत से कार्य होंगे, जैसे नेशनल कॉलेज में शिक्षण, किताबें लिखना तथा अखबार निकालना, ग्रामीण समाज का संगठन, आम लोगों में शिक्षा का प्रसार आदि। किंतु यदि मैं अपने गंभीर कार्यों के बारे में अपने परिवार को बताता हूँ, तब संभवत: मेरे लिए नौकरी छोड़ने की अनुमति मिलना आसान होगा। यदि मैं उनकी सहमति से नौकरी छोड़ता हूँ, तब उनकी इच्छा के विरुद्ध जाने जैसा कुछ भी नहीं होगा।

आपको इस देश की स्थिति के बारे में अच्छी तरह से पता है। मैंने सुना है कि आपने कलकत्ता और ढाका में नेशनल कॉलेज की स्थापना की है और आप 'स्वराज' नाम से अंग्रेजी और बँगला में अखबार भी निकलवाना चाहते हैं। मैंने यह भी सुना है कि बंगाल में कई स्थानों पर ग्रामीण संगठनों की भी स्थापना हो चुकी है।

मैं यह भी जानना चाहता हूँ कि राष्ट्र सेवा के इस महान् कार्य में आप मुझे किस तरह का कार्य सौंपना चाहते हैं। शिक्षा और समझ के क्षेत्र में थोड़ा ही हूँ, पर मुझे यकीन है कि मुझमें युवाओं का उत्साह है। मैं अविवाहित हूँ, जहाँ तक शिक्षा का सवाल है, मैंने दर्शनशास्त्र भी पढ़ा है, क्योंकि कलकत्ता में ऑनर्स में मेरा यही विषय था और यहाँ ट्रिपाज में भी मेरा यही विषय है। सिविल सर्विस इम्तिहान का शुक्रिया, जिसकी वजह से मैंने एक खास स्तर तक अर्थशास्त्र, राजनीति विज्ञान, अंग्रेजी, योरोपीय इतिहास, अंगेजी कानून, संस्कृत और भूगोल का अध्ययन किया है।

मुझे विश्वास है कि यदि मैं इस कार्य में लगता हूँ, तब मैं यहाँ से एक या दो बंगाली मित्रों को भी इसमें शामिल कर लूँगा, परंतु जब तक मैं स्वयं इस क्षेत्र में न प्रवेश करूँ, मैं किसी अन्य को इसमें नहीं खींचूँगा।

मैं इस समय यह तय नहीं कर पा रहा हूँ कि वर्तमान समय में हमारे देश के लिए कौन सा क्षेत्र उपयुक्त होगा। मुझे दो तरह के कार्य ही समझ में आ रहे हैं—बंगाल में शिक्षण और अखबारों के लिए लेखन। मैं स्पष्ट योजना के तहत यह नौकरी छोड़ना चाहता हूँ। यदि मैं ऐसा कर सका, तब मैं सोच-विचार में अपना समय बरबाद नहीं करूँगा और तुरंत ही नौकरी छोड़कर इसमें लग जाऊँगा।

आप वर्तमान समय में बंगाल की राष्ट्र सेवा के सर्वोच्च पुजारी हैं, इसलिए मैं यह पत्र आपको लिख रहा हूँ। भारत में आपके द्वारा स्थापित आंदोलन की प्रतिध्वनि अखबारों और पत्रों के माध्यम से यहाँ भी पहुँच रही है। ऑक्सफोर्ड में पढ़ाई कर रहे एक मद्रासी युवा कुछ समय के लिए अपना अध्ययन रोककर

वहाँ कुछ काम करने चला गया। वैसे कैंब्रिज में बहुत काम नहीं हुआ है, पर असहयोग आंदोलन पर काफी चर्चा हो रही है। मुझे लगता है कि यदि एक व्यक्ति मार्गदर्शन करे तो यहाँ लोग उसका अनुसरण करेंगे।

आप बंगाल में हमारे राष्ट्रीय सेवा कार्यक्रम के प्रचारक हैं। मैं इसलिए अपने अल्प ज्ञान, समझ, शक्ति और उत्साह के साथ आपके पास आया हूँ। मेरे पास अपने विवेक और दुर्बल शारीरिक शक्ति के अतिरिक्त अपनी मातृभूमि की वेदी पर अर्पित करने के लिए कुछ भी नहीं है।

आपको पत्र लिखने के पीछे मेरा उद्‌देश्य यही है कि आप इस महान् राष्ट्रीय कर्तव्य में मुझे कौन सा कार्य सौंपते हैं। यदि मैं यह जान जाता हूँ, तब उसी के अनुसार मैं अपनी मानसिकता बनाऊँगा और उसी के अनुसार अपने बाबा और भाई को पत्र भी लिखूँगा।

मैं इस समय एक तरह से सरकारी नौकर हूँ। मैं इस समय आई.सी.एस. परिवीक्षार्थी हूँ। चूँकि मेरे पत्रों की छानबीन होती रहती है, इसलिए मैं आपको सीधे पत्र नहीं भेज सकता हूँ। यह पत्र मैं अपने विश्वसनीय मित्र श्री प्रेमनाथ सरकार के द्वारा भेज रहा हूँ। वे आपको यह पत्र व्यक्तिगत रूप से देंगे। मैंने जो कुछ भी आपको पत्र में लिखा है, मैं उसी के अनुसार कार्य करूँगा। आप मुझे बिना झिझक पत्र लिख सकते हैं, क्योंकि यहाँ इनके सेंसर होने का भय नहीं है।

यहाँ मैंने किसी को भी अपने इरादे के बारे में नहीं बताया है। इस बारे में मैंने सिर्फ बाबा और भाई को ही लिखा है। चूँकि मैं सरकारी नौकर हूँ, इसलिए मैं आशा करता हूँ कि जब तक मैं त्यागपत्र न दे दूँ, आप यह जानकारी किसी को भी नहीं देंगे। मुझे अब और अधिक नहीं कहना है। मैं इस समय केवल आपके आदेश का पालन करने के लिए तैयार हूँ।

मेरी व्यक्तिगत सोच यही है कि जब आप 'स्वराज' का अंग्रेजी संस्करण निकालें, तब मैं इसमें सहायक संपादकीय कर्मचारी के रूप में कार्य करूँ। इसके अतिरिक्त मैं नेशनल कॉलेज की जूनियर कक्षाओं में शिक्षण का कार्य भी कर सकता हूँ।

कांग्रेस को लेकर मेरे दिमाग में बहुत से विचार हैं। मेरे अनुसार कांग्रेस की एक स्थायी सभा का स्थान होना चाहिए। इसके लिए हमारे पास एक भवन होना चाहिए। इसमें शोध विद्यार्थियों का एक समूह होगा, जो कि विभिन्न राष्ट्रीय समस्याओं पर शोध करेगा। जहाँ तक मेरी जानकारी है, हमारी कांग्रेस के पास भारतीय मुद्रा और विनिमय की कोई स्थायी नीति नहीं है, साथ ही यह भी तय नहीं किया जा सका है

कि पड़ोसी राज्यों के प्रति कांग्रेस का क्या दृष्टिकोण होगा। शायद यह भी जानकारी नहीं है कि इस संबंध में कांग्रेस (स्त्री और पुरुषों के लिए) कैसे विशेषाधिकार रखती है। यहाँ तक कि कांग्रेस को अभी तक समाज के निचले वर्ग के लिए क्या करना है, यह भी तय नहीं किया है। इस दिशा में प्रयास की कमी के कारण मद्रास के सभी गैर-ब्राह्मण समूह सरकार की तरफ और राष्ट्र विरोधी बन चुके हैं।

मेरे दृष्टिकोण से कांग्रेस को स्थायी कर्मचारी नियुक्त करने चाहिए। इन्हें व्यक्तिगत समस्याओं पर भी शोध करना चाहिए। प्रत्येक व्यक्ति को आधुनिकतम तथ्य और आँकड़े एकत्र करने होंगे और कांग्रेस समिति प्रत्येक व्यक्ति की समस्या के अनुसार नीति तैयार करेगी। आज के समय कांग्रेस के पास राष्ट्रीय समस्याओं को लेकर कोई निश्चित नीति नहीं है। इसलिए मैं सोचता हूँ कि कांग्रेस को शोध छात्रों के रूप में स्थायी कर्मचारी नियुक्त करने चाहिए।

इसके अतिरिक्त कांग्रेस को खुफिया विभाग भी शुरू करना चाहिए, ताकि इस विभाग के द्वारा हमारे देश की आधुनिक खबरों और वास्तविकताओं की जानकारी रहे। प्रचार के लिए सभी प्रांतीय भाषाओं में लघु पत्रिकाएँ प्रकाशित होनी चाहिए और इन्हें आम जनता में मुफ्त वितरित भी करना चाहिए। इसके अतिरिक्त प्रचार विभाग के द्वारा एक ऐसी पुस्तक का प्रकाशन होना चाहिए, जिसमें हमारे राष्ट्रीय जीवन के सभी सवाल हों तथा कांग्रेस के पास इसके समाधान के तरीकों का भी वर्णन हो। मैं इस बारे में काफी कुछ लिख चुका हूँ। वैसे यह सारे प्रश्न आपके लिए नए नहीं हैं। मैं इनके बारे में स्वयं को लिखने से न रोक सका जैसे कि ये बिल्कुल ही नए हों। मुझे महसूस होता है कि कांग्रेस के साथ मेरे लिए काफी काम है। यदि आपकी इच्छा हो तो मैं इस मामले में सहयोग कर सकता हूँ।

मैं आपके विचारों का इंतजार करूँगा। मैं यह भी जानने का इच्छुक हूँ कि आप मुझे किस तरह का कार्य सुपुर्द करेंगे। यदि आप पत्रकारिता सीखने के लिए किसी को इंग्लैंड भेजना चाहते हैं, तब मैं इसके लिए तैयार हूँ। यदि आप मुझे यह कार्य देते हैं, तब इसमें लगने वाला मार्ग व्यय और परिवहन का खर्च बच जाएगा। मैं इस कार्य को शुरू करने से पहले अपना इस्तीफा अवश्य ही दे दूँगा। आपको इस कार्य के लिए मेरे ठहरने और खाने का व्यय उठाना होगा, क्योंकि नौकरी छोड़ने के बाद घर से पैसा लेने का कोई औचित्य नहीं होगा। यदि मैं नौकरी छोड़ता हूँ, तब मेरी इच्छा घर के लिए चलने की है किंतु यदि आवश्यकता हो तो मैं इसे छोड़ने के लिए तैयार हूँ।

आप इस बड़े पत्र के लिए मुझे क्षमा कर देंगे। आशा करता हूँ कि आप इस पत्र का जवाब शीघ्र देंगे। कृपया मेरा प्रणाम स्वीकार करें। मेरा पता—

फिट्ज विलियम हॉल

कैंब्रिज,

सादर सहित

आपका

सुभाषचंद्र बोस

(62)

द यूनियन सोसाइटी

कैंब्रिज

2 मार्च, 1921

महाशय,

मैंने आपको कुछ दिनों पहले ही पत्र लिखा है। आशा है, वह आपको समय से मिल गया होगा।

मुझे उम्मीद है कि आपको यह जानकर प्रसन्नता होगी कि मैंने नौकरी से इस्तीफा देने का मन बना लिया है। मैंने आपको अपने पूर्व पत्र में बता दिया था कि मैं किस तरह के कार्यों के लिए उपयुक्त हो सकता हूँ। मैं इस समय के बेहतर काम के बारे में यहाँ से स्पष्ट रूप से नहीं सोच सकता हूँ। चूँकि आप सक्रिय रूप से कार्यरत हैं, इसलिए आपको बेहतर ढंग से पता होगा कि मौजूदा हालात में कौन सा काम अच्छा होगा और इसके लिए किस तरह के काम करनेवालों की जरूरत होगी।

मेरा आपसे अनुरोध है कि इस मामले को तब तक किसी से न कहें, जब तक कि आपको मेरे इस्तीफे की खबर न मिल जाए। यदि मैं नौकरी छोड़ देता हूँ, तब जून के आखिर तक मैं घर लौटना चाहूँगा, बशर्ते मेरी यात्रा समय से हो जाए। मैं इस बात के लिए उत्सुक हूँ कि किस तरह का काम वहाँ मेरा इंतजार कर रहा है, ताकि मैं उसी के अनुरूप नौकरी कर सकूँ। इसके अलावा वहाँ के काम के अनुरूप यहाँ उसकी पढ़ाई करने की संभावना है। मैं आशा करता हूँ कि आप सभी विषयों पर जहाँ तक संभव हो शीघ्र ही जवाब देंगे।

मेरे मस्तिष्क में कुछ खास विचार आ रहे हैं। उन्हें मैं आपको बताना चाहता हूँ—

1. मैं नेशनल कॉलेज में शिक्षण का कार्य कर सकता हूँ। मैंने पश्चिमी दर्शनशास्त्र का थोड़ा अध्ययन भी किया है।

2. यदि आप दैनिक अखबार निकालते हैं तो मैं इसमें सह-संपादक कर्मचारी के रूप में भी काम कर सकता हूँ।

3. यदि आप कांग्रेस में शोध विभाग शुरू करना चाहते हैं, तब मैं इसमें भी काम कर सकता हूँ। मैंने इस बारे में आपको अपने पिछले पत्र में विस्तार से लिखा है। मेरे विचार से हमारे पास शोध छात्रों का एक समूह होना चाहिए। यह छात्र हमारे राष्ट्रीय जीवन की व्यक्तिगत समस्याओं को समझेंगे और इनके तथ्य एकत्र करेंगे। इसके बाद कांग्रेस एक समिति नियुक्त करेगी और फिर इन तथ्यों के आधार पर नीति बनाएगी।

हमारी कांग्रेस के पास मुद्रा और विनिमय को लेकर कोई स्पष्ट नीति नहीं है तथा न ही इसके पास श्रमिक और कारखाने की न्यायिक नीति ही है। बेरोजगारों और निर्धन राहत पर भी कांग्रेस की कोई स्पष्ट नीति तथा स्वराज प्राप्ति के बाद के संवैधानिकता पर भी नीति का अभाव है। मेरे दृष्टिकोण से कांग्रेस लीग की योजना पूरी तरह से पुरानी है। हमें भारत का संविधान स्वराज के आधार पर निर्मित करना चाहिए।

आप यह भी कह सकते हैं कि इस समय कांग्रेस वर्तमान व्यवस्था को ही खींच रही है। इसलिए जब तक इसकी समाप्ति नहीं हो जाती, नवीन रचनात्मक कार्य संभव नहीं हैं। किंतु मेरे विचार से जब तक इसकी समाप्ति का कार्य चल रहा है, हमें निर्माण शुरू कर देना चाहिए। हमारे राष्ट्रीय जीवन की समस्याओं से संबंधित नीतियों के निर्माण के लिए लंबे समय तक विचार और शोध की आवश्यकता है। इसीलिए इस पर शोध की शुरुआत तुरंत हो जानी चाहिए। यदि कांग्रेस पूर्ण योजना की रूपरेखा बना लेती है, तब हमें स्वराज हासिल होने के बाद इस विचार पर चिंतित होने की आवश्यकता नहीं है।

इसके बाद कांग्रेस को अपना एक खुफिया तंत्र भी रखना चाहिए, जहाँ देश की सभा सूचनाएँ उपलब्ध हों। इस तंत्र के लिए लघु पुस्तिकाएँ भी प्रकाशित होनी चाहिए। एक लघु पुस्तिका में एक ही समस्या का जिक्र हो, जैसे पिछले दशक की जन्म दर एवं मृत्यु दर और विभिन्न रोगों से होनेवाली मौतों की दर आदि।

दूसरी लघु पुस्तिका में कर और खर्च के बारे में सूचनाएँ हों। जिसमें कर के स्रोतों और खर्च के मदों की जानकारियाँ हों। इस प्रकार हम लघु पुस्तकों के द्वारा

अपने राष्ट्र की सभी पहलुओं की सूचनाएँ सारे देश में फैला सकेंगे।

4. आम लोगों में शिक्षा के विस्तार की दिशा में भी कार्य की अपार संभावनाएँ हैं। इनके साथ-साथ सहकारी बैंकों की स्थापना भी जरूरी है।

5. सामाजिक कार्य : मेरे दृष्टिकोण में उपर्युक्त दिशाओं में कार्य की संभावनाएँ हैं, किंतु यह आप पर निर्भर है कि आप मुझे कौन सा विभाग सौंपते हैं। वैसे शिक्षण और पत्रकारिता जैसे कार्य मुझे बहुत आकर्षित करते हैं। इन कार्यों से मेरी शुरुआत हो सकती है और अवसर आने पर अन्य कार्यों में भी मैं सक्रिय रहूँगा। नौकरी छोड़ने का एक अर्थ यह भी है कि मैंने निर्धनता की शपथ ले ली है। इसलिए मेरे किसी पारिश्रमिक के बजाय सिर्फ भरण-पोषण ही पर्याप्त होगा।

यदि मैं पूर्ण दृढ़ता से काम करूँ, तब मुझे यकीन है कि मैं अपने साथ एक या दो बंगाली मित्रों को भी इसमें ले आऊँगा।

बंगाल में आप राष्ट्र सेवा के इस महान् आंदोलन के प्रमुख पुजारी हैं और इसीलिए अब यह संगठित भी हो रहा है। मुझे जो भी कहना था मैंने कह दिया। अब यह आप पर है कि आप मुझे इस महान् कार्य में शामिल होने दें।

जैसे ही मैं यहाँ नौकरी छोड़ूँगा, यहाँ लोग मुझसे पूछेंगे कि मैं घर वापस जाकर क्या काम करूँगा। इसलिए मेरी अपनी संतुष्टि और दूसरों के लिए स्वयं को न्यायोचित ठहराते हुए मैं यह जानने में बहुत ही इच्छुक हूँ कि आप मेरी सेवाओं का किस तरह से उपयोग करते हैं।

आशा करता हूँ कि आप वर्तमान समय में इन मामलों को गुप्त ही रखेंगे।

कृपया मेरा प्रणाम स्वीकार करें।

आदर के साथ
सुभाषचंद्र बोस

(निम्न पत्र शरत चंद्र बोस को लिखे गए हैं।)

(63)

कैंब्रिज
16 जनवरी, 1921, बुधवार

प्रिय भाई,

मैं शिलांग में खींची गई फोटो की कुछ प्रतियों की आशा कर रहा था। मेरे अनुमान से ये अभी रास्ते में ही होंगी।

क्या सरोज बाबू ने अपनी फर्म शुरू कर दी है? उनके पत्र से मुझे ऐसा ही मालूम पड़ता है।

20 जनवरी का आपको भेजा पत्र मुझे पिछले शनिवार को मिला। बच्चों के बारे में जानकर खुशी हुई। मुझे बताया गया था कि अशोक में बेहतर ढंग से सुधार हुआ है। बोलपुर स्कूल के बारे में मुझे जो जानकारी है, इसके अनुसार विमल को वहाँ भेजने का विचार अच्छा है। आशा है बड़ी दीदी इस योजना को सहमति देंगी।

आपको अब तक मेरा 'विस्फोटक' पत्र मिल गया होगा। इस पत्र में आपको मेरी आगे की योजनाओं के बारे में पता चल जाएगा। मेरे सामने सिर्फ सामाजिक विरोध की ही समस्या है। दुनिया का कोई भी व्यक्ति मेरे इस दुस्साहसिक कार्य को अपनी सहमति नहीं देगा। एक साधारण व्यक्ति में आदर्शवादिता का अभाव होता है, जो कि स्वयं ही ऐसे जीवन को जन्म देती है, जो कि हमारे साधारण जीवन से भिन्न होता है। मुझे विश्वास है कि आप मुझसे सहमत होंगे। जब सी.आर. दास इस उम्र में सबकुछ छोड़कर जीवन की अनिश्चितताओं का सामना कर सकते हैं, तब मुझे विश्वास है कि मेरे ऐसा युवा व्यक्ति, जिसके पास ऐसा कुछ भी सांसारिक नहीं है, जिससे उसे परेशानी हो। वह ऐसे कार्य के लिए अधिक उपयुक्त है। यदि मैं नौकरी छोड़ दूँ, तब भी मुझे अपनी अंजुलि भरने के लिए काम की जरूरत नहीं है। शिक्षण, समाजसेवा, सहकारी ऋणकार्य, पत्रकारिता, ग्रामीण संगठन जैसे बहुत से काम हैं, जिनमें हजारों युवा लोग व्यस्त रह सकते हैं। व्यक्तिगत तौर पर मैं शिक्षण और पत्रकारिता ही करना चाहूँगा। नेशनल कॉलेज और नए अखबार स्वराज में मेरे लिए काफी संभावना है।

जहाँ तक मेरी आजीविका का प्रश्न है। मैं अपने दोनों समय का भोजन नेशनल कॉलेज के एक शिक्षक या किसी राष्ट्रीय अखबार के संपादकीय कर्मचारी के रूप में या फिर दोनों ही कार्य करके कमा सकता हूँ। मेरी जरूरतें बहुत ही कम हैं और मैं थोड़े में ही संतुष्ट हो जाऊँगा।

कुछ महीने पहले जब मैं प्रयासरत था कि मुझे यह नौकरी स्वीकार कर लेनी चाहिए, तब मेरा विचार अपने आप पर किए गए खर्च के बराबर धन बचा लेने और फिर नौकरी छोड़कर सार्वजनिक जीवन में उतरने का था। वह धन मैं गोपाली या सत्ती या फिर बड़ी दीदी के बच्चों के पालन-पोषण के लिए अलग कर देना चाहता था। मुझे लगता था कि मेरा अपने परिवार के सदस्यों के प्रति कर्तव्य है, क्योंकि मैंने विदेश के अध्ययन का लाभ उठा लिया है, किंतु मुझे थोड़ा संशय है

कि क्या यही सर्वश्रेष्ठ तरीका है, जिससे मैं अपनी नैतिक उदारशीलता को पूरा कर सकता हूँ। निजी तौर पर मेरे मन में कोई संशय नहीं है। मैं नौकरी में नहीं हूँ तो मैं अधिक कर सकता हूँ। सादा जीवन और उच्च विचार के साथ, त्याग के जीवन की शुरुआत देश के लिए पूर्ण समर्पण के साथ होनेवाली है और यह सब मेरी कल्पना में चल रहा है। मेरे लिए विदेशी नौकरशाही की सेवा तीव्र घृणा की चीज़ है। अरविंद घोष का कार्य मेरे लिए अधिक महान्, अधिक प्रेरणादायी, अधिक ऊँचा, अधिक निस्स्वार्थ है। हालाँकि यह रमेश दत्त के मार्ग से अधिक काँटों भरा है।

मैंने माँ और बाबा को निर्धनता और सेवा की शपथ की शुरुआत के लिए पत्र लिखा है। उन्हें इस विचार से ही यह महसूस होता है कि यह मार्ग भविष्य में काँटों भरा हो सकता है। वैसे मैं काँटों से भयग्रस्त नहीं हूँ। वास्तविकता यह है कि इससे भागने के बजाय मैं इसका स्वागत करूँगा।

मैं यहाँ अच्छी तरह से हूँ। आप कैसे हैं? जब तक मैं किसी निर्णय पर नहीं पहुँचता, मैं इन सभी बातों को गुप्त रखूँगा।

आपका प्रिय
सुभाष

पुनश्च, यदि मैं त्यागपत्र दे देता हूँ, तब मैं जल्दी-से-जल्दी घर वापस लौटूँगा। जून की शुरुआत में ही इम्तिहान खत्म हो जाएँगे और पंद्रह दिनों में इसका परिणाम भी आ जाएगा। इसीलिए मैं बड़े दादा के साथ जून में ही आऊँगा। उस समय तक मिले मुझे सारे भत्ते भारतीय कार्यालय को लौटाने होंगे। मार्च के आखिर तक मुझे भत्ते की दूसरी किश्त (50 पाउंड) और जून तक तीसरी किश्त भी मिल जाएगी।

सुभाष

(64)

कैंब्रिज
23 फरवरी,1921

प्रिय भाई,

पिछली डाक आने तक आपका समाचार नहीं मिला। मेरा अंदाज है कि इन दिनों आप बहुत व्यस्त होंगे।

मैंने आपको सिविल सेवा को त्यागपत्र देने और जनसेवा की इच्छा के बारे में एक बार से अधिक पत्र लिखा है। मैं अपनी इस इच्छा का गंभीर रूप से आकलन करते हुए एक परिपक्व दृढ़ता तक पहुँचा हूँ। मैं आपको यकीन दिला सकता हूँ कि मेरा यह निर्णय किसी मानसिक आवेश का परिणाम नहीं है। यह निर्णय किसी खास दृष्टिकोण में तो महत्त्वपूर्ण हो सकता है, पर यह मेरे जीवन के संपूर्ण दृष्टिकोण पर आधारित है। जब से आई.सी.एस. का परिणाम आया है। मैं तभी से स्वयं से पूछ रहा हूँ कि क्या मैं इस नौकरी में रहते हुए अपने देश के लिए अधिक फायदेमंद रहूँगा या फिर इसमें न रहते हुए। मुझे पूरा यकीन है कि मैं अपने देश की बेहतर सेवा इसका एक नागरिक बनकर अधिक कर सकूँगा, बजाय नौकरशाही का सदस्य बनने के। मुझे इससे इनकार नहीं है कि व्यक्ति जब नौकरी में रहता है, तब बेहतर काम नहीं कर सकता है, पर इसकी तुलना में जब उसके हाथ नौकरशाही की जंजीर में नहीं बँधे होते हैं, तब वह अधिक अच्छी तरह से सेवा कर सकता है। इसके अलावा जो बात मैं अपने पूर्व पत्रों में कह चुका हूँ कि इसका संबंध मेरे सिद्धांत से है। एक विदेशी नौकरशाही की सेवा के सिद्धांत से मैं समझौता नहीं कर पा रहा हूँ। जहाँ सेवा के लिए पहला कदम सांसारिक रुचियों का त्याग है, जिनसे व्यक्ति राष्ट्र के लिए पूर्ण हृदय से लगता है।

आप महसूस करेंगे कि एक आई.सी.एस. के लिए जिन परिस्थितियों में रहना और काम करना पड़ता है। वह मेरे स्वभाव के प्रशिक्षण और दृष्टिकोण के अनुकूल नहीं है। इन परिस्थितियों में ऐसी चीज को स्वीकार करना पूरी तरह से अतार्किक होगा, जिसमें मैं जानता हूँ कि मुझे तकलीफ होगी। दूसरी तरफ मुझे पता है कि त्याग, तकलीफ और यहाँ तक कि निर्धनता के जीवन का भी मैं तब हृदय से स्वागत करूँगा, जब यह राष्ट्र हित में होगी।

वैसे मैं पहले भी कई बार कह चुका हूँ कि जीवन की अनिश्चितताएँ मुझे भयभीत नहीं कर पाती हैं। मैं यह अच्छी तरह से जानता हूँ कि मैं आर्थिक नुकसान और शारीरिक कष्ट जान-बूझकर बरदाश्त कर रहा हूँ। साथ ही मैं अपने कार्य के किसी भी तरह के तात्कालिक और दूरगामी परिणामों के लिए तैयार हूँ।

अरविंद घोष का ज्वलंत उदाहरण मेरे सामने है। मुझे लगता है कि मैं उस उदाहरण के अनुसार बलिदान के लिए तैयार हूँ। मेरी परिस्थितियाँ भी मेरे अनुकूल हैं। हमारा परिवार काफी समृद्ध है (सिर्फ बड़ी दीदी और उनके बच्चों के अतिरिक्त) और मेरे ऊपर किसी सांसारिक जिम्मेदारी का दबाव भी नहीं है। मुझे यकीन है कि

मेरी सोच संन्यासी की तरह है, जो मुझे भविष्य में आ सकनेवाले दुर्भाग्य को सहने का धैर्य प्रदान करती है। और तो और, मैं अविवाहित भी हूँ और उम्मीद है, रहूँगा भी। इतनी आसान परिस्थितियों की उम्मीद कौन कर सकता है।

मेरी योजना डिग्री लेने के बाद जून में बड़े दादा के साथ घर वापस लौटने की है। कलकत्ता आने के बाद मैं नेशनल कॉलेज में शिक्षण का कार्य करना चाहता हूँ, साथ ही मैं कलकत्ता के एक राष्ट्रीय दैनिक अखबार में भी काम करना चाहता हूँ। इसके अलावा मेरे मस्तिष्क में और भी योजनाएँ हैं, जैसे समाज-सेवा, जन शिक्षा, सहकारी ऋणसंस्था और राष्ट्रीय कांग्रेस के साथ आर्थिक और शोध विभाग के संगठन में काम करना। किंतु यह सब कार्यक्रम जब जन और धन दोनों आएँगे तब होगा। जब मैं भारत आऊँगा, तब अपने भरण-पोषण के लिए मेरे पास काफी काम हैं।

मुझे विश्वास है कि मेरे इस प्रस्ताव का आप समर्थन करेंगे। इस मामले में सिर्फ एक ही अवरोध है कि शायद ही परिवार का कोई सदस्य मेरी इस सनकी योजना का समर्थन करेगा। इस मामले को लेकर सभी जगह काफी शोरगुल मचा है, पर मुझे नहीं लगता कि मेरे इस पहले कदम पर यह मुझे भयग्रस्त करेगा।

मैं जो कुछ भी आपसे आशा कर सकता था, आपने मेरे लिए सब किया, जो आप कर सकते थे और यह सब बिना माँगे था। मैं हृदय की गहराई से इस नैतिक कृतज्ञता को महसूस करता हूँ, जिसे मैं व्यक्त नहीं कर सकता, परिणामत: मुझे महसूस होता है कि त्यागपत्र का प्रस्ताव कम-से-कम निष्ठुर तो है ही। इस प्रस्ताव का अर्थ, यानी मुझ पर जो रु.10,000 खर्च हुआ है, उसका कोई फायदा नहीं हुआ। किंतु जब मैं आपसे अपने त्यागपत्र की अनुमति का अनुरोध करता हूँ, तब मैं अपने लिए नहीं बल्कि अपने दुर्भाग्यशाली देशवासियों के लिए करता हूँ, जो कि वाकई इस आवश्यकता में है। आपने जो धन मुझ पर खर्च किया है, उसे आप बिना किसी लाभ प्राप्ति के माँ के चरणों पर उपहारस्वरूप अर्पित की मानिए।

अपने इस्तीफे के संदर्भ में मेरा आपको यह अंतिम पत्र है। मेरा यही अनुरोध बाबा और माँ से भी है। मुझे पूरा यकीन है कि मुझे आपकी अनुमति मिल जाएगी। अगला घुड़सवारी का इम्तिहान 23 अप्रैल को होगा। मुझे आशा है कि मुझे इससे पहले जवाब मिल जाएगा और संभवत: मैं घुड़सवारी के अगले इम्तिहान में शामिल ही हूँगा।

मुझे लगता है कि आपके लिए मेरे इस प्रस्ताव की सहमति दोनों मेरे द्वारा इस

प्रस्ताव को तैयार किए जाने से अधिक कठिन है, पर मुझे पूरा यकीन है कि आप में वह शक्ति है। मुझे यह भी यकीन है कि जब आप मेरे प्रस्ताव की गंभीरता को समझेंगे, तब आप अपनी सहमति के बीच किस चीज को आने नहीं देंगे।

अरविंद घोष मेरे आध्यात्मिक गुरु हैं। उनके और उनके कार्य के लिए मैंने अपना जीवन और आत्मा समर्पित कर दी है। मेरा निर्णय अंतिम और अपरिवर्तनीय है, पर इस समय मेरी नियति आपके हाथों में है।

क्या मैं आपके आशीर्वाद की आशा नहीं कर सकता हूँ और क्या आप मेरे इस साहसिक अभियान में मुझे सफलता का आशीर्वाद नहीं देंगे?

आपका प्रिय

सुभाष

पुनश्च, 2 तारीख का आपका पत्र पाकर प्रसन्नता हुई और यह पता चला कि आप ठीक हैं। हम भी यहाँ स्वस्थ हैं। आप कैसे हो?

सुभाष

(65)

ऑक्सफोर्ड

6 अप्रैल, 21

मेरे प्यारे भाई,

आपका 12 मार्च का पत्र मुझे प्राप्त हुआ। इस पत्र में व्यक्त आपकी भावनाओं से मैं बहुत ही प्रभावित हुआ। मुझे यह जानकर संतोष हुआ कि मेरे निष्कर्षों को स्वीकार न करने पर भी आपने मेरे दृष्टिकोण को बल दिया है।

पिछली 15 अगस्त से एक विचार मेरे मन में है कि मैं बाबा और माँ के प्रति अपने कर्तव्यों और अपने प्रति कर्तव्य के साथ कैसे सामंजस्य बनाऊँ? मैं देख रहा हूँ कि बाबा शुरू से ही मेरे प्रस्ताव के खिलाफ हैं। वाकई मेरा विचार उन्हें हास्यास्पद लगता है। इसमें कोई काँप उठने जैसी चीज नहीं थी, क्योंकि इस चीज से ही उन्हें पीड़ा पहुँचती, इसलिए मैंने आपसे उन्हें मेरे इरादे के बारे में बताने के लिए कहा था। वास्तव में उन्हें सीधे पत्र लिखने का मुझमें साहस नहीं था। यह सितंबर का आखिर था और इस कोशिश का परिणाम आप अच्छी तरह से जानते थे।

यह संघर्ष तभी से मेरे मस्तिष्क में चल रहा था। जिस तरह का विषय इसमें शामिल था, इससे इस द्वंद्व में तीव्र पीड़ा थी। मैं किसी समाधान पर पहुँचने में असफल था। मेरा विकास एक तरफ तो स्वामी विवेकानंद और दूसरी तरफ

अरविंद घोष से प्रभावित रहा है और सौभाग्य या दुर्भाग्य से मेरी एक ऐसी मानसिकता बन चुकी है, जो कि बिल्कुल ही अपने विरोधी दृष्टिकोण से समझौता नहीं कर पाती है। यह संभव हो सकता है कि मैं एक त्रुटिपूर्ण दर्शन से पोषित होता रहा हूँ, पर यह एक युवा मस्तिष्क की विशेषता है कि उसे दूसरों से अधिक स्वयं पर विश्वास होता है। हो सकता है, यह दुर्भाग्यशाली वास्तविकता हो, पर यह सत्य है।

आप अच्छी तरह से जानते हैं कि पहले एक ऐसा अवसर था, जब मैंने केवल बाबा और माँ को ही नहीं बल्कि और लोगों को, जिनमें आप भी शामिल हैं, तकलीफ पहुँचाई थी। इसके लिए मैंने अपने आप को माफ नहीं किया और अब मैं ऐसा कभी नहीं करूँगा, अन्यथा मेरे स्वभाव और परिस्थितियों के कारण और बौद्धिक एवं नैतिक विद्रोह की वजह से मेरे लिए कोई बचाव नहीं है। मेरी इच्छा केवल यही थी कि मुझे इतनी स्वतंत्रता मिल जाती, जो कि मेरे अपने आदर्शों के लिए जरूरी भी हो, ताकि मैं अपने रुझान के अनुसार अपनी नियति को आकार दे पाता।

परिस्थितियों में उस समय से काफी परिवर्तन हो चुका है। सदमे के बाद सदमा हम पर हावी हो चुका है। बाबा और माँ का स्वास्थ्य भी वैसा नहीं है, जैसा कुछ साल पहले था। उनकी वर्तमान मन:स्थिति और स्वास्थ्य को देखते हुए उन्हें पीड़ा देते हुए उन्हें पीड़ा देना वाकई निर्दयतापूर्ण है। उन्हें इतनी पीड़ा और चिंता देने की वजह बनने के कारण मैं स्वयं को क्षमा नहीं करूँगा, पर मैं क्या कर सकता हूँ? क्या मुझे अपना दृष्टिकोण छोड़ देना चाहिए?

मैं महसूस करता हूँ कि केवल मेरी ही वजह से हमारे शांत परिवार में इतना अधिक हो-हल्ला मचा है। इसकी वजह है कि मेरे मन में कुछ विचारों ने जगह बना ली है और दुर्भाग्य से वे दूसरों को स्वीकार्य नहीं हैं।

बाबा सोचते हैं कि भारतीय सिविल सेवा के आत्मसम्मान का जीवन नए शासन में असह्य नहीं होगा और होमरूल दस सालों के भीतर ही आ जाएगा, पर मेरा सवाल नई शासन व्यवस्था में बरदाश्त किए जाने का नहीं है। वाकई मुझे यकीन है कि यदि मैं नौकरी में रहूँगा, तभी मैं कुछ उपयोगी काम कर सकता हूँ। मुख्य प्रश्न तो सिद्धांत का है। क्या हमें वर्तमान विदेशी नौकरशाही के प्रति निष्ठा रखनी चाहिए और स्वयं को एक शोरबे के रूप में पेश करना चाहिए? जो लोग पहले से ही इस नौकरी में हैं या जिनके सामने इस नौकरी को स्वीकार करने के अलावा कोई चारा नहीं है, वे ही ऐसा कर सकते हैं। किंतु मेरे जैसा व्यक्ति, जो इस स्थिति में है, उसे क्या इतनी जल्दी निष्ठा के लिए तैयार होना चाहिए? जिस दिन मैं इसके लिए तैयार हो जाऊँगा, मैं एक स्वतंत्र व्यक्ति नहीं रह जाऊँगा।

मुझे विश्वास है, हमारे यहाँ होम रूल दस सालों या उससे भी पहले आ सकता है, पर यदि हम उसकी कीमत देने के लिए तैयार हों तब। यह कीमत बलिदान और कष्टों की है। हम केवल त्याग और तपस्या की मिट्टी से ही अपने राष्ट्र की इमारत बना सकते हैं। यदि हम अपने-अपने कामों में लगे रहे और सिर्फ अपना स्वार्थ देखते रहे, तब मुझे नहीं लगता है कि होमरूल पचास सालों में भी आ पाएगा। प्रत्येक व्यक्ति नहीं तो कम-से-कम प्रत्येक परिवार को भारत माता के चरणों में इस अर्पण के लिए आगे आना चाहिए। बाबा मुझे इस बलिदान से बचाना चाहते हैं। मैं इतना कठोर नहीं हूँ कि उनके प्यार और लगाव को न समझ सकूँ, जिसकी वजह से वे मेरे हित में ही मुझे इस त्याग से रोकना चाहते हैं। उन्हें लगता है कि मैं शायद यह निर्णय जल्दबाजी में या फिर अपनी जवानी के उत्साह में ले रहा हूँ, पर मुझे पूरा विश्वास है कि यह बलिदान किसी-न-किसी के द्वारा किया ही जाएगा।

यदि इसके लिए कोई और आगे आ गया होता, तब मेरे पास इंतजार की वजह होती। दुर्भाग्यवश अभी तक कोई भी नहीं आया है और यह बेशकीमती पल भी बीता जा रहा है। इतना बड़ा आंदोलन चलने के बावजूद, यह भी सच है कि एक भी सिविल सर्वेंट ने अपनी नौकरी छोड़कर लोगों के आंदोलन में उतरने का साहस नहीं दिखाया है। यह चुनौती भारत के सामने है और इसका जवाब अभी तक नहीं दिया गया है। मैं आगे आकर कह सकता हूँ कि ब्रिटिश इंडिया के पूरे इतिहास में एक भी भारतीय ने देशभक्ति के उद्‌देश्य से सिविल सेवा की नौकरी को स्वेच्छा से नहीं छोड़ा है। यही समय जब भारत में उच्चतम नौकरी के सदस्यों को अन्य नौकरियों के सदस्यों के सम्मुख उदाहरण पेश करना चाहिए। यदि नौकरियों के सदस्य अपनी निष्ठा का त्याग करें या ऐसा करने की इच्छा मात्र ही जाहिर करें तब केवल इतने मात्र से ही यह नौकरशाही ध्वस्त हो जाएगी।

अतः मुझे नहीं लगता है कि मैं इस बलिदान से स्वयं को कैसे बचा सकता हूँ? मैं इस बलिदान का अर्थ जानता हूँ। इसका अर्थ है, गरीबी, कष्ट, कठोर श्रम और संभवतः कुछ ऐसी तकलीफें, जिसकी विवेचना करना मैं जरूरी नहीं समझता और आप इन्हें बेहतर समझ सकते हैं। किंतु यह बलिदान तो समझ-बूझ और जान-बूझकर करना ही है।

बाबा कहते हैं कि हमारे अधिकतर तथाकथित नेता वास्तव में निस्स्वार्थी नहीं हैं, पर क्या यही वह कारण है कि वे मुझे निस्स्वार्थी होने से रोक रहे हैं। यदि कोई व्यक्ति निस्स्वार्थी होना चाहता है, तब वह वाकई अपने परिवार के लिए कष्ट और

चिंता की वजह बनेगा। जब हम स्वयं ही आत्मत्याग के लिए तैयार नहीं हैं, तब हमें दूसरे लोगों की शिकायत का अधिकार नहीं है।

उपरोक्त व्याख्याओं के आधार पर मैं इस निष्कर्ष पर पहुँचा हूँ कि अपने परिवार की तरफ से मुझे अपने लघु समर्पण के साथ आगे आना होगा और यह बलिदान प्रसन्नतापूर्वक हो। बाबा को भय है कि मैं अपना जीवन बरबाद कर रहा हूँ और मैं भविष्य के अनजाने कष्टों को बुलावा दे रहा हूँ। मैं नहीं जानता कि मैं उन्हें कैसे समझाऊँ कि जिस दिन मैं इस्तीफा दूँगा वह दिन मेरे जीवन का सबसे आनंददायक पल होगा।

उनका प्रस्ताव है कि मुझे वापस लौटकर इस्तीफा देना चाहिए। यह काफी तर्कसंगत है, पर इसमें एक या दो बिंदु विचारणीय हैं। सर्वप्रथम मेरे लिए इस शपथ-पत्र पर हस्ताक्षर करना एक पीड़ादायी चीज होगी, क्योंकि यह गुलामी का प्रतीक है। दूसरा, यदि मैं तुरंत हस्ताक्षर कर देता हूँ, तब मैं उसकी परंपरा के अनुसार दिसंबर या जनवरी से पहले घर वापस नहीं लौट सकूँगा। यदि मैं तुरंत इस्तीफा दे देता हूँ, तब मैं जुलाई तक वापस आ जाऊँगा। किंतु इन छह महीनों में गंगा में बहुत सा पानी बह जाएगा। उचित समय पर पर्याप्त प्रक्रिया का अभाव, जबकि यह सारा आंदोलन शुरू होने के लिए तैयार है। यदि प्रतिक्रिया में बहुत देर हो जाती है, तब यह अपना प्रभाव खो सकती है। मुझे विश्वास है कि ऐसे आंदोलन की शुरुआत में सालों लग जाएँगे। इसलिए मेरे विचार से वर्तमान आंदोलन की लहर का लाभ उठाना चाहिए। यदि मैं त्यागपत्र देता हूँ, तब इसका मुझ पर या किसी और पर कुछ भी प्रभाव नहीं पड़ेगा। चाहे मैं इसे कल दूँ या एक साल बाद, इसका आंदोलन पर अवश्य ही विपरीत असर पड़ेगा। मैं अच्छी तरह जानता हूँ कि इस आंदोलन में मेरी थोड़ी ही सहायता है, पर यह एक बड़ी चीज होगी। मेरे अपने थोड़े से ही काम से संतुष्टि प्राप्त होगी।

घर वापस लौटकर मेरी योजना बंगाल के मौजूदा हालात और प्रांत की जरूरतों पर निर्भर होगी। अपने कार्य के अलावा मैं अपने राष्ट्रीय जीवन की विभिन्न समस्याओं पर भी अपना अधिक ध्यान दूँगा। इन समस्याओं पर किए गए गंभीर अध्ययन ही बौद्धिक सेवा के काम हेतु व्यक्ति को बौद्धिक रूप से तैयार करेगा।

दो सालों की सेवा, यानी लार्ड सिन्हा के शासन के अंतर्गत मेरे भविष्य के कार्यों में सहायक नहीं होंगे, परंतु जिनके अधिकारी के रूप में किए गए काम मेरे लिए बेशकीमती अनुभव होंगे। किंतु एक जिलाधिकारी होने में तकरीबन आठ साल

का समय लगेगा और दो या तीन साल तक जिलाधिकारी के रूप में रहूँगा। पहले साल तो लिपकीय कार्य में ही रहूँगा।

जैसा कि आप कहते हैं कि इस समय यह आंदोलन अस्पष्ट और अस्त-व्यस्त स्थिति में ही है, किंतु हमारे लिए इसे उचित स्थिति में सही रूप में होना है। यदि हम इंतजार और देखो की नीति अपनाएँगे, तब यह किसी उपयोग का नहीं होगा। यह आंदोलन या तो समाप्त होगा या असफल। यदि यह सफल होता है और हम तटस्थ बने रहते हैं, तब यह अपराध होगा, और यदि हम इससे अलग रहते हैं और यह असफल होता है, तब यह हमारी जिम्मेदारी होगी।

घर की घटनाओं की प्रगति पर मेरी कोई विशेष जिम्मेदारी नहीं है। यदि मुझे लगता है कि यह आंदोलन अनुकूल रूप से प्रगति करता है, तब मैं आसानी से इंतजार कर सकता हूँ। इसकी असफलता या इसके शिथिल होने की आशंका मुझे इसमें बहुत विलंब होने से पहले ही कूद पड़ने के लिए प्रेरित करती है।

मैं नहीं जानता कि कलकत्ते में किसने अफवाह फैला दी कि मैं पहले ही त्यागपत्र दे चुका हूँ। कुछ लोग शायद मुझसे अधिक मेरे बारे में अंदाज लगा लेते हैं।

सेना के कमीशन के लिए आंदोलन ने संभवत: मेरे बारे में कुछ गलतफहमियाँ उत्पन्न कर दी थीं। कैंब्रिज में भारतीय विद्यार्थियों में सेना में अधिकारी प्रशिक्षण में प्रवेश को लेकर थोड़ी नाराजगी थी। मैं भी उन्हीं में से एक था, जिसने मिशल्लस टर्म 1920 में सूचीबद्ध होने के लिए आवेदन किया था, किंतु हम कैंब्रिज में रहने के दौरान सिर्फ प्रशिक्षण ही चाहते थे। मैंने अपने आवेदन में स्पष्ट कर दिया था कि मैं आई.सी.एस. परिवीक्षार्थी था। अब यह स्पष्ट है कि मैं आई.सी.एस. को त्यागपत्र दे चुका हूँ, इसलिए एच.एम्स. आर्मी से कुछ भी लेना-देना नहीं है।

वापस लौटकर मैं तुरंत ही शिक्षण कार्य में लग जाऊँगा, पर स्थायी पेशे के तौर पर मैं पत्रकारिता का ही चयन करूँगा। इससे मेरी आजीविका की समस्या भी हल हो जाएगी।

यदि किन्हीं वजहों से मेरे त्यागपत्र के निर्णय में परिवर्तन होता है, तब मैं बाबा को तार भेज दूँगा, ताकि उनकी बेचैनी दूर हो।

आप कैसे हैं ? हम सभी यहाँ ठीक हैं।

आपका स्नेही

सुभाष

(66)

कैंब्रिज
20.4.1921

प्रिय भाई,

पिछले दो पत्रों में आपका समाचार नहीं मिला। मैं मझली दीदी के बारे में विशेष रूप से चिंतित हूँ।

मुझे नहीं पता कि कलकत्ता में दो महीने पहले ही यह अफवाह फैल गई कि मैंने त्यागपत्र दे दिया है। मैंने इस बारे में कलकत्ता के सिर्फ एक ही व्यक्ति को लिखा था और उन्होंने यह खबर किसी को नहीं बताई थी। मुझे लगता है कि कुछ लोगों की आशाओं ने इसे अफवाह का रूप दे दिया होगा।

मैं कल के बाद अपना त्यागपत्र देने जा रहा हूँ। मैंने इस बारे में कलकत्ता में सिर्फ दो व्यक्तियों को ही लिखा है और उनसे निवेदन भी किया है कि इस विषय पर कोई चर्चा न करें। वास्तविकता यह है कि मैं निश्चित रूप से इस्तीफा दे रहा हूँ। यह बात कुछ ही दिनों पहले ही बाहर आई है। दुर्भाग्यवश इसने भारतीय समुदाय में एक सनसनी फैला दी है। मुझे भय है कि यहाँ कुछ लोग इस खबर को भारत भेज देंगे और कुछ लोग इसे सनसनी बनाने की कोशिश करेंगे। मैं बहुत से कारणों से इसे सनसनी खबर बनने से रोकना चाहता हूँ। सर्वप्रथम मैं इसे सनसनीखेज खबर और लोकप्रिय वाहवाही बनना नापसंद करता हूँ। दूसरा यदि इसमें किसी तरह की सनसनी नहीं होगी, तब मेरे जल्दी से जल्दी घर वापस लौटने में परेशानी भी नहीं आएगी। तीसरा, मझली दीदी के स्वास्थ्य की वजह से मैं अपने इस्तीफे की खबर को बाबा से छुपाना चाहूँगा। जब से मुझे मझली दीदी की बीमारी के बारे में पता चला है, मैंने बाबा को अपने त्यागपत्र के बारे में पत्र नहीं लिखा है। किंतु इस खबर को गुप्त रखना अब संभव नहीं होगा, फिर भी मैं अपनी तरफ से पूरी कोशिश करूँगा।

ऑक्सफोर्ड के दिनों में मेरा समय बहुत ही झंझावातों से घिरा रहा, यानी मानसिक द्वंद्व से भरा हुआ। मैं आपको अगले पत्र में अपने इस्तीफे के बारे में सविस्तार लिखूँगा।

आपको इस समय अब मुझे पैसे भेजने की जरूरत नहीं है, क्योंकि मुद्रा विनिमय की दरें भी अनुकूल नहीं हैं। यहाँ मेरे कुछ मित्रों ने मुझे कुछ रकम उधार दी है, जो कि मेरे घर वापस लौटने तक पर्याप्त होगी। मुझे उनका यह प्रस्ताव स्वीकार करने में हिचकिचाहट नहीं हुई, क्योंकि वे मुझे अपने अतिरिक्त धन से ही ऋण दे रहे

थे। मैं उनसे यह रकम पाउंड में ले रहा हूँ और यदि विनिमय दर में वृद्धि हो जाएगी तो उन्हें भारत में धन लौटाने में भी सहूलियत होगी। उनका इसमें बैंक के ब्याज के अतिरिक्त कोई नुकसान नहीं होगा और मेरे लिए यह एक बड़ी सहायता होगी। वैसे मुझे अगले कुछ महीनों में विनिमय दर के सुधरने की आशा है।

मैं अपनी समुद्री यात्रा के लिए अगले हफ्ते आवेदन करूँगा। मैं जून के आखिर में घर लौटने का इरादा कर रहा हूँ। मैं 'मैसेग्रीज मैरीटाइम्स' में जगह पाने की कोशिश करूँगा और इसमें स्थान न मिलने पर वीआईएसएन या सिटी लाईन में कोशिश करूँगा।

आपने अपने पत्र में मेरे प्रति बहुत ही दयालुतापूर्ण शब्दों का प्रयोग किया है, जबकि मैं जानता हूँ कि मैं पूरी तरह से इनके काबिल नहीं हूँ। आपके पत्रों में व्यक्त सहृद्यता ने मेरे मन को छू लिया था। मैं जानता हूँ कि आप इसी भावना के योग्य हैं तथा मुझे आप पर गर्व है। हमारी वैचारिक भिन्नता के बावजूद मैंने महसूस किया है कि कोई भी व्यक्ति अपने बड़े भाई से इससे अधिक सहानुभूतिपूर्ण प्रत्युत्तर की आशा नहीं कर सकता है।

मैं जानता हूँ कि मैंने कितने लोगों को दुःख पहुचाया है और कितने वरिष्ठ लोगों की अवमानना की है, परंतु इस भयानक स्थिति की शाम को मेरी यही प्रार्थना है कि यह हमारे सारे देश के भले के लिए हो।

आपका स्नेही
सुभाष

(भारतीय सिविल सेवा से त्यागपत्र)

(67)

16, हरबर्ट स्ट्रीट
कैंब्रिज
22.4.1921

द राईट ऑनरेबल ई.एस. मॉण्टैग एम.पी.
सचिव भारत सरकार

महोदय,

मैं भारतीय सिविल सेवा के परिवीक्षार्थी की सूची से अपना नाम हटाना चाहता हूँ।

इसी संदर्भ में मैं कहना चाहता हूँ कि मेरा चयन सन् 1920 अगस्त में हुई प्रतियोगिता परीक्षा के परिणाम के उपरांत हुआ था।

मुझे अब तक 100 पाउंड भत्ते के रूप में प्राप्त हुए हैं। मैं यह रकम अपने इस्तीफे के स्वीकार होने के उपरांत इंडिया ऑफिस में पहुँचा दूँगा।

सम्मान सहित
आपका अतिआज्ञाकारी
सुभाषचंद्र बोस

(निम्न पत्र नेताजी ने भारतीय सिविल सेवा को त्यागपत्र देने के बाद श्री चारूचंद्र गांगुली को लिखा था।)

(68)

फिट्ज विलियम हॉल
कैंब्रिज
22.4.1921

प्रिय चारू,

अपने कर्तव्यों के पालन के लिए जीवन के सागर में मेरी यात्रा के बारे में तुम्हें पता है। अब यह जहाज एक ऐसे बंदरगाह पर पहुँच गया है, जहाँ ताकत, संपत्ति और संपदा मेरे अधिकार में है, किंतु मेरे हृदय के आंतरिक हिस्से से एक पुकार उठती है कि तुम्हें इसमें प्रसन्नता नहीं मिलेगी। तुम्हारी प्रसन्नता जीवन के सागर में उठती लहरों के नृत्य में निहित है।

आज उसी पुकार के जवाब में मैं पुनः उसके हाथों में चल रहा हूँ। अब केवल वही जानता है कि मेरा यह जहाज कहाँ रुकेगा।

मैं अभी तक यह तय नहीं कर पाया हूँ कि मैं क्या करूँगा। कभी-कभी तो मुझे लगता है कि मैं रामकृष्ण मिशन में चला जाऊँगा और कभी-कभी बालपुर जाना चाहता हूँ। और फिर मेरी इच्छा पत्रकार के रूप में कार्य करने की है। देखो क्या होता है?

तुम्हारा सुभाष

(निम्न दो पत्र शरत चंद्र बोस को लिखे गए हैं)

(69)

यूनियन सोसाइटी
कैंब्रिज
23.4.1921

प्रिय भाई,

पिछले दो हफ्तों से मुझे आपका कोई समाचार नहीं मिला। बाबा के पत्र से पता चला था कि ईस्टर की छुट्टियों में आप कटक गए थे। मैं मझली दीदी के बारे में चिंतित हूँ, क्योंकि आप सभी ने उनके बारे में एक संदेहयुक्त चुप्पी बना रखी है।

मैंने फिट्जविलियम हॉल के सेंसर मि. रेडवे से अपने इस्तीफे के बारे में बात की थी। अपनी आशाओं के विपरीत उन्होंने मेरे विचारों को प्रसन्नतापूर्वक अपनी सहमति प्रदान की थी। उन्होंने कहा कि उन्हें आश्चर्य ही नहीं बल्कि मेरे इरादों के बारे में जानकर एक झटका-सा लगा है। उनकी जानकारी के अनुसार पहले किसी भारतीय ने इस तरह का कार्य नहीं किया है। मैंने उन्हें बताया कि पेशे के तौर पर मैं पत्रकारिता को ही अपनाना चाहता हूँ, इस पर वे बोले कि सिविल सेवा के नीरस पेशे में पत्रकारिता उनकी पसंद है।

यहाँ आने से पहले मैं तीन हफ्तों तक ऑक्सफोर्ड में ही था और मेरे निर्णय की अंतिम स्थिति आ गई। पिछले कुछ महीनों से जो चीज मुझे परेशान कर रही थी कि क्या मुझे अपने काम को नैतिक रूप से न्यायोचित ठहराना चाहिए, जिसने बहुत से लोगों को दुःख पहुँचाया और खासतौर से बाबा और माँ को तकलीफ दी है।

मैंने आपको अपने पहले के पत्र में लिखा था कि मुझे लगता है कि विदेश में शिक्षा हासिल करने का मुझे लाभ मिला है और मुझे यही लाभ अपने परिवार के अन्य सदस्यों को पहुँचाना चाहिए या फिर कम-से-कम किसी अन्य रूप में अपने परिवार के भौतिक कल्याण में सहायक होना चाहिए। वैसे मुझे मेरे व्यक्तिगत सवाल परेशान नहीं करते हैं, क्योंकि मेरी किसी तरह की भौतिक अभिलाषा नहीं है और मैंने ब्रह्मचारी जीवन का संकल्प भी ले लिया है। किंतु मुझे लगता है कि अपने परिवार के हितों से मुँह मोड़ने से पहले मुझे यह यकीन होना चाहिए कि मैं वाकई किसी उच्च स्तर के कर्तव्य की प्रेरणा के तहत कार्य कर रहा हूँ। ईसा का कथन है कि जो व्यक्ति अपने भाई से घृणा करता है और कहता है कि वह

ईश्वर से प्रेम करता है, वह पाखंडी है—यह कथन मुझे याद दिलाता रहता है कि उन्नत कार्य के भ्रम में सांसारिक कर्तव्यों को नकारना अकसर संभव होता है।

मुझे हमेशा महसूस होता है कि आपके कंधों पर इतना आर्थिक बोझ अनुचित है, हालाँकि मैं इस आर्थिक समस्या का कोई भी व्यावहारिक समाधान नहीं कर सका। परिणामतः मुझे लगता है कि मुझे कुछ बोझ की जिम्मेदारी अपने कंधों पर लेनी चाहिए। यह मुझे और भी जरूरी लगता है कि कुछ आर्थिक जिम्मेदारियों से आपको मुक्त करने के लिए बाबा की सहायता आवश्यक है। इस बारे में मैं जो सोचता हूँ, वह मैंने आपको लिखा भी है और आपका मुझे जवाब भी मिला है। इस जवाब में आपने जिस तरह से मुझे नैतिक जिम्मेदारी के अपराध-बोध से मुक्त किया है, वह सचमुच आपका उदार हृदय है अन्यथा मुझे लगता है कि मैं इस नैतिक जिम्मेदारी से मुक्त नहीं हो पा रहा था और मैं तब तक नहीं हो सकूँगा, जब तक कि मैं अपनी स्वयं की संतुष्टि न सिद्ध कर सकूँ, जिसमें मैंने अपने पेशे के क्षेत्र में कुछ अच्छा और ठोस काम किया है।

मुझे यह छिपाने के आवश्यकता नहीं है कि मैंने जो कुछ भी किया है, उसकी जिम्मेदारी और किसी के प्रति न होकर बाबा, माँ और आपके प्रति भी है। आपने मुझे नैतिक जिम्मेदारी के अपराध-बोध से मुक्त करने की कोशिश की है, जो कि कानूनी जिम्मेदारी से भी अधिक होती है और इसे किसी भी रूप में चाहे एक या दोनों पक्षों की इच्छा के माध्यम से भी मुक्त नहीं किया जा सकता। बाबा और माँ को नाखुश करने की मेरी जिम्मेदारी नहीं है। वे तो मेरा हित देखने की इच्छा से प्रेरित हैं और उनका यह भय स्वाभाविक है कि जब मैं सिविल सर्विस को त्यागपत्र दे दूँगा, तब मैं आर्थिक रूप से बरबाद होकर भविष्य में निर्धन हो जाऊँगा। वैसे मैं उन्हें यह नहीं समझा सकता कि मैं जो कार्य करना चाहता हूँ, वह वाकई मेरे लिए अति प्रसन्नता का है—वह वास्तविक प्रसन्नता पाउंड, शिलिंग और पेंस में नहीं मापी जा सकती, बल्कि मुझे हमेशा ऐसा अपराध-बोध महसूस होगा कि मुझमें अपने इरादों का पूरा करने का साहस नहीं था। उनका दृष्टिकोण जीवन के भौतिक रूप के प्रति है और इसी वजह से वे मुझे अनिश्चितताओं के सागर में उतरता देखने के बजाय आरामदेह जीवन में देखने के लिए व्याकुल हैं।

मेरी स्थिति इस तरह है कि एक नए पेशे में उतरते समय मैं अपने बाबा और माँ की इच्छाओं के खिलाफ काम कर रहा हूँ। हालाँकि आपने मुझे मैं जो कुछ भी चयन करूँ, इसके लिए बधाई भेज दी है।

16, Herbert Street,
Cambridge.
22.4.'21.

The Right Hon. E. S. Montagu M.P.,
Secretary of State for India.

2701

Sir,

I desire to have my name removed from the list of probationers in the Indian Civil Service.

I may state in this connection that I was selected as a result of an Open Competitive examination held in August, 1920.

I have received an allowance of £100 (one hundred pounds only) up till now. I shall remit the amount to the India Office as soon as my resignation is accepted.

I have the honour to be
Sir,
Your most obedient servant,
Subhas Chandra Bose.

मेरा सबसे बड़ा विरोध इस नौकरी के शपथपत्र और एक ऐसी विदेशी नौकरशाही के प्रति निष्ठा को लेकर है, जिसे मैं सोचता हूँ कि वहाँ बने रहने का कोई नैतिक अधिकार नहीं है। जब एक बार मैं शपथपत्र पर हस्ताक्षर कर दूँगा, तब यह सैद्धांतिक दृष्टिकोण से मायने नहीं रखता कि मैं तीन दिन या तीन साल या तीस साल तक नौकरी करूँ। मेरे विचार से समझौता एक बुरी चीज है—यह व्यक्ति को नीचे गिराती है और उसके उद्देश्य को नुकसान पहुँचाती है। जब मुझे आयटेन पर हमले के मामले में घसीटा जा रहा था, तब भी मैंने इसमें अपनी संलिप्तता से इनकार कर दिया था। उस समय मुझे यह भ्रम था कि परिणाम आपके माध्यम को न्यायोचित सिद्ध करता है। बाद में जब मैं आईडीएफ में शामिल हुआ, तब मैंने आला अधिकारियों के प्रति निष्ठा की शपथ ली थी; हालाँकि मेरे दिल की गहराइयों में किसी तरह की निष्ठा का भाव नहीं था। इन सभी चीजों से मुझे यही पता चला कि एक समझौता हमेशा दूसरे समझौते की तरफ ले जाता है, इसलिए सुरेंद्र नाथ बनर्जी अपने जीवन का अंत एक सामंत की उपाधि और एक मंत्री के रूप में करने जा रहे हैं। क्या वे अपनी कार्यसाधकता के दर्शन के उपासक हैं, जिसकी बात एडमंड ब्रूक ने कही थी। हम अभी उस स्तर पर नहीं पहुँचे हैं, जहाँ कार्य साधकता के दर्शन को अपना सकें। हमें एक राष्ट्र का निर्माण करना है और राष्ट्र निर्माण केवल हैंपटन और क्रामवेल के समझौता न करने के आदर्श से ही हो सकता है।

मैं बहुत ही दृढ़तापूर्वक विश्वास करता हूँ और यह मेरे अनुभव का परिणाम है कि समझौता बहुत ही अपवित्र चीज है। यदि मैं सन् 1916 में जेम्स के सामने खड़ा हो गया होता और मैंने स्वीकार कर लिया होता कि मैंने ओयटन पर हमला किया था, तब मैं एक सच्चा और बेहतर आदमी होता और मैं छात्रों के बेहतर ढंग से काम आता; हालाँकि इसमें शायद मुझ पर प्रतिकूल प्रभाव पड़ता। इसी तरह मैं अपने प्रति सच्चा तब भी होता, यदि मैंने वर्तमान शर्तों पर आई.डी.एफ. के लिए मना कर दिया होता और सिविल सर्विस के लिए इंग्लैंड आने से मनाकर देता, पर जो बीत गया वह बीत गया, और इसे वापस नहीं लाया जा सकता। भविष्य अभी भी हमारे हाथों में है और अब यह मुझे तय करना है कि मुझे इसे जारी रखना चाहिए कि नहीं, यानी समझौते का मार्ग या फिर परिणाम चाहे जो हो, अपने सिद्धांत पर टिके रहना चाहिए।

मैं यह नहीं मानता हूँ कि व्यक्ति यदि नौकरी में है तो वह देश के लिए कुछ

अच्छा नहीं कर सकता है, न ही मुझे इसका यकीन है कि व्यक्ति को नौकरी में अच्छा करने के लिए एक योरोपीय की तरह व्यवहार करना चाहिए। मेरे विचार से एक सच्चा आदमी हमेशा अपनी परिस्थितियों को आकार प्रदान करता है, न कि उसके अनुसार ढलता है। वैसे यह सभी स्थितियाँ बहुत ही छोटी हैं, मेरे लिए तो सबसे महत्त्वपूर्ण सिद्धांत है।

मैं अब इस निर्णय पर आ चुका हूँ कि अब समय आ गया है, जब हमें ब्रिटिश सरकार के सामने अपने सभी तरह के संबंध समाप्त कर लेने चाहिए। प्रत्येक सरकारी नौकर चाहे वह छोटा चपरासी हो या फिर एक प्रांतीय गवर्नर, भारत में ब्रिटिश सरकार को स्थायित्व प्रदान करने में सहायता करता है। सरकार की समाप्ति का सबसे बेहतर तरीका इससे हाथ खींचना लेना है। मैं ऐसा इसलिए नहीं कह रहा हूँ कि यह टालस्टॉय का सिद्धांत है या फिर गांधी इसका भाषण देते हैं बल्कि मैं स्वयं इस पर यकीन करता हूँ।

मुझे यह विश्वास है कि हम जो राष्ट्रीय स्वतंत्रता चाहते हैं, वह बिना बलिदान और पीड़ा की कीमत दिए नहीं हासिल हो सकती। हममें से जो लोग यह महसूस करते हैं और कष्ट के लिए तैयार रहते हैं, उन्हें अपने समर्पण के साथ आगे आना चाहिए। मुझे आशा नहीं है, जो लोग लंबे समय से नौकरी में हैं, और उनके कंधों पर आर्थिक जिम्मेदारियाँ हैं, वे ऐसा कर सकते हैं, हमारी इस विशाल भूमि के प्रत्येक परिवार को अपने इस विनम्र योगदान के लिए आगे आना चाहिए और जब तक हम अपना कर्तव्य नहीं करते हैं, हमें नेताओं को स्वार्थी कहकर शिकायत करने का कोई अधिकार नहीं है।

मैं महसूस करता हूँ कि मैंने अभी तक अपने हिस्से का सहयोग नहीं किया है, इसलिए मुझे बलिदान देना है। बलिदान और पीड़ा बहुत ही आकर्षक चीजें नहीं हैं, पर मैं इन्हें छोड़ नहीं सकता हूँ, क्योंकि मुझे विश्वास है कि इनके बिना हमारी राष्ट्रीय आकांक्षाएँ पूर्ण नहीं हो सकती हैं। यह भी एक घटना ही है कि मुझे ही इस काम के लिए आगे आना चाहिए, न कि किसी और को। जब हम किसी तीसरे व्यक्ति के बलिदान को सहमति देते हैं, तब हमें इसके लिए स्वयं को सहमति क्यों नहीं देनी चाहिए?

मुझे लगता है कि अपने स्वभाव और पूर्व प्रशिक्षण के कारण मैं इस कार्य के लिए पूर्ण उपयुक्त हूँ।

यही चीजें मुझे विचार करने पर प्रेरित करती हैं कि मेरा नौकरी छोड़ने का

इरादा बिल्कुल सही है और मेरे नौकरी में बने रहने की बाबा की इच्छा उचित नहीं है और इसकी वजह उनका मेरे प्रति स्वाभाविक स्नेह और मेरे लिए भौतिक समृद्धि की चाह है।

यह सत्य है कि मेरे त्यागपत्र से कुछ परेशानियाँ आएँगी, जैसे मझले दादा की प्रोन्नति में भी रुकावट हो सकती है, पर हमें इस तरह की परेशानियों को स्वीकार करना होगा।

मेरे खयाल से इस लंबे पत्र से प्रवचन का बोध नहीं होना चाहिए। ऐसा कोई भी विचार मेरे मस्तिष्क में नहीं है। उपरोक्त लेखन का मेरा उद्देश्य आपको यह बताना था कि वे कौन सी चीजें थीं, जिन्होंने मुझे ऐसा निर्णय लेने के लिए प्रेरित किया था, जो कि आपकी इच्छाओं के तकरीबन खिलाफ भी हैं। आपकी अवज्ञा के पीछे सिर्फ मेरा यह विश्वास है कि बलिदान और पीड़ा अपरिहार्य है और मैं इन परिस्थितियों के लिए पूर्ण उपयुक्त हूँ।

नैतिक न्यायोचितता के आधार पर लिये गए अपने निर्णय पर यह मेरा आकलन नहीं है। मैं जानता हूँ कि मैंने जो पीड़ा बाबा को पहुँचाई है, उससे भागा नहीं जा सकता और मैं इसके लिए स्वयं को कभी नहीं क्षमा करूँगा। यह तो समय ही तय करेगा कि मैं सही था या गलत। यदि आपको लगता है कि अपने उतावलेपन और अविवेक के कारण मैं दोषी हूँ, तब जब तक समय यह सिद्ध न कर दे, मैं प्रार्थना करूँगा कि आप अपने निर्णय और दोषारोपण को स्थगित करें। यदि आप सोचते हैं कि मेरा निर्णय सही है, तब मुझे यकीन है कि आपका आशीर्वाद और शुभकामनाएँ भविष्य के मेरे पेशे में सहायक होंगी।

मुझे माँ का भी एक पत्र प्राप्त हुआ है, जिसमें उन्होंने कहा है कि बाबा और अन्य लोग जो भी सोचते हैं, पर वे मेरे आदर्शों के साथ हैं, क्योंकि महात्मा गांधी भी इन्हीं के साथ हैं। मैं आपको नहीं बता सकता कि मैं यह पत्र पाकर कितना प्रसन्न था। मेरे लिए यह एक ऐसे खजाने की तरह है, जिसने मेरे मन के बोझ को दूर कर दिया है।

मैंने अपना इस्तीफा कुछ दिनों पहले ही भेज दिया है। वैसे मुझे अभी इसके स्वीकृत होने की सूचना नहीं मिली है।

सी.आर. दास ने मेरे एक पत्र के जवाब में लिखा है कि कार्य पहले से ही जारी है। उन्होंने शिकायत की है कि जिम्मेदार कार्यकर्ताओं की काफी कमी है। वहाँ मेरे लौटने पर बहुत से अनुकूल कार्य हैं।

मैं जून के आखिर में घर वापस लौटने वाला हूँ। जैसे ही मेरा इस्तीफा स्वीकार हो जाएगा, जहाज में सीट के लिए आवेदन करूँगा। आपको मुझे अब पैसा भेजने के लिए परेशान होने की आवश्यकता नहीं है। मुझे एक ऋण का प्रस्ताव मिला है, जो कि मेरे कलकत्ता पहुँचने तक चलेगा।

मुझे यह जानकर संतोष हुआ कि मझली दीदी स्वस्थ हैं। मैं बाबा को पत्र लिख रहा हूँ कि मैंने त्यागपत्र दे दिया है। मेरी आशा और प्रार्थना है कि वे इस बुरी खबर को बरदाश्त करेंगे।

मुझे अब और कुछ नहीं कहना है। सबकुछ हो चुका है और अब बेहतर ही होने की उम्मीद है।

पिछले तीन महीनों से आपके बारे में मुझे कोई समाचार नहीं मिला है। आपकी चुप्पी मुझे परेशान करती है। क्या आप अच्छी तरह से हैं?

हम सभी यहाँ ठीक हैं। आप सभी कैसे हैं? क्या अमी अभी भी मुझे याद करता है? मेरे लौटने तक तो वह बड़ा हो गया होगा।

आपका स्नेही
सुभाष

(70)

द यूनियन सोसाइटी
कैंब्रिज
18.5.1921

प्रिय भाई,

काफी समय से आपका कोई पत्र नहीं आया है। मैं आपके बारे में जानने को उत्सुक हूँ। भारत से डाक आ चुकी है और पहली खेप में कोई पत्र नहीं आया है।

सर विलियम ड्यूक मुझे इस्तीफा वापस लेने के लिए कह रहे हैं। उन्होंने इस बारे में बड़े दादा को भी लिखा है। सिविल सर्विस बोर्ड, कैंब्रिज के सचिव मि. राबर्ट्स ने मुझे मेरे निर्णय पर पुनः विचार करने के साथ यह भी कहा है कि वे ऐसा भारतीय ऑफिस के निर्देशों के आधार पर कह रहे हैं। मैंने सर विलियम को बताते हुए लिखा है कि मैंने यह निर्णय परिपक्व दृढ़ता से लिया है।

ट्रिपाज का मेरा इम्तिहान जून में समाप्त होगा। अपनी योजना के अनुसार मैं जून के आखिर या जुलाई की शुरुआत में आर्सलीज से यात्रा शुरू करूँगा।

जैसे ही मुझे अपने त्यागपत्र की सूचना प्राप्त होगी, मैं अपनी यात्रा शुरू कर दूँगा।

आप आजकल कैसे हैं? मैं यहाँ ठीक हूँ। बड़े दादा शीघ्र ही ऑक्सफोर्ड जानेवाले हैं।

मैं निप्पान यासीन कैशा बोट्स से यात्रा करनेवाला हूँ और कोलंबो उतरूँगा।

जापान के राजकुमार का यहाँ इंग्लैंड में भव्य स्वागत हुआ है। वे यहाँ एल.एल.डी. ऑनर्स स्वीकार करने आए हैं।

आपका स्नेही

सुभाष

□

भाग-3

परिशिष्ट

परिशिष्ट -1

महीनगर के बोस लोगों की वंश-परंपरा

1. दशरथ बोस
↓
2. कृष्णराम
↓
3. भवंथा
↓
4. हंगेश्वर
↓

5. शक्तिराम | 5. मुक्तिराम | 5. अलंकार

(5. मुक्तिराम)
↓
6. दामोदर
↓
7. अनंता
↓
8. गुणाकर
↓
9. माधव
↓
10. लखन

11. महीपति (सुबुद्धि खान)
12. ईशान बोस खान
13. गोपीनाथ (पुरंदर बोस खान)

11. पंचानन

11. नारयन

12. स्थिर

13. कोनार्क

14. परमानंद

15. बासुदेव

16. जानकीनाथ

17. रमानीनाथ

18. भवानीदास

19. रामभद्र

20. जादवेंद्र

21. सदाशिब

21. रामेश्वर

21. खरगेश्वर

21. रत्नेश्वर

- 22. रामचरन
  - 23. रामकांत
  - 23. रामहरे
    - 24. राम मोहन
    - 24. मदन मोहन
    - 24. प्राण मोहन
      - 25. बृंदावन
      - 25. दीनानाथ
      - 25. हरनाथ
        - 26. जदुनाथ
        - 26. केदारनाथ
        - 26. देवेंद्रनाथ
        - 26. जानकीनाथ
          - 27. प्रमिलाबाला मित्रा, 27. सरलाबाला डे, 27. सतीश चंद्र, 27. शरत चंद्र, 27. सुरेशचंद्र, 27. सुधीर चंद्र, 27. सुनील चंद्र, 27. तरुबाला राय, 27. सुभाषचंद्र, 27. मलीना दत्ता, 27. प्रविता मित्रा, 27. कनकलता मित्रा, 27. शैलेषचंद्र, 27. संतोष चंद्र
    - 24. कृष्ण मोहन
    - 24. मथुरा मोहन
    - 24. भुवन मोहन

□

परि

हटखोला के दत्त

बड़ा नगर के

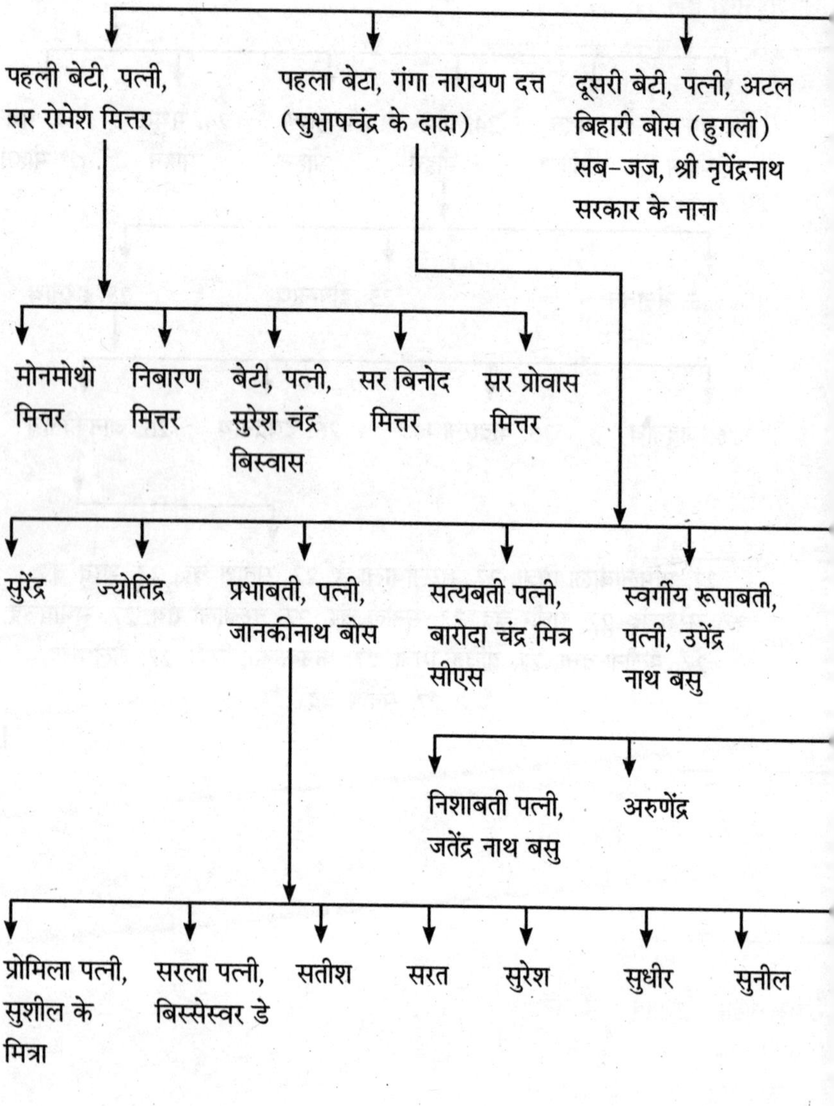

शिष्ट-2

लोगों की वंश-परंपरा

काशी नाथ दत्त

- तीसरी बेटी, पत्नी, राय हरि बल्लभ बोस बहादुर, कटक
- दूसरा बेटा, ज्ञानेंद्रनाथ दत्ता
- चौथी बेटी, पत्नी, स्वर्गीय किदरपुर के डॉ. मोहेंद्र नाथ बोस

- सुरोबाला
- मोनिंद्र
- बिभाबती
- रोबी दत्ता, भाषाविद् विद्वान् व कवि

- गुणबती पत्नी, चंद्रनाथ घोष, सब–जज
- भूपेंद्र
- जोगिंद्र
- गिरिंद्र
- बीरेंद्र
- उषाबती

- सत्येंद्र
- रोनेंद्र

- तरु बाला पत्नी, राधा बिनोद रॉय
- सुभाष
- मोलिना पत्नी, सरोज के. दत्त
- प्रोतिवा पत्नी, हेमंत के मित्रा
- कनकलता पत्नी, नलिनीनाथ मित्रा
- सैलेश
- संतोष

□

परिशिष्ट-3

जानकीनाथ बोस (संक्षिप्त परिचय) द्वारा सुभाषचंद्र बोस

जानकीनाथ बोस का जन्म सन् 1860 में कलकत्ता से थोड़ी ही दूर स्थित कोडालिया नामक गाँव में हुआ था। जब वे सोलह वर्ष के थे, तभी उनकी माता का देहांत हो गया था। इन्होंने कलकत्ता के अल्बर्ट स्कूल से एंट्रेंस का इम्तिहान उत्तीर्ण किया था। इस इम्तिहान को पास करने के बाद इन्होंने कुछ समय तक सेंट जेवियर कॉलेज और फिर जनरल एसेंबली कॉलेज में अध्ययन किया तथा इसके बाद अपने बड़े भाई देवेंद्र नाथ घोष के साथ कटक चले गए। कटक में ही इन्हें छात्रवृत्ति मिली और रावेनशा कॉलेज से इन्होंने एफ.ए. और बी.ए. किया। यहीं कटक कॉलेज में प्रो. प्रफुल्ल चंद्र राय उनके सहपाठी थे तथा प्रो. गिरीश चंद्र बोस एवं व्योमकेश चक्रवर्ती इनके अध्यापक थे। कटक से स्नातक करने के बाद इन्होंने कलकत्ता में कानून की पढ़ाई की और यहीं सौभाग्यवश इनका साथ ब्रह्मानंद केशवचंद्र सेन, इनके बड़े भाई कृष्ण बिहारी सेन और सिटी कॉलेज के प्रिंसिपल उमेशचंद्र दत्त तथा अन्य लोगों से हुआ। कृष्ण बिहारी सेन के कहने पर इन्होंने कुछ समय तक अल्बर्ट कॉलेज के प्रोफेसर और तकरीबन नौ महीने तक 24 परगना में जोयानगर के हाईस्कूल में हेडमास्टर भी रहे। इन दिनों इन्हें घोर आर्थिक कठिनाइयों का सामना भी करना पड़ा।

सन् 1880 में इनका विवाह कलकत्ता के पास बारानगर के गंगानारायन दत्त की पौत्री श्रीमती प्रभावती के साथ हुआ। सन् 1884 में मेट्रोपॉलिटन कॉलेज से बी.एल. की डिग्री हासिल करने के बाद वापस कटक लौट आए और यहीं रायबहादुर हरिबल्लभ बसु (तत्कालीन सरकारी अभिवक्ता, कटक) के सहयोग से

वकालत शुरू कर दी। कुछ ही समय में वे बहुत ही सफल और प्रभावशाली वकील बन चुके थे। जानकीनाथ बोस के पिता की मृत्यु सन् 1895 में हुई तथा कुछ ही सालों बाद यानी सन् 1901 में इनकी नियुक्ति कटक के सरकारी वकील के पद पर हो गई और सन् 1905 में रायबहादुर हरिबल्लभ बसु की मृत्यु के बाद वे सरकारी अभिवक्ता के रूप में नियुक्त हुए। सन् 1901 में इनका चयन कटक के नगर निगम के प्रथम गैर-सरकारी सचिव के पद पर हुआ। सन् 1912 में बंगाल विद्यार्थी परिषद् के सदस्य नियुक्त हुए और इनको 'रायबहादुर' की उपाधि प्रदान की गई। सन् 1916 में वे सर्किट कोर्ट में सरकारी अभिवक्ता नियुक्त हुए और सन् 1917 में जिला मजिस्ट्रेट के साथ किसी मनमुटाव की वजह से इन्होंने सरकारी अभिवक्ता का पद छोड़ दिया। सन् 1930 यानी तकरीबन तेरह सालों बाद ब्रिटिश राज की दमनकारी नीतियों के खिलाफ इन्होंने अपनी रायबहादुर की उपाधि का त्याग कर दिया।

जानकीनाथ ने अपनी वकालत उड़ीसा में ही जारी रखी थी। वे वहाँ के सभी मानववादी संस्थानों की सक्रियताओं के साथ गंभीरतापूर्वक जुड़े रहे। वहाँ के गरीब स्कूली और कॉलेज के विद्यार्थी उनसे महीनों और सालों तक नियमित रूप से सहायता प्राप्त करते थे। उनके गरीब और असहाय पड़ोसी एवं परिवार अपनी संकटकालीन स्थितियों में उनसे सहायता की उम्मीद रखते थे तथा इसमें किसी को भी निराशा नहीं होती थी। प्रत्येक रविवार को उनके निवास पर भिखारियों को खाना खिलाया जाता था। वैसे वे उड़ीसा और उड़ीसा के लोगों की सेवा मात्र से संतुष्ट नहीं थे। वे अपने गाँव से भी बहुत ही गंभीरतापूर्वक जुड़े थे। उनके गरीब रिश्तेदार ही नहीं, बल्कि उनके गाँव कोडालिया का कोई भी निर्धन अपनी जरूरत के समय उनकी सहायता प्राप्त करता था। प्रत्येक वर्ष वे अपने गाँव कोडालिया में बहुत ही धूमधाम के साथ दुर्गापूजा का आयोजन करते थे तथा इस वार्षिक आयोजन पर वे सभी गाँववालों से मिलते भी थे। अपने गाँववालों के कल्याण के लिए उन्होंने अपने माता-पिता के नाम पर दो संस्थाएँ स्थापित की थीं, जिनके नाम क्रमशः कामिनी चेरिटेबल डिसपेंसरी और हरनाथ लाइब्रेरी हैं।

जानकी नाथ बोस की सहानुभूति भारतीय राष्ट्रीय कांग्रेस के साथ थी। यहाँ तक कि सरकारी अभिवक्ता होने के दौरान भी वे कांग्रेस के सत्र में शामिल होते रहते थे और इसकी वजह से समय-समय पर उन्हें अपने अधिकारियों की नाखुशी भी बरदाश्त करनी पड़ती थी। जब भारत में असहयोग आंदोलन की शुरुआत हुई, तब उन्होंने अपने सकारात्मक कार्यों के द्वारा हर संभव कांग्रेस की सहायता की थी।

वे खद्दर के हिमायती होने के साथ सभी तरह के स्वदेशी समानों के समर्थक भी थे। वे उड़ीसा के प्रथम राष्ट्रीय शिक्षा संस्थान से भी संबंधित थे, जिसकी स्थापना गोपाबंधुदास के द्वारा हुई थी और इसे 'सत्यवादी विद्यालय' कहा गया। इसके साथ ही उन्होंने इस संस्थान के उत्थान के लिए भी पूरा प्रयास किया। और तो और, जब उनके बेटों ने कांग्रेस के कार्यों में सहयोग देना शुरू किया, तब भी उन्होंने पूरे मन से इनका सहयोग किया था।

जानकीनाथ बोस ने जीवन भर बहुत ही धार्मिक जीवन जिया तथा वे एक लंबे समय तक कटक में थियोसॉफिकल लॉज के अध्यक्ष भी थे। सन् 1912 में उन्होंने अपनी पत्नी के साथ बागबजार के पंडित श्यामानाथ भट्टाचार्य से आध्यात्मिक प्रेरणा प्राप्त की थी। अपने प्रथम गुरु की मृत्यु के कुछ वर्षों के बाद पति-पत्नी दोनों ही हिमायतपुर के ठाकुर अंकुलचंद्र से आध्यात्मिक दीक्षा लेकर सत्संग में शामिल हो गए थे। जैसे-जैसे साल बीतते गए, वे और भी धार्मिक होते गए। उनके जीवन के तीव्र संघर्ष में धार्मिक प्रेरणा ही उनकी शक्ति का स्रोत थी। अपनी युवावस्था में उन्होंने भौतिक चाहतों के लिए संघर्ष किया था और फिर ईश्वर में विश्वास तथा अपने प्रयास से ही वे जीवन में स्थायित्व को प्राप्त कर सके। बाद के जीवन में उनके प्रियजनों की असमय मृत्यु ने उन्हें बार-बार आहत किया था, पर ईश्वर के प्रति उनकी गहरी आस्था ने ही उन्हें विचलित होने से बचा लिया। जब उनके दो बेटों सुरेशचंद्र और सुभाषचंद्र ने सरकारी नौकरी छोड़ी, तब भी वे जरा-सा भी बेचैन नहीं हुए, बल्कि जीवन भर उन्होंने अपने बेटों को जन कल्याण के कार्यों के लिए प्रोत्साहित ही किया। अपनी मृत्यु के कुछ समय पूर्व उनके जीवन में एक साथ दो आघात आए, जिसमें दामाद और पुत्री तथा अन्य लोगों की असमय मृत्यु और दोनों बेटों शरतचंद्र तथा सुभाषचंद्र की कठोर कैद थी। इतनी संकटकालीन परिस्थितियों के बावजूद वे बहादुरी से दृढ़ बने रहे और ईश्वर के प्रति अपना विश्वास नहीं खोया।

जानकीनाथ बहुत ही आत्मनिर्भर व्यक्ति थे। उन्होंने अपने जीवन में प्रगति अपने कठोर श्रम से हासिल की थी तथा वे चाहते थे कि उनके बेटे भी आत्मनिर्भर बनें। अपनी पूरी क्षमता के अनुरूप उन्होंने अपने बेटों को अच्छी शिक्षा दिलाई, पर वे उनकी स्वतंत्रता में बाधक नहीं बनना चाहते थे। वे एक विशाल हृदय वाले व्यक्ति थे और गरीबों के प्रति दयालुता का भाव रखते थे। अपनी मृत्यु से पहले उन्होंने अपने पुराने नौकरों और बहुत से दुर्भाग्यशाली स्थानीय परिचितों के लिए नियमित पेंशन की व्यवस्था कर दी। दान के मामले में वे दयालु तो थे ही, पर

इसे वे अपनी जानकारी तक ही रखना चाहते थे। वे एक सच्चे और सच्चाई पसंद करनेवाले व्यक्ति थे। वे हृदय से ही बुरे कामों, बुरे विचारों और बुरे साधनों से घृणा करते थे। वे हमेशा उन लोगों का एहसान मानते थे, जिन्होंने उनकी सहायता की थी, पर उनके प्रति दूसरों के द्वारा किए गए दुर्व्यवहार को अपने मन में नहीं रखते थे। किसी ने भी उन्हें किसी की निंदा करते या किसी के प्रति ईर्ष्या का भाव रखते नहीं सुना था। वैसे वे बोलने में बहुत ही विनम्र थे। वे अपने संबंधियों, मित्रों, नौकरों, बड़ों एवं छोटों, धनी अथवा निर्धन किसी से भी कठोर शब्दों का प्रयोग नहीं करते थे। उन्होंने पुत्र, पति, पिता और एक बड़े परिवार के मुखिया के आदर्श के रूप में स्वयं को स्थापित किया था। अपने पेशे, गाँव, देश के प्रति अपने कर्तव्यों का पालन जिस तरह से उन्होंने किया तथा उनका जीवन सच्चाई एवं नेकी पर आधारित था, यह सभी के लिए अनुकरणीय है।

□

परिशिष्ट-4

पुरंदर खान और महीनगर समाज

—नागेंद्र नाथ बोस

पुरंदर के महिमामंडन हेतु महीनगर में इंतजाम किए जा रहे हैं और इस संबंध में जहाँ पुरंदर रहते थे, उसी की चर्चा भी हो रही है। कुछ समय पहले शारदा चरन मित्रा ने अपनी लघु पुस्तिका 'पुरंदर खान' में लिखा था, 'पुरंदर का जन्मस्थान चंडी टोला पुलिस थाने के शेखला गाँव में हुआ था, जो कि आज हुगली जिले के अंतर्गत आता है। काफी समय पूर्व काशिकी नदी यहीं शेखला गाँव से होकर बहती थी। आज उस नदी का सिर्फ सूखा मार्ग ही नजर आता है। जब इस नदी का बहाव रोक दिया गया था, तब यह स्थान बहुत ही अस्वास्थ्यकर और दूषित हो गया था, इसीलिए पुरंदर के वंशज यह स्थान छोड़कर कहीं और रहने चले गए थे।

श्री मित्रा के इस आकलन के विरोध में 'कायस्थ पत्रिका' में छपे एक लेख का उद्धरण प्रस्तुत है, जिसका शीर्षक है, 'मेरे पूर्वजों की भूमि की यात्रा' इस लेख में मैंने यह बताने की कोशिश की है कि वास्तव में जन्मस्थान महीनगर में था और यह पुरंदर की सामाजिक सक्रियताओं का भी स्थान था। पुरंदर की सक्रियताओं के आधार महीनगर की यात्रा के उपरांत प्रस्तुत तथ्यों के बावजूद बहुत से लोगों के मन में संदेह बना हुआ है और इन संदेहों को दूर करने के लिए मैं यह लेख लिख रहा हूँ।

दक्षिण रारी बोस वंश के संस्थापक दशरथ थे तथा इनके दो बेटे कृष्ण और परम थे। परम वहाँ से बंग जाकर बस गए और उनके वंशज बंगजा कहलाए। कृष्णा बोस ने रार में ही बसना पसंद किया। इनके बेटे भावनाथ और इनके बेटे

का नाम हंगशा था। हंगशा के तीन बेटे हुए, जिनके नाम क्रमशः सुक्ति, मुक्ति और अलंकार थे। सुक्ति बंगदा में रहने लगे, मुक्ति महीनगर में और अलंकार बंग में। मुक्ति महीनगर हिंदू समाज के मुखिया थे। यह वह समय था, जब रार और गौर मुगल प्रभाव में था। इन दिनों कुलीन मुसलमानों के साथ किसी तरह का सामाजिक-राजनीतिक संबंध रखने में अनिच्छुक थे और इसे निम्न स्तरीय समझते थे। वे इनके साथ सामाजिक रीति-रिवाजों के मामले में बहुत ही सावधान रहते हुए अपनी वंश-परंपरा की शुद्धता को बचाए रखते थे। मुक्ति के पुत्र दामोदर, इनके पुत्र अनंत, इनके पुत्र गुणाकर, इनके पुत्र लक्ष्मण और इनके पुत्र विख्यात महीपति बसु थे, जो कि दशरथ की वंश-परंपरा में ग्यारहवें थे। इनकी प्रतिभा और योग्यता के बारे में सुनकर बंगाल के मुगल शासक ने इन्हें राजधानी गौर बुलाया था। मुगल बादशाह इनसे पूरी तरह से संतुष्ट हुआ और इन्हें कर एवं युद्ध के उच्च पद पर नियुक्त कर दिया।

इनके इस पद की समानता हिंदू काल के उस पद के समान थी, जिसे वे 'महासंधि-विग्राहिक' कहते थे। मुगल शासन के दौरान जिन लोगों को ऐसे पद मिलते थे, उन्हें उनके समुदाय के लोग राजाओं का सम्मान देते थे। महीपति वाकई एक नेता थे और जब उन्हें मुगल शासकों ने 'सुबुद्धि खान' की सम्मानित उपाधि प्रदान की, तब उनका सम्मान अपने समुदाय के लोगों के बीच वास्तविक शासक का हो गया था। महीनगर के दक्षिण और बरुईपुर से करीब एक मील दूर सुबुद्धिनगर है, जहाँ इनके वंशजों ने सुबुद्धि खान की स्मृति में इस जगह को जीवित बनाए रखा है। संभवतः इस सुबुद्धिपुर को मुगल शासक ने सुबुद्धि खान को उपहारस्वरूप दिया था और वे यहाँ कुछ समय तक रहे भी थे।

महीपति के तीन बेटे थे, जिनमें सबसे बड़े बेटे सुरेश्वर भी अपने पिता की तरह प्रसिद्ध थे। उनके दूसरे बेटे गदाधर ने अपने कार्यकलापों की वजह से कुलीन परिवार की गरिमा का नुकसान पहुँचाया था। इनके तीसरे पुत्र विष्णु और चौथे पुत्र ईशान एक सामान्य मुखिया ही थे। पाँचवें दशरथी और छठे पुत्र सर्वेश्वर, दोनों को ही कनिष्ठ कुलीन का दर्जा मिला था और महीपति के बाकी बेटों विश्वेश्वर, गंगाधर, भगीरथ और परमेश्वर को 'त्योजो कुलीन' का दर्जा मिला था।

ईशान खान यानी महीपति के चौथे बेटे ने अपनी प्रतिभा और बुद्धिमानी से उच्च स्थान हासिल किया था। गौर के शाही दरबार में उन्हें अपने पिता का ही दर्जा हासिल हुआ था। ईशान खान के तीन बेटे थे—गोविंदा, गोपीनाथ और बल्लभ। गौर के सुल्तान ने गोविंदा को 'गंधर्व खान', गोपीनाथ को 'पुरंदरखान' और बल्लभ को

'सुंदरवार खान' की उपाधि से अलंकृत किया था। मुगल काल में कुछ लोगों को उपाधि के साथ जागीर प्रदान करने की प्रथा थी। गोविंद बसु को मिली यह जागीर महीनगर से पूर्व आधा मील दूर स्थित थी, जिसे आज गोविंदपुर के नाम से जाना जाता है। महीनगर के उत्तर-पश्चिम कोने में दो मील दूर स्थित जागीर पुरंदर को मिले, जिसे पुरंदरपुर कहा गया और बल्लभ को मिली जागीर बउरा मउलिक कही गई, जहाँ मशहूर ई.बी. रेलवे स्टेशन मलिकपुर स्थित है।

पुरंदर खान सुल्तान हुसैन खान के वित्त मंत्री और नौसेना प्रमुख थे। पुरंदर सुल्तान हुसैन के बहुत ही नजदीकी थे तथा इन्होंने सुल्तान के राज्यारोहण के दौरान काफी सहायता की थी। चूँकि ये लोग सुबुद्धिखान के समय से ही पीढ़ियों तक मुगल शासन के दरबार में मंत्री रहे, इसलिए इनका प्रभाव, सामाजिक स्तर और पारिवारिक प्रतिष्ठा बहुत ही अधिक थी। वित्त विभाग और नौसेना पुरंदार के ही नियंत्रण में थे, इसलिए पुरंदर को बहुत ही अधिक स्वतंत्रता थी। चूँकि पुरंदर का निवास महीनगर में ही था, इसलिए महीनगर दक्षिण रारी कायस्थों का गढ़ भी बन गया। इन दिनों महीनगर गंगा के किनारे बसा था और कोई भी बहुत आसानी से गौर से महीनगर की यात्रा गंगा के माध्यम से कर सकता था।

गौर के सुल्तान की नौसेना का प्रमुख होने पर पुरंदर खान ने इस जलमार्ग को अपने हाथों में लिया और सुल्तान की संपत्ति तथा राज्य को भी सुरक्षित किया। जिस समय पुरंदर खान अपनी शक्ति और सम्मान की पराकाष्ठा पर थे, तब उन्होंने पुरानी 'बल्लाली कुलविधि' को परिवर्तित किया और दक्षिण रारी कायस्थों के मौलिक और कुलीन परिवारों के बीच मित्रवत् और पारिवारिक संबंधों को बढ़ाया। उन्होंने कुलीनों के तेरह स्तरों को सामान्य स्तर पर लाकर उनमें एकता प्रदान की। एकता के इस अवसर पर कुलीनों के सभी वर्गों और दक्षिण रारी के प्रमुख मौलिक कायस्थ भी आमंत्रित थे। महीनगर में इस सामाजिक समारोह में एक लाख से भी अधिक लोग एकत्र हुए थे। इस विशाल सभा के आयोजन से पहले ही लोगों को साफ पानी की व्यवस्था के लिए पुरंदर ने बड़ी संख्या में श्रमिकों को लगाकर एक बड़ा तालाब खुदवाया था। बड़ी संख्या में खुदाई करनेवाले मजदूरों ने जिस स्थान पर अपने फावड़े रखे थे, उसे कोडालिया के नाम से जाना गया और यह स्थान महीनगर का एक देहाती क्षेत्र है। पुरंदरपुर का यह बड़ा तालाब, जो कि तकरीबन एक मील लंबा है, इसे अब 'खाँवपोखर' के नाम से जाना जाता है। कायस्थों के तेरह वर्गों के एकीकरण के नाम पर बने इस तालाब की भूमि दलदली है और जहाँ

खर-पतवार बहुतायत में पैदा होते हैं। पुरंदर ने जिस बाग का निर्माण कराया था, उसे मलांचा कहा जाता है। कुछ लोग इसे पुरंदर के हाथियों के खड़े होने की जगह के बारे में भी बताते हैं। वास्तविकता तो यह है कि पुरंदर का यह निवासस्थान, यानी महीनगर दक्षिण रारी कुलीन कायस्थों के छह केंद्रों में से प्रमुख केंद्र बना।

पुरंदर के उत्थान से पहले दक्षिण रारी के कायस्थों में बल्लाली रिवाज कायम था, जिसमें वंश-परंपरा की शुद्धता को बनाए रखने के लिए वे अपनी सभी बेटियों का विवाह सिर्फ कुलीनों में ही करते थे, परिणामत: कुलीनों की कोई भी कन्या किसी भी मौलिक से नहीं ब्याही जाती थी। इसका परिणाम यह हुआ कि कुलीन और मौलिक कायस्थों के बीच किसी तरह की वैवाहिक रिश्तेदारियाँ नहीं थीं। शुरुआत में प्रमुख कुलीनों को 'कुल शास्त्र' की अच्छी जानकारी होनी चाहिए थी। पुरंदर जो कि स्वयं भी एक प्रमुख कुलीन थे और वे इस विषय के अच्छे जानकार भी थे तथा उन्हें पता था कि बंगाल के सेन राजाओं से पहले कुलीनों और मौलिकों के बीच वैवाहिक संबंधों में किसी तरह का प्रतिबंध नहीं था, परंतु कुलीनों की बल्लाली परंपरा के कारण कुलीनों की कुछ ही पीढ़ियों को अपनी कन्याओं के विवाह में गंभीर समस्याओं का सामना करना पड़ा और इन कन्याओं की एक बड़ी संख्या आजीवन कुँआरी रह जाती थी। इस वजह से कुलीनों और मौलिकों के बीच एक गहरी खाई उत्पन्न हो गई थी। पुरंदर ने महसूस किया था कि इस संकीर्ण मानसिकता के कारण व्यक्ति केवल सामाजिक एकता को ही नुकसान पहुँचा सकता था और एकता का यह अभाव विनाश की तरफ ही ले जाता। इसी वजह से उन्होंने कुलीन के विद्वानों और कुलीनों में एकता पैदा की तथा इसी प्रयास ने एकता का एक नया निर्णय लिया और पुरंदर ने जाति व्यवस्था में एक नई कुलप्रथा की शुरुआत की। वे जानते थे कि बंगाल के कायस्थों का एक राजसी स्तर था और वे हमेशा से राजाओं के प्रिय भी थे। इसीलिए एक राजसी रूप में उन्होंने एक नई व्यवस्था की शुरुआत की। जिस तरह से एक राजा के कई पुत्र होते थे, पर उसका बड़ा पुत्र ही राजा बनता था तथा उसे ही पिता की प्रतिष्ठा का स्थान प्राप्त होता था। इसी प्रकार पुरंदर ने एक प्रथा की शुरुआत की, जिसके अनुसार कुलीन परिवार का बड़ा पुत्र ही कुलीन रीति-रिवाजों के लिए अधिकृत था। उसके बाकी पुत्र कुलीन या मौलिक किसी भी परिवार में विवाह करने के लिए स्वतंत्र थे। इस प्रकार कुलीन दूल्हों को कन्याएँ देना और कुलीन कन्याओं से विवाह करना एक प्रतिष्ठा बन चुकी थी। इस परंपरा से मौलिकों में कुलीन दूल्हों और दुलहनों की प्रतिष्ठा भी बढ़ गई।

इस परंपरा से पहले कुलीन लोग अपनी कन्याओं के विवाह के लिए कुलीन लड़कों की ही तलाश करते थे और इसके लिए उन्हें बहुत ही छोटे दायरे में ही उपयुक्त वर या कन्याओं की उपलब्धता होना बहुत ही कठिन था। दूसरी तरफ मौलिक भी कुलीनों के पास वैवाहिक रिश्ते के लिए जाने में हिचकिचाते थे। अब इस सामाजिक सुधार के बाद कुलीन और मौलिक परिवारों के बीच वैवाहिक रिश्ते संभव थे तथा मौलिकों ने पुरंदर के द्वारा चलाई कुलप्रथा को स्वीकार कर लिया और कुलीन मौलिकों का और अधिक आदर करने लगे। शुरू-शुरू में मौलिकों के यहाँ समगोत्री विवाह का प्रचलन था। यहाँ तक कि वर्द्धमान और बाकुड़ा में यह प्रथा आज भी जारी है, किंतु जब से पुरंदर ने यह नई प्रथा शुरू की, दक्षिण रारी मौलिक गंगा के तटीय इलाकों में भी बसने लगे और अपने बेटे-बेटियों के विवाह कुलीन परिवारों में करने लगे। परिणामत: उनके परिवारों में भी एक चमक आ गई और महीनगर के कुलीनों की ही तरह बांगदा, अंका, बाली, टेका, बरीशा तथा आस-पास के क्षेत्रों के भी मौलिक से मौलिक के बीच होनेवाले विवाह संबंधों की प्रथा भी धीरे-धीरे समाप्त हो गई। पुरंदर के समाजसुधार के प्रभाव कुलीन परिवारों को भी अपनी बेटियों के विवाह में आनेवाली समस्याओं से मुक्ति मिल गई, क्योंकि अच्छे मौलिक परिवार कुलीन दूल्हे-दुलहन की तलाश करना अपना कर्तव्य समझने लगे थे। इन दिनों अधिकतर दक्षिण रारी सामंत प्रमुख मौलिक थे और बिना किसी हिचकिचाहट के इन्होंने पुरंदर द्वारा प्रस्तावित परिवर्तन का समर्थन ही किया। कुलीन और मौलिक परिवारों के बीच होनेवाले विवाह संबंधां के परिणामस्वरूप बड़ी संख्या में मैलिक जमींदारों ने अपनी लड़कियों की शादी कुलीन लड़कों से की और अपने कुलीन दामादों को बड़ी संख्या में जमीनें दीं, जिससे कुलीन जमींदार परिवारों की जमींदारी में भी वृद्धि हुई। इस विषय में बड़ी संख्या में प्रामाणिक दस्तावेज भी उपलब्ध हैं।

दक्षिण रारी कायस्थों को श्रेणीबद्ध तरीके से नौ भागों में विभक्त किया गया है—मुखिया, कनिष्ठ, छा माया द्वितीय पुत्र, मध्यांगथा, तेयोज, कनिष्ठ द्वितीय पुत्र, छा माया द्वितीय पुत्र, मध्यांशा द्वितीय पुत्र, तेयोज द्वितीय पुत्र। नौ कुलों में प्रथम पाँच यानी मुखिया से तेयोज अग्रणी माने जाते हैं। मुखिया कुलीन के प्रथम पुत्र को मुखिया का दर्जा प्राप्त होता है और उसे जन्म मुखिया या मुखिया कुलीन की उपाधि मिलती है। कुलों की श्रेणी परंपरा में इसका स्थान सबसे ऊपर है तथा इसे भी तीन भागों में बाँटा गया है, जैसे—प्राकृत, सहज और कोमल। इस स्थिति में प्राकृत का स्तर बाकी दोनों से ऊपर आ गया है। मुखिया कुलीन के दूसरे पुत्र का कुल जन्म

कनिष्ठ और इसका ज्येष्ठ पुत्र छा माया कहा गया है। मुखिया कुलीन के तीसरे पुत्र का कुल स्तर मध्यांगशा और चौथे पुत्र को तेयोज कहा गया है। मुखिया कुलीन के पाँचवें और इसके बाद वाले पुत्रों का कुल स्तर द्वितीय पुत्र के रूप में माना गया है। इन कुलों के नाम पर ही कनिष्ठ द्वितीय पुत्र, छा माया द्वितीय पुत्र और तेयोज द्वितीय पुत्र की कुल शाखाओं के नाम पर ही कनिष्ठ, छा माया और तेयोज पड़ा है।

जिन छ लोगों ने कुलीनों के इन छ केंद्रों की स्थापना की थी, उनके नाम थे—अकना और बाली के घोष, महीनगर और बांगदा के बोस, टेका और बारिशा के मित्रा, इन सभी को प्राकृत मुखिया का सम्मान प्राप्त है। बाद में इनके वंशजों की परंपरा के अनुसार केवल बड़े पुत्र को ही प्राकृत मुखिया का दर्जा प्राप्त होगा, दूसरे पुत्र को सहज, तीसरे पुत्र और चौथे को कोमल मुखिया तथा पाँचवें को कनिष्ठ तथा छठे को छामाया, सातवें को तेयोज, आठवें को मध्यांगशा, नवें का मध्यांग्सर द्वितीया माना गया है। महीपति बोस उर्फ सुबुद्धि खान, यानी दशरथ बोस के ग्यारहवें वंशज तक उपरोक्त कुल संख्या ही कायम रही। पुरंदर खान के समय में इसमें कुछ परिवर्तन हुए, जैसे—मुखिया, कनिष्ठ, छामाया, मध्यांग्शा, तेयोज कनिष्ठ, द्वितीय पो, छामाया द्वितीय पो, मध्यांग्शर द्वितीय पो और तेयोज द्वितीय पो।

पुरंदर खान के द्वारा स्थापित कुल व्यवस्था के इतिहास के विस्तृत विवरण की यहाँ आवश्यकता नहीं है। यहाँ इतना ही काफी है कि पुरंदर के प्रयासों से दक्षिण रारी के कुलीनों को लुप्त होने से बचाया था। पुरंदर खान ने ही नहीं, बल्कि उसके बड़े पुत्र केशव खान ने भी कुलीनों और मौलिकों की एकता के लिए काफी कार्य किए और काफी प्रसिद्ध भी हुए। केशव खान के पुत्र कृष्ण विश्वास जो कि दशरथ के पंद्रहवें वंशज थे, इन्होंने भी इस कार्य को आगे बढ़ाया तथा इन्हें गौर के सुल्तान ने विश्वास की उपाधि प्रदान की थी। इस उपाधि पर मिली जागीरदारी का स्थान पुरंदरपुर के दक्षिण में स्थित है तथा इसे इस समय श्रीकृष्णपुर कहा जाता है। कृष्णपुर के पश्चिम में स्थित अक्ना गाँव ही घोषों का केंद्र है। वैसे वर्तमान समय में अक्ना में घोष लोगों की पुरानी प्रसिद्ध को दरशाने वाले समृतिशेष नहीं बचे हैं, फिर भी पास ही स्थित घोषपुर गाँव इनका एक स्मृतिचिह्न है।

अनंत राय कृष्ण विश्वास के पुत्र थे। इनके बेटे चाँद मलिक के नाम पर ही यहाँ एक नहर का नाम था, जो कि पूर्वी कोडालिया को जाती थी तथा इससे गंगा का प्रमुख प्रवाह भी था, पर इस समय यह सिल्ट से भर चुकी है।

महीनगर में जिस तरह से एकता के तीन कार्य हुए इसे देखकर यह स्थान उन

लोगों का तीर्थस्थल बन गया, जो कि सामाजिक रूप से सहज थे।

दो सौ साल पहले भी गंगा महीनगर के पास से ही पूरे प्रवाह के साथ बहती थी। कविराम ने अपनी पुस्तक 'रायमंगल' में इस समय का विवरण प्रस्तुत किया है, "साधुघाट को पीछे छोड़ते हुए नाव सूरजपुर से बरूई पुर तक आ गई। देवी विशालक्ष्मी की उपासना और महिमामंडन के उपरांत नाव की यह यात्रा पुनः आरंभ हुई। इस यात्रा में मालेचा पीछे छूट गया और वह कल्याणपुर की तरफ बढ़ी, जहाँ यात्री ने भगवान् महादेव को नमन किया। इस यात्रा में कितने गाँव पीछे छूटे, इनका नाम लेने का कोई अर्थ नहीं है और फिर यह नाव बरादाहा घाट पहुँच गई। (रायमंगल, पृ. 49)

जब गंगा ने अपना मार्ग छोड़ा, तब यहाँ के तट पर महामारी फैली, इसलिए बोस लोग यहाँ से दूसरे स्वास्थ्यप्रद और सुरक्षित स्थान पर जाकर बस गए। हालाँकि प्रमुख कुलीन कायस्थों ने अपने खानदानी घरों को छोड़ दिया, पर यहाँ के ब्राह्मण, जो कि उनके पुजारी और गुरु थे, इनके अनुसार उनकी लगान मुक्त जमीनों को छोड़कर यहाँ से जाकर कहीं और बसना उचित नहीं था। महीनगर, कोडालिया, चांगरीपोटा, राजपुर, हरिनवी, लेगलवेरिया आदि स्थानों की स्मृति में आदरणीय ब्राह्मण पंडित जैसे विद्यावाचस्पति आदि अभी भी जीवित हैं। इन सभी स्थानों पर सैकड़ों विख्यात ब्राह्मण पंडितों के यहाँ जमा होने से कोडलिया का स्थान बनारस की भाँति दाक्षिणात्य वैदिक समाज के रूप में प्रसिद्ध हो गया था। इस संदर्भ में संस्कृत का एक श्लोक है, जिसका आशय है, "कोडालिया पुरी और काशी की भाँति तथा गोघाट मणिकर्णिका घाट की भाँति है, क्योंकि रामनारायण तारापंचानन जो कि व्यास की तरह थे, यहीं निवास करते थे।" यह भी जानकारी देना आवश्यक है कि सोमप्रकाश के संपादक द्वारकानाथ विद्याभूषण रामनारायण तारापंचानन के ही वंशज थे, जो कि स्वयं भी विद्यावाचस्पति के वंशज हैं। वहाँ रहनेवाले सभी प्रसिद्ध पंडितों के बारे में वर्णन करना इस छोटे से लेख में संभव नहीं है।

कोडालिया के कायस्थों में रायबहादुर जानकीनाथ बोस (सुभाषचंद्र बोस के पिता) और डॉ. कार्तिक चंद्र बोस का प्रमुख स्थान है। हालाँकि ये दोनों ही महानुभाव अब यहाँ नहीं रहते हैं, फिर भी इनका जन्मस्थान होने के कारण ये यहाँ इसके विकास के लिए आते रहते हैं।

तकरीबन सोलह साल पहले कुछ लोगों ने पुरंदरखान की स्मृति में उनके द्वारा खुदवाए नए तालाब के पुनरुद्धार का निर्णय लिया, किंतु इनमें से बहुत से लोगों

की मृत्यु होने के कारण यह प्रयास व्यर्थ चला गया। कुछ समय बाद कुछ ब्राह्मण युवकों के प्रयास से पुरंदर के नाम पर यहीं एक पुस्तकालय की स्थापना की गई। इस पुस्तकालय के उद्घाटन समारोह में श्री जतींद्र नाथ बोस और श्री अमृतकृष्ण बसु मलिक भी उपस्थित थे। ये दोनों ही महीनगर समाज के कुलीन सदस्यों में से हैं। इसमें संदेह नहीं है कि महीनगर में पुरंदर की स्मृति को बनाए रखना दक्षिण रारी कायस्थों का प्रमुख कर्तव्य है, परंतु यह भी दुःख है कि कलकत्ते में इस संदर्भ में सभाएँ होने के बावजूद आम लोगों में इसकी चर्चा नहीं है। यहाँ तक कि समिति के सदस्य भी सभा में शामिल नहीं हो पाते हैं। केवल जतींद्र नाथ बोस और रायबहादुर जानकी नाथ बोस ने ही इस योजना को आगे बढ़ाने का प्रयास किया। इसके लिए एक भूमि खरीदी गई, जिसके लिए राय बहादुर जानकी नाथ बोस के प्रयास को धन्यवाद। इसके लिए ईंट तो खरीदी जा चुकी है, पर भवन का निर्माण धनाभाव के कारण अभी तक शुरू नहीं हो सका है। यही वह कारण है, जिसके लिए मैंने पुरंदर के भव्य अतीत के बारे में यह निबंध लिखा है और मेरा लोगों से निवेदन है कि समाज के सभी सहृदय लोग, पुरंदर जिसने हमारे समाज की रक्षा की, इनकी स्मृति को बचाने के लिए आगे आएँ। जो लोग इस प्रशंसनीय योजना को वास्तविकता में बदलने में धन भेजने के लिए प्रयासरत हैं, उनकी अपनी क्षमता के अनुसार शीघ्रता से सहायता करें।

□

परिशिष्ट-5

प्रेसीडेंसी कॉलेज में अनुशासन

(अ) सरकारी कथन

(ब) जाँच समिति की रिपोर्ट

(अ) सरकारी कथन

1. 10 जनवरी, 1916 को प्रेसीडेंसी कॉलेज, कलकत्ते में हुई छात्रों की हड़ताल की जाँच हेतु 21 फरवरी, 1916 को सरकारी नियमावली 416 तथा 20 फरवरी, 1916 पत्र संख्या 442 दिनांक 21 फरवरी, 1916 को एक समिति का गठन हुआ, जिसके सदस्य माननीय न्यायाधीश सर आशुतोष मुखर्जी, के.टी.सी.एस. आई.डी.एल, माननीय मि. डब्ल्यू. हॉर्नवेल, एम.ए. निदेशक लोक निर्देश, बंगाल, मि. सी.डब्ल्यू. पीक प्रोफेसर प्रेसीडेंसी कॉलेज, माननीय जे. मिशेल, एम.ए. एफ.आर.ए.एस., प्रिंसिपल वेस्लेयान कॉलेज बाँकुड़ा और मि. हेरांबचंद्र मित्रा एम.ए. प्रिंसिपल सिटी कॉलेज थे। इसी संदर्भ में 15 फरवरी, 1916 को प्रोफेसर ओएटन पर हमला भी हुआ था। समिति की यह सूचना सरकार को भेज दी गई तथा इसे आम सूचना के रूप में प्रकाशित भी कर दिया गया है। समिति के सदस्यों को सौंपे गए कार्य और इसपर उनके परिश्रम, सुझाव व निर्णय के लिए सरकार ने उन्हें धन्यवाद दिया है।

2. समिति की विवेचना पूर्व में घटी दो घटनाओं के बारे में है, जिन्हें ऊपर दरशाया जा चुका है। जनवरी में हुई हड़ताल के संदर्भ में समिति की धारणा है कि विद्यार्थियों की परामर्श समिति अपने कर्तव्य में असफल हुई है और प्रिंसिपल के सहयोग के मामले में कुछ सदस्यों ने जान-बूझकर अपनी त्रुटिपूर्ण प्रस्तुति से प्रिंसिपल के कार्य को अधिक कठिन बना दिया था। मि. ओयटन पर हुए हमले के

संदर्भ में समिति के अनुसार जिन भी लोगों के समूह ने इस कार्य को किया है, उन्हें कठोर दंड मिलना चाहिए। इन घटनाओं के मद्देनजर कॉलेज के अनुशासन के संदर्भ में प्रस्तुत दृष्टिकोण, "इन दोनों घटनाओं के आधार पर पूरे कॉलेज पर दोषारोपण अनुचित है और यह इस निष्कर्ष पर पहुँचा कि प्रिंसिपल और स्टाफ ने संस्था में अनुशासन बनाने में कमी की है।" दूसरी तरफ समिति का मानना है, "वर्तमान स्थिति के वास्तविक कारण के लिए अन्य दिशाओं से भी जानकारी आवश्यक है।" सरकारी परिषद् इस अंतिम निष्कर्ष पर पहुँची है कि इस मामले में अनुशासनात्मक काररवाई की आवश्यकता नहीं है तथा जो लोग प्रोफेसर ओएटन पर हुए हमले में लिप्त थे और छात्र सलाहकार समिति के जो सदस्य हड़ताल में शामिल थे, उनपर काररवाई के लिए प्रशासनिक संस्था स्वतंत्र है।

3. समिति ने प्रेसीडेंसी कॉलेज में अनुशासन की आम स्थिति की सावधानीपूर्वक जाँच की है। इन्होंने पाया कि यहाँ हाल ही में राजनीतिक वजहों से विद्यार्थियों में उत्तेजना व्याप्त है, जिसके कारण अवज्ञाकारिता उपजी है। जिसे 'अतिवादी भावना' का भी नाम दिया जा सकता है। समिति के अनुसार यहाँ के युवा अपनी जिम्मेदारियों का एहसास किए बिना अपने अधिकारों पर बल दे रहे हैं। इन दुर्भाग्यशाली परिस्थितियों में कुछ खतरनाक क्रांतिकारी प्रचारवादियों की संलिप्तता भी है तथा लोक प्रेस के बीच अविवेकी चर्चा का प्रतिबंधित प्रभाव ही अनुशासनहीनता है। समिति की यह भी धारणा है कि इस बेचैनी की वजह कॉलेज के सदस्यों और भारतीय तथा प्रांतीय शिक्षा सेवाओं के बीच विभाजन भी है तथा योरोपीय प्रोफेसर और विद्यार्थियों के बीच मुक्त संवाद की चाहत ने भी पिछले चार सालों में इस स्थिति की तरफ प्रेरित किया है। सरकारी परिषद् मानती है कि समिति के अव्यवस्थित प्रभावों की उचित विवेचना की है तथा अपनी जाँच व्यक्त करने की इच्छुक है।

4. समिति ने 12 प्रस्ताव दिए, जिनमें से प्रत्येक पर सरकारी परिषद् ने ध्यान दिया। सर्वप्रथम परिषद् ने स्वीकार किया कि प्रेसीडेंसी कॉलेज के प्रशासन को पुनर्गठित करना चाहिए, ताकि यह सरकार और जनता दोनों को नजदीक लाए। परिषद् ने यह भी स्वीकार किया कि छात्रों की परामर्श समिति का चुनाव के आधार पर पुनर्गठन होना चाहिए, जो कि अबतक असफल रही। प्रिंसिपल और सरकार दोनों को इस दृष्टिकोण की जानकारी दी जा चुकी है।

5. समिति का पाँचवाँ प्रस्ताव भारतीय शिक्षा सेवा के सदस्यों और प्रांतीय शिक्षा सेवा के सदस्यों के मध्य संबंधों को लेकर है तथा इनका परामर्श है कि

शिक्षकों की नियुक्ति सेवाओं पर न होकर वेतन के आधार पर होनी चाहिए। भारतीय शिक्षा सेवा और प्रांतीय शिक्षा सेवा के सभी सवालों पर लोक सेवा आयोग के सम्मुख विस्तार से चर्चा हुई तथा इसके आदेश का इंतजार है। इस प्रकार समिति के सुझावों पर ध्यान दिए बिना किसी काररवाई का होना असंभव होगा। सरकार की परिषद् की समिति के दृष्टिकोण के प्रति पूर्ण सहानुभूति है, ताकि योरोपीय प्रोफेसर और छात्रों के मध्य सामंजस्य हो तथा योरोपीय प्रोफेसरों को स्थानीय बोली और प्रतिष्ठित भारतीय भाषा की पूरी जानकारी के लिए प्रोत्साहित किया जाए। इन विषयों पर समिति के सुझावों पर लोक निर्देश के निदेशक के साथ भी चर्चा होगी। समिति का सुझाव है कि प्रिंसिपल को छात्रों को निर्देश देने का कार्य करना चाहिए, ताकि छात्रों के साथ उनका सीधा संपर्क हो सके। कॉलेज के दो प्रोफेसरों की कोशाध्यक्ष और डीन के पद पर नियुक्ति के आदेश शासन से आ चुके हैं, ताकि प्रिंसिपल को समिति के सुझावों को पालन करने में सहूलियत हो सके। सरकारी परिषद् प्रेसीडेंसी कॉलेज के प्रोफेसरों की टिप्पणी के बिना किसी परामर्श को स्वीकार करने के लिए तैयार नहीं है। यह सुझाव भी स्वीकार किया जाता है कि प्रेसीडेंसी कॉलेज में नियुक्ति का आधार शिक्षण की योग्यता हो। गलियारे में किसी तरह की अव्यवस्था को कम करने के लिए किसी बदलाव का सुझाव प्रिंसिपल के माध्यम से ही सरकार को पास भेजने से पहले सुपरिंटेंडेंट इंजीनियर से संपर्क करना आवश्यक है।

6. शिक्षण संस्थानों में अनुशासनहीनता के संदर्भ में समिति की प्रेस वार्त्ता—शिक्षण संस्थानों में होनेवाली अनुशासनहीनता के संदर्भ में प्रेस में होनेवाली अविवेकी चर्चा के सवाल और परिणामत: अनिश्चित उपद्रव पर सरकार का निश्चित आदेश होना चाहिए। इसके साथ ही इस स्थिति के प्रभावशाली समाधान हेतु संघ भावना होनी चाहिए तथा आम प्रेस में शिकायतों पर आम चर्चा संभव नहीं है। सरकारी परिषद् इन दृष्टिकोणों का समानुभूतिपूर्वक समर्थन करती है तथा बंगाल के समाचार-पत्रों के संपादकों का ध्यान इनपर आकर्षित करना चाहती है। इसे विश्वास है कि लोग इस हानि को समझेंगे, क्योंकि छात्रों की शिकायतों पर लोकचर्चा से छात्रों का नुकसान हो सकता है।

7. इडन हिंदू हॉस्टल के प्रबंधन पर प्रिंसिपल और प्रशासनिक अधिकारी के संपर्क के आधार पर समिति का सुझाव होगा। इसी संदर्भ में परिषद् के गवर्नर, लोक निर्देश के निदेशक तथा कुलपति एवं विश्वविद्यालय संघ के साथ परामर्श के उपरांत सिमिति ने अपने सुझाव दिए हैं।

8. समिति, प्रेसीडेंसी कॉलेज के आसपास की अप्रिय स्थिति पर भी अपने सुझाव देती है। कॉलेज के किसी उपयुक्त स्थान पर स्थानांतरण पर भी प्रस्ताव था, क्योंकि दस वर्ष पूर्व इस स्थान पर कॉलेज को रखना तय था और इसके भविष्य में विस्तार पर योजनाएँ भी तैयार की गई थीं। तदनुसार, उपयुक्त भूमि ली जा चुकी है और बेकर लैब भी वृहद् व्यय पर तैयार हो चुकी है। सरकार की परिषद् इन पेपर के आधार पर समिति की वर्तमान सिफारिशों पर ध्यान देगी।

(ब) समिति की रिपोर्ट

गत जनवरी में हुई प्रेसीडेंसी कॉलेज की हड़ताल और अनुशासनहीनता की जाँच के लिए यह समिति नियुक्त हुई है तथा प्रोफेसर ओएटन पर हुए हमले के संदर्भ में भी समिति अपनी रिपोर्ट और सुझाव पेश करेगी।

10 जनवरी को उपरोक्त वर्णित दोनों घटनाओं में से पहली घटना घटी थी। इसी दिन बंगाल के गवर्नर हिंदू एंड हेयर स्कूल के छात्रों को पुरस्कार वितरित करनेवाले थे। प्रेसीडेंसी कॉलेज के कुछ प्रोफेसर, कुछ छात्र और कुछ पूर्व छात्र भी इस आंदोलन में आमंत्रित थे। परिणामस्वरूप कॉलेज की कुछ कक्षाएँ अपने पूर्व निर्धारित समय से नहीं चलीं। इसके अतिरिक्त एक प्रोफेसर जो कि विलंब से आए और उन्होंने अपनी कक्षाएँ समय से नहीं लीं। तृतीय वर्ष के बहुत से विद्यार्थी इन परिस्थितियों में कॉलेज के गलियारे में एकत्र थे, जो कि कॉलेज के प्राधिकारियों द्वारा बनाई गई नियमावली के विरुद्ध था। यह विशेष नियम जो कि निर्देश-पुस्तिका में भी वर्णित है तथा यह प्रत्येक छात्र को भी वितरित किया जा चुका था।

नियम—"कॉलेज में शिक्षण कार्य जारी रहते समय व्यवधान से बचाव हेतु कॉलेज के नियम के अनुसार छात्रों को कॉलेज के प्रथम और द्वितीय तल पर चल रही कक्षाओं के सामने गलियारे में प्रवेश की तब तक अनुमति नहीं है, जब तक कि इनका लैक्चर समाप्त न हो जाए। अगले लैक्चर की घंटी बजने तक किसी भी छात्र को गलियारे में या फिर खाली कक्षाओं में जाने की अनुमति नहीं है।"

गलियारे के बगलवाली कक्षा में मि. ओएटन पढ़ा रहे थे और बाहर होनेवाले छात्रों के शोर से उन्हें व्यवधान महसूस हुआ; उन्होंने कई बार विद्यार्थियों से अपनी कक्षाओं में वापस जाने के लिए कहा था। छात्रों ने वैसा ही किया, परंतु कुछ ही समय बाद प्रोफेसर ने हाजिरी ली और कक्षा स्थगित कर दी। छात्र दुबारा गलियारे में आ गए और इस बार उनके प्रोफेसर भी उनके साथ थे। मि. ओएटन को व्यवधान मालूम

हुआ और वे अपनी कक्षा से बाहर आए और छात्रों को अपनी कक्षा में वापस लौट जाने के लिए आदेश दिया तथा कुछ छात्रों को उन्होंने धक्का भी दिया। इस घटना से यह पता चलता है कि उन्होंने प्रोफेसर को भी रोक दिया था, पर उनकी पहचान होने पर उन्हें वहाँ से गुजरने की अनुमति दे दी थी। हमारा उद्‌देश्य मि. ओएटन के द्वारा किए गए बल प्रयोग की मात्रा की विवेचना नहीं है बल्कि वास्तविकता यह है कि जिन विद्यार्थियों के शरीर को स्पर्श किया गया था, वह ओएटन के द्वारा क्षणिक आवेश में ही हुआ था। इसमें छात्रों में नाराजगी थी और इसी की शिकायत उन्होंने प्रिंसिपल के यहाँ दर्ज भी कराई थी। इन्हीं छात्रों में से एक सुभाषचंद्र बोस भी थे, जो कि विद्यार्थी परामर्श समिति के प्रतिनिधि भी थे। वैसे जब कक्षाएँ अपने पूर्व निर्धारित समय से पहले छूट जाती थीं, तब यह भी देखा गया कि कॉलेज के प्रोफेसर कठोरतापूर्वक इन नियमों के पालन नहीं करते थे। यह भी आश्चर्य का विषय नहीं है कि कॉलेज में एक दिन में 80 लैक्चर हो रहे हैं। इसके अलावा यह भी हमारी जानकारी में लाया गया है कि गलियारे में छात्रों का होना अपवाद परिस्थितियों में ही था। प्रिंसिपल ने विद्यार्थियों से ओएटन से मिलने के लिए कहा और इस समस्या को समाप्त करने का परामर्श दिया।

इस स्थिति में छात्र असंतुष्ट थे और यह भावना तेजी से अन्य लोगों में फैली कि मि. जेम्स की इनके साथ सहानुभूति नहीं है और वे मि. ओएटन के खिलाफ शिकायत सुनने के लिए तैयार नहीं थे। छात्रों के इस व्यवहार के कारण वे मि. जेम्स को सही समझ पाने में असमर्थ थे। मि. जेम्स ने एक तरफ तो छात्रों से मि. ओएटन से मिलने के लिए कहा और दूसरी तरफ मि. ओएटन को व्यक्तिगत रूप से पत्र लिखा तथा इस मामले को रफा-दफा करने के लिए कहा था। मि. ओएटन के पास वह मूल पत्र नहीं है, परंतु यह उनके कथन से पता चलता है। चूँकि मि. ओएटन गेस्ट हाउस में थे, इसलिए वे कॉलेज न आ सके। उस दिन छात्रों की हड़ताल के कारण कक्षाएँ नहीं चल सकीं। इस हड़ताल से यह भी स्पष्ट था कि इसमें कुछ ही छात्र शामिल थे, जबकि इनकी एक बड़ी संख्या कक्षाओं से बाहर थी। इसमें से कुछ ने ऐसा व्यक्तिगत हिंसा के भय और कुछ ने अपने सहपाठी छात्रों के द्वारा मजाक बनाए जाने का सामना करने के नैतिक साहस के अभाव की वजह से किया था। कुछ प्रोफेसर, जिनमें योरोपीय और भारतीय दोनों ही शामिल थे, ने इसमें हस्तक्षेप किया, पर वे छात्रों को उनकी कक्षाओं में भेजने में असफल थे। हम इस तथ्य पर विशेष ध्यान आकर्षित करना चाहते हैं कि इस हड़ताल में विद्यार्थी परामर्श समिति

के सदस्यों का महत्त्वपूर्ण योगदान था, जबकि कुछ सदस्य प्रिंसिपल को कानून व्यवस्था बनाने में सहायता देने में भी असफल थे और बहुत से छात्रों ने यह भी अफवाह फैलाई कि प्रिंसिपल की उनके साथ किसी तरह की सहानुभूति नहीं है। इसी संदर्भ में प्रिंसिपल की तरफ से एक सूचना जारी की गई कि जो भी छात्र कक्षाओं से अनुपस्थित रहेंगे, उन्हें दंडस्वरूप रु. 5 अदा करना पड़ेगा। उपरोक्त आदेश कॉलेज के नियमों के अनुसार ही जारी हुआ था, जिसका उद्धरण प्रस्तुत है—

"जब कभी कक्षा के विद्यार्थी अपनी कक्षाओं से अनुपस्थित होंगे तथा जबतक उनकी अनुपस्थिति की वजह अचानक या गलतफहमी के कारण नहीं दरशाई जा सकेगी, उन पर रु. 5 दंड का प्रावधान है। यदि यह अनुपस्थिति दुबारा होती है, तब उसे कॉलेज प्रशासन के सम्मुख पेश किया जाएगा और अगला दंड परिस्थितियों के अनुरूप लागू होगा।"

अगले दिन मि. ओएटन कॉलेज आए। उनसे कुछ छात्रों ने मुलाकात की और यह मामला सौहार्दपूर्ण ढंग से सुलझ गया था। छात्रों ने स्वीकार किया कि तकनीकी नियमावली की गलतफहमी के कारण यह घटना घटी और मि. ओएटन ने भी इस पर अपना खेद व्यक्त किया। जिस समय ओएटन कॉलेज से बाहर आए, छात्रों ने प्रसन्नतापूर्वक उनका स्वागत किया और ऐसा महसूस हुआ कि सबकुछ शांति के साथ हो गया।

हड़ताल के खत्म होने के बाद मि. जेम्स ने सभी योरोपीय सदस्यों की एक सभा की और उन्हें किसी भी छात्र को छूने से मना कर दिया, ताकि इस तरह की समस्या दुबारा न हो। मि. ओएटन कुछ विद्यार्थियों की इतिहास की कक्षाएँ लेनेवाले थे। जब वे अपनी कक्षा में पहुँचे थे, उन्होंने देखा कि वहाँ एक दर्जन छात्र उपस्थित थे, जिनमें से दस पिछले दिन अनुपस्थित थे। उन्होंने उन अनुपस्थित रहनेवाले छात्रों को कक्षा से बाहर जाने के लिए कहा। मि. ओएटन ने समिति को बताया कि उन्होंने अपने विद्यार्थियों की उनके प्रति निष्ठा के अभाव के व्यवहार के कारण ही ऐसा किया था। इस घटना के उपरांत इन विद्यार्थियों ने अपने साथ हुए व्यवहार की शिकायत प्रिंसिपल से की थी। प्रिंसिपल के पूछने पर मि. ओएटन ने लिखित रूप से अपनी अनुशासनात्मक काररवाई को जायज ठहराया। मि. जेम्स ने समिति को मि. ओएटन के व्यवहार को अविवेकपूर्ण बताया। उसी दिन कॉलेज के विद्यार्थियों ने अपने ऊपर लगाए गए आर्थिक दंड को वापस लेने के लिए प्रिंसिपल के पास आवेदन किया। प्रिंसिपल ने इस आवेदन को अस्वीकर कर दिया, परिणामतः विद्यार्थियों में असंतोष

नजर आया। हमें सूचित किया गया कि कुछ निर्धन छात्रों का आर्थिक दंड वापस ले लिया गया था और जिन विद्यार्थियों ने हड़ताल के प्रथम दिन कक्षाएँ की थीं, उन्हें भी आर्थिक दंड से छूट मिली थी।

15 फरवरी को घटी एक अन्य घटना की भी हमें जानकारी मिली। यह घटना केमेस्ट्री की प्रयोगशाला में हुई, परिणामतः प्रोफेसर अपनी कक्षाएँ न ले सके। यह कक्षा वैकल्पिक शिक्षक ने ली थी और इन्होंने अपनी कक्षा निर्धारित समय से पाँच मिनट पूर्व ही समाप्त कर दी। विद्यार्थी कक्षा से बाहर निकले और गलियारे से होकर गुजरने लगे। यह भी प्रमाण मिलता है कि छात्र आपस में बातें कर रहे थे, परिणामतः शोर हो रहा था। मि. ओएटन पास ही अपनी कक्षा में पढ़ा रहे थे। वे अपनी कक्षा से बाहर निकले और छात्रों को मना किया। जैसे ही वे अपनी कक्षा में वापस जाने के लिए मुड़े, भीड़ में मौजूद कमल भूषण नामक छात्र ने उनके छात्र पंचानन का नाम लेकर पुकारा। वैसे यह मि. ओएटन को नाराज करने या शोर मचाने के इरादे से नहीं किया गया था। हालाँकि मि. ओएटन ने उस छात्र को बुलाया और उस पर 1 रुपए का आर्थिक दंड लगा दिया। छात्र ने बताया कि उसे गरदन से पकड़ा गया था और उसे बदमाश भी कहा गया। दूसरी तरफ मि. ओएटन ने कहा कि उन्होंने उस छात्र की बाँह पकड़ी थी और उसे बदमाश नहीं कहा था। घटना चाहे जो भी हो, पर यह माना गया कि छात्र के साथ दुर्व्यवहार किया गया था। वास्तविकता यह थी कि छात्र ने मि. जेम्स के पास उसे बदमाश कहे जाने और गले से पकड़े जाने की शिकायत की थी। मि. जेम्स ने छात्र से इस शिकायत को लिखित रूप में देने के लिए कहा था।

ऐसा मालूम पड़ता है कि मि. जेम्स ने मि. ओएटन को छात्र से इस मामले पर प्रिंसिपल रूम में बात करने का निर्देश दिया था। छात्र ने अपनी लिखित शिकायत को घर पर अपने पिता को दिखाया तथा इस लिखित शिकायत को हमारे सामने प्रस्तुत भी किया गया था। इस घटना के तकरीबन दो घंटे बाद, यानी तीन बजे दोपहर को जब मि. ओएटन कॉलेज के परिसर में सूचनापट्ट के किसी सूचना को लगाने जा रहे थे, तभी उन्होंने देखा कि तकरीबन दस से पंद्रह विद्यार्थी नीचे सीढ़ियों के पास खड़े थे और उन्होंने मि. ओएटन को घेर लिया तथा उन्हें जमीन पर गिराकर उनपर हमला किया। मि. गिलक्रिस्ट जो कि उस समय प्रथम तल पर थे, उन्होंने शोर सुना और मि. ओएटन की सहायता करने उनकी तरफ भागे, पर जब वे पहुँचे, तब तक हमलावर गायब हो चुके थे। हमारा आशय मि. ओएटन के वास्तविक हमलावरों की पहचान नहीं है। यह मामला तो कॉलेज के प्रशासन की जाँच का विषय है। हमने तो इस

हमले में शामिल दो छात्रों के साक्ष्य प्राप्त होने पर कॉलेज से निकाल दिया है तथा जाँच अभी भी जारी है। हमारे अनुसार इस हमले में जो भी शामिल होगा, वह दंड का अधिकारी है। हमारा आशय इस समय प्रेसीडेंसी कॉलेज में होनेवाली हड़ताल और हमले के कारण होनेवाली अनुशासनहीनता को लेकर है।

उपरोक्त रूपरेखा के अनुसार प्रेसीडेंसी कॉलेज में घटी अनुशासनहीनता पर निर्णय का हमसे आग्रह है। क्या सामान्य परिस्थितियों में कॉलेज का व्यवहार बुरा था, जब प्रोफेसर और छात्रों में विवाद हुआ, तब छात्रों का व्यवहार अनुशासनहीनतापूर्ण था या फिर यह मान लिया जाए कि यह घटना आकस्मिक परिस्थितियों के कारण हुई और इसे अपवादस्वरूप दुर्भाग्यपूर्ण घटना का दर्जा दिया जाए। हम यहाँ इस घटना को पूर्ण आशावादी रूप में नहीं लेते हैं तथा इसे केवल कॉलेज की स्थितियों को न सँभालने की जिम्मेदारी पर डालना भी न्यायसंगत नहीं होगा। हमारे विचार से वर्तमान स्थिति की वास्तविक जानकारी के लिए इसकी अन्य दिशाओं से भी जाँच करना आवश्यक है।

साक्ष्य दरशाते हैं कि कॉलेज और इसके छात्रावास में रहनेवाले बहुत से उपद्रवी युवक प्रतिबंधित स्वभाव के नहीं हैं तथा जब कभी ऐसा अवसर आया, कॉलेज प्रशासन के खिलाफ विद्यार्थियों को भड़काने में उनकी मौजूदगी थी। छात्रों की इस घातक घटना में वे प्रिंसिपल के नियंत्रण से बाहर थे।

1. इस स्थिति से भी इनकार नहीं किया जा सकता है कि पिछले दस सालों में राजनीतिक घटनाओं के कारण छात्रों में एक तरह की खदबदाहट थी, जिसकी विवेचना की यहाँ आवश्यकता नहीं है। कई छात्रों में प्रशासन के आदेशों की अवहेलना और आज्ञाकारिता की कमी भी नजर आती है।

2. जब कभी शैक्षणिक संस्थानों में अनुशासनहीनता के मामले आते हैं। समाचार-पत्रों में अविवेकी चर्चाएँ भी अपना हानिकारक प्रभाव डालती हैं। इससे उत्पन्न नुकसान की गणना नहीं हो सकती।

3. समय-समय पर छात्रों के बीच क्रांतिकारी प्रचारवादियों के प्रभाव की सहायता के लिए साक्ष्यों की आवश्यकता नहीं है। यद्यपि इसके साक्ष्य हमारे सामने प्रस्तुत नहीं किए गए हैं, परंतु यह भी स्पष्ट है कि छात्रावासों में हाल के वर्षों में कई बार छापे भी पड़े हैं, पर अभी तक कुछ भी आपत्तिजनक सामग्री नहीं प्राप्त हुई है। हम इस तथ्य से भी इनकार नहीं कर सकते हैं कि कॉलेज के छात्र इंडियन आर्म्स ऐक्ट में निरुद्ध किए जा चुके हैं तथा मुकदमा हाईकोर्ट में विचाराधीन है। हम इस

तथ्य की भी अनदेखी नहीं कर सकते हैं कि भारतीय कानून के अंतर्गत बहुत से छात्रों पर काररवाई चल रही है। इस तरह की घटनाओं में मि. ओएटन पर हुए हमले के मद्देनजर कॉलेज की गरिमा की अनदेखी नहीं की जा सकती। यह भी माना जा सकता है कि उस दिन किसी तरह का हमला नहीं हुआ था, पर हमले की घटना के बारे में क्या कहा जा सकता है। हालाँकि इस तथ्य को छुपाना व्यर्थ है कि नाराज छात्रों ने किसी तरह का हमला नहीं किया था। इन परिस्थितियों में हम इस धारणा पर हैं कि भविष्य में इस तरह की घटनाओं से बचने के लिए विद्यार्थियों के दाखिले में विशेष सावधानी की आवश्यकता है तथा सभी संदेहास्पद छात्रों को तुरंत ही कॉलेज से हटा देना चाहिए।

4. कॉलेज के कर्मचारी दो तरह की सेवाओं में विभाजित हैं, जैसे इंडियन एजुकेशनल सर्विस और प्रॉवेंसियल एजुकेशनल सर्विस। इस स्थिति की वजह से शिक्षित भारतीयों के मन में एक शिकायत का भाव रहता है और यही भाव विद्यार्थियों में भी परिलक्षित होता है। इंडियन एजुकेशनल सर्विस के कर्मचारियों का चयन लंदन में योरप के लोगों के द्वारा किया जाता है, जबकि प्रांतीय शिक्षा सेवा की नियुक्ति स्थानीय सरकार के द्वारा होती है। इसी वजह से युवा अंग्रेज प्रोफेसरों को उन्हीं अनुभवी भारतीय प्रोफेसरों की तुलना में बेमानी तरीके से अधिक महत्त्व दिया जाता है। हमारे विचार से इसका असर अधिकतर अंग्रेज प्रोफेसरों पर पड़ता है तथा विद्यार्थी भी इन्हें गैर न्यायोचित ढंग से दिए गए महत्त्व के प्रति पूर्वग्रह बनाए रहते हैं। हालाँकि यह भाव व्यक्त नहीं किया जाता है, पर इसका असर नजर आता है।

5. छात्रों के व्यवहार के मामले में कुछ योरोपीय प्रोफेसरों के अकुशल व्यवहार की भी हम अनदेखी नहीं कर सकते हैं। उदाहरणस्वरूप, प्रमाण हेतु इडेन हिंदू हॉस्टल में छात्रों की सभा को संबोधित करते हुए कॉलेज के अध्यक्ष ने एक बार कहा था कि "सिकंदर महान् ने जंगली लोगों को यूनान की संस्कृति सिखाई और अंग्रेजों का मिशन भारतीयों को सभ्य बनाना है।" यहाँ जंगली शब्द का आशय यूनानी संस्कृति के विरुद्ध था, जिसे अलग देश से समझा गया और इससे कटुता का भाव उत्पन्न हुआ। हालाँकि इस वाक्य की मूल व्याख्या भी की गई थी, पर यह बहुत ही कम लोगों तक पहुँच सकी थी। हमारे पास इसके भी साक्ष्य हैं कि प्रेसीडेंसी कॉलेज के युवा अंग्रेज प्रोफेसर ने कुछ विद्यार्थियों को कहा था कि वे क्यों जंगली जानवरों की तरह चिल्ला रहे हैं; दूसरे प्रोफेसर ने अलग मौके पर कहा कि वे बंदरों की तरह क्यों व्यवहार कर रहे हैं और तीसरे ने अपने छात्रों से पूछा था कि वे कुलियों की

तरह क्यों व्यवहार करते हैं। वैसे पिछले चार वर्षों में इन्हीं चार घटनाओं की शिकायत हमारे पास पहुँची है, पर इसे भुलाया न जा सका था। हालाँकि इन सभी घटनाओं में प्रोफेसरों का अपने विद्यार्थियों का बुरा महसूस कराने और किसी दुर्भावना का उद्देश्य नहीं था, परंतु इसे छात्रों और भारतीयों के प्रति दुर्भावना भरे व्यवहार के रूप में लिया गया था। हमें महसूस होता है कि यदि इन प्रोफेसरों का लहजा सही होता, तब इसे इस रूप में नहीं लिया गया होता। किंतु हम चाहते हैं कि प्रोफेसरों को अपने विद्यार्थियों के साथ व्यावहारिक दृष्टिकोण अपनाना चाहिए, ताकि इस तरह की दुर्घटनाओं से बचा जा सके। हमें महसूस होता है कि प्रेसीडेंसी कॉलेज की यथास्थिति उचित है और योरोपीय प्रोफेसरों का निवास कॉलेज के परिक्षेत्र से दूर करने का प्रस्ताव सही नहीं है तथा इनके विद्यार्थी भी दूरदराज के इलाकों में फैले हुए हैं।

6. अंत में साक्ष्यों के आधार पर हम कह सकते हैं कि छात्रों को अपने अधिकारों का बोध है, पर दुर्भाग्यवश वे अपनी जिम्मेदारियों के प्रति यही भाव नहीं रखते हैं। हमारे विचार से यह स्थिति बहुत ही महत्त्वपूर्ण है। यदि विद्यार्थियों को शिकायत है, तब वे अपने प्रिंसिपल से इसे बता सकते हैं, परंतु उन्हें यह स्पष्ट तौर पर पता होना चाहिए कि प्रिंसिपल का निर्णय अंतिम निर्णय है और उन्हें इसे निष्ठापूर्वक एवं प्रसन्नता से स्वीकार करना ही चाहिए। स्थिति तब असह्यनीय हो जाती है, जब विद्यार्थी प्रशासन का आदेश न मानकर कानून अपने हाथों में ले लेते हैं और अपने सहपाठियों को हड़ताल में शामिल होने के लिए बाध्य करते हैं। यहाँ तक कि मौन सहमति भी इतनी हानिकारक हो जाती है कि एक सिद्धांत शिक्षण को ही नहीं बल्कि सभ्य सामाजिक जीवन को भी नष्ट कर देता है। हमारे अनुसार प्रत्येक तर्कसंगत शिकायत की जाँच आवश्यक है और छात्रों को भी स्पष्ट रूप से समझना चाहिए कि अविवेकपूर्ण शिकायत स्वयं में कॉलेज की अनुशासनहीनता मानी जाएगी। उपरोक्त आकलन के आधार पर हम निम्न सुझावों को प्रस्तुत कर रहे हैं—

1. कॉलेज के प्रशासन का पुनर्गठन होना चाहिए। वर्तमान स्थिति की तुलना में इसे अधिक प्रतिनिधिस्वरूप होना चाहिए तथा इसे सरकार के साथ-साथ समुदाय के संपर्क में होना चाहिए। लोकनिर्देश का निदेशक प्रशासन का भी सदस्य हो तथा इसका अध्यक्ष पूर्व कार्यालय अधिकारी हो। प्रिंसिपल को पूर्व कार्यालय सदस्य और सचिव होना चाहिए। प्रशासन के चार सदस्य हों, जिनमें दो भारतीय और दो अंग्रेज हों तथा इनकी नियुक्ति लोकनिर्देश निदेशक एवं प्रिंसिपल के परामर्श से होनी चाहिए। भारतीय समुदाय के दो प्रतिनिधि और एक गैर-सरकारी योरोपीय प्रतिनिधि को भी

प्रशासन में शामिल होने के लिए आमंत्रित करना चाहिए तथा ऐसे प्रतिनिधियों का भारतीय छात्रों और कलकत्ता के छात्र-जीवन से परिचित होना भी आवश्यक हो।

कॉलेज परिषद् में सभी प्रोफेसर और लैक्चरर शामिल हों तथा आवश्यकता पड़ने पर प्रिंसिपल के परामर्श द्वारा उन्हें परामर्शदाता मंडल में रखा जाना चाहिए।

2. हमारे विचार से छात्रों की परामर्श समिति पर रोक नहीं होनी चाहिए। यदि प्रिंसिपल की इच्छा समिति के पुनर्गठन की हो, तब वह इसके लिए प्रोफेसरों के नाम के सुझाव दे सकते हैं। समिति की सुरक्षा के लिए चुनाव की व्यवस्था प्रिंसिपल की इच्छानुसार अपने मूल रूप में ही थी तथा इसका दृष्टिकोण जहाँ तक संभव हो, छात्रों के संपर्क में रहे, परंतु यह असफल रहा और इससे छात्र समिति में उत्तेजना उत्पन्न हुई, जो कि बौद्धिक और नैतिक रूप से आवश्यक नहीं थी। उपरोक्त वाक्य के दृष्टिकोण से मि. मित्रा सहमत नहीं हैं।

3. समिति को साक्ष्य प्राप्त हुए हैं कि विद्यार्थी परामर्श समिति के कुछ सदस्य जनवरी में हुई हड़ताल के दौरान अपने कर्तव्यों के पालन में असफल रहे हैं। उनका प्रतिनिधि के रूप में चयन किसी विश्वास और जिम्मेदारी के लिए हुआ था, पर उन्होंने इस समस्या के समाधान में प्रिंसिपल के प्रयास में नकारात्मक रुख अपनाया। कुछ सदस्यों ने प्रिंसिपल के व्यवहार को जान-बूझकर गलत ढंग से प्रस्तुत किया, जिससे हड़ताल की स्थिति सँभालना कठिन हो गया था। इन सदस्यों में से एक को मि. ओएटन पर हुए हमले में संलिप्तता के कारण पहले से ही कॉलेज से निष्कासित किया जा चुका है, परंतु इसकी जाँच अभी चल रही है। कॉलेज प्रशासन इस हड़ताल में शामिल परामर्श समिति के सदस्यों की जाँच कमेटी तथा इसमें शामिल छात्रों के विरुद्ध काररवाई करेगी।

4. कॉलेज की विभागीय व्यवस्था पूर्ववत् बनी रहेगी, परंतु हम कठोरतापूर्वक परामर्श देते हैं कि विभागीय सदस्य अपना प्रमुख सिर्फ इसलिए चयनित नहीं कर सकते कि वह सिर्फ भारतीय शिक्षा सेवा का सदस्य है। विभाग के सभी प्रोफेसर और लैक्चरर को यह स्वीकार करना चाहिए कि वे अपने सहकर्मियों के समान हैं और किसी मतभेद के उत्पन्न होने पर वे निर्णय के लिए प्रिंसिपल से संपर्क करेंगे।

5. भारतीय शिक्षा सेवा और प्रांतीय शिक्षा सेवा के सदस्यों के बीच मतभेद की गहरी संभावना भी नजर आती है। शिक्षण कर्मचारियों के नियुक्ति सेवा के आधार पर नहीं, बल्कि वेतन के आधार पर हो। यदि इस सुझाव पर ध्यान दिया जाए, तब प्रांतीय शिक्षा सेवा के सदस्यों के मध्य उपजा मतभेद समाप्त हो जाएगा तथा इस भाईचारे

वाले व्यवहार से शिक्षकों का ही नहीं बल्कि छात्रों का भी भला होगा।

6. विशेष तौर पर कला विषयों के प्रोफेसरों को स्थानीय भाषा की जानकारी होनी आवश्यक है। यदि उनकी साहित्य में रुचि है, तब उन्हें एक भारतीय विशेष भाषा की जानकारी हासिल करनी चाहिए। ऐसी जानकारी से उन्हें शिक्षकों और विद्यार्थियों के बीच बेहतर समझ बनाने में सहायता मिलेगी। चूँकि अपने पेशेगत कर्तव्यों के कारण प्रोफेसरों को एक भाषा सीखने में कठिनाई आएगी। अतः इंग्लैंड से ऐसे शिक्षा अधिकारियों की नियुक्ति होनी चाहिए, जिससे स्थानीय भाषा सीखने में सहायता मिल सके।

7. प्रिंसिपल को अपने विद्यार्थियों के सीधे संपर्क में रहते हुए उनके निर्देशों को समझना चाहिए। हमेशा प्रशासनिक स्थिति में रहनेवाले प्रिंसिपल अपने विद्यार्थियों पर अपनी बौद्धिकता का प्रभाव छोड़ पाने में असफल होते हैं। प्रिंसिपल के कक्षा में पढ़ाने की स्थिति में वह अपनी जिम्मेदारी डीन को भी दे सकता है। हमारे विचार से इस तरह की योजना पहले से ही जारी है।

8. हमारे विचार से प्रेसीडेंसी कॉलेज के शिक्षकों को शैक्षणिक अनुभव के लिए अन्य कॉलेजों में स्थानांतरित होते रहना चाहिए। इस स्थिति में विद्यार्थियों और उनके योरोपीय प्रोफेसरों के बीच समानता का भाव बनेगा।

9. कॉलेज भवन में संरचनात्मक परिवर्तन की जाँच भी की जानी चाहिए और गलियारे में अव्यवस्था न हो, इसके लिए अन्य सीढ़ियों के निर्माण का प्रयास भी आवश्यक है।

10. शैक्षणिक संस्थानों में अनुशासनहीनता के संबंध में लोक प्रेस में अविवेकी चर्चाओं पर नियंत्रण के लिए सरकार की तरफ से निश्चित घोषणाएँ आवश्यक हैं। साथ ही हमें महसूस होता है कि इन परिस्थितियों के बचाव के लिए सहभागिता की भावना का होना जरूरी है।

11. इडेन हिंदू हॉस्टल पर उठे सवालों पर तुरंत ही ध्यान देने की आवश्यकता है। 250 विद्यार्थियों को एक अधीक्षक की निगरानी में रखना और उन पर नियंत्रण संभव नहीं हो सकता है, चाहे वह अधीक्षक जितना भी काबिल क्यों न हो। छात्रावास के पास ही प्रिंसिपल और योरोपीय कर्मचारियों के आवास निर्माण पर ध्यान देने की आवश्यकता है। वर्तमान आर्थिक स्थिति के बावजूद हम इनके महत्त्व पर विशेष बल देते हैं। हमनें देखा है कि छात्रावास पाँच भागों में विभक्त है और इनकी निगरानी हेतु अलग-अलग प्रोफेसरों को समय-समय पर इन छात्रावासों में जाना चाहिए, ताकि

उनका छात्रों के साथ मेलजोल बढ़ सके। छात्रावास के भवन के संदर्भ में हमारा आशय है कि एक विशाल भवन की कम निगरानी किसी बड़े खतरे को जन्म देगी, अतः किसी भी छात्रावास में 40 से 50 विद्यार्थियों से अधिक की संख्या नहीं होनी चाहिए।

12. वर्तमान छात्रावास के पास अतिरिक्त क्वार्टरों के निर्माण के सुझाव पर हमें इस प्रावधान पर भी ध्यान देना चाहिए। कॉलेज के आसपास का माहौल बहुत ही सघन है और भविष्य में इसके विस्तार पर कठिनाइयाँ आ सकती हैं। कलकत्ता के पास ही किसी बेहतर स्थान पर विश्वविद्यालयी बस्ती बसाने की योजना भी इसका समाधान हो सकता है। जहाँ भारतीय समुदाय को भी संस्थान के निर्देशों का पालन करने में आसानी हो। जब तक इस स्थिति का समाधान दूरदर्शिता के साथ नहीं किया जाएगा, इस स्थिति में वास्तविक आमूल सुधारों की कम ही संभावना होगी। ऐसे छात्र, जो अपने माता-पिता या अभिभावकों के साथ नहीं रहते हैं, उन्हें नुकसानदेह स्थानों से हटाकर बेहतर स्थानों पर स्थानांतरित करना आवश्यक है, ताकि योरोपीय और भारतीय शिक्षकों तथा विद्यार्थियों के बीच समन्वय का भाव उत्पन्न हो।

पिछले दो माह पूर्व कॉलेज में घटी शोचनीय घटनाओं के कारण बंगाल सरकार के निर्देशानुसार कॉलेज के वर्तमान बाकी सत्रों को बंद कर दिया गया है तथा प्रथम और तृतीय वर्ष के छात्रों की परीक्षा की तिथियाँ प्रिंसिपल के द्वारा सूचित तिथियों पर ही होंगी एवं एम.ए. और एम.एस-सी. के छात्रों के इम्तिहान की तिथियाँ विश्वविद्यालय प्रशासन द्वारा निर्धारित तिथियों पर ही होंगी। सरकार के द्वारा की गई कारवाई का दंडस्वरूप प्रभाव सभी विद्यार्थियों पर पड़ेगा, अतः हमारा आशय है कि संपूर्ण कॉलेज पर अनुशासनात्मक कारवाई की आवश्यकता नहीं है तथा मि. ओएटन पर हुए हमले और हड़ताल में शामिल छात्रों पर प्रशासन उचित कारवाई करेगा।

3 अप्रैल, 1916

—आशुतोष मुखर्जी

डब्ल्यू.डब्ल्यू. हार्नेल

सी.डब्ल्यू. पीक

जे. मिशेल

हेरंबचंद मित्रा

□

परिशिष्ट-6

प्रेसीडेंसी कॉलेज की परेशानी—एक वास्तविक स्थिति

(नेताजी दो घटनाओं का जिक्र करना चाहते हैं, जिसमें प्रेसीडेंसी कॉलेज के प्रोफेसर ओएटन के साथ कलकत्ता में सन् 1916 में घटी घटना भी शामिल है। पहली घटना के बारे में उपलब्ध अपूर्ण जानकारी नीचे प्रस्तुत है—संपादक)

—सुभाषचंद्र बोस

सोमवार को हिंदू एंड हेयर स्कूल के 8-10 पूर्व छात्र जो कि बी.ए. तृतीय वर्ष के छात्र भी हैं, पुरस्कार वितरण समारोह में आमंत्रित थे। यह सभा दोपहर 12.15 पर समाप्त हो गई तथा सभी छात्र वापस लौट रहे थे। इन छात्रों को पहले से ही सूचना मिल चुकी थी कि प्रोफेसर आर.एन. घोष अपनी अंग्रेजी की कक्षाएँ नहीं लेंगे, जो कि दोपहर बारह से एक बजे तक होनेवाली थी, परंतु वापस लौटते समय इनकी मुलाकात चपरासी से हुई, जिसने बताया कि मि. घोष वापस आ गए हैं और संभवतः वे अपनी कक्षा में पढ़ाएँगे। जब वे छात्र गलियारे से होकर गुजर रहे थे और वहीं एक कक्षा में मि. ओएटन भी पढ़ा रहे थे। मि. ओएटन कमरे से बाहर निकले और इन्होंने छात्रों को रोकते हुए एक-दो छात्र की बाँह पकड़कर अपमानजनक लहजे में उन्हें वापस जाने का आदेश दिया। अधिकांश छात्र प्रिंसिपल के आदेश को मानते हुए वापस लौट आए। इसी बीच बहुत से विद्यार्थी पहले ही तृतीय वर्ष की कक्षा में इकट्ठा हो चुके थे। बारह बजकर पच्चीस मिनट होने पर प्रोफेसर को सूचित करने के बारे में उन्होंने विचार किया, जब वे आ रहे थे, तभी उनकी

मुलाकात मि. ओएटन से हो गई। उन्होंने उसी अपमानजनक तरीके से उन्हें वापस कक्षा में जाने के लिए कहा और आदेश दिया कि यदि वे एक बजे से पहले वहाँ से निकले, तब उन पर पाँच रुपए का अर्थदंड लगेगा। छात्रों ने उन्हें अपने इरादे से भी अवगत कराया और उन्हें आश्वस्त किया कि वे शोर नहीं मचाएँगे। बारह पच्चीस से थोड़ा पहले ही प्रो. घोष आए और उन्होंने कक्षाएँ स्थगित कर दीं। विद्यार्थियों ने उनसे नीचे जाने की अनुमति माँगी और मि. ओएटन की धमकी के बावजूद प्रो. घोष की अनुमति से वे सभी दुबारा गलियारे से होकर गुजरे।

गलियारे से गुजरते समय उनकी मुलाकात मि. ओएटन से हुई और उन्होंने बताया कि उनकी कक्षाएँ स्थगित हो गई हैं और वे शोर नहीं मचाएँगे। इतना होने पर भी मि. ओएटन ने उन्हें अपमानजनक शब्दों के साथ वापस लौटने के लिए कहा और एक बजे तक कक्षाओं में रुके रहने का आदेश भी दिया। सभी छात्र वापस लौट गए। एक बजे मि. ओएटन छात्रों के पास गए और उन्हें धमकाते हुए बोले कि प्रोफेसर के पास छात्रों को अर्थदंड देने का अधिकार है। उनके अनुसार इस अधिकार का अब तक इस्तेमाल नहीं हुआ था, पर अब इसका इस्तेमाल होगा। छात्रों ने इस संदर्भ में उसी दिन प्रिंसिपल के पास आवेदन किया। प्रिंसिपल ने छात्रों के साथ विस्तार से चर्चा की और उनसे आवेदन वापस लेने के लिए तथा मि. ओएटन से मिलकर विवाद को सुलझाने के लिए कहा। केवल तीन लोग ही इस संदर्भ में मि. ओएटन से मिलने के लिए राजी हुए, पर पूरी कक्षा इसमें शामिल नहीं थी। अगले दिन वे तीनों छात्र मि. ओएटन का इंतजार करते रहे, पर मि. ओएटन अपरिहार्य कारणों से न आ सके। पूरी कक्षा किसी तरह के सुधार का वचन न पाकर असंतुष्ट थी तथा यह असंतोष इतना फैला कि छात्रों ने अपनी शिकायत के सुने जाने तक कक्षाओं में न जाने का फैसला किया। यह हड़ताल दो दिनों तक चली और तीसरे दिन मि. ओएटन ने छात्रों से वार्त्ता की और इस दु:खद घटना का अंत हो गया।

□

परिशिष्ट-7

सुभाषचंद्र बोस

सुभाष! क्या तुमने मुझे कोई पीड़ा पहुँचाई थी?
देशभक्ति से भरा तुम्हारा हृदय दृढ़ है,
मैं उस घटना को भूल जाऊँगा,
पर मुझे याद करने दो कि
जिस राज को तुमने अपनी भूमि पर चुनौती दी थी,
वह बहुत ही शक्तिशाली था—
इकारस की ही भाँति तुम्हारा साहस योजनाबद्ध था,
आकाश का आरोहण और युद्ध में तूफान,
स्वर्ग की ऊँची प्राचीरें!
स्वतंत्रता की सहज और तीखी माँग का दावा।
ऊँचा स्वर्ग झुका पर अपनी गरिमा के साथ,
इकारस की ही भाँति तुम समुद्र की तरफ बढ़े थे।
तुम्हारे पंख सूरज के ताप से पिघल गए,
देशभक्ति की वह सुखद अग्नि चमक रही थी।
उसकी सेना की सहस्रों विजयों से आगे,
भारत का शक्तिशाली हृदय प्रज्वलित और प्रवहमान था।

—ई. फारले ओएटन

उपरोक्त कविता सन् 1947 के आस-पास लिखी गई थी। लेखक द्वारा इसका प्रकाशन सन् 1967 में 'सांग ऑफ एटन एंड अदर वर्सेज' में किया गया था। यह कविता लेखक द्वारा हस्तलिखित रूप में नेताजी रिसर्च ब्यूरो को जून 1969 में प्रदान की गई थी।

□

परिशिष्ट-8

स्कॉटिश चर्च कॉलेज

दार्शनिक समाज

(सन् 1918 में सुभाषचंद्र बोस दर्शनशास्त्र के चतुर्थ वर्ष ऑनर्स के विद्यार्थियों के साथ सोसाइटी के सचिव भी थे तथा इन्हीं दिनों की एक सभा का विवरण)

सोसाइटी की पाँचवीं सभा 7 मार्च को प्रोफेसर के.डी. चटर्जी की अध्यक्षता में संपन्न हुई। मि. एम.एल. हिम्मतसिंका ने 'ऑरिजिन ऑफ इविल' पर अपना एक रोचक पत्रक पढ़ा। निबंधकार ने आस्तिक दृष्टिकोण से समस्याओं को देखने का प्रयास किया है तथा बहुत से बिंदुओं को जहाँ तक संभव है, दरकिनार भी कर दिया है। इनके अनुसार हम मशीनें नहीं हैं, इसलिए हमें इच्छाओं की स्वतंत्रता चाहिए। इसीलिए चयन की बहुत सी संभावनाएँ हैं और इसमें पाप की भी संभावना है।

सभा को बहुत से आलोचकों ने भी संबोधित किया। तकरीबन सभी सहमत थे कि ईश्वर को हम पूरी तरह से नहीं जान सकते कि उसने पाप और बुराई की रचना क्यों की है। हमारे उद्‌देश्य सिर्फ 'इंतजार करो और देखो' होना चाहिए।

अध्यक्ष ने अपने बेहतरीन भाषण में कहा कि हमें पास्कल के सिद्धांत से चिपके नहीं रहना चाहिए कि प्रत्येक वातावरण के परिवर्तन का आशय नैतिकता का परिवर्तन है, बल्कि यह एक पूर्ण आदर्श ही है। यदि हम गंभीरतापूर्वक इस वास्तविकता पर ध्यान दें, उस सर्वशक्तिमान में हमें नेक बनाने की क्षमता है, तब यह सवाल हम सभी को परेशान करता है कि तब ईश्वर ने बुराई का निर्माण क्यों किया। हम एक संतोषजनक निष्कर्ष पर पहुँचते हैं, जो कि शोफनर और हार्टमैन का समर्थन करता है कि बुराई वाकई बुराई नहीं है बल्कि आंशिक बुराई सार्वभौम रूप से अच्छी है। कुछ भलाई का आशय बुराई है। लेबिनिज के अनुसार, "बुराई

एक रहस्यमय आवश्यकता है, यह दुनिया बुराई की मौजूदगी के साथ सबसे बेहतर दुनिया है और हम यह किसी भी तरह नहीं जान सकते कि किस रूप में दुनिया बेहतर आकार लेगी।" धन्यवाद के साथ सभा समाप्त हुई।

हमने उन छात्रों को भी धन्यवाद दिया, जिन्होंने तृतीय वर्ष में दर्शनशास्त्र लिया था। उपरोक्त सभा में शामिल होना उनके लिए बेहतर है और उनके लिए दर्शनशास्त्र का आकर्षण भी बना रहेगा। इस सोसाइटी को सफल बनाने में उनके प्रयास की हमें आशा रहेगी।

—सुभाषचंद्र बोस

सचिव

□

दार्शनिक सोसाइटी, सितंबर 1918

पिछली रिपोर्ट तक हम चार सभाएँ आयोजित कर चुके हैं। इन सभाओं में छात्रों की एक बड़ी उपस्थिति रही है तथा तृतीय वर्ष के छात्रों के उत्साह ने भी हमें प्रसन्नता प्रदान की है।

प्रथम सभा का विषय 'विश्वास और तर्क' था तथा मि. किरन कुमार भट्टाचार्य इसके निबंधकार थे। मि. भट्टाचार्य के अनुसार, तर्क से हमें कम-से-कम वैज्ञानिक जानकारी तो प्राप्त होती ही है, पर वैज्ञानिक जानकारी परिकल्पना पर आधारित होती है, जो कि हमें संसार की प्रकृति का संपूर्ण सत्य नहीं दे सकता। केवल विश्वास हमें जीवन की वास्तविक समस्याओं का समाधान दे सकता है और बिना विश्वास के नैतिकता और धर्म संभव नहीं है। यह चर्चा बहुत ही रोचक थी तथा अध्यक्ष का भी संबोधन अति सुंदर था। उनके अनुसार धर्म विश्वास से आता है, परंतु इसे तर्क से न्यायसंगत बनाना चाहिए। विश्वास और तर्क आपस में विरोधी नहीं हैं, बल्कि वे उसी सत्य तक पहुँचने के अलग-अलग मार्ग हैं।

अगली सुबह श्री जदुनाथ दास ने अपना पत्रक पढ़ा, जिसका शीर्षक था, 'आधुनिक दर्शन का जनक कौन है ?' तथा इसकी अध्यक्षता डॉ. अरक्वार्हट ने की थी। निबंधकर्ता ने सर्वप्रथम आधुनिक दर्शन की प्रमुख विशेषताओं के बारे में बताया और फिर यह भी दरशाया कि बेकन और डेस्क्रेट ने इसे किस तरह से अपनाया था। उन्होंने कहा था कि दर्शन में तथ्यों का अभाव था और उनकी पद्धति भी त्रुटिपूर्ण थी। उनका सहयोग नकारात्मक था। डेस्क्रेट के दर्शन में सकारात्मक तथ्य हैं और उन्होंने आधुनिक दर्शन की तकरीबन सभी समस्याओं को उठाया है।

परिणामत: डेस्क्रेट को आधुनिक दर्शन के संस्थापक का सम्मान प्राप्त है। बेकानियन और क्रेस्टेजियन के जीवंत विरोध के उपरांत अध्यक्ष के संबोधन ने एक सामंजस्यता उत्पन्न की थी। अध्यक्ष के अनुसार, बेकन और डेस्क्रेट, दोनों को ही आधुनिक दर्शन का जनक मानना चाहिए।

अगली चर्चा का विषय था, 'भारतीय और योरोपीय सभ्यता का दार्शनिक आधार'। श्री विनय राखित इसके निबंधकार तथा प्रो. इवान ने अध्यक्षता की थी। निबंधकर्ता के अनुसार, भारतीय सभ्यता पूरी तरह से आध्यात्मिक है, जबकि पश्चिमी सभ्यता भौतिकतावादी है। इसके लिए योरप में विज्ञान का दुरुपयोग ही प्रमुख रूप से जिम्मेदार है। उन्होंने उम्मीद जताई है कि भविष्य की सभ्यता भारतीय और योरोपीय संस्कृतियों का संतुलन होगी। आलोचकों ने इस बात पर बल दिया

कि ऐसा मानना उचित नहीं है कि भारत ने भौतिकतावादी पहलू को तथा योरप ने आधुनिक पहलू को नकार दिया है। योरप और यहाँ दोनों ही स्थानों पर आधुनिक और भौतिकतावादी रुचियों का मिश्रण रहा है। अध्यक्ष ने कहा कि योरोपीय सभ्यता भौतिकता पर नहीं, बल्कि ईसाइत पर आधारित थी तथा कथित सांसारिक कर्तव्य वास्तव में ईश्वर की सेवा है।

इस सत्र की चौथी सभा 6 सितंबर को हुई, जिसकी अध्यक्षता डॉ. उरक्वार्हट ने की थी। सुभाषचंद्र बोस ने 'आदर्शवाद के बचाव' पर अपना पत्रक पढ़ा। निबंधकर्ता ने हीगल के आदर्शवादी एकत्ववाद का समर्थन तो किया, पर वे हीगल और शाफेनर के पूर्णसत्य के विशुद्ध तर्क या पूर्ण इच्छा से असहमत थे, बल्कि आत्मा अपनी पूर्णता में मानव जीवन की आत्मचेतना की कृपा से संसार में उत्थान की प्रक्रिया में संघर्षरत है। इनके अनुसार, यह दृष्टिकोण विज्ञान और धर्म, दोनों का मेल करा सकता है तथा अतींद्रिय के साथ लोकप्रिय और चीजों के वैज्ञानिक बोध का पूरक बनता है।

श्री एम.एल. हिम्मतसिंका ने पत्रक पर अपनी आलोचना व्यक्त की तथा एक रोचक चर्चा हुई। अध्यक्ष ने अपने संबोधन में हीगल के दर्शन में दो कठिनाइयों के बारे में बताया—1. शाश्वत और काल में संबंध, 2. मानव इच्छा की स्वतंत्रता।

अध्यक्ष के धन्यवाद ज्ञापन के साथ यह सभा समाप्त हुई।

—सुभाषचंद्र बोस

सचिव

□□□